청년사장

소설 외식업 - (上)

택배기사로 시작하여 일본 최대의 이자카야 그룹을 이룬 원동력은?

다카스기 료 •지음 | **서은정** •옮김

목차

와타나베 미키渡邉美樹

'남녀노소 모두 사람은 식사를 할 때가 제일 즐겁고 행복하다'는 신념을 바탕으로 외식업 사장이 되기 위해 고된 일을 마다 않고 자금을 모은다. 꿈을 향한 열정, 긍지, 끈기는 물론 뛰어난 능력과 인간적인 성품으로 모두에게 인정을 받고 있다. 가족과의 유대, 친구와의 우정, 거래처와의 신뢰를 소중히 여기며, 이는 와타나베가 외식업을 발전시켜 나가는 데에 큰 밑거름이 된다.

다나카 히로코田中洋子

눈과 미소가 무척 아름다운 대단한 미인. 유부녀였으나 와타나베의 끈질긴 구애를 받는다. 결국 와타나베의 진심에 이끌려 마음을 돌린다. 와타나베가 꿈을 이룰 수 있도록 회사일을 도우며 정성껏 보좌한다.

구로사와 신이치黑澤真一

와타나베의 고등학교 동창이자 '와타미상사' 창업멤버. 오코노미야키 사업을 위해, 단신으로 오사카에서 아르바이트하며 연구할 정도의 뜨거운 열정을 품고 있다. 혼자서 테마를 찾아내서 상품을 개발하는 데에 대단한 재능을 보여준다.

가네코 히로시金子宏志

와타나베와 구로사와의 고등학교 동창이자 '와타미상사' 창업멤버. 188센티미터 장신으로, 구로사와와 함께 와타나베를 보좌하며 여러 면에서 능력을 발휘한다. 구로사와와 절친한 친구이면서 라이벌 관계이다.

고 마사토시吳雅俊

와타나베의 대학 동창. 와타나베의 매력과 능력에 이끌려, 파격적인 조건을 내걸은 상사의 만류에도 불구하고 '일본 라디에이터' 회사를 그만둔다. '와타미상사'에 들어온 고는 허세나 꼼수를 부리지 않고 아랫사람을 통합하는 능력이 뛰어나서 부하들의 절대적인 신뢰를 받는다.

이시이 세이지石井誠二

이자카야 '쓰보하치'의 창업자. 이자카야 체제를 확립하여 일세를 풍미했던 인물. 와타나베의 비범함과 재능을 알아보고 '쓰보하치' 프랜차이즈점을 제안한다. 와타나베가 자리를 잡을 수 있도록 물심양면으로 도와주며, 힘들 때는 더할 나위 없는 상담자 역할까지 해준다.

사카모토 야스아키坂元雅明

'닛폰제분'의 개발부 차장 겸 시장개발 제3과 과장. 와타나베가 제안하는 오코노미야키 외식업의 가능성을 알아보고, '닛폰제분'와 제휴하여 최대한의 지원을 받을 수 있도록 성심껏 도와준다. 놀라운 행동력으로 와타나베가 자금적으로 위기에 빠질 때마다 조언과 협력을 아끼지 않는다.

에무라 데쓰야江村哲也

항상 미소가 끊이질 않는 행동파. '다치바나 산업' 신규사업담당이었다가 와타미푸드서비스로 이직하여 밑바닥서부터 실력을 쌓는다. 담담하면서 성실한 자세를 인정 받아 입사 2개월 만에 점장이 된다. 이후 점점 중요한 업무를 맡게 되며 그 능력을 십분 발휘한다.

오카모토 유이치岡本勇一

에무라가 과거에 근무했던 가나자와의 '쓰보하치' 프랜차이즈회사의 동료. 온화한 성격이면서 꼼꼼한 일처리는 에무라조차 한 수 접을 정도이다. 와타미푸드서비스로 이직하며, 아무도 눈치 못 챘던 위기를 간파한다. 말수가 적고 냉정침착하며 논리정연한 남자.

도요다 젠이치豊田善一

'노무라증권'의 부사장을 거쳐 '고쿠사이증권' 사장으로 이직, 탁월한 경영수완으로 고쿠사이증권을 4대 증권에 육박하는 대기업으로 키워낸 인물. 증권업계의 막후실력자 같은 존재로서 막강한 영향력을 가지고 있다. 와타나베의 장래성을 한 눈에 간파하고 와타미푸드서비스가 장외시장 등록을 할 수 있도록 많은 도움을 준다.

일러두기

1. 이 책의 일본어 표기는 국립국어원 외래어 표기법을 따르되, 최대한 본래 발음에 가깝게 표기하였다.

2. 인명, 지명, 상호명은 일본어로 읽어주는 것을 원칙으로 하되, 극중에 처음 등장할 시에만 한자를 병기하였으며, 필요한 경우 옆에 주석을 달았다.
   *인명
   예) 와타나베 미키渡邉美樹, 고가 마사오古賀政男-1904년 11월18일~1978년 7월25일. 일본의 작곡가 겸 기타리스트. 수많은 유행가를 작곡했다
   *지명
   예) 요코하마橫浜, 도쿄東京, 히로시마広島
   *상호명
   예) 메이지유업明治乳業, 닛폰제분日本製粉, 도헨보쿠唐変木

3. 어렵게 생각하는 경제 용어 및 한자성어는 내용의 이해를 돕기 위해 한자를 병기했으며, 필요한 경우 옆에 주석을 달았다.
   *경제 용어
   예) 질권설정質權設定-채권자가 채권의 담보로서 채무자 또는 제3자로부터 받은 담보물권을 질권이라고 하며 이러한 권리 발생을 질권설정이라고 한다
   *한자성어
   예) 흔희작약欣喜雀躍, 만범순풍滿帆順風, 숙독완미熟讀玩味

4. 일본 고유의 단어는 일본어 발음으로 표기하였으며, 필요한 경우 독자의 이해를 돕기 위해 한자와 주석을 병기하였다.
   *일본 고유의 단어
   예) 이자카야居酒屋-술과 안주가 될 만한 간단한 요리를 제공하는 일본 음식점, 미즈와리水割り-술에 찬물을 타서 옅게 희석시킨 것

5. 서적 제목은 홑낫표(「」), 영화·드라마 제목은 겹낫표(『』)로 표시하였으며, 나머지 인용, 강조, 생각 등은 작은따옴표(' ')를 사용했다.
   *서적 제목
   예) 「Friday」, 「닛케이 레스토랑」
   *영화·드라마 제목
   예) 『아라비아의 로렌스』, 『로즈』

6. 모든 주석은 내용 이해를 돕기 위해 역자와 편집자가 붙인 것이다.

※ "경제소설"이란 구체적 정의가 존재하는 것이 아니고, 경제를 소재로 한 세상의 '일, 돈, 기업' 등의 생활 전반에 걸친 대상을 묘사한 소설이라 할 수 있습니다.
AKstory의 "경제소설 시리즈"는, '소설의 엔터테인먼트성'이 주는 즐거움과 '비즈니스서의 정보성', '자기개발서의 처세술', '역사서의 시대감각'을 배우는 유익함을 느낄 수 있을 것입니다.

제1장
대졸 출신의 택배기사

1

짙은 감색 양복이 잘 어울렸다. 마른 체형에 키는 182, 3센티미터는 되는 것 같았다.

곱슬기가 도는 살짝 긴 머리. 길게 찢어진 시원스런 눈매, 높은 콧대, 가지런한 이에 커다란 입.

나무랄 데가 없는 미장부다.

쓰레기통에 장미가 피었다고밖에는 표현할 길이 없는 가벼운 질투를 느끼면서 미즈사와水沢는 생각했다.

"안녕하세요. 처음 뵙겠습니다. 와타나베 미키渡邉美樹라고 합니다. 잘 부탁드립니다."

예의바르게 인사를 하면서, 와타나베가 서글서글하게 웃어 보이자 미즈사와는 다시 한 번 숨을 삼켰다.

미즈사와는 사가와택배佐川急便-1982년 당시 대기업 대졸 초임이 12~3만 엔 정도였지만 사가와택배는 1일 20시간의 가혹한 노동조건에 반해 대졸초임의 3~4배의 임금으로 유명했다 요코하마横浜 남부영업소의 채용담당이다. 나이는 50대 전후로 보였다.

"앉게나."

미즈사와는 눈이 부신 듯이 깜박거리면서 와타나베를 올려다보더니, 의자를 권했다.

"감사합니다."

사무소의 간소한 응접실에서 두 사람은 마주 앉았다.

"이력서를 보여주게."

"예."

와타나베는 양복 안주머니에서 하얀 봉투를 꺼냈다.

이력서를 보면서 미즈사와는 이따금 고개를 갸우뚱했다. 삐뚤빼뚤 유치한 글씨는 익숙했지만 '1982년 3월 메이지明治대학 상학부 졸업'이란 이력은 너무 의외라서 믿기 힘들 정도였다.

"1959년 10월 5일 생이라. 이제 막 스물세 살이 되었군. '미로크경리ミロク経理-정식 명칭은 미로크정보서비스(ミロク情報サービス). 정확하게는 미로크정보서비스의 모회사이지만 1986년에 도산'를 반년 만에 그만둔 이유는 뭔가?"

"반년 만에 대차대조표를 볼 줄 알게 되었고, 10월부터는 정식채용이 되기 때문에 9월 말로 그만뒀습니다. 월급쟁이가 될 생각은 없거든요."

"메이지대학의 상학부까지 나와서 사가와택배에서 택배 SD세일즈 드라이버(sales driver)로, 일본식 영어. 배송, 집하부터 고객 유치나 수금 등도 담당하는 택배기사로 일하려는 이유는 뭔가? SD도 월급쟁이인데."

"돈이 필요해서입니다. 다달이 43만 엔이란 수입은 매력적이거든요."

"수입이 많은 만큼 SD는 고된 직업일세."

"각오하고 있습니다. 체력에는 자신이 있기 때문에 1년은 다닐 생각입니다."

와타나베는 새하얀 이를 드러내면서 웃었다.

아무래도 이해가 안 되는지 미즈사와가 또다시 고개를 갸웃거렸다.

"대졸의 자존심이 허락하지 않을 텐데? SD는 자네가 생각하는 것처럼 만만한 직업이 아닐세. 특히 우리 회사는 일이 힘들기로 유명하지."

"잘 알고 있습니다."

"그리고 43만 엔은 액면가일 뿐이야. 세금과 사회보험으로 6~7만 엔은 공제되니까 실수령액은 36~7만 엔 정도일세. 그것도 한 달 내내 쉬지 않고 일했을 경우야. 노파심에서 말하자면 여기는 자네가 근무할 만한 곳이 아니야. 내 긴말하지 않겠네. 다시 생각해보는 것이 어떻겠나?"

이번에는 와타나베가 고개를 갸우뚱할 차례였다.

"대학을 나오면 SD가 될 수 없습니까?"

"그런 말이 아닐세. 하지만 1주일도 버티지 못할걸? 최저 한 달을 채우지 않으면 급료를 지불할 수 없다네."

미즈사와는 애초에 무리라고 단정하고 있었다. 이렇게 비실비실하게 생긴 미남이 2톤짜리 트럭을 몰면서 화물을 나를 수 있을 것 같지가 않았다. 미즈사와가 그렇게 생각하는 것도 어찌보면 당연했다.

SD 지원자는 한 달만 채워도 인재 취급을 받았으며, 하루나 이틀 만에 그만두는 사람이 압도적으로 많았다.

1982년 10월 당시만 해도 사가와택배 SD의 노동 환경이 열악하기 짝이 없다는 것은 택배업계에서도 유명한 이야기였다. 실제 1일 근무 시간이 20시간에 가깝기 때문에 체력의 한계에 도전하는 것이나 다름없었다.

"시험 삼아 써보십시오. 저는 결코 중간에 포기하지 않습니다."

와타나베가 웃으면서 자신감을 피력했지만 미즈사와는 한숨을 내쉬며 걱정스런 표정으로 팔짱을 꼈다.

잠시 자리를 떴던 미즈사와는 이윽고 다른 남자를 데리고 와타나베 앞으로 돌아왔다.

"여기 소장인 가와무라川村일세."

"처음 뵙겠습니다. 와타나베라고 합니다."

와타나베는 일어나서 머리를 숙였다.

가와무라는 원래 SD 출신인데 소장으로 발탁됐을 정도이니 관리 능력을 인정받은 사람이었다.

이제 겨우 서른일곱 살이었지만 흰머리 때문에 열 살은 더 늙어 보였다.

훗날 와타나베는 사가와택배의 SD 중에 흰머리가 많다는 사실을 알고 놀랐다. 아마도 가혹한 노동과 스트레스가 원인인 것 같았다.

"흐음, 훤칠하게 생긴 것이 미즈사와 씨가 놀란 것도 무리가 아니군. 미남인 것이야 상관없지만 대졸은 조금 마음에 걸리네. 요코하마지사에는 영업소가 네 곳이나 있지만 120명의 SD 중에 대졸은 한 명도 없어. 나도 고졸이고 회사를 다 뒤져봐도 대졸인 SD는 처음일지도 모르겠어. 우리 SD는 중졸이나 고교 중퇴가 대부분이라 여러 가지 의미에서 자네는 화젯거리가 될 것이라 생각하네. 돈이 필요한가 본데 이유를 들려주겠나?"

타당한 질문이라고 생각했는지 와타나베의 표정이 누그러졌다.

"사업을 할 계획이라 밑천이 필요합니다. 전 어릴 적부터 회사 사상이 되겠다고 공언해왔거든요. 대기업에 들어간들 사장까지 승진할 확률은 지극히 낮고, 중소기업은 창업주가 떡하니 버티고 있지요. 그러니 사장이 되려면 직접 회사를 설립할 수밖에요."

"어떤 회사를 차릴 생각인가?"

가와무라 소장의 질문에 와타나베는 기쁜 듯이 대답했다.

"외식업입니다. 사가와택배에서 일하는 것은 회사를 세우기 위한 준비 과정 중 하나라고 생각합니다."

"흐음, 그 꿈이 실현되면야 좋겠지만 대졸이라는 자부심이 방해가 될 텐데? 미즈사와 씨도 자네가 SD로 근무할 수 있을 것 같지가 않다고 걱정하고 있네."

"괜찮습니다. 꿈을 실현시키기 위한 첫걸음이라고 생각하면 어지간한 일은 참을 수 있습니다."

가와무라 소장이 미즈사와 쪽으로 고개를 돌렸다.

"괜찮겠지요. 대졸이 SD로 일할 수 있을지 어떨지는 이 친구가 결정할 일입니다. 우리가 고민할 필요는 없어요."

"알겠습니다."

미즈사와가 와타나베를 돌아보고 사무적인 어투로 말했다.

"그러면 지금이 월말이니 깔끔하게 11월 1일부터 출근하는 걸로 하지."

"몇 시까지 출근하면 될까요?"

미즈사와가 대답했다.

"SD의 출근 시간은 오전 6시일세. 전철로 다닐 건가?"

"아니요. 제 차를 가져올 겁니다."

가와무라 소장이 신음소리를 냈다.

"호오, 차를 소유하고 있나?"

"친구에게 3만 엔 주고 산 고물차입니다. 1974년형 코롤라COROLLA-일

본의 도요타자동차가 1966년부터 제조, 판매하고 있는 승용차지만 아직 달릴 수 있지요."

"그래? 오늘은 여기까지 오느라 수고했어. 그럼 1일 아침에 기다리

고 있겠네. 양복을 입고 올 필요는 없어."

"감사합니다."

가와무라 소장의 따듯한 시선에 와타나베는 머리를 깊이 숙였다.

와타나베가 떠난 후 가와무라 소장이 미즈사와에게 물어보았다.

"1일 입사식에는 몇 명이나 오기로 했습니까?"

"6명입니다. 와타나베는 하루 만에 때려치울 겁니다. 아예 안 올지

도 모르지요."

"과연 그럴까요? 난 왠지 끝까지 버틸 것 같은 예감이 드는데요."

"우리 같은 노가다 일을 대졸이 해낼 수 있을 리가 없어요. 저 친구,

사장이 되고 싶네 어쩌네 지껄이던데 헛소리 작작 하라고 비꼬아주고

싶었습니다. 꿈꾸는 것은 자기 마음이지만요."

와타나베에 대한 미즈사와의 반감은 면접을 거치면서 증폭되었다.

"외식업으로 나갈 계획이라고 말했지만 근성은 있어 보이잖아요.

미즈사와 씨가 생각하는 것만큼 나약하지 않을지도 몰라요. 대졸이

사가와택배의 SD로 얼마나 오래 근무할 수 있을지 시험해봅시다."

"오래 버틸 리가 없어요. 소장님, 뭣하면 내기할까요?"

"내기는 그만두죠. 대졸 출신 SD는 들어본 적이 없으니까 이길 확률이 거의 없는걸요. 하지만 어떻게 될지 지켜보고 싶군요."

"1년 간 SD로 일할 생각이라고 했지만 1년을 버틴다면 기적입니다."

"기적이라. 하긴 그렇게 말할 수도 있겠네요."

가와무라는 고개를 갸우뚱하면서 동의했다.

1982년 10월 28일 오후 3시를 지날 무렵, 가와무라 소장과 미즈사와가 이런 대화를 나누고 있었다는 것을 와타나베는 꿈에도 몰랐다.

2

11월 1일 새벽 5시, 와타나베는 전날 맞춰두었던 자명종 소리에 눈을 떴다.

당시 와타나베는 국철國鐵 네기시선根岸線 야마테역山手駅에서 가까운 요코하마시 나카구中区의 다케노마루竹之丸주택에서 친할머니인 이토糸와 함께 살고 있었다. 거실과 부엌에 방이 두 개 딸린, 가나가와현神奈川県에서 운영하는 임대아파트 단지였다.

이토는 여든여덟의 고령이지만 일본무용으로 다져진 덕분인지 집안일을 전부 도맡아 할 정도로 정정했다.

그날 이토는 새벽 4시에 일어나서 아침밥과 김으로 싼 주먹밥을 챙겨주었다. 따뜻한 녹차가 담긴 보온병도 잊지 않았다.

아침을 먹으면서 이토가 말했다.

"트럭 운전을 하지 않으면 사장이 될 수 없는 거니? 이 할미는 네가 아까워 죽겠구나."

"1년만이니까 걱정하실 것 없어요. 누누이 말씀드렸다시피 300만 엔을 모아서 회사를 세울 거예요."

"1년 만에 그렇게 많이 저금할 수 있겠니?"

"사가와택배의 SD라면 가능해요. 실수령액이 36~7만 엔이나 되는 회사는 여간해서는 없으니까 할 수 없죠. 매달 25만 엔씩 저금하려고요."

"그만큼 인정사정없이 부려먹겠지. 하지만 건강을 해치면 돈이 다 무슨 소용이야."

"전 여태 병에 걸린 적이 한 번도 없잖아요. 할머니에게 물려받았는지 아버지에게 물려받았는지 모르겠지만 건강 하나는 타고났으니까 쉽게 쓰러지지 않아요."

그 말에 기분이 풀렸는지 이토가 고개를 끄덕였다.

"오늘은 늦을 거니까 저녁밥은 필요 없어요. 먼저 주무세요. 몇 시에 들어오게 될지 모르니까."

5시 반에 와타나베는 점퍼 차림으로 빨간색 코롤라의 시동을 걸었다. 새벽이라 도로는 한산했다. 10여분 후에 신카와초新川町에 있는 요코하마 남부영업소에 도착했다.

6시부터 1층 영업장에서 입사식이 열렸다. 약 30명의 사원 중에서 SD가 20명. 6명이 새로 입사했으니 총 26명이 되어야 하지만 실제로는 그렇지 않았다.

이튿날 한 명이 줄더니 사흘째가 되자 세 명이 얼굴을 내밀지 않게 되었다. 남은 사람은 와타나베를 포함해서 두 명뿐이었다. 다른 한 명은 마흔두서너 살쯤 먹은 남자로 후지와라 이치로藤原一郎라고 했다. 항상 안절부절못하는 것이, 여기저기서 사채라도 빌려 쓴 것은 아닌지 와타나베가 걱정했을 정도였다.

SD는 툭하면 들어왔다 나갔다 하기 때문에 매달 한두 번은 입사식이 열린다는 것을 와타나베도 금방 알게 되었다.

와타나베가 입사했을 때도 30명의 사원들 앞에 6명을 일렬로 세워두고 가와무라 소장이 한 명씩 소개했다.

"이쪽은 와타나베입니다."

"와타나베 미키입니다. 잘 부탁합니다."

"야! 대졸."

"내일도 나와라!"

직원들이 번갈아가면서 와타나베에게 비아냥거렸다.

대졸의 SD가 입사했다는 소식이 요코하마 남부영업소는 물론 요코하마지사 산하의 4개 영업소의 전 직원에게 퍼져 있었다.

입사식은 3분도 채 걸리지 않았다. 신입 SD를 소개하는 조례라고 하는 편이 옳을 것이다.

6시 5분을 넘어가자 10톤짜리 대형트럭 두 대가 연이어 터미널에 도착했다.

SD들은 트럭으로 몰려가서 실린 화물을 하역荷役하는 작업에 몰두했다. 전원이 유니폼 상의를 벗어던진 속옷 차림이었다.

"대졸! 멍하니 있지 말고 거들어!"

누군가의 고함소리에 와타나베는 정신을 차리고 SD들 사이로 뛰어들었다. 나머지 다섯 명도 와타나베의 뒤를 따랐다.

화물을 다 내려놓기까지 약 20분이 걸렸다.

하역한 화물은 폭 3미터, 길이 5미터 정도의 롤러를 타고 컨베이어 벨트로 흘러갔다. 컨베이어 벨트는 폭 1미터, 길이 30미터 정도는 되는 것 같았다.

컨베이어 벨트가 움직이기 시작하자 SD들의 눈빛이 변했다.

담당 구역의 화물을 순간적으로 간파하여 낚아채지 않으면 안 되기 때문이다. 소형 롤러가 컨베이어 벨트와 터미널의 2톤짜리 수송차에 설치되어 있었다. 터미널을 향해서 짐칸을 대고 나란히 세워져 있는 2톤 트럭은 전부 18대.

컨베이어 벨트가 움직이기 전에 와타나베에게 손짓을 하는 남자가 있었다.

"대졸! 이리 와봐!"

이걸로 세 번째였다. 조금 전과 똑같이 박력 넘치는 걸걸한 목소리였다.

"예!"

와타나베는 그에 지지 않을 만큼 목청 높여 대답했다. 목소리 크기라면 자신이 있었다.

"영업과장인 오카모토岡本다. 네 교육 담당이니까 사흘 동안 같이 움직일 거야."

"잘 부탁드립니다."

"이게 네 담당 구역이다. 일단 주머니에 넣어두고 나중에 살펴봐."

희끗희끗한 머리를 짧게 친 오카모토는 매서운 눈초리로 와타나베를 노려보았다.

오카모토가 건넨 B4 사이즈의 종이는 택배 배송 구역을 표시한 확대지도의 복사본이었다.

"감사합니다."

와타나베는 지도를 세 번 접어 점퍼 주머니에 갈무리했다.

"네 트럭은 7호차다. 조자마치長者町는 3가까지가 네 담당이야. 2랑 3을 착각하지 않도록 주의해. 오늘은 내가 하는 걸 잘 지켜봐."

오카모토는 키가 160센티미터밖에 안 되었지만 뼈대가 굵고 떡 벌어진 것이 백전연마의 노장 SD를 상기시켰다.

"그럼 시작하자!"

컨베이어 벨트가 작동됨과 동시에 오카모토는 스스로를 고무시키듯이 기합을 넣어 외쳤다.

컨베이어 벨트의 속도는 공항의 수화물 코너와 비슷했지만 화물의 양은 비교가 되지 않을 만큼 많았다.

오카모토는 핏발이 선 눈을 크게 부릅뜨고 요령 좋게 화물을 골라냈다.

그 화물을 살펴보고, 조자마치, 후지미초富士見町, 야마다초山田町, 지토세초千歲町, 미요시초三吉町, 하고로모초羽衣町, 호라이초蓬莱町, 마사고초真砂町, 오노에초尾上町, 미나토초港町 등이 자신의 담당 구역이라고 와타나베는 이해했다.

시영지하철선 이세자키조자마치역伊勢崎長者駅과 국철 네기시선의 간나이역関内駅 일대다.

2톤 트럭의 화물을 배송 경로대로 나누어서 싣는 작업 또한 만만치 않았다.

익숙해지면 별 것 아니라고 스스로를 타이르면서 와타나베는 오카모토의 지시에 따라 산처럼 쌓인 화물을 짐칸으로 옮겼다.

"대졸! 꾸물거리지 말고 빨리 날라!"

잠시라도 손을 멈추면 인정사정없는 오카모토의 호통이 떨어졌다.

3

사가와택배의 마크가 새겨진 7호차가 택배 화물을 가득 싣고 요코하마 남부영업소를 출발한 것은 아침 8시가 지나서였다.

운전석에는 오카모토가, 조수석에는 와타나베가 앉았다. 영업소에서 목적지에 도착할 때까지의 10분 동안 두 사람은 이런 대화를 나누었다.

"대졸! 제일 먼저 경로를 외워라. 넌 머리가 좋을 테니까 오늘 하루 안에 다 외우도록."

"그건 불가능합니다."

"그럼 대졸이니까 이틀 안에 외워. 사흘째가 되면 유니폼을 지급하마. 사흘째부터는 혼자서 일해야 하니까."

"예."

오카모토를 거역할 수가 없었다. '대졸'이라 부르지 말라고 항의하고 싶었지만 무서워서 입도 뻥긋하지 않았다.

"이름이 미키라고 했지. 어떤 한자를 쓰나?"

"아름다울 미(美)에 수목의 수(樹)를 써서 미키라고 합니다."

"계집애 같은 이름이구먼."

"하지만 전 제 이름이 마음에 듭니다. 어머니 이름인 미치코美智子와 아버지 이름인 히데키秀樹를 합쳐서 만든 이름이거든요."

"다들 떠들어대듯이 '대졸'은 쓰레기통에 핀 장미꽃이로군. 우리는 신원이 불확실한 놈들 투성이니까 넌 엄청난 엘리트야. SD로 돈을 모아서 회사 사장이 될 계획이라던데 어떤 회사를 차리려고?"

"외식산업이요."

"외식산업이 뭔데?"

"레스토랑이나 식당, 이자카야居酒屋—술과 안주가 될 만한 간단한 요리를 제공하는 일본 음식점 같은 음식점입니다."

"음식 장사인가. 하긴 라면가게도 크게 하면 사장이라고 부를 수 있겠지."

"조금 더 대대적으로 할 생각입니다. 대학교 2학년일 때 고등학교 동창 둘하고 셋이서 두 달간 일본일주를 했어요. 4학년 때는 혼자서 유럽과 소련을 돌아다녔고요. 여행을 하면서 사람은 가족이나 친구들과 같이 밥을 먹을 때가 가장 행복하다는 것을 깨달았습니다. 그래서 외식산업을 하기로 정했죠."

"영어는 할 줄 아나?"

"혼자서 돌아다닐 수 있을 만큼은 합니다."

"흐응, 그래?"

오카모토의 표정이 시큰둥해진 것도 말투에 가시가 돋친 것도, 와타나베는 알아차리지 못했다.

아직 23살의 청년이었다. 와타나베가 물정에 밝았다면 SD들에게 꿈이나 목표를 털어놓지 않았을 것이다. 당시의 사가와택배 SD들은 크건 적건 간에 다들 심각한 문제를 하나씩은 품고 있었다. 원해서 사가와택배에 발을 들여놓은 사람들이 아니었다. 밑바닥 인생 사이에 끼어들려면 거기에 어울리는 사연이 필요한 법이다.

젊은 와타나베로서는 '난 너희 같은 낙오자들과는 처지가 다르다. 꿈을 실현시키기 위해서 사가와택배의 SD가 되었다'는 생각을 은연중에 과시하고 싶었을 것이다. 먼 훗날, 시간이 많이 흐른 다음에야 그것이 젊음의 치기에 불과했다는 것을 알게 되었다.

와타나베가 SD들의 화풀이 대상이 된 것은 꿈을 털어놓았기 때문이었다.

꿈을 가슴 깊이 감추고 빚을 탕감하기 위해서라고 말했더라면 다소간의 동료의식, 연대감을 공유할 수 있었을 것이다.

오카모토는 점점 기분이 나빠져서 입을 다물었다. 입을 열 틈이 없을 만큼 바쁘기도 했지만 와타나베는 경로를 외우는 데 정신을 집중하느라 대화가 끊긴 것도 눈치채지 못했다.

화물을 운반하는 것도 쉽지가 않았다. 특히 엘리베이터가 없는 아파트의 고층에 10킬로그램이 넘는 대형화물을 운반할 때는 죽을 맛이었다.

친절한 아주머니가 택배를 받으면서 "고생이 많아요. 차라도 한 잔 하고 가요"라고 권했지만 시간이 없어서 마음만 고맙게 받기로 했다.

다만 와타나베는 어떤 경우에도 미소를 잊지 않았다. 택배도 서비스업이다. 하지만 대형화물을 짊어지고 3층까지 올라갔는데 사람이 없을 때는 속이 상했다. 대신 맡아줄 사람을 찾으려고 노력하지만 헛수고로 그칠 때도 많았다.

11시 40분이 되자 오카모토는 호라이초의 라면가게 옆에 트럭을 세웠다.

"대졸, 점심은 어쩔 거냐?"

"주먹밥을 싸왔습니다. 괜찮으시다면 같이 드시죠."

"됐어! 누가 네놈 신세를 진대? 난 라면 먹고 올 거다."

운전석에서 내린 오카모토는 세차게 문을 닫았다.

와타나베는 조수석에서 라디오를 들으며 주먹밥을 먹었다. 아침을 일찍 먹은 데다 중노동으로 허기가 심해서 커다란 주먹밥 세 개를 게 눈 감추듯이 먹어치웠다.

따듯한 녹차가 들어가자 속이 훈훈해졌다.

15분 정도 뒤에 이쑤시개를 입에 문 오카모토가 돌아왔다. 가게가 한산했던 것일까. 그렇다고 해도 생각했던 것보다 훨씬 빨리 돌아왔다. 오카모토는 핸들을 잡자마자 트럭을 급발진시켰다.

오카모토의 운전은 난폭하지만 흠잡을 데가 없었다.

소장인 가와무라를 포함해서 영업부문 관리직은 4명이었는데, 가와무라를 제외한 나머지는 비상시 즉시 현장에 투입될 수 있는 베테랑 SD였다.

SD의 이직이 빈번한 탓에 연중 신입 SD의 경로 지도를 담당하고 있기 때문에 영업소 전체의 택배 담당 구역을 전부 파악하고 있었다.

와타나베는 하루 할당량이 배송 130건과 집하 80건이라는 것을 하루 만에 이해했다.

첫날은 오후 2시쯤 배송을 마치고 일단 터미널로 돌아갔지만 한숨 돌릴 겨를도 없었다. 겨우 화장실 볼일만 보고 집하하러 나가지 않으면 안 되었다.

4

집하 도중에 와타나베는 가슴이 철렁하는 경험을 했다.

하고로모초의 야마기와전기점ヤマギワ電気店의 주차장에서 오카모토가 다른 택배회사의 차를 아슬아슬하게 제치고 반출구에 트럭 짐칸을 갖다 댄 것이다.

타사의 SD는 급브레이크를 밟아 차를 세우고 운전석에서 뛰어내리더니 험악한 표정으로 이쪽을 향해 다가왔다.

"미쳤어?! 위험하잖아!"

"꾸물대는 놈이 바보지!"

오카모토는 차문을 열고 비웃으면서 대꾸했다.

"뭐라고! 당장 내려!"

상대 SD는 머리끝까지 화가 난 상태였다. 와타나베의 눈에는 오카모토보다 훨씬 젊고 건장하게 보였다.

"과장님, 제가 사과하고 올게요."

"대졸, 쓸데없이 끼어들지 마라."

오카모토는 매섭게 노려본 후 운전석에서 내렸다. 와나타베도 따라내렸다. 몸싸움이 벌어지기 전에 말리지 않으면 안 된다. 심장이 맹렬하게 뛰었다.

"이 새끼, 한 번 붙어보자 이거야? 여기를……."

오카모토는 오른팔 상박부를 왼손으로 때리면서 낮은 목소리로 말했다.

"완력이나 더 기르고 나서 덤벼라. 대가리에 피도 안 마른 놈이 어딜 기어올라."

"뭐라고!"

먼저 멱살을 잡힌 사람은 오카모토였다. 그러나 신음소리와 함께 명치를 부여잡고 웅크린 쪽은 건장해 보였던 타사 직원이었다.

2~3초 만에 벌어진 일이었다. 아마 목격자가 있었어도 무슨 일이 일어났는지 알 수 없었을 것이다.

와타나베는 타사의 SD에게 달려갔다.

"괜찮으세요? 죄송합니다."

"끄응, 젠장. 뭐, 저런 새끼가! 이래서 사가와택배는……."

간신히 대꾸를 하면서 받은 숨을 내쉬었다.

"대졸!"

머리 위에서 들려온 걸걸한 목소리에 와타나베는 소름이 끼쳤다.

"적당히 봐줘가면서 때렸으니 걱정할 것 없다. 우리가 빨리 작업을 마치지 않으면 이 녀석이 난처해져."

야마기와전기점의 집하작업을 끝내고 차를 몰면서 오카모토가 말했다.

"내가 가라데를 좀 하지. 손등을 봐봐. 군살이 박혀 있지?"

손등을 보니 정말 그랬다.

와타나베는 높아지려는 목소리를 애써 억눌렀다.

"적당히 봐줬다지만 저 SD는 많이 아파 보였어요. 폭력을 휘두른 것은 나쁘다고 생각합니다."

"대졸에게 보여주고 싶었거든. 사가와택배 SD의 의기가 어떤 것인지. 애초에 덤벼든 그놈이 잘못한 거야."

"하지만 과장님이 새치기를 한 탓이잖아요."

"대졸, 아무한테도 말하지 마라. 떠들고 다니면 가만 안 둬."

"예, 저도 맞고 싶진 않거든요."

"거, 말 많네."

"예."

와타나베는 조그맣게 대답했다.

7호차가 다시 터미널로 돌아온 시간은 저녁 8시가 넘어서였다.

와타나베는 가져온 화물 점검을 거들었다. 오카모토의 명령으로 전표를 정리하거나 전화를 받다가 무심코 시계를 보자 11시가 지나 있었다. 오카모토는 "대졸, 넌 야간조로 일해라"고 명령했다.

"와타나베, 좀 쉬어."

가와무라 소장이 말을 건넸다.

2층에는 수면실 겸 탈의실이 있었다. 2층 침대 세 개와 사물함.

사실 사물함이라고 부르기에는 그저 웃음만 나오는 수준이었다. '노가다 합숙소'에 걸맞게 '신발장'이라고 하는 편이 맞을 것이다.

SD의 개인 소지품은 '신발장'에 넣어 보관했다. 가로세로 30센티미터의 크기, 공간이 모두 작아서 최소한의 물건밖에 들어가지 않았다.

코 고는 소리가 들렸다. 오카모토였다.

와타나베는 어떻게 된 일인지 대충 짐작이 갔다. 전표 정리 등을 맡기고 오카모토는 바로 침대에 드러누운 모양이었다.

침대에는 4명이 자고 있었다. 모두 고참 SD들이었다.

와타나베는 비어 있는 침대 위 칸에 누웠지만 파김치 상태인데도 좀처럼 잠이 오지 않았다. 너무 긴장한 탓일지도 몰랐다. 침대가 좁은 것도 마음에 걸렸다.

키가 커서 쪼그리지 않으면 다리가 침대 밖으로 삐져나갔다. 잠이 들락 말락 할 때 오카모토가 머리를 때렸다.

총에라도 맞은 것처럼 와타나베는 침대에서 부리나케 뛰어내려 직립부동의 자세를 취했다.

"1시에 대형트럭 두 대가 들어온다. 그 전에 미리 배때기나 좀 채워둬."

"예."

시계는 자정을 가리키고 있었다.

영업소 근처에 새벽까지 영업하는 라면가게가 있었다.

와타나베는 선배 SD가 가르쳐준 그 가게로 뛰어갔다.

와타나베가 숙주라면 곱빼기를 다 먹고 영업소로 돌아온 것은 12시 40분이 지났을 때였다.

새벽에도 영업소의 터미널은 대낮처럼 환하게 불이 켜져 있었다. 주위가 캄캄하기 때문에 더 밝아 보였다.

새벽 1시가 되기 직전에 13톤짜리 대형트럭이 터미널에 도착했다.

과정은 아침 6시 때 했던 하역 작업과 똑같았다. 아침에도 그랬듯이 와타나베는 티셔츠 차림으로 작업에 뛰어들었다.

아침은 전원이 집합했지만 새벽에는 SD가 3분의 2로 줄어 있었다. 신입은 와타나베 한 명뿐이었다.

가와무라 소장의 모습은 안 보였다. 차장인 야마다도 없었다. 과장은 오카모토와 미즈노 두 사람.

오카모토가 지휘를 맡고 있었다. 같은 과장이라도 오카모토가 상관인 모양이었다.

두 번째는 10톤 트럭으로 5분 후에 도착했다.

두 트럭의 하역 작업에 걸린 시간은 약 1시간 반.

오카모토가 와타나베에게 말을 걸었다.

"대졸, 내일도 나올 거냐?"

"예."

"하루 종일 넌더리가 났을 텐데?"

"괜찮습니다."

"대졸이 나온다면 내일도 내가 교육을 시켜주마. 6시다."

"예."

벌써 11월 2일의 새벽 2시 반이니 '내일'이라는 표현은 이상했다. 오카모토의 말투가 다소나마 누그러진 것은 폭력을 휘둘렀다는 죄책감 때문일지도 모르겠다고 와타나베는 생각했다.

그러나 오카모토는 와타나베의 생각처럼 호락호락한 상대가 아니었다.

"대졸은 오늘로 그만둘 거야. 내일 아침에 나올 리가 없어."

"첫날부터 야간조로 돌린 건 너무 심했어."

"건방진 애송이에게는 좋은 약이 되었을 거야. 세상은 그렇게 만만하지가 않다고."

"하긴 대졸이 SD로 일하는 건 무리지."

오카모토와 미즈노는 이런 대화를 나누었다.

5

샤워를 마치고 파자마로 갈아입은 와타나베가 자기 방으로 돌아가자 이토가 안방에서 얼굴을 내밀었다. 잠옷으로 입는 유카타浴衣-기모노의 일종으로 주로 목욕 후나 여름에 입는 간편한 옷 위에 카디건을 걸치고 있다.

"할머니, 죄송해요. 저 때문에 깨셨죠?"

"걱정이 되어서 잠을 잘 수가 있어야지. 이렇게 늦게까지 일하다니……. 트럭 운전수는 그냥 그만두렴."

"그건 안 돼요."

"벌써 3시야."

"2시간 반은 잘 수 있어요."

"뭐? 또 6시까지 나가니?"

"예, 회사에서도 잤으니까 괜찮아요. 주먹밥 잘 먹었어요. 오늘은 두 끼를 싸주세요. 아침도 차 안에서 먹게요."

"그렇게 일하다가는 건강 해친다. 밥은 천천히 먹어야지."

"첫날이라 특별히 이것저것 배우다 보니 늦었어요. 오늘은 12시 전에 들어올 수 있을 거예요."

"미키, 역시 트럭 운전수는 안 되겠다. 노인의 충고는 귀담아 들어야 해."

"자명종을 5시 반에 맞춰두겠지만 못 일어나면 두들겨서라도 깨워주세요. 할머니, 부탁해요."

몰려오는 수마에 크게 하품을 하며 와타나베는 이불 속으로 기어들어 갔다.

자명종이 울려도 와타나베는 스스로 일어나지 못했다.

이토는 이대로 자게 내버려둘까 망설이다가 결국 와타나베를 흔들어 깨웠다.

"할머니, 고마워요."

와타나베는 세수와 양치를 한 다음 파자마를 점퍼와 청바지로 갈아입었다. 두 끼 분량의 주먹밥과 녹차를 담은 보온병을 들고 코롤라에 올라탄 것은 5시 45분.

6시를 1분 남겨놓고 영업소 주차장에 코롤라를 세운 와타나베는 터미널을 향해서 전력질주했다.

운 좋게도 전국 각지에서 택배화물을 싣고 요코하마 남부영업소에 도착한 대형트럭의 모습은 없었다.

"대졸, 나왔나."

"잘 왔네."

오카모토는 떨떠름하게, 가와무라 소장은 반갑게 와타나베를 맞이했다.

와타나베는 씩씩하게 웃으면서 대답했다.

"예, 오늘도 열심히 하겠습니다."

"오늘은 주간에만 근무하게."

가와무라 소장은 오카모토에게 들리도록 큰소리로 말했다.

오카모토는 "흥" 하고 코웃음을 쳤지만 와타나베는 개의치 않았다. 교육을 받고 있다고 생각하면 마음이 편했다. 무엇보다도 지기 싫다는 오기가 더 강했다.

6시 10분이 지나 대형트럭이 도착하자 와타나베는 솔선하여 하역 작업에 뛰어들었다.

컨베이어 벨트가 움직이기 시작했다. 와타나베는 오카모토를 밀어 제치듯이 화물 분류 작업에 참가했다.

6

이틀째도 자정을 지나서야 귀가할 수 있었다. 잠자리에 든 시간은 새벽 1시. 와타나베는 기절한 듯이 곯아떨어졌다.

그리고 새벽 5시 반에 이토의 도움 없이 자력으로 기상하여 두 끼 분량의 주먹밥과 녹차가 담긴 보온병, 갈아입을 속옷이 든 쇼핑백을 들고 5시 45분쯤 코롤라에 올라탔다.

"조심해서 다녀와라."

"다녀오겠습니다."

걱정이 서린 얼굴로 코롤라 앞까지 배웅을 나온 이토에게 와타나베는 웃으면서 손을 흔들었다.

운전을 하며, 10분도 채 안 걸려서 아침을 먹어치웠다.

영업소 터미널에서 오카모토는 와타나베에게 유니폼을 지급했다.

"대졸, 잘 왔다. 오늘부터 정식 직원으로 취급할 거야."

"감사합니다."

"화물을 빠트리지 않게 주의해."

"예."

SD는 컨베이어 벨트에서 담당 구역의 화물을 선별하는 작업에 가장 신경을 쓴다. 순식간에 주소를 읽고 골라내야 하기 때문이다.

"야, 인마! 대졸, 빨리빨리 안 움직여!"

호통을 듣는 것은 대수롭지 않았지만 놓쳐버리는 화물을 집어던지는 바람에 깜짝 놀랐다. 와타나베는 미처 피하지 못한 3킬로그램 가량의 화물을 왼쪽 어깨에 맞고 비틀거렸다.

조자마치 2가로 가는 화물을 놓쳐버린 자기 실수는 인정하지만, 택배 화물을 집어던지다니 와타나베는 믿을 수가 없었다. 누가 던졌는지도 알 수가 없었다.

이때만큼은 참을성 많은 와타나베도 순간적으로 얼굴이 굳어지는 것을 느꼈다. 하지만 허리를 굽혀 땅바닥에 나뒹구는 화물을 주운 다음, 누구에게랄 것도 없이 무작정 사과했다.

"죄송합니다. 제 부주의입니다."

"대졸, 똑바로 해라."

"예."

와타나베는 대답을 하면서 컨베이어 벨트의 화물을 선별하는 데 전념했다. 그러나 화물이 날아왔을 때와 들은 목소리의 주인이 야마자키山崎라는 고참 SD라는 것을 머리 한쪽에 새겨두었다.

야마자키는 스무 살로, SD로서의 경력은 겨우 1년 6개월 선배에 불과했다. 사가와택배에서는 1년이나 근무하면 고참으로 통했다. 그만큼 SD의 사직률이 높았다.

야마자키가 던진 화물에서 SD들의 강한 반감을 뼈저리게 느꼈지만 와타나베는 지지 않았다.

겨우 열흘 동안 와타나베는 세 번이나 날아온 화물에 맞아야 했다. 다른 SD도 화물을 선별하는 데 실수를 했지만 맞는 사람은 와타나베뿐이었다.

한 번 맞은 걸로 넌더리가 난 와타나베는 "대졸!" 하고 왼쪽에서 고함소리가 들려오면 즉각 몸을 돌려 피하거나 양손으로 화물을 받아냈다. 그러자 SD들은 아무런 예고도 없이 화물을 집어던졌다.

1년의 근무기간 중에 와타나베를 향해 날아온 화물은 20개 정도였고 그중 10개는 왼쪽 귀와 어깨, 허리에 명중되었다.

"대졸! 꾸물거리지 말랬지!"

"대졸! 정신 똑바로 안 차려!"

명중시킨 다음에 욕설을 퍼부으면서 비웃는 사람들뿐이었다. 섣불리 와타나베를 감싸다가는 같이 따돌림을 당할 수 있기 때문에 다 같이 합세하여 와타나베를 괴롭힐 수밖에 없었을 것이다.

SD들에게 주어지는 휴일은 한 달에 이틀뿐이었다. 주야 로테이션 비슷한 제도는 있지만 야간조가 훨씬 많고, 출근 시간이 똑같이 아침 6시라 실제 평균근무시간은 20시간에 달했다.

2주일에 한 번 돌아오는 휴일이 되면 와타나베는 밥 먹는 시간마저 아끼고 잠만 잤다. 그걸로 2주일의 수면 부족을 보충할 수 있다니 본인 생각에도 건강 하나만큼은 타고난 것 같았다.

11월 30일, 첫 월급날 가와무라 소장이 와타나베에게 말을 걸었다.

"와타나베, 한 달간 수고했네. 계속 일할 수 있겠나?"

"물론입니다."

"믿어도 되겠지?"

"예."

"그래, 자네에게 거는 기대가 크네."

가와무라 소장은 반신반의하고 있었다. 솔직히 오늘이 마지막일 것이라고 포기하고 있었다. 와타나베가 다른 SD들에게 따돌림을 당하고 있다는 것을 알고 있었기 때문이다.

오카모토에게는 은근히 주의를 주기도 했다.

"대졸을 어떻게든 어엿한 SD로 길러주게. 특별히 잘해줄 필요는 없지만 와타나베는 싹수가 보인단 말이야. 저 놈이 1년이나 근무하게 된다면 다 자네 공일세."

"한 달 치 월급만 받으면 그대로 줄행랑 칠걸요? 대졸은 어차피 눈에 거슬리는 존재일 뿐입니다."

"너무 그러지 말게. 어쨌거나 의욕이 넘치지 않나."

"아뇨, 대졸은 내일부터 안 나올 겁니다."

12월 1일 아침 6시에 와타나베가 나타났을 때 오카모토는 얼빠진 얼굴로 와타나베를 올려다보았다.

"좋은 아침입니다."

"대졸, 너 진심으로 SD를 계속할 생각이냐?"

"예, 많은 지도 부탁드립니다."

와타나베가 웃어 보이자 오카모토는 겸연쩍은 듯이 얼굴을 찌푸리며 말했다.

"그래, 톡톡히 부려먹어 주마. 소장님도 대졸을 베테랑 SD로 길러보라고 하시더군."

7

그날 밤 와타나베는 오카모토의 태도가 변했다는 것을 실감했다.

와타나베는 저녁 11시가 지나서 남아 있는 입사 동기인 후지와라藤原와 같이 늘 가는 라면가게로 갔다.

"와타나베, 맥주 한잔 할까?"

"좋지요. 하역 작업까지 아직 시간이 좀 있으니."

가게 안은 제법 붐볐지만 사가와택배의 SD는 한 명도 없었다.

야채라면 곱빼기가 나올 때까지 두 사람은 맥주를 마시면서 대화를 나눴다.

"자네는 아직 젊으니까 SD를 계속할 수 있겠지만 난 무리야. 12월 은 화물이 많아서 말을 꺼내기 어렵지만 1월부터 사무직으로 옮겨달 라고 할 생각일세."

"확실히 고된 직업이긴 하죠. 하지만 사무직이면 월급이 지금의 절 반도 안 될 텐데요."

"어쩔 수 없지. 사가와의 SD로 일하기엔 마흔둘의 몸이 버텨나질 못해. 난 네리마練馬에서 패션 관련 회사를 경영했었는데 회사가 망하 는 바람에 빚만 잔뜩 졌지. 이거 절대 비밀이네. 자네는 인텔리고 믿 어도 될 것 같으니까 하는 말이야……."

후지와라는 주위를 살피면서 목소리를 낮추고 말을 이었다.

"사가와택배는 이력서에 신원보증인을 기재하지만 형식일 뿐이고 주민표도 필요 없다고 하길래 안심하고 들어왔지. 하지만 SD라는 직 업이 이렇게까지 힘들 줄은 몰랐어. 중학교 3학년인 딸이 하나 있는 데 가족과는 별거 중이라네. 아내도 슈퍼마켓에서 일하니까 5만 엔만 송금해주면 그럭저럭 꾸려나갈 수 있다고 말하더군. 소장님은 자넬 좋게 보고 있으니까 내가 옮겨갈 수 있도록 옆에서 한마디 거들어주 면 고맙겠네."

후지와라의 잔에 맥주병을 기울이면서 와타나베는 온화하게 대답했다.

"도움이 될 지 어떨지는 모르겠지만 정 그렇다면 저랑 같이 소장님과 상의해보죠. 전 1년은 SD로 일할 생각이니까 그걸 유리하게 써먹을 수 있을지도 모릅니다."

"1년이나?"

"예. 300만 엔을 모아서 회사를 차릴 밑천으로 삼을 생각입니다. 사가와택배의 SD는 많든 적든 간에 다들 나름대로 사연이 있는 것 같아요. 그러니 후지와라 씨도 자꾸 주위 눈치만 볼 필요는 없지 않을까요?"

와타나베로서는 후지와라는 너무 겁이 많다고 넌지시 지적한 셈이었다.

"그래, 명심하겠네."

후지와라의 말투에는 머리에 피도 안 마른 것이 허튼소리를 지껄인다며 불쾌해하는 기색이 없었다.

"와타나베는 비딱한 구석도 전혀 없는 데다 대졸에 키도 크지 얼굴도 잘생겼지, 눈에 안 띌 수가 없어. 그게 질투가 나서 다른 SD가 따돌리는 거겠지. 그런 상황에서 1년이나 SD로 일할 수 있겠나?"

와타나베는 등을 쭉 펴고 결연하게 선언했다.

"꼭 계속할 겁니다. 그렇게 하지 않으면 목표를 달성할 수 없으니까 노력할 수밖에요."

"젊은 사람이 대단하군. 나도 상고밖에 나오지 않았는데, 대졸의 SD라니 사가와택배는 물론 택배업계 전체를 둘러봐도 한 명도 없을걸? 기적 같은 존재라고."

라면을 먹으면서 와타나베는 '꿈'에 대해서 토로했다. 이걸로 세 명째였다.

'꿈'을 털어놓으면서 스스로를 고무시키려는 목적도 있었다.

두 사람이 라면가게를 나선 시각은 날짜가 바뀌기 15분 전이었다.

지방에서 택배 화물을 가득 실은 10톤 이상의 대형트럭이 터미널에 도착하여 이미 하역 작업을 시작한 후였다. 평소보다 트럭이 빨리 도착한 것이다.

와타나베와 후지와라도 다급히 작업에 가담했지만 다 끝난 다음 와타나베는 SD들에게 둘러싸여 주먹세례를 받는 처지가 되었다.

"대졸! 너, 이 새끼 술 냄새나 풍기고! 근무시간에 술을 마시다니 아주 미쳤네!"

야마자키가 와타나베의 멱살을 잡고 왼뺨에 강렬한 주먹질을 했을 때 둘 사이에 끼어들어 말린 사람이 오카모토였다.

"그만해! 폭력은 안 돼."

가라데 유단자인 오카모토의 말에는 아무도 거역하지 못했다.

두 사람을 떼어놓은 다음 오카모토가 와타나베에게 물었다.

"대졸, 술을 마신 것이 사실이냐?"

"예. 맥주를 조금 마셨습니다."

"후지와라와 둘이서 마신 것 같은데 대졸이 먼저 말을 꺼냈나?"

"그렇습니다."

사무직으로 옮기길 원하는 후지와라를 감싸는 것은 당연하다고 와타나베는 생각했다.

"대졸, 다른 직원들에게 사과해라. 근무 중에 음주는 금지다. 대학까지 나온 주제에 그런 것도 모르나!"

"잘못했습니다. 정말 죄송합니다."

와타나베는 앞뒤좌우로 4번에 걸쳐서 이마가 땅에 닿도록 머리를 숙였다.

"좋아. 너희들도 대졸이 머리를 숙이면서 사과했으니까 용서해라. 알겠지?"

살기가 서렸던 SD들도 진정되어 다음 작업에 매달리기 시작했다.

후지와라가 와타나베를 향해서 살짝 머리를 숙였을 때 와타나베는 웃으면서 눈인사를 되돌려주었다.

8

와타나베의 허리에 격통이 덮친 것은 다음 날인 12월 2일 오후 1시가 조금 지나서였다. 15킬로그램의 귤 상자를 집하차에서 꺼내려다가 허리를 삐끗한 것이다.

순간적으로 '우드득' 하고 무언가가 부러지는 소리가 들렸다. 환청일지도 몰랐다. 그러나 허리의 격통은 환각이 아니었다.

"헉!"

짧은 신음을 터트린 것을 끝으로 호흡조차 불가능해진 와타나베는 화물을 든 상태로 그 자리에서 꼼짝도 하지 못했다.

숨을 쉬기조차 괴로울 만큼 지독한 고통 때문에 창백해진 얼굴에 식은땀이 배어 나왔다.

죽을힘을 다해서 화물을 집하차에 내려놓은 와타나베는 양손으로 허리를 부여잡으면서 10센티미터의 보폭으로 엉금엉금 운전석으로 돌아갔다. 그리고 무전기로 영업소를 호출했다.

"7호차의 와타나베입니다. 허리를 삔 것 같은데……. 도와주세요."

목소리를 쥐어짜내는 것도 힘들었다. 소리를 내자 허리의 통증이 몇 배로 배가됐다.

무전기 너머의 목소리가 여직원에서 오카모토로 바뀌었다.

"대졸, 지금 위치가 어디야?"

"야마다초 아파트단지의 공중전화 근처입니다."

"알았다. 바로 가마."

12~3분쯤 후에 미즈노水野를 거느린 오카모토가 가와무라 소장의 자가용을 몰고 도착했다. 그러나 와타나베에게는 1시간도 더 걸린 것처럼 느껴졌다.

"대졸, 엉거주춤한 자세로 무거운 화물을 들었지? 무거운 화물을 들 때는 허리에 힘을 단단히 줘야 된다 했잖아."

"예…."

간신히 대꾸했다.

"미즈노, 대졸을 병원에 데려다줘. 난 남은 화물을 처리하지."

"OK, 알겠습니다."

상관인 오카모토가 미즈노에게 명령했다.

와타나베가 승용차로 옮겨 탈 수 있게 오카모토와 미즈노가 부축해주었다.

"대졸, 근무 중에 맥주나 마시니까 이런 벌을 받는 거야."

"……."

"이제 SD라면 지긋지긋하지?"

"……."

오카모토가 뭐라고 하건 와타나베는 고개를 끄덕이든가 좌우로 흔드는 것이 고작이었다.

근처의 에키사이카이社濟会병원에서 진통제 주사를 맞고 1주일 치의 습포제와 3일 치 진통제를 처방받은 와타나베가 미즈노와 영업소로 돌아온 것은 오후 3시가 지나서였다.

2주간의 자택 요양이 필요하다는 것이 정형외과 의사의 진단이었다.

가와무라 소장이 자가용으로 와타나베를 집까지 데려다주었다. 빨간색 코롤라는 미즈노가 옮겨주었다. 조수석에 탄 와타나베에게 가와무라 소장이 걱정스럽게 물었다.

"괜찮나?"

"예, 주사 약효가 드나 봅니다."

"자네가 2주일이나 쉬면 업무에 지장이 있지만 의사의 지시는 따르는 편이 좋아."

"한창 바쁠 12월에 죄송합니다."

"오카모토 과장이 자네 대신 애써줄 거야. 그러니 2주일 지나면 꼭 다시 나오게."

"물론입니다. 1주일만 쉬면 움직일 수 있을 겁니다."

"와타나베, 무리할 건 없어. 그 대신 그만두지는 말게나."

"그만두다니 말도 안 됩니다."

"난 자네가 1년간 SD로 일하다 도쿄 본사의 간부가 되었으면 한다네."

"……."

"중소기업의 사장으로 고생하는 것보다 사가와택배에서 높이 올라가는 쪽이 편하지 않겠나. 자네라면 분명히 출세할 수 있어."

"예에…."

와타나베는 애매모호하게 대답했지만 그럴 생각은 털끝만큼도 없었다. 사가와택배에 뼈를 묻을 바에는 미로크경리에 그냥 남는 편이 나았다.

와타나베가 차에서 내리는 것을 거들어주면서 가와무라 소장이 다시 한 번 못을 박았다

"허리가 다 나으면 꼭 출근하게."

"예."

양옆으로 가와무라 소장과 미즈노의 부축을 받아 와타나베는 간신히 집에 도착했다.

제2장
맹우들과의 회상

1

1982년 12월 3일 금요일 오후 2시를 지났을 무렵, 구로사와 신이치黑澤真一와 가네코 히로시金子宏志가 다케노마루주택에 있는 와타나베 미키의 집을 방문했다.

이날 아침 와타나베는 요코하마시 아사히구旭区 즈루가미네鶴ヶ峰에 있는 구로사와의 집으로 전화를 걸었다.

"어제 허리를 삐는 바람에 회사를 쉬고 있어. 1주일은 집에 틀어박혀 누워 있어야 하니까 시간 나면 놀러와. 구로하고는 한참을 못 만났잖아. 오랜만에 얼굴이나 보자."

"오늘 당장 갈게. 나도 너가 보고싶더라고. 히로시도 데리고 갈게."

"그래, 그럼 이따가 보자."

구로사와는 릿쿄立教대학 경제학부 4학년, 가네코는 메이지대학 상학부 4학년으로 둘 다 가나가와 현립 기보가오카希望ヶ丘고등학교의 동창생이었다.

와타나베는 바로 진학했지만 구로사와와 가네코는 1년 재수를 했다.

"허리를 삐면 엄청 아프다고 하던데?"

"좀 어때?"

이불 속에 누워 있는 와타나베의 얼굴을 구로사와와 가네코가 걱정스럽게 들여다보았다.

구로사와는 고교생으로도 통할 것 같은 동안이지만 고집이 있어 보이는 인상이었다.

가네코는 188센티미터의 장신으로 와타나베보다 5센티미터, 173센티미터의 구로사와와는 13센티미터나 신장 차이가 있었다. 온화한 눈에 금속테 안경을 끼고 있었다.

"진통제 덕분에 가만히 누워 있으면 괜찮지만 배달 중에 격통이 덮쳐왔을 때는 목소리도 안 나올 만큼 아팠어. 선배 SD가 허리에 힘을 주지 않고 화물을 들어서 다친 거라고 야단을 치더라. 그럴 거면 처음부터 가르쳐주면 좀 좋아? 대졸 출신 SD는 내가 처음인 모양이야. 그래서 다들 날 시기해서 심술을 부려. 화물도 막 집어던지더라고. 사가와택배라는 회사는 상상 이상으로 지독한 곳이야."

"미키, 정말로 1년을 일할 생각이야?"

"물론이지."

와타나베는 구로사와에게 웃으면서 대답하고 말을 이었다.

"사가와택배의 SD로 1년간 버텨내지 못한다면 장래가 암담해져. 계획이 좌절되는 것이나 마찬가지지. 반드시 끝까지 해낼 거야. 난 사장이 되기 위해 세상에 태어났다고 믿고 있어."

차와 과자를 들고 온 이토가 참견했다.

"미키가 허리를 다친 것은 트럭 운전수를 그만두라는 하늘의 계시야……. 사장이 되는 것도 좋지만 트럭 운전수로 일해야만 사장이 될 수 있다는 이야긴 이상하지 않니? 너희들도 좀 타일러주렴. 착한 아이인데 도통 말을 듣질 않아서……."

"어제부터 내내 그만두라고 잔소리를 하셔서 미치겠다니까. 할머니, 자리 좀 비켜주세요."

와타나베는 농담처럼 받아넘겼지만 손자를 걱정하는 할머니의 마음은 잘 알고 있었다.

"하지만 나도 아침에 전화를 받았을 때 SD는 그만두는 편이 좋겠다고 생각했어."

"나도야."

구로사와의 의견에 가네코도 동의했다.

"다음에 또 허리를 다치면 그만둘 수밖에 없겠지. 내 의사와는 관계없이 회사가 SD로 써주지 않을 거야. 하지만 그때까지는 계속 일할 생각이야. 할머니, 그걸로 봐주세요."

"하여튼 고집불통이라니까……. 구로사와, 가네코, 천천히 놀다 가거라. 난 무용 연습이 있어서 나가봐야 한단다."

현관문이 닫히는 소리를 들으면서 가네코가 말했다.

"할머니는 늘 정정하시구나. 연세가 어떻게 되시지?"

"1895년 4월 8일 생이니까 여든여덟이시지. 부처님과 같은 날 태어나신 덕분에 기억하기 쉬워."

구로사와가 찻잔으로 손을 뻗었다.

"무용이라면 일본 무용?"

"응, 근처 공민관에서 가르치고 계셔. 기가 막힐 정도로 건강하시지. 매일 새벽 5시 전에 일어나서 아침과 점심, 두 끼의 도시락을 싸주셔. 야식은 회사 근처에서 먹는데 식사 시간이 세 끼 다 합쳐서 30분 정도야. 아침은 출근하는 차 안에서, 점심은 집하차 안에서 해결하지."

"그런 생활을 하다가는 몸이 망가지겠어. 아니지, 허리를 다쳤으니 이미 망가졌다고 봐야겠지."

"허리 좀 삔 걸 가지곤 병 측에도 안 들어. 삔 허리도 아프지만 12월 급료가 줄어드는 것이 훨씬 더 아프다고. 그런데 넌 아버님께 우리랑 같이 음식점을 하겠다고 말씀드렸어?"

와타나베는 허리를 감싸면서 조심조심 윗몸을 일으켜 녹차를 한 모금 마신 후 다시 드러누웠다.

"구로의 아버님은 아직도 화가 안 풀리셨어?"

"응, 무엇 때문에 힘들게 대학까지 보냈는지 모르겠다고 한숨만 쉬셔. 취업하기 위한 노력을 전혀 안 하니까 화가 나신 것도 당연해. 하지만 원래부터 지방공무원이신 아버지에게 부담을 주긴 싫어서 대학에 가지 않으려고 했었지. 대학 2학년 때는 자퇴하려고까지 했었어."

"내가 2학년, 구로와 히로시가 1학년이었던 해 여름에 캠핑카로 일본 일주여행을 했을 때도 구로는 그런 말을 했었지."

"응, 힘들게 들어갔으니 졸업할 때까지 열심히 다니라고, 너희들이 말했었지. 부모님도 같은 의견이었고. 눈 깜짝할 사이에 4년이 지나가 버린 것 같아. 아버지께는 아직 아무 말씀도 안 드렸어. 언젠가는 말해야겠지만 그때는 미키도 같이 아버지를 설득해주면 좋겠어. 요코하마회에서 보였던 활약 덕분에 아버지도 미키는 신뢰하시는 것 같으니까."

"미키는 하마카이를 변화시킨 장본인인걸. 재작년의 '산림공원의 모임'과 작년의 '1만인 콘서트'는 미키가 아니면 불가능했을 거야."

가네코가 꺼낸 이야기를 구로사와가 이었다.

"난 메이지의 학생이 아니지만 양쪽 다 참가할 수 있었어. 미키의 호소를 듣고 '산림공원의 모임'에 릿쿄나 와세다早稲田도 참가했지. 그때 미키의 파워와 리더십을 질릴 정도로 실컷 구경했네. 미키는 중학생 때부터 복지나 자선활동에 관심이 많았다고 들었어. 말만 앞세우는 것이 아니라 자기 생각을 확실히 실천하는 사람이라고 느꼈지. '불우한 처지의 아이들에게 평생 잊을 수 없는 추억을 선물하고 싶다'는 미키의 주장은 설득력이 있었어."

"모처럼 동심으로 돌아가서 즐겁게 보낼 수 있었던 하루였지."

와타나베도 먼 곳을 바라보며 과거를 회상했다.

2

하마회橫浜会란 메이지대학 요코하마회의 약칭으로, 요코하마에 살고 있는 메이지대학 재학생들의 친목단체다. 멤버는 약 120명.

와타나베는 3학년 여름부터 4학년 여름까지, 1년간 간사장을 맡았다. 대학을 다니는 동안 학교에 가는 날보다 하마회 사무실에 얼굴을 내미는 날이 훨씬 많았다.

사무실이라고 하면 그럴싸하게 들리겠지만 사실은 이세자키초伊勢崎町

의 찻집과 마작방을 말한다.

1층이 찻집 '오로라オ—ロラ'. 2층이 마작방 '이세후쿠ィセフク'로 같은 사람이 경영했다. '이세후쿠'는 오후 5시까지, 영업시간 동안 하마회의 연락장소로서 가게를 무료로 이용하게 해주었다.

'오로라'도 메이지대학 학생들의 아지트가 되어 있었다.

와타나베와 친구들은 '이세후쿠', '오로라'의 경영자가 베푸는 호의에 기대고 있었다.

어찌보면, 하마회 간사회 멤버 중에는 학생할인을 받는다곤 해도 마작을 즐기는 학생이 많았고, '오로라'의 단골이기도 해서 서로 상부상조하는 관계였다고도 할 수 있다.

와타나베가 부간사장 두 사람을 '오로라'로 호출해서 의논한 것은 1980년 6월 하순의 장마철이었다. 이날은 장마로 기온이 낮아서 셋 모두 스탠드칼라 교복을 입고 있었다.

같은 3학년인 공학부의 고 마사토시吳雅俊와 경영학부의 누마타 가즈히데沼田—英가 부간사장이었다.

두 사람 모두 명랑한 성격으로 와타나베를 잘 보필해주었다.

"1년마다 1번씩 만돌린콘서트를 개최하여 그 수익금을 복지시설에 기부해왔는데 그것만으로 만족해도 되는 걸까? 다시 말해서 우린 시설의 아동들을 간접적으로 만나왔던 것에 불과해. 하마회의 학생들과 시설의 아동들이 직접 만날 기회를 마련해보는 것도 괜찮지 않을까 생각해."

"와타나베, 구체적인 안은 있는 거야?"

고의 질문에 와타나베는 씨익 웃었다.

"가을에 요코하마스타디움을 하루 빌려서 시설의 아동들과 운동회를 여는 것은 어떨까? 인공잔디 위에서 아이들과 같이 도시락을 나눠 먹는 것도 나쁘지 않을 것 같아. 운동회 프로그램은 기획부에서 짜면 될 테고. 평생 잊을 수 없는 즐거운 추억을 불우한 아이들에게 선물할 수 있다면 정말 뿌듯하지 않을까? 어떻게 생각해?"

누마타가 단번에 찬성하며 말했다.

"하긴 하마회의 전통적인 이념은 친목과 복지, 그 두 가지라고들 하지. 그 두 가지 이념의 질을 높이고 싶다는 거구나."

"굿 아이디어지만 상당한 대대적인 사업이 될 거야. 요코하마스타디움은 확보할 수 있을 거야. 물론 초대할 아이들이 몇 명인지에 달렸지만 우리 하마회만으로 치룰 수 있을까?"

고가 걱정스러운 얼굴로 팔짱을 꼈다.

고와 누마타가 나란히 앉고 와타나베는 두 사람의 맞은편에 앉았다. 세 명 모두 아메리카노를 마시고 있었다.

와타나베는 상체를 앞으로 내밀었다.

"와세다와 주오中央도 끌어들이면 어떨까? 59년이나 유지되고 있는 메이지의 하마회만큼 견실하지는 않겠지만 다른 대학에도 하마회가 존재해. 메이지가 주축이 되어서 와세다와 주오에게 후원을 받자. 그리고 이 기회에 아예 하마회 연맹을 결성하는 것도 괜찮겠지."

"와타나베, 거기까지 생각한 거야?"

"응. 4백에서 5백 명의 아동을 초대한다면 주최측인 학생은 150명쯤 필요하겠지. 하마회를 총동원해도 120명. 틀림없이 참가하기 힘든 학생도 있을 테니까 최저 5~60명은 다른 대학에 지원을 부탁하지 않으면 안 될 거야. 다음 간사회 때 상정해서 마스터 플랜을 결정하고 싶은데 너희 생각은 어때?"

"난 좋아. 대찬성이야."

"이하동문."

고와 누마타의 동의를 얻어낸 와타나베는 하얀 이를 드러내며 기뻐했다.

메이지대학 하마회의 간사회는 매주 금요일 오후 7시부터 구미요지 弘明寺-요코하마시 미나미구에 있는 절에서 가까운 미나미구南区 오하시초大橋町에 있는 스즈키 마사유키鈴木正之 집에서 열렸다.

메이지대학의 하마회는 1923년 5월에 발족되었다. 스즈키 마사유키의 부친인 나가유키가 초대회장으로 현 회장인 마사유키는 2대째였다. 회원은 현역 학생으로 이루어지며 졸업하면 찬조회원이 된다. 편의상 회장도 졸업생에게 맡기고 있었다.

와타나베의 리더십으로 와세다대학, 주오대학, 센슈專修대학, 메이지가쿠인明治学院대학, 릿쿄대학의 각 하마회에서 협력을 얻어내는 데 성공했다.

그러나 요코하마스타디움은 프로야구 시합 날짜와 겹치는 바람에 대관할 수가 없었다.

당초 10월 말로 일정을 잡고 추진한 것이 문제가 되었지만 파벌관계가 복잡하게 얽힌 졸업생들의 반대도 적잖게 영향을 끼쳤다는 것이 후일 판명되었다. 스즈키 회장의 업적을 높여주기 싫다는 극단적인 감정론이 존재한다는 것을 들은 와타나베는 어이가 없었다.

와타나베와 간부들은 졸업생들의 경제적인 후원이 필수불가결하다는 생각에 끈질기게 졸업생들을 설득해보았지만 끝내 찬성을 얻어내지 못했다.

"스즈키 시의원의 점수 따기에 이용되기는 싫어."

"만돌린콘서트의 티켓 판매라면 협력하겠네."

"복지도 좋지만 운동회니 축제는 너무 지나치지 않나?"

졸업생들의 반대 이유를 모아보자면 대충 이러했다. 결론은 찬조금은 내줄 수 없다고 거절한 것이다.

와타나베의 판단은 빨랐다.

"졸업생들에게는 기대하지 말고 하마회의 활동비에서 변통해보자. 다른 대학에 자금 협력을 구하지도 말고."

반대하는 사람들에게 본때를 보여주고 싶다는 것이 와타나베를 포함한 간사회의 한결같은 뜻이었다.

3

'모임'의 계획이 구체적으로 갖추어진 10월 중순의 어느 날 밤, 유력한 졸업생인 하마다 미치토시浜田通準가 와타나베를 호출했다.

하마다는 와타나베보다 15년 선배였다. 요코하마시 스루미구鶴見区에서 건설회사를 경영하고 있었다.

하마다는 '오로라'로 전화를 걸었다.

"하마다인데 하마회 간사장인 와타나베 좀 바꿔주게."

와타나베는 '모임'에 대해 의논하느라 밤낮으로 '오로라'에 틀어박혀 있었다.

"와타나베 씨, 하마다 씨라는 분에게서 전화가 왔어요. 목소리에 위압감이 넘치는 게 왠지 무서운 아저씨예요."

웨이트레스가 양손으로 잡고 있던 전화기를 와타나베에게 건넸다.

"예, 와타나베입니다."

"자네, 내일 밤 시간 있나?"

"예."

"우리 집에 저녁 먹으러 오게. 부간사장과 같이 와도 괜찮아. 7시에 보기로 하지."

"감사합니다. 7시에 고와 누마타, 이렇게 셋이서 찾아뵙겠습니다."

와타나베는 대학교 2학년 봄방학에 하마다건설에서 노가다 아르바이트를 했기 때문에 하마다와는 이미 면식이 있었다.

하마다는 서른여섯, 일곱 살로 키도 크고 어깨가 떡 벌어진 것이 풍채가 늠름했다.

선글라스를 걸치고 요코하마의 번화가를 거들먹거리면서 걷는 모습은 위풍당당하게 보였다.

그날 밤, 하마다는 부인이 손수 만든 요리로 와타나베 일행을 대접했다. 세 명은 8평 가량의 넓은 응접실로 안내 받았다.

맥주로 건배한 후에 하마다가 와타나베에게 말을 꺼냈다.

"요코하마스타디움은 틀어진 모양이더군."

"예."

"장소는 어쩌기로 했나?"

"네기시의 산림공원을 확보했습니다. 시청에 발이 닳도록 찾아간 덕분에 겨우 사용허가를 받았습니다. 11월 9일 일요일입니다."

고와 누마타는 긴장한 나머지 거의 입을 열지 못했기 때문에 하마다와 와타나베가 단독으로 대화를 나누는 것이나 다름없었다.

"졸업생들은 하나같이 너희들에게 냉랭하다면서? 스즈키 시의원을 시기하는 놈들이 있는 모양인데 그건 옳지 않아. 사전 선거운동이라고 생각하는 패거리도 있다던데 그런 밴댕이 소갈머리가 어디 있나. 천박한 자들의 억측에 불과해."

"선배님 말씀대로입니다. 이번 일을 스즈키 회장님께 의논드린 적은 한 번도 없습니다. 우리 학생들끼리 결정한 일입니다."

"와타나베, 넌 복지에 관심이 많은가 보군."

"복지라고 부를 만큼 거창한 것이 아닙니다. 불우한 시설의 아이들에게 평생의 추억이 될 만한 즐거운 하루를 선물하고 싶은 것뿐입니다. 기왕이면 우리도 아이들과 어울려 즐겁게 놀 수 있었으면 합니다. 아이들에게 꿈과 희망 그리고 용기를 주는 '모임'이 되리라 믿습니다."

"취지는 무척 훌륭해. 하지만 가장 중요한 돈이 모이질 않는데 운동회를 열 수 있겠나?"

"활동비에서 변통하려고요. 다른 활동을 줄이는 한이 있어도 아이들과의 약속은 꼭 지킬 겁니다."

와타나베와 간사들은 이미 각 시설을 방문하여 책임자들에게 계획을 타진하고 있었다.

"그런 행사라면 아이들이 무척 기뻐할 겁니다."

"메이지대학의 하마회에서 매년 기부를 받았지만 이런 고마운 제안은 없습니다."

모든 시설의 이사장이나 원장이 와타나베와 간사들의 계획을 환영했다.

"경비가 얼마나 들 것 같나?"

하마다의 질문에 눈이 커다래진 와타나베는 침을 꿀꺽 삼켰다.

찬조를 받을 수 있을지도 모른다는 계산이 순간적으로 머릿속을 스쳤다.

사실 하마다의 집으로 오는 도중 와타나베는 그런 자기의 계산속을 고와 누마타에게 이야기했던 것이다.

4

와타나베는 맥주를 한 모금 마신 후 잔을 테이블에 돌려놓고 자세를 바로 잡았다. 그리고 하마다를 똑바로 쳐다보았다.

"'산림공원의 모임' 관련 경비는 약 30만 엔입니다."

하마다는 눈을 번득였다.

"뭐라고? 겨우 30만?"

"점심은 140명의 학생이 1인당 세 끼 이상 싸오기로 했어요. 포크송, 동화, 민요, 도르래, 죽마, 요요 그리고 야구, 테니스, 탁구 등 전부 16개 코너를 운영할 계획이고요. 하지만 설치하는 데 그리 많은 돈은 들지 않습니다. 야구 코너에서는 다이요 웨일즈의 사이토斎藤 투수, 다시로田代 선수, 아사리浅利 선수, 이렇게 세 선수가 무보수로 참가해주겠답니다. 헬륨이 들어간 풍선을 6백 개 준비할 건데 이것도 큰 금액은 아닙니다. 가장 비용이 드는 것은 아이들의 교통비와 선물 값입니다. 학생들은 자비로 참가합니다. 그것과 실행위원회의 회의 비용이나 시청이나 시설을 방문할 때의 교통비 등이 꽤 많이 듭니다."

"어이! 자네는 안 마시나?"

하마다가 맥주병을 들었기 때문에 고는 다급히 빈 잔으로 손을 뻗었다.

따르는 김에 와타나베와 누마타의 잔도 채워주면서 하마다는 아무렇지도 않게 말했다.

"내가 전부 내주지. 하지만 다른 졸업생들에게는 절대로 말하지 마. 내가 잘난 척하는 거라고 생각할 테니까."

와타나베가 양 옆에 앉은 고와 누마타에게 은근히 눈짓을 했다.

"그건 너무 많습니다. 10만, 아니 5만 엔이면 충분합니다. 예산을 초과하는 금액을 원조해주시는 것으로 충분합니다."

고가 말을 거들었다.

"와타나베 간사장의 말이 맞습니다. 활동비를 어떻게 충당할지는 이미 결정이 난 일입니다."

"환자나 부상자가 나오는 등 무슨 일이 생길지 몰라. 돈은 많을수록 좋은 법이지. 남으면 돌려주게. 그러면 되잖나."

하마다는 퉁명스럽게 말하고는 오른쪽으로 고개를 돌렸다.

"여보, 준비해줘."

"예."

부인은 시원하게 대답하고 응접실을 나갔다.

잠시 후 돌아온 부인은 흰 봉투를 하마다에게 건넸다.

"돌려주지 않아도 괜찮아. 간사회 경비로 쓰게나."

"아닙니다. 부족한 만큼만 쓰고 나머지는 반드시 돌려드리겠습니다."

와타나베가 잠긴 목소리로 말했다. 가슴 밑에서 뜨거운 것이 치밀어오를 것 같았기 때문이다.

"참으로 훌륭한 학생들이에요. 와세다나 릿쿄 같은 다른 대학과 하마회 연맹까지 만들었다면서요?"

부인의 상냥한 말에 와타나베의 눈시울이 뜨거워졌다.

외면하는 졸업생들 때문에 다소 오기가 나서 강행했지만, 여기까지 오면서 겪은 고생이나 쏟아부은 에너지는 필설로 다 표현하기 어려울 정도였다.

물론 원대한 사명감 때문만은 아니었다. 스스로 즐긴 면도 없지는 않았지만, 와타나베는 하마회의 간사장으로 선출된 이상 하마회의 존재 의의를 보다 높이고 싶다고 생각했다.

'모임'의 실행위원회와 관련된 회의만 해도, 다른 대학과의 연락을 포함하여 100회 이상을 가졌다. 시청이나 양호시설에도 몇 번 발걸음을 했는지 모른다.

하마다 부인에게까지 칭찬을 받자 와타나베는 눈물이 나올 정도로 기뻤다.

"자네들은 정말 장한 일을 해냈어. 아무리 칭찬해도 모자랄 정도야. 우리들이 다녔을 때는 와세다나 릿쿄와 싸우기만 했었지. 이번 운동회를 계기로 하마회의 연맹을 결성하다니 우리가 학생이었을 때는 상상도 못 했던 일이야. 또 어디랑 어디 학교가 참가하나?"

누마타가 대답했다.

"주오, 메이지가쿠인, 센슈입니다. 우리 메이지가 리더십을 발휘했지요. 와타나베의 행동력, 결단력에는 감탄할 따름입니다. 11월 9일의 '모임'은 멋진 이벤트가 되리라 생각합니다."

"저보다 고와 누마타가 애써준 덕분입니다. 이 두 사람뿐만 아니라 하마회의 간사 일동이 정말로 똘똘 뭉쳐서 '모임'을 성공시키기 위해 노력하고 있습니다."

참고로 간사장, 부간사장을 제외한 메이지대학 하마회의 간사회 멤버 20명은 아래와 같았다.

▷회계부 = 부장 와타나베 히데아키渡邊英明(농학부 3학년), 부부장 나카노 마사요시中野昌義(경영학부 3학년)

▷기획부 = 부장 미야노오 마코토宮野尾誠(법학부 3학년), 나가누마 시게미長沼慈海(경영학부 3학년), 부부장 니노미야 히로미二宮ひろみ(법학부 3학년), 히라토 야치요平戸八千代(법학부 3학년), 스즈키 오키하루鈴木興治(경영학부 2학년)

▷섭외부 = 부장 이치마루 사토루市丸悟(정치경제학부 3학년), 부부장 가네코 마사치카金子正則(경영학부 2학년)

▷문화조사부 = 부장 스가하라 요시타카菅原義隆(상학부 3학년), 부부장 이자와 히로유키飯沢博行(공학부 2학년)

▷문화홍보부 = 부장 오이시 겐지大石健児(상학부 3학년), 부부장 다나카 구니히코田中邦彦(공학부 2학년)

▷총무부 = 부장 이누카이 유타카犬飼豊(정치경제학부 3학년), 부부장 후카자와 미쓰야深沢光哉(경영학부 2학년)

▷체육부 = 부장 오자와 마사야小沢正也(법학부 2학년)

▷연맹위원 = 이마이 히로시今井浩(경영학부 2학년), 이마무라 에쓰로今村越郎(공학부 2학년)

▷이즈미지부 = 지부장 가네코 히로시金子宏志(상학부 2학년)

▷이쿠다지부 = 지부장 가와바타 야스오川端康夫(공학부 2학년)

그리고 '모임'의 초대아동은 요코하마시 애아회, 요코하마 군모訓盲학원, 일본 미즈카미水上학원, 어린이의 화원, 세이보聖母애아원, 하루카제春風아동원, 사랑의 상자, 가나가와神奈川 소년, 나카사토中里학원, 세이신誠心학원 등 가나가와현 안의 10개 양호시설의 약 400명.

하마다의 집을 나와 국철 즈루미역 방향으로 걸으면서 와타나베와고, 누마타는 서로의 어깨를 두드리며 엉엉 울었다.

"지옥에서 부처님을 뵌 것 같아. 우락부락한 하마다 선배의 얼굴이 마치 부처님처럼 보이더라."

"맞아. 미인 사모님은 관음보살님이야."

고와 하마다는 정색을 했다.

컴컴한 길 한가운데서 와타나베는 또 다시 북받치는 감정을 억누르느라 고생했다.

훗날 3명은 30만 엔을 갚기 위해서 하마다의 집을 재방문했지만 하마다는 약간 짜증을 내면서 말했다.

"정직한 놈들이구나. 20만 엔은 받겠지만 10만 엔은 회식에 사용해라."

와타나베는 그것마저 고사하면 불화가 생길까 봐 고맙게 받았다.

11월 8일의 밤, '오로라'에서 마지막 회의를 마친 와타나베가 고에게 말을 걸었다.

"만반의 준비가 끝났어. 나머지는 하늘이 아이들에게 화창한 날씨를 내려주실지 어떨지에 달렸다."

"틀림없이 맑을 거야. 내일은 멋진 하루가 되겠지. 이렇게 고생했는데 망칠 리가 없어."

"하지만 가끔 신은 무자비하실 때가 있으니까."

와타나베가 슬픈 표정으로 중얼거린 의미심장한 말이 고의 귓가에 남았다.

5

와타나베는 새벽 4시가 지나서 눈이 떠졌다. 창문을 열자 하늘에 별이 총총했다.

"다행이다!"

자신도 모르게 쾌재가 터져 나오는 바람에 와타나베는 얼굴을 붉히며 주위를 둘러보았지만 누가 있을 리는 만무했다.

5시가 되자 이토가 일어나서 주먹밥과 유부초밥을 잔뜩 만들어주었다.

비엔나소시지와 삶은 달걀은 와타나베가 준비했다. 얼굴에 미소가 걸리고 절로 휘파람이 나왔다.

"미키, 신바람이 나나 보구나."

"예, 바라던 대로 화창한 가을 날씨라서요. 아이들 웃는 모습이 눈에 선해요. 요코스카의 하루카제아동원에 갔을 때 아이들에게 둘러싸여서 잠시 이야기를 나눴거든요. 다들 11월 9일을 손꼽아 기다렸을 거예요."

"넌 골목대장이었을 때부터 남을 생각할 줄 아는 속 깊은 아이였지."

이토와의 대화도 활기가 넘쳤다.

학생들은 7시 집합이지만 실행위원회의 멤버는 6시 반까지 모였다.

줄넘기, 배드민턴, 그림연극, 잔디썰매 등 16개 코너를 설치하는 데 2시간 정도 걸렸다. 16개 코너는 원래부터 전원참가인 줄다리기와 보물찾기, 점심식사, 풍선 등 담당이 일일이 정해져 있었다. 실행위원장인 와타나베는 전 코너를 빠짐없이 점검하지 않으면 안 된다.

다이요 웨일즈의 사이토, 다시로, 아사리의 세 선수도 9시 전에 유니폼 차림으로 나타나서 천막 아래서 대기하고 있었다.

천막 위로는 '녹음과 푸른 하늘과 꿈이 있는 날을!'이라고 크게 적힌

현수막이 펄럭였다.

원장선생님과 교사들에게 인솔된 아이들이 9시 전후로 차례차례 도착했다. 사실상, 광대한 산림공원을 단독으로 전세 낸 것이나 다름없었다.

9시 반에 사회를 맡은 미야노오가 긴장한 표정으로 마이크 앞에 섰다. 목소리가 들뜨는 것은 어쩔 수가 없었다.

"오래 기다리셨습니다. 지금부터 학생들과 양호시설 아동들의 '친목회'를 개최하겠습니다. 먼저 와타나베 미키 실행위원회 위원장이 개막을 선포하겠습니다."

와타나베는 애써 흥분을 가라앉히면서 미야노오와 자리를 바꿨다. 그러나 세차게 뛰는 심장은 좀처럼 진정되지 않았다.

양호시설 별로 정렬해 있는 아이들을 보고 웃은 순간 자연스럽게 어깨의 힘이 빠지고 마음이 편안해졌다.

"여러분, 안녕하세요. 네기시의 산림공원에 오신 것을 환영합니다. 맑고 푸른 하늘 아래에서 신선한 공기를 마음껏 들이마시며 오늘 하루 즐겁게 놉시다. 우리 학생들도 여러분과 함께 즐거운 하루를 보내고 싶습니다. 여러분이 평생 잊을 수 없는 즐거운 추억을 쌓을 수 있도록 우리는 많은 아이디어를 짜냈습니다. 틀림없이 즐거운 시간을 보낼 수 있을 겁니다. 그럼 제일 먼저 줄다리기부터 시작합시다. 그 전에 다이요 웨일즈의 사이토 투수, 다시로 선수, 아사리 선수를 소개하겠습니다. 이 세 분은 여러분을 위해서 우정 참가해주셨습니다."

세 선수가 늠름한 모습을 천막에서 드러냈다. 아이들이 커다란 함성을 질렀다.

세 선수가 아이들과 어울려 줄다리기에 참가한 덕분에 '모임'의 분위기가 단숨에 고조되었다.

16개 코너 중에서 압도적으로 인기를 끈 것은 야구 코너였다. 동경하던 프로야구선수와 캐치볼을 할 수 있는 기회였으니 당연한 일이었다.

원래 한 명당 열 번씩 던지게 할 예정이었지만 다섯 번으로 줄이지 않으면 수습이 되지 않을 만큼 아이들은 길게 늘어섰다.

와타나베는 하루카제아동원의 아이들이 매달리는 바람에 잠시 애를 먹었지만, 아이들을 떼어놓고 16개 코너를 일일이 돌아보았다.

와타나베는 아이들과 같이 잔디썰매를 타고 배드민턴, 도르래, 죽마 놀이를 즐겼지만, 가장 인상에 남았던 것은 동화, 민요 코너에서 여학생의 낭독에 귀를 기울이는, 눈이 안 보이는 아이들의 모습이었다.

양손을 가슴에 모으고, 눈을 감고, 고개를 살짝 기울이고 동화를 듣고 있는 소녀의 모습은 감동적이었다. 와타나베는 벅찬 가슴으로 한동안 서서 지켜보았다.

포크송 코너에서는 나가하마 사나미長浜さなみ가 기타를 치면서 노래했다. 사나미는 메이지대학 경영학부 3학년으로 장래희망이 포크송 가수였다. 시적인 감각도 있는 감수성이 풍부한 여대생이다.

6

산케이신문은 1980년 11월 11일자 지방판 조간에 '가을 하늘 아래의 환성', '메이지대 학생, 양호시설의 아이들 초대'라는 제목으로 사진이 포함된 기사를 게재했다.

9일 요코하마시 나카구 네기시 산림공원에서 메이지대학 요코하마회(와타나베 미키 간사장)의 학생들이 가나가와현의 10개 양호시설의 아동 4백여 명을 초대하여 친목회를 가졌다.

동회(同會)는 매년 봄 메이지대학 만돌린동아리의 자선콘서트를 열고, 그 수익을 아동복지시설에 기부해왔다. 이번 모임은 불우한 시설의 아이들에게 즐거운 추억을 주기 위해서 기획되었다.

이 모임에는 메이지대학 외에도 주오대학, 릿쿄대학, 센슈대학, 메이지카쿠인대학의 학생들과 다이요 웨일즈의 다시로, 사이토, 아사리 선수도 우정 참가했다.

'녹음과 푸른 하늘과 꿈이 있는 날을'이란 테마에 맞추어 화창한 가을 하늘 아래서 아동들은 넓은 공원에서 130명의 형, 누나들과 신나는 시간을 보냈다. 함께 주먹밥을 나눠먹고 줄다리기와 보물찾기, 그림연극, 잔디썰매를 즐기고, 동경하던 프로야구선수들과 캐치볼을 했다. 마지막으로는 '오늘은 이만 안녕'을 합창하면서 저녁놀을 향해 각자 소원을 적은 풍선을 일제히 날려 보내는 것으로 행사를 마쳤다.

와타나베는 1981년 1월 1일자 '메이지대학 하마회 회보'에 다음과 같은 글을 기고했다.

"다들 손을 놓으세요!!"라는 소리에 맞춰서 600개의 풍선이 하나, 둘 아름다운 저녁놀 속으로 둥실 떠올랐다. 만세를 하는 아이, 소원이 이루어지길 조용히 비는 아이, 손을 흔들며 풍선을 쫓아가는 아이, 자기 풍선이 다른 친구들의 풍선과 같이 잘 날아가는지 물어보는 아이. 아이들마다 다양한 표정을 짓고 있었다. 그때 아이들이 무슨 생각을 했는지는 알 길이 없다. 하지만 아마도 작은 가슴으로 무언가 느낀 것이 있으리라 생각한다.

이 자리를 빌어서 나는 요코하마회에게 복지란 무엇인가 진지하게 생각해보고 싶다. 우리는 이번 행사를 열면서, 지금까지 간접적으로만 관계했던 아이들과 어떤 형태로든 직접 부딪칠 기회를 가지고 싶었다. 여태까지는 복지를 추상적인 개념으로만 알고 있었다.

처음에는 아이들이 즐겁게 놀고 만족스럽게 돌아가기만 하면 성공이라고 생각했다. 사실 복지라는 단어를 머릿속에 새겨두고 아이들을 대했다면, 그 시점에서 이미 진정한 복지라고 말할 수 없다.

이번 행사와 복지에 대해서 여러 차례 학생들끼리 의논한 끝에, 아이들과 직접 부딪쳐보고 무언가 얻는 것이 있다면 그걸로 충분하다는 결론을 내렸다. 그날 학생들은 아이들과 전력으로 부딪쳐서 함께 어울려 놀았다. 아이들과의 만남을 통해 모두 만족감을 맛보았을 것이라 생각한다.

아이들의 환한 얼굴을 보고 누구나 그런 기분을 느꼈을 것이다. 그것이야말로 진정한 복지가 아니겠는가. 이것은 몸으로 직접 체험해봐야 비로소 얻을 수 있지 이론으로는 설명할 수 없다. 아이들과 부딪쳐보니 이런 기분은 한쪽의 일방적인 감정이 아니라 아이들과 하나가 되어야만 비로소 서로에게 얻어가는 것이 있다고 본다.

　모든 것이 끝난 지금, 이번에 개최한 행사가 아이들에게 기쁨을 주고 성공리에 종료된 것을 진심으로 기쁘게 생각한다. 가끔 아이들이 열심히 써서 보내준 편지를 볼 때마다 감개가 무량하다.

　앞으로도 학생 한 명, 한 명이 이번 체험을 소중히 간직하고, 아이들이 기뻐할 만한 이벤트를 만들어가길 바란다.

　나가하마 사나미는 그날 밤 '끝나지 않는 하루'라는 제목의 시를 지었다.

　뱃속 가득히 숨을 들이마시고
　풍선이 하늘로 날아갔네
　오늘이라는 날의 헤아릴 수 없는 다정함에 감싸여
　무수한 풍선이
　바람을 타고 날아갔네
　풍선은 석양을 향해서 날아갔네
　뒤쫓아 가볼까
　있는 힘껏
　나는 쫓아갈 수 없다네
　쫓아가면 눈물이 흘러나올 것 같으니까
　풍선이 날아갔네

오늘이라는 날의 행복을

나는 가만히 지켜보리

너희들의 시대와 우리들의 시대가

오늘이라는 날과 이어지도록

와타나베는 다른 사람들과 같이 '오늘은 이만 안녕'을 흥얼거리면서 빨간 풍선에 '회사의 사장이 되어 날 위해서, 그리고 세상을 위해서, 사람들을 위해서 살게 해주세요'라고 매직으로 썼다. 손을 놓자 기다렸다는 듯이 날아올라간 풍선이 석양에 녹아들어 갔다.

7

"일만인 콘서트를 열자."

와타나베가 눈을 빛내면서 이런 말을 꺼낸 것은 '산림공원의 모임'의 흥분이 다 식기도 전인 11월 14일이었다.

이날 밤 7시부터 메이지대학 하마회의 정례회가 구미요지 근처에 있는 스즈키의 집에서 열렸고, 멤버 전원이 흡족한 얼굴로 '모임'의 성공을 자찬하며 기뻐했다.

"아이들이 '왜 풍선을 하늘로 날려 보내요?'라고 묻는 거야. 그래서 '하늘에 계신 신에게 소원을 비는 거야'라고 대답해줬더니 다들 기뻐하더라고. 아이들의 그 미소가 잊히질 않아."

'모임'의 사회를 맡았던 미야노오 마코토(기획부장)의 말에 스가하라 요시타카(문화조사부장)도 동의했다.

"아이들의 웃는 얼굴을 보니 나도 흐뭇하더군. 미키가 '즐거운 추억을 아이들에게 선물하고 싶다'고 했을 때 찬성하길 잘했어."

와타나베 히데아키(회계부장)가 감개에 젖은 말투로 말했다.

"풍선 날리기는 정말 멋있었어. 감동적이었지. 난 눈물까지 나오더라. 풍선을 놓을 때까지 우리도 아이들도 가슴이 세게 뛰었을 거야. 평생의 추억으로 남겠지."

"풍선도 좋았지만 대형 연을 파란 하늘 높이 올렸을 때의 아이들 미소가 무척 인상적이었어. 만세를 한 아이들도 여러 명이나 있었고."

연날리기 코너를 담당했던 이누카이 유타카(총무부장)가 상기된 얼굴로 말했다.

정례회는 한참동안 '산림공원의 모임'의 이야기로 달아올랐다. 그래서 와타나베의 발언은 너무 뜬금없이 느껴졌다.

장내는 순간 정적에 빠졌다.

와타나베는 웃으면서 일동을 둘러보았다.

"'산림공원의 모임'의 연장선상이야. 동화와 민화 코너에서 앞을 못 보는 아이들이 열심히 낭독을 듣는 모습을 보고 난 가슴이 뜨거워졌어. 그 아이들에게 점자책을 많이 선물한다면 얼마나 기뻐할까? 일만 인을 모을 수 있으면 수익도 늘어나잖아."

"'일만인 콘서트'라니 장소를 바꿀 거야?"

고의 질문에 와타나베가 고개를 좌우로 흔들었다.

"요코하마문화체육관은 바꿀 수 없어. 주야로 2회 공연하면 만 명을 수용할 수 있겠지."

"만돌린콘서트에 사람들이 만 명이나 올까? 매년 5천 명을 모으는데도 고생하잖아."

"누마타, 좋은 지적이야……."

와타나베는 여유만만이었다. 며칠 밤이나 고민한 끝에 내놓은 제안이니 당연했다.

하마회는 매년 5월 혹은 6월에 메이지대학 만돌린동아리의 콘서트를 개최하고 얻은 수익을 가나가와현의 아동복지시설에 기부해왔다. 올해(1980년)의 기부금은 110만 엔이었다.

내년으로 27회째를 맞이하는 만돌린콘서트는 하마회 최대의 이벤트였다. 양호시설의 아동들도 초대된다.

와타나베는 이 이벤트 규모를 두 배로 키우려면 어떻게 해야 할지 이리저리 궁리했다.

"'메이지대학 창립 백주년 기념 이벤트'와 '앞을 못 보는 아이들에게 책을', 이걸 캐치 프레이즈로 삼으면 될 거야. 게다가 내년은 '세계 장애인의 해'이기도 하니까 반응이 좋지 않을까? 누마타가 말한 대로 만돌린콘서트만으로 만 명을 채우긴 힘들겠지. 하지만 미소라 히바리 美空ひばり—1937년 5월 29일~1989년 6월 24일. 일본의 엔카 가수 같은 거물급 가수나 '아리스 ALICE—1971년에 결성된 일본의 포크 그룹' 같은 그룹과 조인트콘서트를 연다면? 무도관을 가득 채우고도 남을 미소라 히바리나 뉴 뮤직 그룹을 끌어들이면 틀림없이 성공하지 않을까?"

"하긴 아리스 정도라면……."

누마타는 팔짱을 끼고 고개를 주억거렸다.

"티켓값을 천 엔으로 잡으면 천만 엔. 출연료가 되겠지."

"취지가 취지인 만큼 평상시 몸값의 반만 받고 출연해줄 지도 모르지만……."

와타나베의 시선은 누마타에게서 미야노오와 나가누마 시게미(기획부장)에게로 옮겨갔다.

"반대하는 사람은 없는 것 같으니까 기획부에서 구체적인 안을 세워봐. 정해지면 이치마루가 교섭을 진행해줘."

"오케이. 엄청 힘들겠지만 내가 나서야겠지."

이치마루 사토루의 목소리가 한 옥타브 높아졌다. 이치마루는 섭외부장이었다.

1981년의 메이지대학 만돌린콘서트는 5월 31일(일) 오후 2시, 6시 30분에 공연하기로 정해지자 섭외부는 먼저 아리스의 사무소와 접촉했다.

1971년에 다니무라 신지谷村新司와 호리우치 다카오堀内孝雄로 결성되었다가 나중에 야자와 도루矢沢透를 영입한 아리스는 인기 정상의 그룹이었다.

그러나 일정을 조정하기가 쉽지 않았다.

결국 이치마루는 미소라 히바리의 사무소에 전화를 걸었지만 본인에게 전해주기는커녕 매몰찬 대답이 돌아왔다.

"학생들의 콘서트? 지금 농담하나?"

매니저라 생각되는 남자의 한마디로 끝이 나버렸다.

아리스나 미소라 히바리. 와타나베는 그들 외에는 염두에 두지 않았기 때문에 초기 단계에서 암초에 걸렸다.

미소라 히바리는 요코하마가 낳은 일본 최고의 가수다.

편지로 본인에게 직접 호소할 방법은 없을까 고민하던 와타나베에게 "모리 신이치森進一는 어때?" 하고 제안한 사람이 있었다.

모리 신이치는 1966년 '여자의 한숨'으로 데뷔한 가수인데 허스키한 목소리로 독자적인 경지를 개척했다. 1968년에는 음반 '그림자를 연모하여'가 히트를 쳐서 일본레코드대상 기획상을 수상했고, 1974년에는 '에리모곶'이 크게 히트하여 일본 레코드대상을 차지했다.

"메이지대학 만돌린동아리의 창시자인 고가 마사오古賀政男~1904년 11월 18일 ~1978년 7월 25일. 일본의 작곡가 겸 기타리스트. 수많은 유행가를 작곡했다가 모리 신이치의 은사이기도 하니까 딱이지 않을까?"

"고가의 곡을 노래한다면 금상첨화겠군."

"모리 신이치는 예능기획사에서 독립하는 바람에 일거리가 떨어졌으니까 흔쾌히 수락할 거야."

'오로라'에서 간사들이 나누는 대화를 들은 와타나베는 결론을 내렸다.

"좋아, 모리 신이치로 정하자. 이치마루, 당장 알아봐."

이치마루가 이끄는 섭외부가 모리 신이치 측과 접촉한 결과, 쉽게 오케이가 떨어졌다. 모리 신치이 측은 주야 2회 공연으로 500만 엔의 출연료를 요구했지만 자선활동의 취지를 설명하자 최종적으로는 200만 엔에 수락했다.

게다가 팸플릿 제작에도 적극적으로 협력해주어서 이치마루를 포함한 섭외부는 감격했다.

모리 신이치의 사진과 사인을 박아넣은 호화 팸플릿을 2천부 작성했다. 그 안에 모리 신이치와 만돌린동아리의 창시자인 고가 마사오에 얽힌 에피소드도 삽입되었다.

"내가 '인생의 가로수길'을 노래하고 있을 때였습니다. 여동생과의 추억이 떠올라 눈물이 펑펑 쏟아졌지요. 울면서 노래하는 절 보고 고가 선생님도 함께 울어주셨습니다." 모리 신이치에게 고가 마사오 선생님은 사생활면으로도 좋은 의논 상대였다.

팸플릿 제작비는 광고를 실어서 충당했다. '이세후쿠', '오로라'도 광고를 게재해주었다.

8

1981년 2월 상순의 어느 날, 콘서트 티켓과 파란색만으로 인쇄한 주간지 사이즈의 광고지 더미가 인쇄회사에서 '오로라'로 운반되었다.

티켓은 세로 9센티미터, 가로 26센티미터 사이즈. 앞면에는 가로로 'MEIJI UNIVERSITY MANDOLINE CONCERT'라는 흰 글씨가 찍혀 있었다.

뒷면에는 '제27회 메이지대학 만돌린 콘서트', '아동복지시설 후원

금 모집 · 앞을 못 보는 아이들에게 책을!', '출연 메이지대학 만돌린동
아리', '특별출연 모리 신이치', '날짜 5월 31일 오후 1:00 입장, 오후
2:00 공연', '장소 요코하마문화제육관', '주최 메이지대학 요코하마
회 · 메이지대학 교우회 가나가와지부', '후원 요코하마시 가나가와신
문사 · TVK방송국 · 메이지대학 야구부동문회 · 메이지대학 가나가와
현 학부형회 · 요코하마청년회의소 · 요코하마자선협회 · 코분화장품'
등이 있었다.

만돌린의 사진 아래에 빨간 잉크로 '이 콘서트의 수익 일부는 요코
하마시 민생국, 가나가와신문사를 통해서 아동복지시설 및 지체부자
유아동시설에 기부됩니다. 이 콘서트에는 가나가와현 관할의 양호시
설아동이 초대됩니다'라고 인쇄되어 있었다.

전단지 쪽은 모리 신이치의 얼굴 사진과 만돌린, 그리고 프로그램.

프로그램은 다음과 같았다.

제1부 고전음악

교가, 슬라브행진곡 외

제2부 초대가수 모리 신이치

에리모곶, 어머니, 신주쿠 미나토마치, 인생의 가로수길, 그림자를
연모하여 외

제3부 만돌린은 세계를 돈다

사랑의 테마, 에덴의 동쪽, 시바의 여왕, 데킬라, 마이 웨이 외

당연히 티켓은 두 종류로, 밤 공연은 입장과 공연 시간이 '오후
5:30과 6:30'으로 달랐다.

"1만 장의 티켓이 매진되도록 다 같이 힘써보자. 연맹위원인 이마이와 이마무라는 특히 수고 좀 해줘."

와타나베는 티켓 판매를 위해 솔선해서 뛰어다녔다. 교복 차림으로 두셋씩 짝을 지어 밤중의 간나이나 사쿠라기초桜木町 같은 유흥가의 바나 술집을 돌아다닌 것도 한두 번이 아니었다.

"메이지대학 하마회 회원입니다. 메이지대학 만돌린동아리와 모리 신이치의 조인트콘서트 티켓을 판매하고 있습니다. 단돈 천 엔에 두 가지 콘서트를 즐길 수 있습니다."

"콘서트는 언제인가?"

"5월 31일 일요일입니다. 오후 2시와 6시 반의 주야 2회 공연으로, 장소는 요코하마문화체육관입니다."

수첩을 꺼내서 '5월 31일'에 아무 예정이 없는 것을 확인하더니, "낮 공연 티켓을 3장 사겠네. 모리 신이치의 라이브를 들을 수 있다면 싸게 먹히는 셈이지."

티켓을 구입해주는 사람은 꽤 많았다.

"학생들, 수고가 많구만. 한 잔 할래?"

맥주를 권하는 손님도 있었다. 그런 권유를 미리 예상하고 있었던지라 와타나베는 술을 마시지 않도록 학생들에게 단단히 못을 박아두었다.

"너희들, 얼마나 떼어먹는 거야?"라며 시비를 거는 취객과도 조우했다.

"저희는 자원봉사입니다. 콘서트의 수익금은 아동복지시설에 기부할 겁니다."

구로사와가 혼자서 50장이나 떠맡아준 것도 여기에 기록해두겠다. 아마도 구로사와는 친구나 친척에게 티켓을 강매했을 것이다.

결국 티켓은 와타나베와 간사들의 노력 덕분에 1만 장을 훨씬 초과하여 12,777장이나 팔렸다.

체육관은 주야 2회의 공연으로 1만 1천명을 수용할 수 있기 때문에 필연적으로 입석 관객이 나올 수밖에 없었다. 당일 낮 공연에서는 무대와 가까운 좌석을 확보하려는 사람들이 아침 9시부터 줄을 섰고, 11시에는 요코하마문화체육관 둘레를 2중, 3중으로 둘러싼 사람들로 붐볐다.

입장시간을 1시간이나 앞당겨야 할 정도였기에 간사들은 기쁨의 비명을 질렀다. 하늘은 흐렸지만 비가 내리지 않아서 다행이었다.

약 200명의 초대 아동들에게는 유명 중화요리점인 사키요켄崎陽軒의 도시락이 지급되었다.

오후 2시와 오후 6시 반의 공연을 시작하기 전에, 와타나베는 교복 차림으로 무대의 마이크 앞에 섰다.

"안녕하십니까. 메이지대학 요코하마회 간사장 와타나베입니다. 오늘 여기 요코히마문화체육관에서 초대가수인 모리 신이치 씨를 모시고 제27회 메이지대학 만돌린콘서트를 개최하게 되었습니다. 이렇게 많은 분들을 모시고 성황리에 주야 2회 공연을 가질 수 있게 되어 저희 메이지대학 요코하마회 일동은 기쁘기 한량이 없습니다. 올해는 '메이지대학 창립 백주년'이 되는 해이자 '세계 장애인의 해'이기도 합니다. 그것을 기념하는 의미로 요코하마문화체육관에서 2회의 공연을 가지게 되었습니다. 이 콘서트의 수익금은 아동복지시설 후원금, 특히 캐치 프레이즈대로 앞을 못 보는 아이들을 위한 도서 구입에 쓰일 예정입니다.

저희 요코하마회가 미력하나마 아동복지를 위해 봉사할 수 있는 것은 한마디로 말해서 저희 취지를 지지해주신 요코하마 시민 여러분과 선배님들, 관계자분들 덕분입니다. 이 자리를 빌어 진심으로 감사드립니다. 앞으로도 저희 요코하마회는 요코하마시와 아동복지에 자그마한 보탬이 되고자 합니다. 그러기 위해서도 '만돌린콘서트'와 '학생과 아동의 친목회'라는 두 가지 사업을 널리 알려 나가고 싶습니다. 요코하마회의 활동에 여러분의 많은 지도와 지원을 부탁드립니다. 오늘은 어려운 발걸음 해주셔서 대단히 감사합니다."

흥분하지 않고 차분한 목소리가 나오도록 조심했기 때문에 낭랑하고 당당한 연설이 마이크를 타고 흘러나왔다.

와타나베는 폭풍 같은 갈채에 세차게 뛰는 고동을 느끼면서 무대에서 내려왔다.

이렇게 커다란 무대에서 인사말을 할 수 있다니, 간사장이 된 보람이 있다고 와타나베는 생각했다.

다음날, 6월 1일자 조간에서 산케이 신문 요코하마판은 '성황 자선 연주회', '요코하마에서 메이지대학 만돌린동아리'라는 제목에 이어서 다음과 같이 보도했다.

앞을 못 보는 아이들에게 책을——자선연주회로서 요코하마 시민들 사이에 정착한 메이지대학 만돌린동아리의 정기 콘서트(요코하마시외 후원)가 31일 요코하마 나카구의 요코하마문화체육관에서 열렸다.

27회째를 맞이하는 올해 공연은 세계 장애인의 해와 동 대학의 창립 백주년을 기념하여 처음으로 주야 2회로 나누어 열렸으며, 1만 2천 명의 음악팬이 회장을 메웠다.

공연은 3부 구성으로 이루어졌으며 모리 신이치 씨가 초대가수로 출연했다. 매년 수익금 중 110만 엔이 요코하마시 민생국을 통해 시내의 아동복지시설 등에 기부되는데, 올해는 그 외에도 맹아들을 위해 점자책 구입에 써달라며 요코하마시 국제장애인사무국에 4백만 엔을 기탁했다.

제3장
소년시절의 결의

1

12월 4일 토요일 저녁, 아버지 히데키秀樹와 계모 도미코とみ子가 병문 안을 왔다.

이토가 전화를 걸어서 부른 것이다.

"걱정하실 테니 아버지에게는 알리지 마세요."

와타나베는 이토에게 단단히 일렀지만 아버지에게 알리는 것을 막을 방도는 없었다.

요리하길 좋아하는 도미코는 3단 찬합에 조림과 생선구이 같은 반찬을 잔뜩 싸가지고 왔다.

"미키, 할머니가 네 걱정을 이만저만 하시는 것이 아니야. 아버지에게 사가와택배를 그만두도록 설득해달라고 하셨단다."

"어머니, 겨우 허리 좀 삔 걸 가지고 너무 호들갑이세요. 화물을 들어올리다 잠깐 방심해서 그렇지 금방 나아요."

파자마 위에 카디건을 걸친 와타나베는 윗몸을 일으켜 벽에 기대고 양다리는 쭉 뻗은 자세로 부모님과 녹차를 마시면서 말했다.

"사내가 한번 하겠다고 결심한 일이에요. 허리 다쳤다고 SD를 그만둔다면 대장부라고 할 수 없지. 미키, 열심히 해봐라."

히데키의 매정한 말투에 이토는 낙심했다.

"얘야, 그러고도 네가 미키의 애비라고 할 수 있니? 아들이 매일 20시간씩 근무하며 죽을 고생을 하고 있는데. 그런 말을 할 거면 뭐하러 여기까지 온 건지 모르겠구나."

"한동안 찾아뵐질 않아서 어머니랑 미키 얼굴을 보러 온 거예요. 둘 다 잘 지내는 것 같아서 마음이 놓여요."

"미키가 이렇게 고생하고 있는데 정말 매정한 애비로구나."

히데키는 예순세 살, 도미코는 띠동갑보다도 어린 쉰한 살. 두 사람이 결혼한 것은 7년 전으로 와타나베가 고등학교 1학년 때의 일이었다. 히데키는 재혼이지만 도미코는 초혼이었다.

히데키 부부는 오우기마치扇町의 아파트에 살고 있었다.

와타나베의 형제는 두 살 위인 누나 메구미 하나로, 이토를 포함한 일가 다섯 명이 살고 있었다. 대학에 진학한 후로는 이토와 메구미, 이렇게 셋이서 다케노마루주택으로 이사했다. 메구미는 3년 전에 일본화재해상보험의 대리점을 경영하고 있는 노구치 요이치野口容一와 결혼해서 슬하에 자식도 있었다.

와타나베는 녹차를 홀짝거리면서 기쁜 듯이 말했다.

"아버지는 회사를 도산시켰지만 전 도쿄증권거래소에 상장시킬 만한 회사로 반드시 키워 보일 거예요."

"회사를 세우기도 전에 큰소리부터 치는구나. 하지만 미키라면 해낼지도 모르지. 네가 초등학교 졸업기념 앨범에 '어른이 되면 회사 사장이 되고 싶습니다'라고 쓴 것을 생생하게 기억한단다. 그 글을 봤을 때는 깜짝 놀랐지."

"아버지 회사가 망한 것이 너무 분해서 그때 그런 결심을 했지요."

와타나베는 안타깝기 그지없다는 듯이 아랫입술을 깨물었다.

히데키가 테이블 위의 재떨이에 담배를 비벼 끄고 오른손 검지로 코를 문질렀다. 와타나베보다도 크고 오똑한 코였다. 신장은 175센티미터. 이 시대의 남성치고는 눈에 띄는 장신이었다.

와타나베의 날씬한 체형은 아버지에게 물려받았다.

"영화 『아라비아의 로렌스』에서 피터 오툴이 연기한 로렌스가 낙타에서 떨어진 동료를 구출하기 위해 열사의 사막을 되돌아가는 장면이 기억나는군. 아랍의 족장은 '이미 죽었다. 그것이 그의 운명이다. 자살할 생각이냐? 너도 죽을 수도 있다'면서 로렌스를 말렸지. 하지만 로렌스는 족장을 뿌리치고 혼자서 되돌아가 무사히 구출하고 오아시스에서 쉬고 있던 동료들을 따라잡았어. 그때 로렌스의 대사가 정말 근사했지. '운명 따위는 없다'였던가? 그 말에 족장은 '위대한 인간은 스스로 운명을 개척하는구나'라면서 로렌스를 칭찬했어."

"『아라비아의 로렌스』가 개봉했던 것은 제가 태어날 무렵이라 영화관에서는 못 봤지만 텔레비전으로 봤죠. 그 장면은 똑똑히 기억나요. 눈물이 나올 만큼 감동적이었어요. 그런데 아버지는 무슨 말씀이 하고 싶으세요?"

와타나베는 어릴 적부터 히데키의 장광설에 진저리를 쳤다. 나쁜 짓을 하다 들키면 1시간이나 무릎을 꿇고 앉아 잔소리를 들어야 했으니 고문이 따로 없었다. 다리는 저리고 숙이고 있는 고개가 아파왔다.

차라리 한 대 맞는 편이 낫겠다고 생각했을 정도였다. 그러나 히데키는 결코 손을 든 적이 없었다.

"미키가 '미로크경리'를 나와서 사가와택배의 SD가 된 것은 인생이나 운명을 스스로 개척하기 위해서잖아. 그걸 말하고 싶었어. 덧붙이자면 나는 회사를 하나 도산시켰지만 누구에게도 피해를 준 적이 없어. 미키나 메구미를 집도 절도 없이 떠돌게 만든 적도 없어. 하지만 운명을 개척하려는 노력은 부족했을지도 몰라."

"아버지가 설교를 늘어놓기 시작하면 길어지니까 이쯤 하죠……. 모처럼 어머니가 반찬도 만들어 오셨으니 맥주라도 한잔하는 거 어때요?"

와타나베가 말을 끊자 히데키는 잠시 발끈했지만 오랜만에 아들의 웃는 얼굴을 보고 금방 마음이 풀렸다.

이토도 도미코도 맥주를 한 잔씩 마셨다.

2

양친은 9시가 넘어서 떠났다. 와타나베는 서른여섯의 젊은 나이에 요절한 생모 미치코美智子의 얼굴을 떠올리지 않을 수가 없었다. 어머니를 생각하면 지금도 눈물이 흘러나왔다.

좋은 어머니, 아름다운 어머니였다. 미키는 어머니의 기일인 5월 16일이 되면 꼬박꼬박 성묘를 갔다.

미키는 초등학교 4학년 때 리틀 리그의 주전선수가 됐을 정도로 야구를 좋아하는 소년이었다. 4학년 때는 2루수이자 8번 타자, 5학년 때는 3루수이자 3번 타자. 나가시마 시게오長嶋茂雄 선수와 왕정치王貞治 선수를 동경해서 프로야구선수가 되기를 꿈꾸던 장난꾸러기 소년은, 1970년 5월 16일 후로 과묵한 소년으로 변해버렸다.

미치코는 급성 신장염이 악화되어서 1년 정도 입원할 수밖에 없었고, 병원을 두 차례 바꾸기까지 했다. 처음 옮긴 병원은 도쿄東京 가마타蒲田에 있는 도호東邦대학의학부속병원이었다.

요코하마 시립 미나미요시다南吉田초등학교 4학년이었던 미키는 야구 연습이 있는 날을 제외하면 방과 후 매일같이 어머니를 보러 병원으로 갔다.

6인병실의 안쪽 남향에 미치코의 침대가 있었다. 미치코는 미키의 웃는 얼굴만 보면 절로 기운이 났다.

"미키가 보러 와줘서 엄마는 무척 기쁘지만 공부는 제대로 하고 있는 거니?"

"엄마, 이걸 봐요. 국어 100점, 산수는 95점이에요."

책가방을 등에 맨 채로 병실 안으로 뛰어 들어가면 사방이 환해질 정도로 미키의 목소리에서는 기운이 넘쳤다.

"어머나, 참 잘했구나."

미치코는 진심으로 기뻐했다. 미치코는 아이들이나 다른 사람을 대할 때 늘 바르고 고운 말을 썼다.

"엄마, 언제 퇴원해요?"

"곧 할 거야."

"국제친선병원에서 이 병원으로 옮긴 지 벌써 다섯 달이나 됐는데 아직도 안 나았어요? 살도 찌고 건강해 보이는데."

가냘프던 미치코의 얼굴은 둥글둥글해져 있었다. 부종 때문이 아니라 스테로이드계 약을 투여한 부작용인 것 같았다. 미치코 본인은 그 사실을 알고 있었다.

1970년 당시에 혈액투석기감시장치와 투석액 공급장치를 갖추고 있는 병원은 아주 드물었다.

미치코가 국철 간나이역 근처의 국제친선병원에서 도호대학의학부 부속병원으로 옮긴 이유도 후자에 혈액투석기가 설치되어 있었기 때문이었다.

문제는 고액의 비용이었다. 당시 혈액투석은 건강보험의 혜택을 받지 못했다. 인공신장의 혈액투석에 필요한 비용은 월 100만 엔에 가까웠던 시대였다.

만성 신장염이 악화된 중증 환자는 합병증인 요독증 때문에 죽음에 이르렀지만, 히데키는 무슨 수를 써서라도 미치코가 투석 치료를 받을 수 있게 해주고 싶었다.

그러나 도호대학의학부속병원은 아직 혈액투석기의 조작 기술이 미숙해서 투석액이 새는 등 의료미스가 발생하고 있다는 것을 주치의가 히데키에게 몰래 가르쳐주었다.

히데키가 미치코를 미나미구 우라후네초浦舟町에 있는 요코하마시립 대학부속병원으로 옮긴 것은 5월 7일의 일이었다.

요코하마시청의 사회복지사와 상담해서 일단 매월 10만 엔의 치료비를 지불하기로 병원측과 협상을 하고 5월 18일부터 투석을 개시하기로 정해졌다.

"엄마는 혈액투석을 하면 퇴원할 수 있게 될 거야. 매달 2번씩 병원에 다니면 된다는구나."

히데키가 얼마나 안도했는지 모른다. 그리고 15일 금요일 저녁에 사립 세이비成美학원 중등부 1학년인 메구미와 같이 병원에 들렀을 때 본 미치코의 미소는 미키의 눈 속에 또렷하게 새겨졌다.

"엄마도 이제 메구미와 미키에게 맛있는 것을 만들어줄 수 있어. 할머니도 더 이상 고생하실 필요 없고……."

미치코가 입원해 있는 동안 이토가 대신 아이들을 돌봐왔다.

"엄마, 퇴원하면 같이 야구시합 보러 갈 수 있지? 나 3루수에 3번 타자야."

"물론 보러 가야지. 아빠랑 누나랑 다 같이."

"난 야구에 흥미 없어요. 아빠도 회사가 바쁘셔서 아직 미키의 시합을 보러 가신 적이 없는걸요."

"아빠는 회사일 때문에 일요일에도 출장 가시는 일이 많으시니까. 하지만 한 번쯤은 갈 수 있을 거야. 꼭 아빠랑 같이 갈게."

"신난다. 내가 꼭 홈런을 날릴게."

그것이 메구미와 미키 남매가 어머니와 나눈 마지막 대화가 될 줄은 꿈에도 몰랐다.

3

5월 16일 토요일 정오가 지났을 무렵, 출근한 히데키는 시립대부속 병원에서 걸려온 전화를 받았다.

"부인의 증상이 갑자기 악화되어 위독한 상태입니다. 즉시 병원으로 와주세요."

간호사인 것 같은 여성의 목소리는 긴박했다. 심각한 상황이라는 것이 전해졌다.

히데키는 정신없이 히가시긴자東銀座에서 택시를 잡아타고 병원으로 달려갔다.

2시가 되기 전에 병원에 도착했다. 집중치료실에서는 멎어가는 미치코의 심장을 소생시키기 위해 의사들이 열심히 노력하고 있었다.

30분 쯤 간절한 마음으로 지켜보고 있던 히데키는 너무나 괴로운 나머지 견디지 못하고 입을 열었다.

"이제 됐습니다. 그만하세요. 아내가 불쌍합니다. 더 이상 아내에게 고통을 주고 싶지 않아요. 부탁드립니다."

미치코의 죽음이 확인되었다. 5월 16일 오후 2시 42분.

야구모자에 유니폼을 입은 미키가 병원으로 달려온 것은 3시가 지나서였다. 야구 연습을 마치고 병원에 들른 것이었다. 때마침 메구미와 이토도 병원에 도착했다.

메구미는 담임선생에게 어머니가 위독하다는 소식을 들었다. 이토는 병원의 연락을 받고 메구미와 미키의 학교에 전화를 걸었지만, 연습장이 학교에서 떨어져 있었던 관계로 미키에게는 미처 전달되지 않았던 것이다.

"엄마가 방금 돌아가셨다. 급하게 상태가 나빠진 모양이야. 아빠도 엄마의 유언을 듣지 못했단다."

간신히 쥐어짜낸 히데키의 말을 듣자마자 굵다란 눈물방울을 뚝뚝 떨구면서 미키는 목 놓아 울었다. 병원이 떠나갈 만큼 커다란 울음소리였다.

"엄마가 죽다니. 엄마! 엄마! 엄마!"

히데키와 이토도 미키에게 전염이라도 된 듯이 눈물을 흘렸지만, 메구미는 씩씩하게 필사적으로 눈물을 참으면서 미키의 등을 토닥거리면서 달랬다.

"미키, 넌 사내애잖아. 그렇게 울면 안 돼."

집중치료실의 침대에 누워 있는 어머니의 아름다운 얼굴을 보고 미키는 한층 더 소리 높여 울었다.

"엄마! 엄마! 죽으면 싫어. 엄마, 부탁이니까 눈을 떠요!"

집중치료실에서 영안실로 유체가 옮겨지는 사이에도 미키는 미치코에게서 떨어지려고 하지 않았다. 유체가 자택의 거실에 안치된 후에도 머리맡에 붙어 앉아서 어깨를 떨고 있었다.

그날 밤 미키는 한숨도 자지 않고 유체 옆에서 울었다.

16일 오후, 이시카와초石川町 렌코지蓮光寺에서 거행된 장례식에서도 미키는 울기만 했다. 목소리는 쉬어버렸지만 눈물이 멎는 일은 없었다.

끝없이 흐느끼는 미키의 모습에 조문객들은 눈시울을 적셨다.

출관할 때가 되자 미키의 울음소리가 더욱 애절해졌다.

화장장에서 이토가 타일렀다.

"미키가 계속 울기만 하면 엄마가 안심하고 하늘로 떠나지 못한단다."

미키는 울음을 참으려고 애를 써보았지만 눈물이 그치질 않았다.

저렇게 착하고 다정한 어머니의 생명을 앗아가다니 신은 너무 무자비하다——어린 마음에도 미키는 신을 저주하지 않을 수가 없었다.

칠일재를 올린 후 미키는 히데키가 회사 직원과 이야기하는 것을 우연히 엿듣게 되었다.

"사장님, 혹시 병원 측의 의료미스는 아닌가요?"

"왜 그런 생각을 하지?"

"그야 15일에 혈액투석을 했다면 사모님은 안 돌아가셨을지도 모르잖아요."

"어쩌면 그랬을지도. 병원 측이 잘못 판단했을 수도 있겠지."

"이대로 넘어가실 겁니까?"

"혈액투석을 기다리는 환자는 그 사람만이 아니야. 순서가 정해져 있었으니까."

"하지만 위급한 환자를 우선적으로 봐줘야죠."

"죽은 사람은 돌아오지 않아. 병원은 적은 비용으로 치료해주겠다고 약속했어. 병원과 싸우는 것은 미치코도 원하지 않을 거야."

"저는 아무래도 납득이 되질 않아요. 저렇게 슬퍼하는 아드님이 너무 불쌍해서……."

사람이 좋아 보이는 중년남자는 울먹거렸다.

미키는 눈물샘이 터진 것이 아닐까 의심스러울 정도로 그날 밤도 침대 안에서 울었다.

4

미키는 그렇게 좋아하던 야구도 그만뒀다. 학교에는 다녔지만 공부에 집중이 되질 않았다.

그저 죽고 싶었다. 천국에 가면 어머니를 만날 수 있을 것이라고 생각했던 것이다.

집에서도 학교에서도 넋을 놓고 있는 일이 잦았다.

집에는, 당시로서는 보기 드문 대형 컬러TV가 거실에 있었지만 거들떠도 안 보고 자기 방에 틀어박혀 있었다. 식욕도 잃은 미키는 나날이 여위어갔다.

그만큼 모친의 죽음은 미키에게 충격적인 사건이었다.

밤늦게 귀가한 히데키는 이토가 건네준 1학기 성적표를 보고 얼굴을 찡그렸다.

"미키 이 녀석, 수를 받은 건 체육뿐인가. 성적이 너무 많이 떨어졌네요. 메구미는 잘하고 있는데."

"메구미 말로는 시험기간에도 공부를 거의 하지 않는다구나."

"엄마가 죽어서 힘들다는 것은 알지만 미키가 그렇게 마음이 나약한 아이였다니 충격적이네요."

"한번쯤 미키랑 차분하게 대화를 나눠보렴. 한창 예민할 나이니까 쉬운 일은 아니지만 이대로 내버려둘 수는 없잖니."

"알았어요. 이번 일요일에 같이 산책이라도 다녀올게요."

"너무 장황하게 잔소리하지는 말렴. 미키가 빨리 기운을 차렸으면 좋겠구나."

일요일 오전, 내키지 않아 하는 미키를 이토와 메구미는 억지로 떠밀다시피 해서 집에서 내보냈다.

가까운 공원의 벤치에 부자가 나란히 앉았다. 나뭇가지 사이로 새어 나오는 햇빛이 눈부셔서 미키는 야구모자를 깊숙이 눌러썼다.

"오늘은 설교를 하려는 것이 아니니 안심해라. 엄마가 미키를 낳았을 때의 이야기를 들려주려고 한단다."

미키는 몸을 비틀어 심드렁한 표정으로 히데키를 올려다보았다.

"원래대로라면 미키는 이 세상에 태어나지 못했을 거야. 엄마가 너를 가진 지 4개월에 접어들었을 때 아버지는 산부인과 선생님에게 불려갔단다. 엄마는 신장이 나빠서 체력적으로 출산은 무리니까 널 포기하는 편이 좋겠다고 의사 선생님이 말씀하셨어. 엄마를 설득해서 하루라도 빨리 지우라는 거야. 아빠는 아들을 원했기 때문에 출산이 완전히 불가능하냐고 물어보았어. 선생님은 불가능하진 않지만 엄마의 수명이 줄어드는 것은 틀림없다고 대답했단다."

히데키는 담배를 물고 성냥불을 붙였다.

잠시 후 담배연기를 내뿜던 히데키가 담배를 발밑에 버렸다.

"엄마에게 의사 선생님의 이야기를 전했더니 하염없이 울기만 했지."

1959년 5월의 어느 날 밤, 히데키와 미치코는 침실에서 이런 대화를 나누었다.

"나도 의사 선생님께 뱃속의 아이를 지우는 편이 좋겠다는 말은 들었지만 힘들게 품은 생명이니까 꼭 낳겠다고 말씀드렸어요."

"미치코, 잘 생각해. 남편인 나까지 불러서 설득했다는 건 상황이 아주 나쁘다는 뜻이야. 당신 수명을 깎아먹게 된다고."

"이번에는 분명히 아들이에요. 메구미를 뱄을 때와는 많이 달라요. 무척 건강한 것 같아요."

아랫배를 부드럽게 쓰다듬으면서 미치코는 말을 이었다.

"여보, 메구미가 태어났을 때 실망했었죠? 똑똑히 기억하고 있어요. 그때 당신 표정을 보고 다음에는 꼭 아들을 낳겠다고 결심했어요."

"아들이라는 보장은 없어. 게다가 난 메구미가 태어났을 때 실망한 적 없어."

"거짓말. 당신 얼굴에 '뭐야? 딸이잖아?' 하고 쓰여 있었어요."

"난 당신이 오래오래 살았으면 좋겠어. 의사가 하는 말을 듣기로 하자."

"난 당신보다 14살이나 어리니까 신장이 조금 나빠지더라도 당신보다 먼저 죽을 리가 없어요."

"기필코 낳을 작정이야?"

"예. 수명이 조금 줄어드는 한이 있어도 건강한 아들을 낳고 싶어요."

"또 딸이면 어쩌려고?"

"그때는 할 수 없지요. 셋째를 가지도록 노력할 수밖에요. 당신 방금 말실수했어요. 메구미를 낳았을 때 역시 낙담했던 거죠?"

"엄마의 기백에 져버렸단다. 메구미가 아들이었다면 아빠도 엄마를 설득할 수 있었겠지만……."

"난 이 세상에 못 태어났을 수도 있었다는 거네요?"

"그렇단다. 엄마는 자기 수명과 맞바꿔서, 자기를 희생해서 미키를 이 세상에 내보냈단다. 엄마가 죽어서 슬퍼하는 것은 이해해. 그건 네가 착한 아이라는 증거이기도 하니까. 넌 돌아가신 엄마 몫까지 살아가지 않으면 안 돼. 그런데 계속 울고만 있으면 하늘나라에 계신 엄마가 얼마나 슬퍼하시겠니?"

"힘낼게요. 엄마가 천국에서 날 지켜주는 것 같은 기분이 들어요."

목소리에서 활기가 느껴졌다.

미키는 회복이 빨랐다. 선천적인 쾌활함을 되찾아 공부에도 야구에도 집중했다.

5

미치코의 사후 미키가 모르는 곳에서 이변이 일어났다.

히데키가 경영하는 텔레비전시네마코퍼레이션(TCC)의 경영이 악화되었던 것이다. 히가시긴자 3가의 이와마岩間빌딩 3층과 4층에 TCC의 사무소가 있었다.

1961년 2월 설립된 회사로 직원은 약 40명, 연간매출액은 약 6천만 엔이었다.

TCC는 중견의 TV광고 제작회사로서 알려져 있엇다.

흑백 TV의 전성시대에 탤런트 우에키 히토시植木等-1926년 12월25일~2007년 3월27일. 일본의 배우, 코미디언, 가수, 기타리스트를 기용한 5초짜리 스폿광고 "어머, 아이데아루ㄱイデアル-지금은 도산한 일본의 양산회사 이건 상식"을 제작한 것이 TCC였다.

우산을 쓴 우에키 히토시의 광고 하나로 박쥐우산이 날개 돋친 듯이 팔렸다. 그 결과 우산살을 제조하는 아이데아루라는 회사의 수익이 늘었다고 하니, TV의 광고 효과는 절대적이었다.

1969년 여름쯤, 초등학교 4학년인 미키 본인이 TV 광고에 나왔다. 스폰서는 다이요도太陽堂라는 식품회사로, 헬멧에 유니폼을 입고 배트를 휘두르는 스폿광고였다.

메이지유업明治乳業은 TCC의 대형 클라이언트로 프로야구팀 교진巨人-일본의 프로야구팀 요미우리 자이언츠의 약칭의 왕정치 선수를 기용한 시리즈는 호평이었다. 메이지유업의 광고에는 메구미도 등장했다.

1964년의 도쿄올림픽은 컬러TV의 보급에 크게 기여했다고 전해지지만 1960년대 후반까지는 흑백TV이 주류를 차지하고 있었다.

TCC의 경영 실적이 좋았던 것은 1968년까지로, 1969년에 들어서면서는 저조해지기 시작했다.

최대 문제는 광고의 컬러화에 뒤쳐진 것이었다. 예를 들면, 메이지유업의 치즈 광고를 제작했을 때 치즈색이 실물과 차이가 많이 나는 오렌지색이 되어 버렸다.

CF 필름 제작의 계속되는 실패로 제작비가 불어나고 수지를 압박했다. 불만족스런 상태로 완성되는 바람에, 아니나 다를까 메이지유업에서 클레임을 걸어왔다.

"광고료는 줄 수 없소이다. 오히려 이쪽이 손해배상을 요구하고 싶을 정도요."

담당자는 굳은 표정으로 말했다.

"저희 책임입니다."

히데키는 그저 사과할 수밖에 없었다.

히데키는 1970년 11월에 들어서자 바로 전무인 다카라다 마사카즈宝田正和를 불렀다. 누가 붙인 것인지 모르겠지만 다카라다는 보통 잭이라는 별명으로 통했다.

"잭, TCC의 시대는 끝났어. 컬러화에 뒤쳐진 것이 치명타다. 광고제작회사치고는 규모가 작고 광고대리점치고는 어중간하지. 대형회사와는 맞설 수가 없어."

"저도 이대로 가면 망할 거라고 생각합니다."

"10년이나 이어온 것은 다 자네들 노력 덕분이야. 이젠 회사를 정리할 수밖에 없어. 유종의 미를 거두는 의미에서 12월분 급료는 다소 넉넉하게 지급하고 싶어. 보너스까지는 무리지만. 녹음스튜디오 등 협력업체에게 피해를 줄 수는 없으니까."

"회사갱생법을 신청해서 재기할 수는 없을까요?"

"헛된 발버둥은 그만두자. TCC의 사명은 끝났다고 생각해야겠지. 난 협력업체하고 협상을 해볼게. 그리고 연내에 직원들이 재취업할 곳을 찾는 데 전력을 다할 생각이야. TCC는 낙오했지만 TV 광고 분야의 파이가 커지고 있으니까 광고대리점이나 광고제작회사 등 직원들을 받아줄 만한 곳이 많지 않을까? 잭은 전 직원에게 회사 형편을 감추지 말고 말해줘. 경리에게 자료를 내주라고 말해둘게."

"사장님은 어떻게 하시려고요?"

"내 일은 내가 알아서 할 테니까 걱정할 것 없어."

잭이 긴 구레나룻 언저리를 오른손 손가락으로 긁으면서 잠긴 목소리로 말했다.

"사장님도 참 운이 없습니다. 사모님을 잃으신 데다 회사까지 도산하다니. 긴 인생에서 이런 경험은 처음이시죠?"

"난 오키나와 전투의 생존자야. 기적적으로 생환할 수 있었지만 그때 죽었다고 생각하면 마음이 편해. 오키나와 전투도 그랬지만 사업도 물러날 시기를 잘못 판단해서 손실을 키우는 것만큼 어리석은 짓은 없지."

TCC를 정리할 때 드러난 히데키의 성실한 태도는 업계에서 전설이 되었다.

20여 년 후 잭 다카라다가 당시 TCC의 직원들이었던 이들을 불러모아 와타나베 히데키 후원회를 개최해준 것만 보아도 히데키의 인품을 엿볼 수 있다.

6

미키가 TCC가 도산했다는 소식을 히데키에게 들은 것은 크리스마스 이브인 12월 24일 밤이었다.

저녁식사 후 이토와 두 아이에게 히데키는 웃으면서 말을 꺼냈다.

"미키, 크리스마스 선물로 블레이저를 받고 싶다고 했지? 아버지가 잊어버린 것이 아니야. 그걸 살 여유가, 그러니까 돈이 없었단다."

"회사가 어려운 거니?"

"맞아요, 어머니. TCC는 올해 안으로 도산해요. 하지만 어머니나 아이들이 집도 절도 없이 길거리를 헤맬 일은 없어요. 앞으로의 생활은 여태까지와는 많이 달라지겠지만, 아빠는 다른 회사에서 일할 테니까 전혀 걱정할 것 없다."

메구미와는 대조적으로 미키는 분해서 입술을 깨물었다.

"아빠 회사는 TV광고를 만드는 큰 회사잖아."

"그렇게 크지 않아. 작아도 나름대로 열심히 노력했지만 시대의 변화, 즉 컬러화의 물결에 타지 못한 것이 실패 원인이야. 아빠 회사가 돈을 지불해야 하는 채권자라는 사람들에게 80퍼센트는 갚았지만, 그중에는 불만을 느낀 사람이 있을지도 몰라. 그런 아저씨들이 아마 이 집으로 몰려와서 피아노나 TV를 가져갈 거야. 메구미, 그래도 괜찮겠니?"

"피아노 같은 거 필요 없어요."

메구미는 뚱한 얼굴로 대답했다.

"미키는 어때? 너는 TV 드라마를 좋아하잖아."

"줘버려요."

미키도 뺨을 부풀렸다. 싫다고 하고 싶었지만 그럴 상황이 아니라 판단하고 포기한 것이었다.

"피아노도 TV도 남한테 빼앗기다니 기가 막히는구나."

이토는 세상이 다 끝난 것처럼 깊은 한숨을 내쉬었다.

"그럴 수도 있으니까 각오하시라고 말씀드린 거예요. 선 피하거나 달아나지 않고 채권자에게 성심성의를 다했으니까 그런 일은 안 생길지도 몰라요."

미키가 양팔을 활짝 펼쳤다.

"할머니, 내가 어른이 되면 이것보다 더 큰 TV를 사줄게요. 이런 TV는 필요 없어요."

"미키는 정말 착하구나. 너만 믿으마. 할머니가 오래오래 살아야겠다."

이토는 기쁜 듯이 미키의 머리를 쓰다듬었다.

그러나 채권자의 사재 압류는 기우로 끝났다.

히데키는, 친구가 경영하는 요코하마실업橫浜実業이 어음할인 전문 금융업자에게 출자하고 있었던 덕분에 공동경영자로서 금융업으로 이직할 수 있었다.

어린 미키는 TCC를 대기업이라고 믿고 있었던 만큼 적지 않은 충격을 받았다.

모친의 죽음과 부친 회사의 도산. 긴 인생 속에서 좀처럼 겪기 힘든 시련을 초등학교 5학년 소년이 겨우 7개월 사이에 경험한 것이다. 미키가 초등학교 졸업 기념앨범에 '어른이 되면 회사 사장이 되고 싶습니다'라고 쓴 것은 이때의 슬픔과 억울함에 기인하고 있었다.

회사 사장이 되어서 아버지가 이루지 못했던 꿈을 실현하면 천국의 엄마도 기뻐할 것이 틀림없다고, 미키는 그렇게 생각했다.

미키는 매직으로 앨범에 소원을 적으면서 "엄마, 절 지켜주세요"라고 기도했다.

흘러내린 눈물 때문에 삐뚤빼뚤한 글씨가 살짝 번졌다.

1972년 4월 미키는 고향인 요코하마시립 요시다吉田중학교에 입학했다.

중학시절의 미키는 기독교에 흥미를 느껴서 성서연구회에 가입하거나 복지 문제에도 관심을 보였다. 초등학교 시절의 골목대장은 독서를 좋아하는 사려 깊은 소년으로 변모하고 있었다.

그리고 미키가 진학명문고인 현립 기보가오카고교에 입학했을 무렵 히데키의 재혼이야기가 나왔다.

이토와 메구미, 그리고 미키도 기쁘게 새어머니를 맞이했다.

결혼 전 성이 후쿠다였던 계모 도미코가 친모 미치코의 친구의 친구라는 점이, 미키로서는 바람직한 일처럼 생각되었다. 미치코의 친구가 히데키와 도미코를 중매했던 것이다.

제4장
만남

1

TV 화면이 레스토랑 안을 비추고 있었다. 대낮에 방송되는 연속드라마를 보고 있던 와타나베 미키는 안타깝기도 하고 애절하기도 한, 그런 복잡한 감정이 가슴 한 켠에서 북받쳐 오르는 것을 억누르기 힘들었다.

와타나베는 TV를 껐다.

조모인 이토는 무용 연습 때문에 외출해서 집 안에는 와타나베 혼자였다. 허리를 다쳐서 회사를 쉰 지 6일째가 되었다. 통증도 거의 없었다. 1주일이나 쉬었으니 출근할 수 있을 것 같았다. 모레인 10일 금요일부터 사가와택배의 SD로 복귀하자고 와타나베는 생각했다.

시간을 때우려고 TV를 보고 있던 와타나베의 뇌리에 야마모토 히로코山本洋子의 아름다운 미소가 떠오른 것은 다 이유가 있었다.

진심으로 반한 여성이기 때문이었다.

미로크경리에서 근무했던 반년 동안 히로코와의 만남과 이별만큼 가슴이 두근거렸던 경험도 마음을 다친 경험도 없었다.

미로크경리를 반년 만에 그만둔 이유는, 10월부터 정식채용이 되기 때문이라고 스스로를 타이르고 주위 사람들에게도 설명해왔다. 하지만 변명에 불과하다는 것은 와타나베 자신이 가장 잘 알고 있었다.

반년 만에 대차대조표를 볼 수 있게 되었고 견습 영업사원으로서 나름대로 성과를 올린 것도 사실이지만, 와타나베는 미로크경리에서 1년은 근무할 계획이었다.

견습 기간 중 반년은 회사에서 업무를 배우고, 나머지 반년은 일을 가르쳐준 은혜를 갚는다는 뜻에서 영업사원으로 봉사한다는 것이 당초의 계획이었다.

그것을 반년으로 축소한 최대의 이유는 히로코에게 차였기 때문이었다.

미로크경리의 본사는 고지마치麴町의 사무용 빌딩 3, 4층을 차지하고 있었다. 갓 입사한 1982년 4월 상순의 어느 날, 선배 구와하라 나오토桑原尚人가 점심을 같이 먹자면서 데리고 간 곳은 히라카와초平河町에 있는 세련된 레스토랑이었다. 히로코는 거기서 일하고 있었다.

히로코를 처음 본 순간 와타나베는 가슴에 충격을 받았다. 아니, 가슴이 뛰었다.

졸업을 앞둔 대학교 4학년 때 와타나베는 한 달 반쯤 혼자 해외여행을 한 적이 있는데, 소련 키에프에서 만난 루카에게 받았던 인상과 놀라울 정도로 똑같았기 때문이다. 물론 생김새는 다르지만 밝은 미소에 매료되었다는 점에서는 루카도 히로코도 마찬가지였다.

2

키에프에서 묵은 호텔의 레스토랑에서 저녁을 먹다가 시선이 마주친 옆 테이블의 젊은 여성이 의미심장하게 웃으면서 "하이" 하고 말을 걸어왔다. 그녀가 루카였다.

루카는 친구와 함께 왔었다.

와타나베는 온화하게 인사를 되돌렸다.

"Can you speak English?"

"A little."

와타나베는 쑥스러워하면서 말을 이었다.

"May I joint?"

심장이 터질 것 같았지만 여행 중에 회화 실력이 늘어난 것 같은 기분이 들었다.

이국의 키에프에서 매력적인 여성과 영어로 대화하면서 식사를 할 수 있다니 운이 좋다고 와타나베는 생각했다. 여성들도 동양의 여행자에게 관심을 느꼈는지 와타나베의 테이블에 합류했다.

여성들은 식사를 거의 마친 상태였고 와타나베는 절반쯤 남아 있었다. 루카가 동행한 친구인 루시를 와타나베에게 소개했다. 루시는 영어를 할 줄 몰랐다.

루카와 루시, 미키 세 명은 서로 퍼스트 네임으로 부를 정도로 금방 친해졌다. 루카는 루시와 와타나베를 배려해서 루시에게는 와타나베와의 대화 내용을 러시아어로, 와타나베에게는 영어로 천천히 세세하게 통역했다.

루카는 스물세 살, 루시는 스물두 살. 두 사람은 키에프의 지방정부가 경영하는 회사의 직원이었다.

시내의 국영아파트에서 같이 살고 있다고 했다.

"소련에서는 국민에게 최소한의 생필품밖에 배급해주지 않아요. 옷도 식품도 비싸서 생활은 늘 쪼들려요. 모든 회사는 지방정부가 경영하고, 노동 강도에 비해서 임금은 싸죠. 오락거리도 빈약해서 주말에 친구랑 레스토랑에서 식사하거나 바에서 술을 마시는 것이 유일한 즐거움이에요."

"그런 나라라도 좋아?"

루카의 통역에 루시는 고개를 끄덕였지만 루카는 긴 금발을 찰랑거리면서 고개를 저었다.

"일본에 가고 싶어요. 아주 멋진 나라라고 들었어요. 키에프에서 사용되고 있는 일본산 전자제품을 보면 일본의 기술력이 뛰어나다는 것을 바로 알 수 있어요. 일본에서는 노동자도 고임금으로 풍족한 생활을 하고 있지 않나요?"

"국민의 80퍼센트 가까이는 중산층이라 비교적 풍족한 생활을 하고 있어. 식품도 풍부하고 실업률도 다른 선진국에 비해서 낮다고 생각해. 치안 상태도 나쁘지 않고. 모스크바에서도 키에프에서도 마음에 걸렸는데, 경찰관이 좀 눈에 띄더군."

"맞아요. 밤늦게 거리를 걷다보면 몇 번이고 불심검문을 받아요. 그런데 미키는 왜 혼자서 모스크바나 키에프를 여행하고 있죠?"

"소련은 미국과 대등한 대국이라 관심이 있었어. 런던, 브뤼셀, 암스테르담, 코펜하겐, 스톡홀름을 돌아보고 2월 17일에 레닌그라드에 갔지. 모스크바를 구경하고 그저께 21일 밤에 키에프에 도착했어. 내일은 헝가리의 부다페스트로 이동할 거야. 미국을 포함해서 북반구를 일주할 예정이야. 대학을 졸업하면 2년 후에 회사를 세울 계획인데 여행 중에 방향을 정할 수 있으면 좋겠어. 이렇게 너희랑 커피를 마시는 것만으로도 즐겁고 행복한 기분에 젖을 수 있잖아. 사람은 가족이나 친구, 연인과 식사를 할 때가 가장 행복한 시간이 아닐까? 레스토랑 체인점을 해보면 어떨까 싶지만 아직 막연한 생각뿐 명확한 계획은 없어."

손짓발짓을 섞어가며 루시에게 열심히 통역하는 루카의 진지한 모습에 와타나베는 호감을 느꼈다.

이 날은 1982년 2월 23일 화요일이었다.

호텔의 레스토랑은 11시 반에 닫았다. 셋이서 3시간이나 수다를 떨었지만 루카는 헤어지는 것을 아쉬워했다.

"미키와 좀 더 이야기하고 싶어요. 외화가 있으면 심야의 바에 갈 수 있는데……."

그 말을 들은 와타나베는 기쁘게 대답했다.

"몇 시까지든 괜찮아. 여행자 수표가 있으니까."

원하던 바였다. 루시가 없으면 최고겠지만 그것은 너무 뻔뻔한 이야기였다.

세 사람은 소련제 승용차를 타고 심야의 바로 이동했다. 택시는 아니지만 영업하는 차인 것 같았다.

세 사람은 새벽 4시까지 바에서 보드카를 마시면서 대수롭지 않은 잡담을 나누다가 와타나베는 루카와 루시의 아파트에 묵기로 했다.

"호텔로 돌아갈 차편이 없을 거예요. 좁지만 미키에게 얻어먹은 대신 아침을 만들어줄게요."

루카는 친절했다. 루시가 아파트에 먼저 들어간 짧은 틈을 타서 와타나베는 루카를 끌어안고 키스했다.

루카는 싫어하지 않았다.

"I love you."

다 술기운 탓이었지만 루카는 부드럽게 거부했다.

"You are to leave tomorrow. How do you love me? I'm in Kiev(당신은 내일 떠나잖아요. 키에프에 있는 날 어떻게 사랑할 수 있어요?)."

아파트는 5평 정도의 원룸이었고, 커튼으로 공간을 분리하고 있었다. 와타나베는 루카의 침대를 점령하고 루카는 루시의 침대로 기어 들어 갔다.

보드카를 과음했기 때문에 와타나베는 금방 잠이 들었다.

4시간 정도 푹 자고 아침 8시 넘어서 루카가 직접 만든 아침을 먹었다.

요구르트, 커피, 빵, 햄버그. 손이 많이 가지 않는 간단한 요리였지만 여행 중에 외국의 젊은 여성에게 이런 환대를 받다니 꿈만 같았다.

"요구르트는 시어서 못 먹어."

"먹지 않으면 안 돼요. 영양가가 많으니까."

루카는 이런 대수롭지 않은 대화조차 꼬박꼬박 루시에게 통역했다. 룸메이트끼리의 신뢰관계를 망치지 않으려는 배려일까? 와타나베는 재색겸비의 루카가 정말 마음에 들었다.

두 사람은 와타나베를 호텔까지 바래다주었다.

와타나베는 차 안에서 루카에게 일본제품 중에 원하는 것이 있는지 물어보았다. 루카는 "Many everything. 특히 당신의 도시를 갖고 싶어요"라고 대답하면서 윙크했다.

"고마워요. 당신과 함께 살 수 있다면 얼마나 행복할까요."

와타나베도 은근히 기대하긴 했지만, 첫 해외여행에서 이렇게 즐거운 추억을 선물해준 루카에게 감사하는 기분으로 가득했다.

두 사람에게 볼펜과 인스턴트 라면, 인스턴트 된장국을 잔뜩 선물했을 때 루카가 보여준 환한 미소가 잊히질 않았다.

와타나베는 기말시험이 끝난 직후인 2월 6일 (토)에 일본을 떠났다가 3월 17일 (수) 오후에 귀국했다.

학점이 부족할까 봐 걱정했지만 무사히 졸업할 수 있다고 알게 된 것은, 3월 14일 아침 뉴욕의 호텔에서 아버지 히데키에게 네 번째로 전화를 걸었을 때였다. 콜렉트 콜이었다.

"졸업 축하한다."

"다행이다. 걱정했었는데 아슬아슬하게 졸업 학점을 통과했나 보네요. 혹시 미로크경리에서 연락 왔어요?"

"사원연수에 참가하라는 연락이 왔었다는 것은 지난번에 통화할 때 말했지?"

"예, 아버지. 여행 중이라고 말했죠?"

"물론 말했지만 그 후로 아무 말도 없어."

"그럼 틀렸나 보네요. 뭐 상관없어요. 작은 경리회사라면 지금부터 준비해도 들어갈 수 있겠죠."

"어쨌거나 건강한 목소리를 들으니 안심이 되는구나. 모두 널 걱정하고 있으니까 더 자주 전화를 하거나 그림엽서라도 한 장 보내주렴."

"바빠서요. 여기저기 발이 닳도록 돌아다니면서 구경하고 있거든요. 이번 여행은 좋은 경험이 되었어요. 17일 저녁에 나리타에 도착해요."

3월 31일 오후, 반쯤 포기하고 있던 미로크경리 인사부로부터 내일 입사식에 출석하라는 전화가 왔다.

작년 12월에 와타나베가 방문한 회사는 미로크경리 한 군데뿐이었다.

1982년 4월에 미로크경리에 입사한 사원은 11명. 당시 미로크경리는 사원 약 150명, 연간 매출액 약 120억 엔 규모의 회사였다. 또한 장래성이 있는 사무용 컴퓨터를 판매하는 벤처기업으로서도 알려져 있었다. 입사 후 와타나베는 영업부에 배속되었다.

3

와타나베는 히로코에게 마음을 빼앗겨서 무엇을 먹었는지도 기억하지 못했다.

헤어스타일은 어깨 길이의 소바쥬 펌. 총명해 보이는 반듯한 이마. 눈이 무척 아름다운 대단한 미인이었다. 신장은 160센티미터 정도일까.

하얀 긴 소매 블라우스에 검은 롱스커트 차림으로 항상 웃으면서 손님을 접대하고 웨이트리스를 지휘하는 히로코와, 미소가 아름다웠던 루카가 겹쳐보였다. 와타나베는 한눈에 반해버렸다.

우연히 신입사원의 환영회가 같은 날 밤 같은 레스토랑에서 열렸다.

생맥주와 와인을 상당히 마셨지만 와타나베는 아직 이름도 모르는 여성이 신경 쓰여서 안절부절못했다. 히로코의 이름은 금방 알 수 있었다. 웨이트리스들이 "히로코 씨"라고 불렀기 때문이다. 히로코는 치프 웨이트리스인 것 같았다.

장래의 반려는 이 사람으로 하자. 한눈에 반했든 뭐든 나 같은 남자에게 딱 어울리는 여자다. 와타나베는 멋대로 그렇게 결정했다. 물론 첫사랑은 아니었다.

학생시절에 여자 친구가 한 명도 없었던 것도 아니고, 누구에게나 친절한 와타나베는 남자에게도 여자에게도 인기가 많았다. 하지만 히로코만큼 가슴을 뛰게 만든 여성은 없었다.

회사를 농땡이치고 커피 한 잔으로 죽치고 앉아 있어도 히로코는 싫은 얼굴을 하지 않았다.

첫 월급날, 늦은 시간에 혼자서 레스토랑을 찾아간 와타나베는 히로코에게 데이트를 신청했다. 가게 안에는 세 명의 손님이 테이블 하나를 차지하고 있을 뿐 텅 비어 있었다.

"월요일에는 가게가 쉬는 날이죠? 같이 놀러가지 않을래요?"

"옛?!"

히로코의 큰 눈이 더 커다래졌다. 평소의 미소가 사라지고 표정이 딱딱해졌다.

"안 되나요?"

"말씀은 고맙지만 전 유부녀예요."

머리를 세게 얻어맞은 것처럼 충격적이었다.

"남편은 주방에 있어요. 오너 셰프입니다."

"하지만 다들 그냥 히로코 씨라고 불렀잖아요?"

와타나베는 떨리는 목소리를 쥐어짜냈다.

"전 대학을 졸업한 지 2년밖에 안 됐어요. 아직 스물네 살이라서 사모님이라고 불리고 싶지 않아서……."

"너무합니다. 완전히 사기 아닙니까?"

와타나베는 자기가 하는 말이 비논리적이라는 것도 전혀 알아차리지 못했다. 순전히 억지였다.

"사기인가요……? 사모님이라 부르라고 하지 않으면 안 되는 건가요? 죄송합니다."

정작 사과해야 할 사람은 와타나베인데도 히로코는 작은 목소리로 사과하며 고개를 숙였다.

그러나 와타나베는 히로코를 단념할 수가 없었다. 손님이 적은 시간을 노려서 늦은 점심이나 커피를 마시러 주에 2번은 레스토랑에 드나들었다.

용기를 북돋기 위해서 글라스 와인을 단숨에 비운 와타나베가 말했다.

"난 미로크경리에서 1년만 근무할 생각입니다. 경리를 배우기 위해서 입사했을 뿐 직접 회사를 세워서 크게 키울 계획이죠. 레스토랑의 여주인으로 끝나는 것보다 남편과 헤어지고 제게 장래를 걸어주세요. 당신을 행복하게 해줄 수 있는 사람은 나밖에 없어요."

와타나베는 자기도 모르게 커다란 시푸드 파스타 접시를 테이블에 내려놓는 히로코의 손을 움켜쥐었다.

4

신입사원들의 유지를 모아 골든위크일본에서 4월 말에서 5월 초까지 공휴일이 모여 있는 1주일 중 하루, 날을 잡아서 미우라반도三浦半島로 하이킹을 가자는 계획이 미로크경리의 여사원들 사이에 세워졌다.

와타나베는 참가하지 않을 생각이었지만 히로코를 포함한 레스토랑 여직원 네 명이 참가한다는 말을 듣고 마음을 바꾸었다.

오랜만에 구로사와, 가네코와 같이 짧은 여행을 갈까 싶어서 두 사람의 승낙도 받아두었지만 아무래도 히로코를 우선할 수밖에 없었다.

메이지대학 하마회의 후임 간사장이 된 가네코는 만돌린과 쿨 파이브クールファイブ-일본의 가요 그룹의 조인트콘서트 개최 문제로 바쁠 때라서 오히려 다행이라고 대답했다.

구로사와도 알바로 바쁘니까 미안해할 것 없다고 말했다.

레스토랑 여직원을 초대한 사람이 누군지는 알 수 없었지만, 나중에 와타나베가 참가한다는 소식을 들은 히로코는 마음이 내키지 않았다. 그러나 놀러간다고 좋아하는 종업원들을 생각하면 취소하기도 힘들었다.

와타나베는 신이 히로코와 천천히 대화할 기회를 마련해준 것이라고 생각했다. 게다가 히로코가 참가를 취소하지 않는 것은 아직 희망이 있다는 증거가 아닐까, 한술 더 떠서 자신에게 마음이 있을지도 모른다며 멋대로 꿈에 부풀었다.

하이킹 당일 다른 사람들이 모르게 히로코와 대화할 기회를 어떻게 하면 만들 수 있을지, 와타나베는 온통 그 생각만 하고 있었다.

히로코도 와타나베를 굳이 피하지 않고 자연스럽게 대해주었다.

게이힌급행京浜急行의 미사키구치역三崎口駅에서 해변을 향해 걸어가고 있을 때 히로코가 먼저 말을 걸었다.

"프러포즈는 유부녀인 날 유혹하고 싶다는 뜻이지요?"

"천만에요. 진심입니다. 당신이 남편과 이혼할 때까지 당신의 몸을 요구하진 않겠습니다. 신께 맹세하고 반드시 지키겠습니다."

"애인은 없어요? 당신 같은 사람에게 애인이 없을 리가……."

"물론 없어요. 그러나 애인이 있다고 해도 그 사람과 헤어졌겠죠. 당신이 유부녀라는 것을 알고 큰 충격을 받았지만 그것 때문에 물러난다면 난 자신을 형편없는 인간이라고 느낄 겁니다. 이혼할 가능성을 믿고 언제까지라도 당신을 기다릴 작정입니다."

두 사람은 일행들 맨 뒤에서 세상 돌아가는 이야기라도 하는 것처럼 대화를 나누고 있었다. 그러나 와타나베의 고동은 잠잠해질 기색이 없었고 뺨도 홍조되어 있었다.

"남편은 저보다 일곱 살 연상인데 무척 좋은 사람이에요. 대학교 4학년 가을에 친척의 권유로 별 생각 없이 맞선을 봤는데 절 마음에 들어 했어요. 즈루미여대 국문과를 나와 중학교 국어교사 자격을 땄겠다, 고향인 오나하마小名浜에서 교사가 될 생각이었는데 인생이란 참 신기하죠. 설마 스물둘에 결혼하게 될 줄은 꿈에도 몰랐어요. 하지만 지금의 생활도 싫지는 않아요."

"오나하마라면 후쿠시마현福島県의……."

"예. 아버지는 철공소를 운영하고 계세요."

"난 메이지대학 상과를 나와서 미로크경리에 입사했는데 1년 동안 열심히 배우고 사직할 생각입니다. 그리고 1년간 준비기간을 가진 다음 2년 후에 친구 둘이랑 외식업 회사를 설립할 계획입니다. 올해 2월부터 3월까지 혼자서 북반구를 여행했어요. 그때 느낀 것인데 나라나 인종은 달라도, 남녀노소 모두 사람은 식사를 할 때가 제일 즐겁고 행복하다고 생각합니다. 키에프의 호텔 레스토랑, 런던의 퍼브, 파리의 카페, 로마의 퍼브, 뉴욕의 라이브 하우스……. 다양한 장소에서 다양한 사람들과 친해졌는데 반드시 식사, 음식이 끼어 있었죠. 음식은 사람을 행복하게 해줍니다. 외식산업을 통해서 많은 사람들을 만나 교류할 수 있는 편안한 장소를 제공할 수 있다면 얼마나 멋질까요? 그렇게 생각해서 외식산업을 일으키려는 겁니다. 내게 힘을 빌려주세요."

"멋진 생각이네요. 저도 남편도 레스토랑을 경영하고 있으니까 말씀하신 내용에는 공감해요. 하지만 당신의 협력자가 될 수는 없어요. 소소한 행복을 지키고 싶어요. 와타나베 씨에게 어울리는 사람은 얼마든지 있을 거예요. 저로선 제 어디가 그렇게 마음에 들었는지 모르겠네요."

"남편과 이야기를 하게 해주세요."

"거절할게요. 남편에게 상처를 주고 싶지 않아요."

"하지만 난 포기하지 않을 겁니다."

와타나베의 목소리가 저도 모르게 커졌다. 누가 이쪽을 돌아보았다. 와타나베는 다급히 웃는 얼굴을 짓더니 엉뚱한 방향으로 시선을 돌렸다.

5

와타나베는 질리는 기색도 없이 틈만 나면 레스토랑에 들렀다.

7월 상순의 어느 날, 오후에 늦은 점심을 먹으러 레스토랑으로 찾아갔다.

히로코는 웃으면서 맞아주었지만 미안한 듯이 말했다.

"오늘을 마지막으로 가게에 오지 말아주세요. 남편이 와타나베 씨에 대해 알고 화가 났어요. 저도 남편과 헤어질 생각이 없어요. 부모님 얼굴에 먹칠하는 짓은 하고 싶지 않아요……."

"중요한 것은 당신의 기분이잖아요? 어쨌든 배가 고프니까 비프카레 곱빼기를 주세요."

"손님, 그만 돌아가십시오. 그리고 다시는 찾아오지 마세요. 손님에게 내줄 비프카레는 없습니다."

어느 틈엔가 히로코의 등 뒤로 토크 블랑슈Toque Blanche-하얀 모자를 쓴 오너 셰프 야마모토山本가 서 있었다.

팔짱을 끼고 와타나베를 노려보았다. 와타나베도 이에 질세라 일어나서 오너 셰프를 마주하고 노려보았다.

상대는 일단 고개를 숙였다가 눈에 힘을 풀고 와타나베를 올려다보았다.

"당신 같은 청년이 와이프를 쫓아다니는 것은 그만큼 와이프가 매력적이라는 말이겠지요. 기분이 썩 나쁘지는 않지만 폐가 됩니다. 돌아가 주세요."

와타나베는 직립부동의 자세를 유지하면서 고개를 깊숙이 숙였다. 인사를 하면서 단도직입적으로 나가기로 결심했다.

"남편 분께는 죄송하게 생각합니다. 하지만 내 마음은 변함이 없습니다. 히로코 씨와 헤어져주십시오."

"말도 안 되는 소리 하지 마세요. 히로코는 그 무엇보다 소중한 내 아내입니다. 당신과 더 이상 할 이야기는 없습니다."

야마모토의 말투는 정중했지만 그 밑에서 일하는 셰프와 견습생들이 험악한 표정으로 와타나베를 에워쌌다.

"와타나베 씨, 죄송합니다. 돌아가 주세요. 다시는 당신과 만날 일은 없을 거에요."

히로코는 말하면서 와타나베에게 등을 돌렸다. 그날 밤 와타나베는 히로코에게 보낼 편지를 썼다.

오늘 밤은 쇼크로 잠이 올 것 같지 않습니다. 이제 당신을 만날 수 없다고 생각하니 눈물이 나올 것 같습니다.

남편이 좋은 분이라는 것은 잘 알았습니다. 더 이상 만나고 싶지 않다고 당신은 말했죠. 즉 나는 실연을 한 셈입니다.

초등학교 5학년 때 나는 어머니를 여의었습니다. 죽으면 천국의 어머니를 만날 수 있을 것 같아서 자살을 생각할 정도로 슬프고 괴로워하며 매일같이 울기만 했습니다.

평생 흘릴 눈물을 그때 다 흘렸다고 생각했는데, 지금 무의식중에 당신의 미소가 떠올라서 눈시울이 뜨거워집니다. 유부녀를 사랑한 자신을 탓할 기분은 들지 않습니다.

어쩌다 보니 사랑에 빠진 사람이 유부녀였던 것에 불과해요. 남편에게서 당신을 빼앗았다고 해도 인간으로서 용서받지 못할 행위라고는 생각하지 않습니다.

물론 당신이 미혼이었다면 훨씬 좋았을 거라고 생각하지만, 설령 당신과 남편 사이에 자식이 있었다고 해도 저는 당신에게 프러포즈했을 겁니다.

실연당했을 때는 일에 열중하는 것이 최고라고 생각하기 때문에 열심히 일이나 할 생각입니다.

아직 스물둘(10월 5일에 스물세 살이 됩니다)이니 앞으로 5년 동안은 결혼 생각을 하지 말고, 회사를 설립하여 사장으로서 회사를 키우는 일에만 전념할 작정입니다.

당신을 평생의 반려로 삼지 못한 것이 너무나 안타깝습니다. 당신이 곁에 있어주는 것만으로 용기백배, 얼마나 행복할까 상상하면 또 가슴이 뜨거워집니다.

하지만 앞으로는 회사를 세워 사장이 되는 것을 사명이라 여기고 일에만 매진할 각오입니다.

그리고 10년 후면 내 회사는 주식을 공개할 수 있는 조건을 갖춘 규모로 성장할 겁니다.

당신은 허황된 꿈이라고 생각할지도 모르겠지만 내가 말하는 꿈에는 날짜가 정해져 있습니다.

2년 후에 회사를 설립하여 사장이 되어 있는 나에게 당신은 틀림없이 박수갈채를 보내주겠지요. 반대로 지금 나를 과대망상증 환자라고 생각하고 있다면 당신은 사람을 보는 눈이 없었다고 후회하게 될 겁니다.

허세를 부릴 생각은 없지만, 이 편지를 쓰는 도중에도 당신에게 완전히 매료되어 여전히 미련이 많은 내 마음은 산산이 부서질 것 같습니다. 그런 저를 응원해주시겠습니까?

당신을 평생 잊지 않겠습니다.

건강하세요.

날짜와 서명을 적어 넣으면서, 와타나베는 히로코에게 답장이 오기를 빌지 않을 수가 없었다.

그러나 1주일이 지나도 2주일이 지나도 감감무소식이었다.

6

와타나베는 9월 30일자로 미로크경리를 사직했다.

전날 사장인 혼다 야스오本田靖夫가 점심시간에 와타나베를 호출했다.

사장실에서 호화로운 도시락을 먹으면서 혼다가 말했다.

"자네가 그만둔다는 말에 쇼크를 받았지만 내가 말려도 마음을 바꾸지는 않겠지."

혼다는 1948년생이라 와타나베보다 열 살 이상 연상이었지만 아직 서른네 살이었다. 미로크경리의 창업자였다.

"죄송합니다. 10월부터 정식 채용이라 견습 사원이 아니게 됩니다. 사실은 1년은 노력해볼 생각이었는데 마음이 바뀌었습니다."

"와타나베는 우리 간부후보생이야. 그렇게 생각했기 때문에 자넬 채용하도록 인사부에 지시했어. 그런데 자네에게 차일 줄은 생각도 못 했군."

"저 같은 놈을 채용해주셔서 감사합니다. 은혜는 잊지 않겠습니다."

"왜 마음이 바뀌었나? 예정대로 앞으로 반년 더 일해보지 그러나? 그러고도 그만두고 싶어지면 나도 포기하지."

"제대로 일도 못하는 어수룩한 절 사장님이 직접 말려주실 줄은 생각도 못 했습니다."

"영업 쪽 친구들에게 들었는데 자네는 클라이언트의 평판도 좋고 신입들 중에서도 뛰어난 실적을 올리고 있다더군. 그런 인재를 놓치기 싫은 것은 당연한 일이지."

"사장님처럼 벤처사업을 하려고 합니다. 겨우 반년 동안이었지만 미로크경리에서 많은 것을 배웠습니다. 마음이 든든하고 자랑스럽습니다."

"마음을 돌리지 않을 건가?"

"이미 결정한 일이니까요."

"우리 회사를 그만두고 어쩔 건가? 미로크경리의 라이벌이 되려고?"

혼다는 농담이라도 하는 것처럼 가볍게 말했지만 눈은 웃고 있지 않았다.

"아니요. 컴퓨터 소프트 분야라면 재미있을 것 같지만 저는 그다지 소질이 없습니다. 외식업을 하려고 합니다."

"그래? 오늘 점심이 와타나베의 송별회가 될 줄은 몰랐어. 사표는 일단 맡아둘 테니 1주일간 잘 생각해보게. 자네가 정 회사에 나오지 않으면 수리하지."

"사장님, 그렇게까지 마음을 써주시다니 황송합니다."

와타나베는 하루라도 빨리 히로코를 잊고 싶었다. 편지에는 평생 잊지 않겠다고 썼지만 실연이 확실해진 이상 미로크경리에 오래 머물 마음이 들지 않았다.

다만 히로코와 만날 계기를 만들어준 구와하라에게는 회사 회의실에서 사실을 털어놓고 작별인사를 해두었다.

"미키가 그 여주인에게 반했을 줄은 몰랐어. 확실히 매력적인 여자니까 네 마음을 이해하고도 남아. 하지만 남편인 오너 셰프는 본고장인 프랑스에서 공부한 사람이라 실력도 좋고 자산가의 아들인 데다 인품도 나쁘지 않아. 그런 남편을 버리고 너에게 올 생각은 들지 않겠지."

"하지만 저는 장래 꼭 사장이 될 겁니다. 그 남편이라는 사람은 패기라고 할까, 생기가 느껴지질 않았어요. 활력이나 재미가 없는 사람이라고요. 제가 훨씬 장래성도 있고……."

"미키라면 미로크보다 큰 회사를 세울 수 있을지도 모르지. 히로코보다 멋진 여자는 얼마든지 있어. 히로코에게 미키는 너무 아까워."

"구와하라 선배는 절 위로할 생각이겠지만 그 반대예요. 저렇게 멋진 여성은 다시는 못 만날 겁니다. 편지를 보냈지만 아무래도 답장이 올 것 같지가 않아요. 이렇게 분한 마음이 든 것은 어머니가 돌아가셨을 때와 아버지 회사가 도산했을 때 이후 처음입니다."

"바람인지 불륜인지, 그런 짓을 여러 번 저지르지 않았을까?"

"히로코 씨는 그런 여자가 아니에요. 또 그렇게 불순한 마음이면 상대해주지 않을 거라 생각해서 정면승부에 나섰다가 패배했어요."

"미키는 진심이었군. 네가 미로크를 그만두면 섭섭할 거야."

구와하라는 와타나베보다 여섯 살 연상으로, 미로크경리에 근무하는 동안 업무를 가르쳐주는 등 가장 친하게 지낸 남자였다. 수완이 좋은 영업사원이었다.

"편지가 히로코에게 전해지지 않은 것은 아닐까? 셰프가 먼저 읽고 찢어버렸을지도 모르지."

"그 사람이 그런 짓까지 할까요?"

"내가 넌지시 분위기를 정탐하고 올게."

구와하라는 점심시간에 레스토랑에서 히로코와 만났다.

"와타나베 미키가 누군가에게 러브레터를 쓴 모양이던데요?"

"예, 알고 있습니다."

"그래요? 그 녀석 가엾게도 상심한 나머지 회사를 그만둔다는군요."

히로코는 평소와 달리 기운이 없었다. 기분 탓인지 구와하라의 눈에는 초췌해진 것처럼 보였다.

7

12월 10일부터 와타나베는 사가와택배의 SD로 복귀했다.

"잘 왔네."

가와무라 소장은 감개무량하게 맞이했고, 오카모토 과장은 "대졸, 너 제법 근성이 있구나"라면서 와타나베의 등을 때렸다. 두 사람은 진심으로 와타나베의 복귀를 환영했지만 고참 SD들의 시선은 변함없이 차가웠다.

12월은 와타나베의 상상을 초월할 만큼 바빴다.

집에 갔다 오는 시간이 아까워서 와타나베는 세 번이나 수면실의 좁은 침대에서 지친 몸을 웅크리고 잘 수밖에 없었다. 수면시간은 각각 2시간도 안 됐다. 아파서 1주일이나 쉬지 않았다면 버티지 못했을 것이다.

1월의 화물량도 12월과 다를 바 없이 많았다. 후지와라는 와타나베가 말을 거들어준 효과가 있었는지 1월부터 SD에서 사무직 잡용담당으로 이동되었다.

1983년 1월 하순의 어느 날, 폭설이 내렸지만 새벽의 하역 작업과

컨베이어 벨트의 분류 작업을 할 때 SD 전원이 상의를 벗어던지고 맨살을 드러내는 바람에 와타나베는 놀랐다.

"대졸! 뭘 부끄러워하는 거야?"

전에 맥주를 마셨다는 이유로 주먹을 날렸던 야마자키의 호통에 와타나베도 유니폼을 벗을 수밖에 없었다.

눈 오는 날의 하역, 분류 작업은 상의를 벗는 것이 관례인 모양이다. 그것이 사가와택배의 문화이자 아이덴티티라고 주장한다면, 와타나베로서는 따를 수밖에 없었다.

SD 시절의 잊을 수 없는 추억이라면 눈이 내리던 날의 작업과, '무사고 30일' 기간인 7월에 들어서자마자 사고를 일으켜서 머리를 삭발한 일이었다.

사고라고 해봤자 파리처럼 옆에 달라붙는 자전거를 피하려다 전신주에 범퍼를 살짝 긁힌 정도였는데, '대졸'이라는 이유로 과중한 벌칙을 부과한 것이었다.

"대졸! 첫날부터 사고나 쳐대고! 머리 다 밀어버려. 스포츠머리 같은 걸로 하면 죽을 줄 알어! 중대가리로 깎아!"

이것도 야마자키의 심술이었다.

"좀 봐주세요. 과장님, 이 정도 일로 삭발은 너무하잖아요."

와타나베는 오카모토에게 도움을 청했지만 그는 야마자키의 의견에 찬성했다.

와나타베의 편을 들면 '대졸'에 대한 SD들의 반감이 커질 것이라고 판단한 것일지도 모른다. 삭발을 당했을 때의 굴욕감은 골수에 사무쳤다.

전혀 기대하지 않았던 히로코의 편지가 날아온 것은 아이러니하게도 7월 1일이었다. SD의 가혹한 업무가 히로코를 망각의 세계로 보내버리는 데 안성맞춤이라고 생각했건만, 곱게 쓴 발신인 이름을 본 순간 와타나베는 가슴이 뛰고 손이 떨렸다. 주소는 오나하마고 이름은 다나카 히로코田中洋子였기 때문이다.

와타나베 미키 씨에게

갑자기 이런 편지를 보내서 죄송합니다.

당신의 편지를 받은 것이 작년 9월이니까, 1년이나 지난 시점에 답장을 쓸 마음이 든 심경과 환경의 변화가 저 자신도 무척 신기합니다.

당신은 이미 절 잊으셨나요? 아니면 아직 마음 한구석에 담아두고 있나요?

폭풍처럼 격렬한 당신의 프러포즈는 정말로 부담스러웠지만 편지를 받은 후로 음식이 목을 넘어가지 않을 정도로 고민하고 힘들었습니다. 그리고 언제부터인가 몸이 남편을 받아들이지 못하게 되었습니다. 종내는 혐오감마저 느끼게 되었지요.

남편은 착한 사람이라 제 기분을 존중해주었습니다. 저의 일방적인 요구를 아무런 조건 없이 수락해주었죠. 아무리 감사해도, 아무리 사죄해도 모자랄 정도입니다.

"우리는 아직 젊으니까 지금이라면 인생을 다시 시작할 수 있어."

남편의 말 한마디로 저는 결혼 전 성인 다나카로 돌아올 수 있었습니다.

앞뒤 분간도 없이 무모한 짓을 저질렀다고 후회되는 한편, 제 인생을 스스로 결정하고 싶다는 마음도 있었습니다.

부모님께 당신에 대해 털어놓자 아버지는 제 허물을 용서하고 당신을 만나고 싶다고 하셨어요. 반면 어머니는 몹시 화가 나셔서 저와 말도 섞질 않으시죠.

당신은 어떻게 지내고 계신가요? 만약 새로운 연인이 생겼다면 이제 와서 무슨 이야기냐고 생각할지도 모르겠군요. 그건 그것대로 어쩔 수 없는 일이라고 생각합니다.

1년이나 가만히 있었던 제 잘못이니까요. 전 당신을 탓할 자격도 없지만 당신에게 매달리거나 동정을 구할 생각도 없습니다.

만약 당신이 지금 행복하게 살고 있다면 그렇게 적어서 엽서나 한 장 보내주세요.

다만 '내 꿈에는 날짜가 정해져 있다', '내게 힘을 빌려달라'고 했던 당신의 말이 아직 유효하다면 꼭 만나고 싶습니다.

날짜가 정해져 있는 당신의 꿈은 사업에만 해당될 뿐 처음부터 저는 포함되어 있지 않을 수도 있겠지요. 즉 당신의 프러포즈가 일시적인 변덕이었다면 제가 더 이상 무슨 말을 하겠습니까.

저는 다이라 역 앞에 있는 포목점에서 아르바이트를 하고 있습니다. 포목점의 주소를 적어 보냅니다. 만약 답장을 주신다면 그쪽으로 보내주세요.

1983년 6월 29일

다나카 히로코

와타나베는 수면시간을 아껴서 답장을 썼다. 히로코에 대한 연정이
수마를 물리친 것이다.

다나카 히로코 씨에게

편지 잘 받았습니다. 하늘에라도 날아오를 것 같은 기분입니다. 당
장이라도 오나하마로 달려가고 싶은 마음은 간절하지만, 사가와택배
에서 택배기사(SD)로 근무하고 있는 관계로 지금은 갈 수가 없습니다.

SD는 체력 소모가 극심한 직업이지만 이것도 다 회사를 세우기 위
한 준비 단계입니다.

어디까지나 자금을 마련하기 위한 수단입니다. 1년은 SD로 일할 계
획입니다. 꿈의 날짜를 정하기 위해서 자진해서 고소득의 SD로 일하
기로 결정했습니다.

한마디 더 덧붙이자면 당신을 잊기 위해서는 SD라는 직업이 효과적
이라고 생각했기 때문이기도 합니다.

왜냐하면 하루 20시간이 넘는 중노동에 시달리다 보면 나머지 시간
은 오로지 잠만 잘뿐, 아무 생각도 없이 지낼 수 있기 때문입니다.

와타나베는 볼펜을 놓고 민둥산이 된 머리를 짜증스럽게 문질렀다.
이렇게 흉한 모습을 히로코에게 보여주기는 싫었지만 보고 싶다는 그
리움은 깊어지기만 했다.

날짜가 정해져 있는 꿈에서 당신을 배제하려고 지난 1년 동안 필사

적으로 노력했습니다. 하지만 편지를 받고 당신을 배제하지 못한 것을 신께 감사드렸습니다.

다음 주말(9~10일) 어떻게든 휴가를 내서 오나하마로 가겠습니다. 그리고 아버님께 인사를 드리고 싶습니다.

1983년 7월 1일

와타나베 미키

8

주말 이틀을 연달아 쉬기는 어렵지만 취직 후 처음 신청한 휴가인 데다, 사정이 사정인 만큼 와타나베는 가와무라 소장과 오카모토 과장에게 애걸하여 간신히 허가를 받았다.

7월 9일 오전 10시 우에노역上野駅에서 출발하는 죠반선常磐線 특급 히타치 15호를 타고 다이라역平駅까지 약 3시간, 와타나베는 가슴이 벅차서 잠을 청할 수도 없었다.

와타나베는 빡빡머리를 감추기 위해서 야구 모자를 쓰고 편하게 반소매 스포츠셔츠를 입었다.

보스턴백 안에 선물인 카스테라와 반소매 와이셔츠, 넥타이, 속옷 등이 들어 있었다.

미리 전화로 두 사람은 다이라역에서 만나기로 약속해두었다.

"미키 씨."

개찰구를 빠져나가기도 전에 히로코가 손을 흔들며 와타나베를 반겼다. 처음 만났을 때와 똑같은, 상대방을 포근하게 감싸주는 따뜻한 미소였다. 흰 반소매 블라우스와 파란 스커트.

"히로코 씨!"

와타나베도 웃으면서 오른손을 들었다.

"아버님은?"

"아버지는 내일 오실 거예요. 전 친구네 집에서 묵는 것으로 되어 있어요. 어머니에게 거짓말을 하긴 괴로웠지만 아버지가 제안하셨어요."

"이해심이 많은 아버님이시네요."

"예. 그에 비해 어머니는 난리도 아니세요. 보수적인 분이라 아직도 절 용서하지 않으세요. 이혼은 천벌을 받을 짓이라고 생각하시니까."

"땀을 많이 흘려서 좀 씻고 싶어요. 바로 호텔로 가고 싶은데 괜찮을까요?"

히로코는 고개를 숙이고 대답을 하지 않았다. 와타나베도 가슴이 두근두근했다.

와타나베는 비즈니스호텔의 트윈 룸을 예약해두었다.

와타나베는 객실에 들어가자마자 모자챙이 뒤로 가도록 돌려쓰고 히로코를 세게 끌어안았다. 긴 포옹과 키스 뒤에 와타나베가 말했다.

"꿈을 꾸는 것 같아요. 1년이나 지난 후에 대답을 듣다니 아직도 믿어지지가 않는군요."

"저도 반신반의했어요."

"SD로 일하지 않았다면 어떻게 되었을지 모르겠지만, 일에 쫓겨서 연애할 틈도 없었어요."

"유부녀였던 절 1년이나 기다리다니 기적이라고 생각해요."

"우연이에요. 사가와택배에 감사해야겠어요. 노가다나 다름없는 열악한 환경의 직장이지만 나로서는 회사를 세우기 위한 자금을 마련할 수 있는 데다 이렇게 당신과 재회할 수 있었으니 일거양득이라고 해야겠군요. 믿기 힘들 정도의 행운이에요."

"저도 기뻐요. 미키 씨에게서 답장이 안 와도 어쩔 수 없다고 생각했거든요."

"그런가요? 상당히 강경한 편지로 자신은 호락호락한 여자가 아니라는 내용이 적혀 있던데요."

"천만에요. 그저 기도하는 심정으로 썼는걸요."

"그건 내가 1년 전에 한 말이잖아요."

샤워를 하는 순간에 이르러서야 와타나베는 머뭇거리면서 모자를 벗었다.

"어머나? 어떻게 된 거예요? 왜 모자를 쓰고 있는지 마음에 걸렸었는데."

"말도 말아요……."

와타나베가 사연을 털어놓자 히로코는 깔깔거리면서 웃었다.

"하지만 대머리인 미키 씨도 귀엽네요. 신경성 원형탈모증이 아니라서 다행이에요."

"사가와택배라는 회사는 강인한 체력은 물론 신경도 질기지 않으면 버티기 힘든 회사예요."

"당신은 순진하고 섬세한 사람이라고 생각해요. 그래서 모자를 벗지 않았던 거겠죠."

"꼭 그렇지도 않아요. 강인한 신경을 지니지 않았다면 유부녀인 당신에게 프러포즈하지 못했을걸요. 이 머리를 당신에게 보이긴 정말 싫었지만."

9

다음날 아침 히로코의 의견을 받아들인 와타나베는 반소매 와이셔츠에 넥타이 차림으로 호텔을 나섰다.

와타나베는 빡빡머리가 마음에 걸려 안절부절못했지만 "야구모자는 어울리지 않아요. 틀림없이 아버지는 있는 그대로의 미키 씨를 마음에 들어 하실 거예요"라고 히로코는 장담했다.

와타나베의 부친 히데키처럼 1919년에 태어난 히로코의 부친 다나카 하치로田中八郎는 예순네 살이었다.

다이라역 근처의 카페에서 오전 10시에 만나기로 했다. 하치로는 양복 차림으로 두 사람을 기다리고 있었다.

"만나서 반갑네. 히로코의 애비인 다나카 하치로일세."

"와타나베 미키입니다. 처음 뵙겠습니다."

하치로는 말수가 적고 조용한 남자였다. 주로 히로코가 대화를 주도했다. 하치로는 흐뭇한 표정으로 머리를 민 사연을 포함한 와타나베의 근황을 들었다.

"우리 딸이 두 살이나 연상인데 부모님이 괜찮다고 하시나? 무엇보다 한 번 결혼했었는데······."

"저희 아버지를 직접 만나보면 아시겠지만 그런 문제를 신경 쓰는 분이 아닙니다. 개방적인 성격이라 자기 인생은 스스로 결정하라고 말하는 분인걸요."

"그렇다면 다행이네만······. 딸을 잘 부탁하네. 철이 없는 구석이 있지만 근본은 착한 아이일세."

"저에게는 과분할 정도의 사람입니다. 평생 아끼고 사랑하겠습니다. 둘이 힘을 합쳐서 행복한 가정을 만들 테니 안심하십시오."

"고맙네."

1시간 정도 이야길 나눈 와타나베는 하치로의 순박한 인품에 호감을 느꼈다.

하치로는 헤어질 때 히로코에게 "네가 왜 전 남편과 헤어졌는지 알 것 같구나. 틀림없이 평생 행복할 거야"라는 소감을 남겼다. 나중에 그 말을 듣고 와타나베는 눈물을 흘릴 만큼 기뻐했다.

히로코의 아버지, 하치로는 두 사람을 배려해서 같이 점심은 먹지 않았다.

와타나베와 히로코는 근처의 레스토랑으로 이동하여 창가 자리에 마주 앉았다. 시간이 일러서 가게 안은 한적했다. 두 사람은 사이좋게 믹스 샌드위치와 아이스커피를 주문했다.

"아버님께 합격점을 받아서 다행이야."

"자기는 백점 만점을 받았어요. 오늘은 부득이하게 어머니 몰래 만나야 했지만 아버지가 반드시 어머니를 설득해줄 거예요. 어머니는 이혼의 원인을 제공한 당신을 용서할 수 없으신 거겠죠. 하지만 그건 잘못된 생각인걸요. 전부 내 의지, 내 마음의 문제니까."

"어머님 심정도 이해해. 내가 나타나지 않았다면 당신은 평온하고 안정된 생활을 누렸을 거잖아."

어느 사이에 두 사람의 말투가 바뀌어 있었다. 와타나베는 슬쩍 어깨를 펴고 의식적으로 반말을 했다. 어제부터 애인 사이가 되었으니 친밀도가 깊어진 것은 당연했다.

10

레스토랑에서도 그랬듯이, 나코소노세키勿来関 해안에서 어깨를 맞대거나 팔짱을 끼고 산책할 때도 와타나베와 히로코는 장밋빛 무드를 만끽했다.

최근 1년간의 간난신고艱難辛苦를 단 이틀 만에 치유된 것 마냥 두 사람은 행복에 젖었다.

와타나베가 가끔 생각이 나는지 빡빡머리에 손을 가져갔다.

그 손을 놓기가 싫은지 히로코는 애가 타서 잡아당겼다.

"자기, 신경 쓸 것 없어요. 다들 대학교 운동선수라고 생각하지 않을까요? 굉장히 귀여워요."

"어린애 취급하기는."

와타나베가 볼을 부풀렸다.

히로코가 소리 내어 웃었다.

"난 다들 고등학생으로 보지 않을까요?"

"고등학생?! 너무 자신만만한데! 착각은 자유라지만."

"자기……" 하고 히로코가 애교를 떨었다.

"왜?"

"가능한 한 빨리 오나하마를 떠나고 싶어요."

"10월 말까지는 SD로 일할 수밖에 없어. 그때까지는 당신이 와도 같이 지낼 만한 형편이 안 될 거야."

"그래도 자기 부모님을 하루라도 빨리 뵙고 싶어요."

"그거야 문제없지만 10월 말까지는 힘들 테니 포목점에서 지내. 나도 당신이랑 하루라도 빨리 결혼하고 싶지만 회사를 설립하고 사장이 된 후 결혼하고 싶어. 앞으로 1년만 참아줘."

"난 사장인 당신과 결혼하고 싶은 것이 아니예요. 당신이 사장이 되건 안 되건 와타나베 미키를 좋아하니까 결혼하려는 거예요."

"알아. 하지만 SD로 일하는 한 아무래도 결혼을 생각할 여유가 없어. 무엇보다 당신이 고생할 것 같아서 마음이 내키지 않아."

"고생도 둘이 함께하면 덜 힘들 거고 나도 당신이 사장이 되도록 돕고 싶어요."

"석 달 후부터 도와주면 되잖아."

"싫어요. 난 내일이라도 당장 집을 나올 생각이라고요."

히로코는 와타나베의 손을 뿌리쳤다. 세 걸음 더 가서 와타나베가 뒤돌아보자 히로코는 굳은 얼굴로 서 있었다.

8월 28일 일요일, 와타나베가 새벽에 귀가해자 이토와 히로코가 기다리고 있었다. 와타나베는 히로코에게 선수를 빼앗긴 셈이 되었다.

와타나베는 아버지 히데키에게 복잡한 사정을 털어놓았지만 이토에게는 단순히 약혼자라고만 소개했다.

히데키는 어이없을 정도로 담담한 태도로 "본인 인생은 본인이 결정해야지. 저 아가씨와의 결혼을 반대할 이유가 없어"라고 말했다.

다케노마루주택 근처에 작은 아파트를 구해준 사람도 히데키였다. 한술 더 떠서 히데키는 히로코의 취직자리까지 알선해주었다.

와타나베와 히데키는 이런 대화를 나누었다.

"같이 살 수 있는 형편이 아니니까 조금 더 기다려달라고 했지만 '고생도 둘이 함께하면 덜 힘들다, 사장이 되도록 돕고 싶다'면서 내 말을 듣지 않았어요."

"야무진 아가씨구나. 일단 우리 사무소에서 전화 당번이라도 시키면 어떨까?"

11

"와타나베라면 틀림없이 사가와택배의 간부까지 올라갈 수 있을 거야. 상부에 이야기해서 도쿄 본사로 옮기게 해줄 테니 그만두지 말게나. 사가와택배를 근대적인 기업으로 키우려면 자네 같은 인재가 필요해. 부탁이니 다시 생각해보게."

가와무라 소장이 간곡하게 말렸지만 와타나베는 마음을 바꿀 뜻이

추호도 없었다.

10월 말에 사가와택배를 퇴사한 와타나베는 11월부터 요코하마 간나이의 고급 클럽 '유란센遊亂船'에서 견습 웨이터로 일했다. 여사장 요시오카 다카코吉岡たか子에게 부탁해서 3개월간 단기로 일을 배우기로 한 것이다.

메이지대학 하마회의 간사장이었을 때 무작정 클럽에 찾아가서 다카코에게 콘서트 티켓 10장을 판매했던 것이 인연이 되었다.

다카코는 와타나베를 기억하고 있었다. 긴자의 일류 클럽에서 NO.1 호스티스였다는 다카코는 재색을 겸비한 데다 손님을 다루는 법도 탁월해서 와타나베를 혹독하게 훈련시켰다. 나이는 스물일곱이었다.

"시급 1,200엔이 일반적이지만 와타나베는 특수한 경우니까 수업료 600엔을 제한 600엔이면 되겠지?"

"충분합니다."

"그 대신 석 달 만에 점장으로 일할 수 있을 만큼 가르쳐줄게."

"잘 부탁합니다."

다카코는 호스티스나 웨이터들의 접객 태도를 엄격하게 관리해서, 손님에게 물수건을 건넬 때도 반드시 무릎을 꿇도록 시켰다.

"물수건은 반드시 펼쳐서 건네고 주문을 받을 때는 손님을 아래에서 올려다볼 것."

창문이나 식기를 닦는 법, 걸레질, 재떨이를 교환하는 법까지 일일이 입이 닳도록 주의를 주었다.

"꽁초가 두 개만 쌓여도 재떨이를 갈도록. 글라스의 기름이 그대로 남아 있잖아. 이건 다시 닦아.”

하나부터 열까지 서비스 태도를 철저하게 교육시켰다. 와타나베는 ‘유란센’에서 많은 것을 배울 수 있었다.

해가 바뀌어 1984년 2월 한 달 동안 와타나베는 ‘진파치じんハ 요코하마니시구치점’의 점원이 되었다. 점원을 모집하는 광고를 보고 지원한 것이었다.

오후 3시에 출근해서 5시까지 2시간은 다양한 부위의 닭고기를 꼬치에 끼우고 오징어 껍질을 벗겼다.

그리고 5시부터 새벽 12시 반까지는 접객과 설거지. 시급 650엔에 혹사를 당했지만 여기서는 이자카야의 서비스가 얼마나 형편없는지를 몸소 체험할 수 있었다. 고급 클럽과 비슷한 수준의 서비스를 이자카야에서는 제공할 수 없는 것인가. 아니, 불가능할 리가 없다. 와타나베는 그렇게 생각했다.

3월과 4월의 2개월간은 요코하마역에서 소테쓰선相鉄線으로 두 정거장 더 간 니시요코하마역西横浜駅 근처의 후지다나藤棚상점가에 있는 ‘진파치 후지다나점’에서 주방 보조에 도전하기로 결심했다.

외식산업에 뛰어들기 전에 웬만한 일은 다 경험해둘 생각이었다.

땀을 뻘뻘 흘리며 프라이팬을 휘두르고 식칼을 들고 죽도 끓였지만, 1주일 만에 점장 이와타가 “곰손이 따로 없군. 요리사는 꿈도 꾸지 마라”라는 결론을 내렸다.

요리사가 될 생각은 없었다. 외식산업의 사장이 될 것이라고 대꾸하고 싶은 마음은 굴뚝같았으나 꾹 눌러 참았다.

"알겠습니다. 요리사는 포기하겠습니다."

"말귀를 알아들으니 다행이군. 주방에서 나와 홀 서비스나 해."

"예, 알겠습니다."

접객 서비스라면 이미 충분히 경험했다. 와타나베는 예정을 변경해서 '후지다나점'도 한 달 만에 그만뒀다.

와타나베가 '유란센'과 '진파치'에서 악전고투하고 있을 때 히로코도 밤에는 간나이의 술집 '목마'에서 호스티스 아르바이트를 했다. 낮에는 요코하마실업에서 근무했으니 밤낮으로 일한 셈이다.

1월 상순에 히로코는 과로에 의한 급성 신우염으로 입원하게 되었다. 입원은 생전 처음 해보는 경험이었지만 회복도 빨라서 1주일 만에 퇴원할 수 있었다.

제5장
회사 설립

1

1984년 3월 하순의 어느 날, 오전 7시 30분에 와타나베 미키는 다케노마루주택의 자택에서 구로사와 신이치에게 전화를 걸었다. 구로사와는 도쿄 아자가야阿佐谷의 아파트에 살고 있었다.

"구로, 잘 지냈어? 아직 자지 않을 것 같아서 전화했어."

"응. 방금 집에 왔어. 왠종일 수고한 나를 위해 6시 반에 맥주 한 잔 했더니만 눈이 계속 감기네."

"자리를 정할 생각이야. 이세자키 대로변의 7층짜리 상가건물 1층에 23평짜리가 있어. 구로가 가능한 한 빨리 봐줬으면 하는데."

"알았어. 좋은 일은 서둘러야지. 한숨 자고 나서 당장 보러 가자. 1시에 '오로라'에서 만나기로 할까?"

"고마워. 그럼 1시에 '오로라'에서 기다릴게."

구로사와는 '쓰보하치つぼハ'의 사원으로, 작년 11월에 쓰보하치 고엔지 기타구치점高円寺 北口店의 점장으로 발탁되었다. 오후 4시에 출근해서 새벽에 귀가했다. 작년 3월에 릿쿄대학 경제학부를 졸업하고 '주식회사 쓰보하치'에 취직한 것이었다.

졸업식 직후 취업정보지에 2페이지 컬러의 사원모집 광고가 실린 것을 본 구로사와는, 이력서를 들고 미나미아오야마南青山 2가 스미토모住友생명 아오야마青山 빌딩 3층에 있는 '쓰보하치' 본사를 방문하여 이시이 세이지石井誠二 사장의 면접을 보았다.

'쓰보하치'라는 가게 이름은 삿포로札幌에서 단 8평일본어로 8-'하치', 坪-'쓰보' 짜리 이자카야에서 출발한 것에서 유래했다. 창업자인 이시이는 입지전적인 인물로, 1983년 당시 가장 성장세인 이자카야 체인점의 경영자답게 안광이 형형하고 목소리에는 기백이 넘치며 탄탄한 온몸에서는 주체하기 힘들 만큼의 에너지를 발산하고 있었다. 코 밑에 기른 짙은 콧수염이 인상적이었다.

"릿쿄대학…… 흐으음. 도쿄6대학게이오기주쿠대학, 도쿄대학, 호세이대학, 메이지대학, 릿쿄대학, 와세다대학 같은 명문대 졸업생이 이자카야에 지원할 줄이야. 기쁘구먼. 우리 '쓰보하치'에 지원한 이유를 들려주겠나?"

"외식산업에 관심이 있습니다. 특히 '쓰보하치'는 장래가 유망하니까요."

"그런가. 자네는 첫 대졸 직원이라 '쓰보하치'의 간부후보생이지만 많은 경험을 쌓지 않으면 안 돼. 그러니 처음부터 사무직은 줄 수 없네. 현장 일은 꽤 힘들 텐데 할 수 있겠나?"

"오히려 가게에서 여러 가지 경험을 해보고 싶습니다. 요리를 하는 것도 좋아하니까 주방일을 배울 수 있다면 저야 좋지요."

"마음이 든든하군. 자네에게 거는 기대가 크네. 우리 악수나 한 번 하지."

이시이가 웃자 눈이 깜짝 놀랄 만큼 다정해졌다. 이시이는 일어나서 응접실의 테이블 너머로 오른손을 내밀었다.

구로사와도 자리에서 일어나 이시이의 두터운 손을 힘주어 마주잡았다.

구로사와는 와타나베에게 전화로 '쓰보하치'의 직원이 되었다고 전했다.

"'쓰보하치'라고? 구로, 아주 좋은 생각인데."

"미키의 의견을 묻지 않고 마음대로 결정했지만 이런 게 이신전심이라는 거겠지. 미키의 마음은 알고 있으니까."

"맞아. 주방에도 도전해볼 생각이지만 손재주가 없으니까 그쪽은 구로에게 맡겨야겠다고 생각했어. '쓰보하치'라면 더할 나위가 없지. 오히려 내가 '쓰보하치'를 권해볼까 했을 정도니까."

당시 와타나베는 사가와택배의 SD였기에 새벽에 통화할 수밖에 없었지만 두 사람의 목소리에는 기운이 넘쳤다.

2

구로사와가 오후 1시 10분 전에 '오로라'에 얼굴을 내밀어보니 와타나베는 히로코와 함께 기다리고 있었다.

"나도 방금 막 왔어. 히로코도 가게 자리를 보여주려고 같이 데리고 왔어."

구로사와가 히로코와 만나는 것은 이번이 세 번째였다.

구로사와에게는 미로크경리에 근무할 때 만나서 약혼한 사람이라고만 소개했다. 물론 와타나베는 복잡한 뒷사정을 설명할 마음이 없었다.

와타나베는 '히로코 씨'에서 '히로코'로, 존댓말에서 반말로 바뀌었다. 히로코는 '미키 씨' 혹은 '자기'라고 불렀다. 와타나베는 여전히 할머니인 이토와 다케노마루주택에 살았다. 히로코와는 열흘에 한 번 혹은 2주일에 한 번 돌아오는 휴일에 고대하던 밀회를 즐겼다.

"미키, 히로시는 어떡할래?"

"응. 구로의 의견도 듣고 싶지만 일단은 이 자리에 있는 셋이서 시작하고 싶어. 세 명과 네 명은 많이 다르잖아? 넷이서 먹고 살 수 있을지 어떨지 자신이 없어. 사업이 궤도에 오르고 나서 히로시를 부르는 것이 어때?"

구로사와는 조금 고민하는 표정이 되었다.

밀크티를 한 모금 홀짝이고 나서 구로사와가 말했다.

"미키의 생각대로 하자. 히로시도 낮에는 세탁소의 트럭 운전수, 밤에는 술집에서 일하고 있으니까 가능한 한 빨리 부르고 싶어."

"물론이지. 그럼 가게를 보러 가기로 할까."

가네코 히로시는 메이지대학 상학부를 졸업했지만 취업활동은 하지 않았다.

조자마치의 가게 자리를 직접 본 구로사와와 히로코는 와타나베가 발품을 팔아가면서 찾아 헤맨 보람이 있다고 생각했다.

"구로, 여기로 결정해도 될까?"

"응."

"나도 찬성. 유동인구가 많으니까 특색 있는 가게로 만들면 손님을 끌 수 있겠어요."

히로코는 눈을 빛냈다.

"조건은 어때?"

"보증금 300만 엔에 월세 25만 엔. 보증금은 내가 마련했으니까 문제없어. 주방 집기는 리스lease—설비, 기구 등을 사용료를 받고 장기간 빌려주는 것라도 괜찮겠지."

"나도 100만 엔은 모았어."

"나도 그 정도는 낼 수 있을 것 같아요."

"히로코, 겨우 7개월 만에 그렇게 많이 모았어?"

"그건 아니고. 아버지가 좀 보태주실 거예요."

"그건 받을 수 없어. 내 체면이 있지."

와타나베가 진지한 얼굴로 말했다.

구로사와가 히죽거리면서 참견했다.

"히로코 씨도 공동경영자니까 미키가 고집 부릴 일은 아니라고 생각해."

"아니, 그럴 수는 없어. 아직 결혼도 하지 않았는데 히로코의 아버님께 빌릴 수는 없어."

"그럼 당장이라도 결혼하면 되잖아."

"구로, 회사 설립이 먼저야."

"히로코 씨 의견은 어때요?"

"저야 미키 씨의 뜻에 따를 수밖에 없어요. 어느 쪽이 먼저든 상관없다고 생각하지만······."

"부창부수인가?"

"그런 건 아니에요."

"히로코의 말이 맞아. 결혼하면 우리 집은 마누라가 집안을 좌지우지할 거야."

와타나베가 얼굴을 들여다보자 히로코는 고개를 살짝 기울였다.

"글쎄, 과연 그럴까요? 가부장적인 폭군이 다스릴 가능성이 높을 것 같은데?"

세 사람의 수다는 30분 정도 이어졌다.

3

구로사와를 바래다주기 위해서 네기시선 간나이역을 향해 나란히 걸어가면서 와타나베가 말했다. 히로코는 두 사람의 뒤를 따라 걸었다.

"3월 말로 '쓰보하치'에서 나와."

"응. 이시이 사장님에게 뭐라고 하면 좋을까? 날 좋게 봐주셨기 때문에 조금 마음이 무겁다."

"솔직하게 털어놓으면 돼. 구로가 '쓰보하치'에서 1년이나 근무한 것이 기적에 가까우니까."

"미키의 SD와는 처지가 달라. 미키의 경우는 정말 기적적으로 1년이나 계속한 거지만 난 일을 배우기 위해서 '쓰보하치'에 취직한 셈이잖아. 고생의 레벨이 전혀 달라."

와타나베가 히로코를 돌아보았다. 히로코는 웃으면서 눈짓을 했다. 와타나베도 미소를 지어 보이고는 다시 구로사와와 나란히 걸었다.

"구로는 '쓰보하치'를 그만두고 싶었던 적이 없었어?"

"신주쿠 3가점의 처음 2, 3개월은 너무 힘들어서 계속 근무할 수 있을지 자신이 없어지더군. 두 달 만에 10킬로그램이나 빠졌지. 밤낮이 거꾸로 바뀐 생활인 데다 삿포로에 있을 때부터 이시이 사장님이 손수 훈련시킨 사람들에게 교육을 받았으니까. 다만 미키처럼 따돌림을 당한 적은 없어. 고미야小宮 점장님은 명랑한 사람으로 지시, 지휘도 아주 정확했어. 이시이 사장님이 날 키워보라고 엄명을 내렸을지도 모르지."

고미야는 서른둘로 삿포로 시절의 '쓰보하치'에서부터 살아남은 사람이었다.

구로사와는 지난 일들을 생각하면서 말을 이었다.

"입사하고 한 달 반쯤 지났을 때였나……. 늦잠을 자는 바람에 오후 5시에 출근하질 못했어. 잠결에 알람을 꺼버렸는지 저녁 7시까지 잤지 뭐야. 고미야 점장님에게 '지금 나가겠다'고 전화했더니 '그만두려는 건지 알았다'면서 반겨줬던 것이 기억나. 미키만큼은 아니지만 나도 나름대로 고생했다고."

"구로가 얼마나 힘들었는지 알아. 나도 최근 5개월간 다소나마 경험했으니까."

"목욕탕에 갈 시간을 내는 것도 힘들었다고. 문 닫기 직전에 들어가는 바람에 도중에 욕탕 물을 빼질 않나, 탈의실 불이 꺼지질 않나."

"우리 가게를 열면 지금까지 고생한 보람이 있을 거야……."

와타나베는 다시 한 번 뒤를 돌아보고 말을 이었다.

"아니지, 앞으로도 고생문이 훤한가."

히로코가 종종걸음으로 두 사람을 따라잡았다.

"셋이 힘을 합쳐서 회사를 세우고 미키 씨는 사장이 되는 거잖아요. 고생한 보람이 있다고 생각해요. 날짜가 정해진 꿈을 실현하는 거니까."

"히로코 씨 말이 맞아요. 어떤 고생이든 다 밑거름이 될 겁니다."

"라이브하우스 같은 분위기로 꾸미고 싶은데 구로의 의견은 어때?"

"어떤 가게든 난 '쓰보하치'에서 배운 주방 쪽을 맡을게. 즉 무대 뒤. 굽고 조리고 튀기고 회를 뜨고, 어지간한 주방 일은 다 할 수 있으니까. 무대 앞을 담당할 사람은 미키야."

구로사와는 '쓰보하치 신주쿠 3가점'의 주방에서 반년 동안 실력을 갈고 닦았다.

'쓰보하치 신주쿠 3가점'은 '쓰보하치'의 체인점 중에서도 굴지의 대형점포로 넓이는 60평, 매월 1800만 엔의 수익을 올리는 곳이었다.

4

구로사와는 다음 날 오후 2시에 미나미아오야마 2가에 있는 스미토모생명 아오야마빌딩 3층에 있는 '쓰보하치' 본사에서 이시이 사장을 만났다. 미리 전화로 약속을 잡아놓았다.

비좁은 사장실의 소파에서 두 사람은 마주 앉았다.

"내게 긴히 할 말이 있다고? 전화로는 말하기 힘든 일인가?"

구로사와는 잠시 망설이다가 각오를 굳히고 자세를 가다듬은 다음 이시이를 똑바로 쳐다보았다.

"3월 말로 회사를 그만두고 싶습니다. 허락해주십시오."

"회사를 그만둬?"

"예."

"이유가 뭔가? 무슨 불만이라도 있나?"

"전혀 그렇지 않습니다. 입사 반년 만에 점장으로 임명해주셔서 감사할 따름입니다."

"자네가 기대에 걸맞게 열심히 일했기 때문에 고엔지 기타구치점을 맡긴 거야. 2, 3년 성실하게 일하면 본사로 부를 생각이야. 겨우 1년 만에 그만둔다는 한심한 이야기는 하지 말게. 내가 자네에게 얼마나 기대가 큰지 알고 있나?"

"죄송합니다. 고등학교 동창이 요식업을 시작하게 되어서 도와주고 싶습니다."

"흐으음, 그렇다면 자네는 1년간 '쓰보하치'에서 산업 스파이 흉내를 냈다는 말이군."

이시이는 농담이라고 여기기 어려운 말을 던진 후, 생각에 잠긴 표정으로 녹차를 홀짝이다가 찻잔을 테이블에 내려놓았다.

"그 친구도 자네처럼 일류대학을 나왔나?"

"예, 와타나베 미키라고 하는데 메이지대학 상과를 2년 전에 졸업했습니다. 그 친구는 바로 합격했고 저는 재수를 해서……."

구로사와는 결국 와타나베가 사업 밑천을 마련하기 위해서 사가와 택배에서 1년이나 SD로 일한 것도 털어놓았다.

"자네가 '쓰보하치'에 입사한 것도 계획적이었군."

구로사와는 대답을 하지 못하고 시선을 떨구었다.

"빼도 박도 못할 산업 스파이가 맞구먼. 좋은 대학을 나와서 요식업에 도전하다니 요즘 학생치고는 드문 일이지. 차라리 와타나베라는 친구도 '쓰보하치'로 스카우트하면 어떤가?"

"그건 불가능합니다. 와타나베는 초등학교 5학년일 때 이미 어른이 되면 회사 사장이 되겠다고 결심한 남자라서요……."

구로사와는 그 이유를 자세하게 설명할 수밖에 없었다. 사연을 다 들은 이시이의 표정이 누그러졌다.

"와타나베라는 그 친구, 아주 재미있을 것 같아. 자네는 와타나베하고의 우정이 소중한 모양인데 자네들 계획을 한번 들어보고 싶군. 한번 와타나베를 데리고 오게. 자네들 우정이 진짜인지 어떤지 와타나베와 만나서 이야기를 해보면 알겠지."

구로사와는 이때 히로시의 이름도 이시이에게 말해두는 편이 좋겠다고 생각했다.

"사실은 또 한 명, 고등학교 동창이 있습니다. 가네코 히로시라고 하는데 셋이서 협력해서……."

이시이가 구로사와의 말을 잘랐다.

"알았어. 둘 다 한꺼번에 만나지. 내일 모레 점심시간을 비워두겠네. 11시 반까지 두 사람을 데리고 여기로 오게."

"감사합니다."

구로사와는 소파에서 일어나 머리를 깊숙이 조아렸다.

스미토모생명 아오야마빌딩을 나온 구로사와는 제일 먼저 공중전화를 찾았다.

와타나베가 다케노마루주택의 자기 방에서 대기 중이라는 것을 알고 있었다.

"여보세요, 와타나베입니다."

"나야, 구로사와."

"아, 구로. 기다리느라 목 빠지는 줄 알았다. 오래 걸렸구나."

"응, 이시이 사장님이 '산업 스파이'라고 하더라."

"그렇게 화를 냈어?"

"'산업 스파이'는 반쯤 농담으로 한 말일 테지만 미키를 만나고 싶대. 미키를 '쓰보하치'에 스카우트하라는 말까지 나와서 그건 불가능한 일이라는 걸 설명하는 데 시간이 걸렸어. 이야기를 다 들은 이시이 사장님은 미키에게 관심이 생긴 모양이야. 결국 히로시 이야기까지 했더니 모레 11시 반까지 셋이 같이 와보래."

"지금 인기 절정인 '쓰보하치'의 이시이 사장님 눈에 들다니 앞날이 밝은걸. 히로시에게는 내가 연락할게. 일이 잘 풀리면 가게를 열 때 히로시도 끼울 수 있지 않을까?"

"나는 그랬으면 좋겠어. 셋이든 넷이든 큰 차이가 없지 않을까. 오히려 셋이면 일손이 좀 부족할지도 몰라."

"하긴 그렇지."

"가게에 나갈 시간이니까 이만 끊을게. 모레 오전 11시 반에 아오야마 2가의 스미토모생명 아오야마빌딩 현관 앞에서 보자."

5

11시 20분에 스미토모생명 아오야마빌딩의 현관 앞으로 와타나베, 구로사와, 가네코가 집합했다.

셋 모두 약속이라도 한 것처럼 짙은 감색의 양복 차림이었다.

구로사와는 그럭저럭 침착했지만 와타나베와 가네코는 손바닥에 땀이 흥건할 정도로 긴장했다.

세 사람은 회의실로 안내되었다.

이시이 사장이 전무인 나카무라㈱를 거느리고 세 사람 앞에 나타난 것은 11시 40분이 지나서였다.

"회의가 길어지는 바람에 좀 늦었네. 이시이일세."

정중한 말투로 명함을 내밀어서 와타나베는 당황했다.

"와타나베 미키와 가네코 히로시입니다."

구로사와는 두 친구를 이시이 사장과 나카무라 전무에게 소개했다.

"처음 뵙겠습니다. 와타나베라고 합니다. 전 아직 명함을 만들지 않아서……."

"가네코입니다. 잘 부탁드립니다."

"두 사람 다 키가 훤칠하군. 서서 이야기하다가는 목이 아프겠어."

이시이 사장의 한마디에 와타나베도 가네코도 어느 정도 긴장이 풀렸다.

"밥 먹으면서 이야기하지."

이시이 사장은 의자에 앉지도 않고 그대로 등을 돌리고 회의실에서 나갔다.

나머지 네 사람도 이시이 사장의 뒤를 따라서 엘리베이터로 향했다.

빌딩을 나오자 이시이 사장은 혼자서 아오야마대로 쪽으로 성큼성큼 걸어갔다. 거의 경보에 가까운 속도로 순식간에 인파 속으로 섞여 들어갔다.

와타나베는 열심히 눈으로 좇았지만 이시이 사장은 시야에서 사라져버렸다.

구로사와와 나카무라 전무가 대화를 나누면서 걸었기 때문에 와타나베와 가네코는 두 사람이 걷는 속도에 맞출 수밖에 없었다.

"사장님은 충격이 크신 모양이야."

"죄송합니다."

"하지만 우정이 더 소중할 테니 말릴 방법이 없다면서 포기하신 것 같은 말투였어. 와타나베 같은 친구가 있다니 구로사와는 행운아야."

"저도 그렇게 생각합니다."

와타나베는 조심스럽게 끼어들었다.

"그 반대에요. 구로사와는 제 자랑입니다."

구로사와가 나카무라 전무에게 물었다.

"사장님은 어디로 가신 걸까요?"

"아마 벨 커먼즈 지하 1층의 돈까스 가게일 거야. 사장님은 걸음이 빨라서 따라가기 힘들어. 오늘은 미리 자리를 잡으려고 평소보다 서둘러 갔겠지."

구로사와가 나카무라 전무에게 물었다.

"사장님께 그런 일을 시켜도 되나요? 말씀하셨다면 제가 먼저 가서 자리를 잡았을 텐데요."

"배려심이 많은 분이니까. 아무도 이시이 사장님처럼 행동하진 못할 거야."

정오가 되려면 10분 정도 남아 있는데도 불구하고 돈까스 가게는 손님으로 바글바글했다.

이시이 사장은 다섯 명이 앉을 수 있는 자리를 확보하고 네 명을 기다리고 있었다.

"등심 돈까스 정식으로 통일해서 주문했어. 싫어하는 사람은 없지?"

"아주 좋아합니다."

와타나베의 대답에 구로사와와 가네코도 동의했다.

돈까스와 양배추 샐러드가 담긴 큰 접시와 밥, 바지락 된장국 등이 테이블 위에 올려졌다.

식사를 하면서 이시이 사장은 오른쪽 옆에 앉은 와타나베에게 질문을 했다.

"요코하마의 조자마치에서 어떤 가게를 열 생각인가?"

"뉴욕에서 본 라이브하우스가 인상적이었거든요. 그래서 기타든 피아노든 상관없지만 식사를 하면서 생음악을 들을 수 있는 가게를 열까 합니다."

이시이 사장은 아무런 반응을 보이지 않고 묵묵히 식사에 집중했다.

와타나베도 내려놓았던 젓가락을 다시 들었다.

이시이 사장은 걸음걸이만이 아니라 밥 먹는 속도도 무척 빨랐다.

와타나베도 SD로 일할 때 습관이 들어서 먹는 속도가 빠른 편이었지만 돈까스가 뜨거워서 빨리 먹기 힘들었다.

이시이 사장이 식사를 마쳤을 때도 다른 네 사람은 아직 절반 이상이 남아 있었다.

이시이 사장은 입가심으로 차를 마시면서 말했다.

"그런 가게는 손님을 끌기 힘들어. 2, 3개월 안에 망할 거야. 그만두게."

와타나베는 젓가락을 놓고 이시이 사장 쪽으로 상체를 틀었다.

"외람되지만 어째서 그렇게 생각하십니까?"

"조자마치라면 이세자키대로지? 고급 레스토랑에 손님이 몰려들 것 같나?"

"서비스의 질을 높이고 합리적인 가격을 설정하면 손님을 끌 거라고 생각합니다."

"그런 가게는 매상이 나올 리가 없어. 초기자금은 어떻게 할 건가?"

이시이 사장이 결과가 뻔하다는 듯이 단언하자 와타나베는 굳은 표정으로 반박했다.

"저는 '쓰보하치'의 사원이 아닙니다. 이시이 사장님께 명령을 받을 이유가 없습니다. 라이브하우스를 내기로 이미 결정했습니다. 이제

와서 그만둘 생각은 없습니다."

"그저께 구로사와에게 고교시절부터 이어진 자네들의 우정을 듣고 응원해주고 싶다고 생각했네. 그래서 다른 임원들에게 의견을 구해보 았더니 자네들이 확실하게 성공하는 길은 '쓰보하치'의 프랜차이즈점, 즉 가맹점으로 출발하는 것이라는 결론을 내렸다네."

"'쓰보하치'의 밑으로 들어오라는 말씀입니까?"

"'쓰보하치'의 간판이 성공을 가져다줄 걸세. 그렇기 때문에 '쓰보하 치'는 맹렬한 기세로 전국적으로 체인점을 늘려가고 있지."

와타나베는 '쓰보하치' 밑으로 들어갈 마음이 없었다. 어떻게든 자 신만의 가게를 열고 싶었다.

이 제안은 받아들일 수 없다고 와타나베는 생각했다. 무엇보다 자 금은 300만 엔밖에 없었다.

구로사와의 100만 엔을 합쳐도 400만 엔에 불과했다.

6

이시이가 와타나베를 매서운 눈초리로 바라보았다.

"꿈을 꾸는 것은 자네 마음이고 가상한 일이지만 현실적이질 못해. 자금 계획만 봐도 엉성하기 짝이 없네. 입지 조건을 볼 줄 아는 눈도 없어. 음식점의 경영 노하우도 없는 것이나 다름없지. 즉 갖추고 있는 것은 하나도 없다는 걸세. '쓰보하치'라면 반드시 돈을 벌 수 있어. 자 네들의 우정에 선물을 주고 싶네. 고엔지와 다치카와㎜에 '쓰보하치'

직영점이 있어. 마음에 드는 쪽의 영업권을 자네들에게 넘기겠네."

와타나베는 이시이 사장의 기백에 압도되어 아무런 대꾸도 하지 못했다.

"고엔지 기타구치점은 5,000만 엔, 다치카와점은 3,200만 엔이다. 양쪽 다 매월 30~40만 엔의 이익밖에 올리지 못하지만 자네들 같은 의욕과 열의가 있으면 두 배로 늘릴 수 있겠지. '쓰보하치'의 프랜차이즈 체인점이 되어 번성시켜서 자금과 노하우를 축적한 다음, 라이브하우스인지 뭔지 모르겠지만 자기만의 가게를 만들게. 그러면 되지 않겠나? 자네들은 아직 젊어. 그렇게 서두를 필요 없잖아."

"하지만 저희는 5,000만 엔이라는 거금을 조달할 능력이 없습니다."

"내가 융자를 받을 수 있도록 도와주지. 이왕 내친걸음일세. 고엔지 기타구치점을 택할지 다치카와점을 택할지 일단 한 번 둘러보고 오게나."

이시이 사장은 메모지에 다치카와점의 지도를 그려서 구로사와에게 건넸다. 고엔지 기타구치점은 구로사와가 점장이었다.

가네코는 오후에 다른 볼일이 잡혀 있었기 때문에 와타나베와 구로사와, 둘만 바로 다치카와에 가보기로 했다.

국철 주오선中央線의 전차는 승객이 거의 없어서 두 사람은 나란히 앉아서 갈 수 있었다.

"무시무시한 박력이었어. 조금 분하지만 이시이 사장님의 말에 그대로 넘어가버렸어."

"우리 우정에 선물을 주고 싶다는 이시이 사장님의 말은 진심일 거야. 우스꽝스러운 콧수염을 기르고 있지만 겉보기와는 달리 진솔한 사람이야."

"구로의 말이 맞아. 평범한 사람이 아니었어. 엄청난 인력에 끌려가는 것 같은 느낌이 들더라."

같은 시각 이시이 사장은 나카무라 전무를 사장실로 불러서 와타나베의 첫 인상을 말했다.

"와타나베라는 친구, 제법 쓸 만한 놈인 것 같아. 뭔가 엄청난 일을 벌일 것 같은 가능성을 품고 있더군."

영웅은 영웅을 알아본다. 그런 것일지도 몰랐다.

다치카와점은 국철 다치카와역에서 도보로 10분, 다치카와시청 근처에 위치하고 있었는데, 손님의 절반은 마이카족이었다. 역에서 멀기도 하고 30평밖에 안 되는 좁은 가게라는 것이 와타나베를 망설이게 했다.

"구로, 어떻게 생각해?"

"별로야. 고엔지가 훨씬 나아."

"고엔지 기타구치점은 역에서 가까운가?"

"응. 역 북쪽출구의 후지야不二家-일본의 과자회사. 양과자 체인점과 후지야 프랜차이즈 레스토랑을 운영하고 있으며, 야마자키 제빵의 자회사이기도 하다 앞이고 넓이도 50평이 넘어. 지금도 손님은 많지만 그런 것치고는 매상이 오르질 않아. 왜 그런 건지 대충 짐작은 가지만. 미키, 일단 가게를 한 번 봐볼래?"

"그렇게 하자."

고엔지 기타구치점을 보고난 후에 결정하기로 와타나베는 결론을 내렸다.

"바쁘게 생겼구나. 이시이 사장님과 프랜차이즈 계약을 맺기 전에 회사를 세워야지."

"사장은 미키가 맡을 테니까 회사 이름이나 등기 수속 같은 것은 미키에게 맡겨도 될까?"

"우리 아버지가 사법서사를 알고 있으니까 아버지와 의논해서 진행하자. 일단 미나미구 교신초共進町에 있는 아버지의 사무소에 회사를 둘까 싶은데……."

"전부 미키에게 맡길게. 아까 헤어지기 전에 히로시도 그렇게 말했어. 히로시도 100만 엔은 모은 모양이니까 자본금은 전부 합쳐서 500만 엔이 되네."

"그래? 히로시도 아르바이트하느라 고생했구나. 구로, 인감도장은 있어?"

"아니, 당연히 없지."

"실은 나도 없어. 회사등기를 하려면 인감증명이 필요하니까 서둘러서 인감을 등록해둬. 히로시한테는 내가 말해둘게. 이시이 사장님은 성격이 급하니까 우물쭈물하다간 불벼락이 떨어질 거야. 갑자기 마음이 변하기라도 하면 곤란하고."

"사장님 성격이 급한 것은 인정하지만 아무래도 적은 미키에게 반한 것 같으니까 걱정할 것 없어."

"하지만 서두르자. 4월 중에 프랜차이즈 계약을 맺고 5월에는 고엔지 기타구치점을 우리 손으로 운영하는 거야."

구로사와가 걱정스럽다는 듯이 미간을 찌푸린 것을 와타나베는 알아차리지 못했다.

7

4월 16일 일요일 오전 9시, 와타나베는 부친 히데키와 함께 간나이에 있는 사법서사사무소의 이치카와市川를 찾아갔다. 이치카와는 쉰을 훨씬 넘긴 것처럼 보였다. 희끗희끗한 머리에 금속 안경테를 쓰고 있었다.

"상호는 뭘로 할 겁니까?"

"유한회사 와타나베상사면 어떨까요?"

"와타나베상사로는 요코하마지방 법무국에서 수리되지 않을 가능성이 많아요."

"너무나도 흔한가요? 그렇다면 미키, 와타미상사渡美商事는 어때? 와타나베와 미키를 합해서 만드는 거야."

"와타미상사요? 생각해 본 적은 없었지만 좋은 이름인데요?"

와타나베는 하얀 이가 드러나도록 씨익 웃어 보였다.

상호, 과세표준금액(600만 엔), 등록면허세(6만 엔), 정관, 사원총회의사록, 이사회의사록 등을 첨부한 유한회사설립 등기신청서가 이치카와 사법서사에 의해 요코하마지방법무국에 제출된 것은 같은 날 오후였다. 물론 대표이사는 와타나베 미키였다.

구로사와 신이치, 가네코 히로시의 두 사람이 이사로서 이름을 올렸다.

유한회사 와타미상사의 설립 목적은 ①음식업의 경영 ②상기에 따른 업무 일체로 되어 있었다.

이시이 세이지의 소개로 와타나베는 교와은행協和銀行 계열인 쇼와리스昭和リース에서 5,000만 엔을 융자받기 위한 협상을 개시했다.

쇼와리스의 본사는 스미토모생명 아오야마빌딩과 가까운 교와 아오야마빌딩의 5층에 있었다. 1984년 당시의 이 회사의 매출액은 약 1,800억 엔, 순이익은 약 3억 엔. 실적도 탄탄하고 적극적으로 사업을 확대하고 있었다.

와타나베는 융자 담당인 미우라三浦 과장과 세 번이나 면담을 가졌지만, '쓰보하치 고엔지 기타구치점'의 영업권은 담보능력이 없다는 이유로 난색을 표했다. 옆에서 힘을 실어주던 이시이 사장마저 "쇼와리스는 포기할까"라는 약한 소리를 할 정도로 쇼와리스 측의 태도는 강경했다.

그런데 '쓰보하치 고엔지 기타구치점'이 입점해 있는 산신빌딩의 여자 오너 야마자키 기요山崎喜代가 궁지에 몰린 와타나베를 구해주었다. 쇼와리스에게 보증금의 질권설정채권자가 채권의 담보로서 채무자 또는 제3자로부터 받은 담보물권을 질권이라고 하며 이러한 권리 발생을 질권설정이라고 한다을 승낙해준 것이었다.

"쇼와리스도 눈이 삐었군. 담보 운운하기 전에 경영자가 어떤 인물인지 따지는 것이 먼저 아닌가."

야마자키 기요의 나이는 쉰한두 살로 와타나베의 인품을 높이 평가했다. 그 결과 쇼와리스와 와타미상사는 2,900만 엔의 할부판매계약

<small>대금을 일정 기간으로 분할하여 지불하는 판매 계약</small>을 5월 15일에 체결, 당일 바로 융자를 내주었다. 연대보증인은 구로사와 신이치, 가네코 히로시, 와타나베 미키의 세 명.

남은 2,000만 엔은 '쓰보하치'와 거래하고 있는 주류도매상인 시오다야<small>塩田屋</small>가 담보 없이 융자해주었다.

"와타미상사는 '쓰보하치' 가맹점 중에서 장래성이 가장 큽니다. 제가 보증하지요."

"이시이 사장님이 장담을 하시니 아무 문제 없겠지요."

시오다야의 사장도 쉰 네다섯 살의 여성으로 이름은 시오다 도미<small>塩田とみ</small>. 시바다이몬<small>芝大門</small> 2가에서 노포<small>老鋪</small>를 경영하고 있었다.

주식회사 쓰보하치(갑)와 유한회사 와타미상사(을)의 '이자카야 쓰보하치 프랜차이즈 계약'은 4월 28일에 조인, 같은 날 이 프랜차이즈 계약을 바탕으로 각서를 체결했다.

1. 을은 갑과 체결한 '이자카야 쓰보하치 프랜차이즈 계약'에서 정한 장소에서 영업한다.
2. 갑은 프랜차이즈 계약에 근거하여 을을 육성, 지도하며 을이 자립할 수 있을 때까지 결산서 작성 등 경영 전반에 관해서 지도한다.
3. 을은 앞의 항목에서 정한 경영 지도를 받기로 하고, 특히 본 각

서를 체결한 시점에서 5년 동안 하기의 (1)부터 (4)를 이행한다.

(1)을은 교와은행 고엔지점에 을의 명의로 보통예금계좌를 설정하고 그 외 다른 금융기관과는 거래하지 않는다.

(2)은행거래는 (1)에서 정한 보통예금 거래만 하고 당좌거래와 어음발행은 하지 않는다.

(3)을은 (1)에서 날인한 인감을 영업양도계약과 동시에 갑에게 예탁한다.

(4)을이 보통예금을 인출할 필요가 있을 때는 갑의 승인을 받아 갑의 사무소에서 보통예금 출금청구서에 날인을 받는다. 단 원칙적으로 토요일 또는 월요일의 주 1회로 한다.

부대사항 중에 '물건표시'는 ①점명 이자카야 쓰보하치 고엔지 기타구치점 ②주소 스기나미구杉並区 고엔지기타 3-23-3 산신빌딩 B1 ③총면적 181㎡(54.8평)으로, '해당 물건에 관한 계산기준'이 적혀 있었다.

①가맹금 100만 엔 + 단가 2만 엔(3.3㎡) × 181㎡ = 2,096,000엔

②로열티 단가 2,000엔(3.3㎡) × 181㎡ = 109,600엔

③보증금 로열티(109,600엔) 6개월치 = 657,600엔

와타미상사는 영업양도금 5,000만 엔에 2,863,200엔을 더한 금액을 쓰보하치 본사에 지불했다.

미나미아오야마의 '쓰보하치' 본사 회의실에서 프랜차이즈 계약, 각

서, 영업양도계약서에 날인한 다음, 이시이 사장이 던진 말이 와타나베의 인상에 깊이 남았다.

"젊은 놈들은 만지기 힘든 돈을 가지고 있으면 여자나 도박에 빠지기 십상이지. 그러니 도장은 내가 맡아두고 있겠네. 그리고 반드시 한 달에 한 번씩 보고하러 오도록."

이시이 사장은 콧수염을 쓰다듬으면서 진지하게 말했다. 와타나베는 그 말이 이시이 사장의 경험에서 나온 말이 아닐까 추측했다.

8

4월 중에 와타나베는 '쓰보하치 고엔지 기타구치점'에서 도보 2분 거리에 방 두 개와 부엌, 거실이 있는 월세 아파트를 구했다.

요코하마에서 출퇴근하기에는 너무 멀었기 때문이지만, 문제는 할머니인 이토의 거처였다.

"할머니, 고엔지에서 이자카야를 경영하게 되었어요."

"미키, 드디어 사장이 되었구나. 넌 한번 목표를 정하면 옆도 돌아보지 않고 똑바로 나아가지. 정말 장하다."

"할머니 혼자 다케노마루주택에서 지내시게 할 순 없어요. 우리랑 같이 고엔지로 이사 가요."

"난 아직 멀쩡하니까 이 집에서 혼자 살아도 돼. 같이 무용하는 친구들도 많으니까 여길 떠나긴 싫구나."

"지금은 정정하시지만 연세가 벌써 아흔이시잖아요. 아버지도 걱정하고 계세요. 저랑 같이 가기 싫으면 아버지랑 함께 지내시는 건 어때요?"

"내 일은 내가 알아서 하마. 자식과 손자를 기르고 돌봐줬다고 노후를 위탁하는 것은 성격에 맞지 않구나."

"그렇다면 고엔지에서 절 돌봐주세요."

"미키에게는 히로코가 있잖니. 날 걱정할 시간이 있으면 너희들 걱정이나 하렴. 그나저나 너희는 언제 결혼하려고 그래?"

"가게가 순조롭게 돌아가면 결혼할 거예요."

히데키도 설득했지만 이토는 끝까지 다케노마루주택에 남겠다며 고집을 꺾지 않았다.

프랜차이즈 계약과 각서에 조인하고 돌아오는 길에, 와타나베는 구로사와와 가네코에게 넷이서 함께 살자고 제안했다. 두 사람은 걸음을 멈추고 얼굴을 마주 보았다. 그리고 동시에 고개를 갸우뚱했다.

"히로코 씨에게 부담을 주게 될 거야."

"우리는 따로 집을 구할게."

구로사와도 가네코도 부정적이었다.

"히로코가 가사 전반을 도맡고 가게 계산대도 봐주겠다고 했어. 가게가 궤도에 오를 때까지는 긴급조치라 여기고 같이 살자. 직원이 넷밖에 없어. 따로 살면 돈도 들고 이런저런 뜻밖의 사태에 대처하기 힘들 거야. 부엌과 거실을 사이에 두고 방 두 개가 떨어져 있는, 우리에게 안성맞춤인 아파트를 구했어. 구로와 히로시가 같은 방을 쓰면 돼. 잠깐 동안이니까 내 말대로 불편해도 참고 같이 살자."

"장소는 어디야?"

구로사와의 질문에 와타나베가 웃으면서 대답했다.

"가게까지 달리면 1분, 걸으면 2분쯤 걸리는 즈치야土屋맨션이라는 곳이야. 5층 건물의 3층으로 지은 지 8년 됐지만 제법 깨끗해. 집세는 13,500엔. 와타미상사의 본사도 그 아파트로 옮길 생각이야. 월세는 경비로 처리할 수 있으니까 최소한의 생활비만 있으면 돼. 1년만 참고 같이 살아보자."

"싸우게 되지 않을까?"

"구로, 좀 싸우면 어때. 우린 고교시절부터 사이가 너무 좋아서 싸운 적이 별로 없으니까 대대적으로 의견을 놓고 다퉈보자고. 설령 싸우더라도 몸싸움까지는 안 가겠지."

"히로코 씨가 OK라면 나는 찬성이야. 마음씨가 고운 사람이니까 우리 억지를 들어줄지도 모르지."

"히로시 말이 맞아. 앞으로 1년간 우리 손으로 고엔지 기타구치점을 고수익을 내는 가게로 만들기 위해서 노력해보자."

"알았어. 히로코 씨에게는 미안하지만 이렇게 된 김에 신세 좀 질게."

"미리 말해두고 싶은 것이 있는데 차라도 한잔할까?"

구로사와의 밝은 얼굴에 갑자기 그늘이 졌다.

9

와타나베, 구로사와, 가네코 세 사람은 아오야마대로에 있는 빌딩 1층의 찻집으로 들어갔다. 4월 28일 토요일 오후 3시가 지났을 즈음이었다.

커피를 주문한 다음 구로사와가 심각한 표정으로 말을 꺼냈다.

"고엔지 기타구치점에는 '아사쿠라 천황'이라고 불리는 문제아가 있어. 나이는 아마 스물여덟일 거야."

"'쓰보하치'의 직원은 전원 그대로 고용하기로 했는데?"

"미키, 아사쿠라는 아르바이트야."

가네코가 구로사와의 얼굴을 응시했다.

"알바인데 '천황'이라고 불린단 말이야?"

"고엔지 기타구치점은 15명의 알바생을 고용하고 있는데 그 알바생을 관리하는 사람이 아사쿠라야. 즉 알바생들의 근무시간을 짤 권한을 쥐고 있다는 거지. 아사쿠라는 가게를 좌지우지하는 사람이 자기라고 생각해. 아무도 끼어들 여지를 주질 않으니까 틀림없이 미키와 부딪치게 될 거야."

"말도 안 돼. 부딪치고 말고 할 게 뭐 있어? 사장은 나야. '쓰보하치' 직영점에서 와타미상사의 프랜차이즈점으로 바뀌었어. '아사쿠라 천황'이라니 웃기지 말라고 해."

"그렇게 간단한 문제가 아니야."

구로사와가 얼굴을 찌푸렸다.

"아사쿠라를 해고하면 되지 않나?"

가네코의 질문에 구로사와는 커피잔을 받침접시 위에 내려놓았다.

"그러면 15명의 알바생 전원 그만둘걸? 그러니까 아사쿠라를 살살 달래는 수밖에 없다고 생각해. 나도 11월부터 고엔지 기타구치점의 점장으로 일했으니까 하는 말인데 아사쿠라와는 타협할 수밖에 다른 방도가 없어. 부딪치지 말고 잘 해나가면 좋겠어. 이 이야기를 하려고 차를 마시자고 한 거야."

와타나베가 시시하다는 듯이 입술을 삐죽거렸다.

"구로는 걱정도 팔자야. 물론 그 아사쿠라는 천황이라고 불릴 정도 니까 머리도 좋고 권력도 있겠지만 기껏해봐야 알바생의 우두머리일 뿐이잖아. 그렇게 고민할 것 없어. 나한테 맡겨."

"하다못해 아사쿠라를 치켜세우는 척이라도 하면 어때?"

"일단 아사쿠라를 만나본 후 어떻게 대우할지 결정할게."

와타나베는 구로사와가 괜한 걱정을 하는 것이라 여기고 크게 마음에 담아두지 않았다. 그러나 5월 15일 새벽 5시에 '쓰보하치 신주쿠3 가점' 점장에서 본사 과장으로 승진한 고미야와 함께 고엔지 기타구치 점의 재고를 체크하던 중에 아사쿠라의 건방진 태도에 깜짝 놀랐다.

"야! 고미야"라면서 고미야의 이름을 함부로 부르는 것이었다. 고미 야는 아사쿠라보다 5살 정도 연장자였다.

그것도 본사의 간부사원이었다.

맥주 한 병에서 닭 꼬치 하나에 이르기까지, 재고를 낱낱이 조사하 는 이유는 '와타미'가 가게의 모든 것을 '쓰보하치'에서 인수하기로 했 기 때문이었다.

합계 483,700엔어치의 재고를 '와타미'가 매입하게 되었다.

아사쿠라는 재고 체크를 거들지 않고 홀의 좌식자리에서 뒹굴고 있 었다.

"이봐, 고미야. 아직 안 끝났어?"

"넌 그만 돌아가도 돼. 방해만 되니까."

고미야도 무뚝뚝한 말투로 대꾸했지만 아사쿠라는 크게 기지개를 펴고 하품을 하면서 툴툴거렸다.

"재고 체크하는데 본사의 과장까지 동원되다니 수고가 많네."

"와타나베 씨가 요청한 데다 이시이 사장님이 시키셨으니까."

"너희도 지금까지 수고했어. 오늘로 너희들과는 바이바이인가."

고엔지 기타구치점에는 '쓰보하치' 직원이 5명 있었는데, 아사쿠라는 그들을 턱 끝으로 부리는 것처럼 보였다.

"아사쿠라 씨, 오랫동안 신세를 졌습니다."

"이 가게는 아사쿠라 씨 덕분에 유지되고 있으니까 앞으로도 잘 부탁합니다."

간신배처럼 아사쿠라에게 알랑거리는 그들의 태도가 와타나베의 눈에 기묘하게 비친 것은 어쩔 수가 없었다.

아니나 다를까 이틀 만에 와타나베는 아사쿠라와 충돌했다. 아사쿠라가 시비를 걸어온 것이었다.

"가게 일은 나에게 맡기시지. 쥐뿔도 모르면서 참견해대면 가게가 제대로 안 돌아간다고."

"그런 말이 어디 있습니까? 어제부터 내가 이 가게의 점장입니다."

"댁은 와타미상사의 사장으로 만족하라고. 가게 운영은 나에게 맡겨. 그게 신상에 이로울걸? 예전이랑 똑같은 매상을 올려줄 테니까 괜히 끼어들지 말고 잠자코 지켜만 봐."

와타나베는 자기 안색이 변하는 것을 느꼈다.

"그건 안 될 말이죠. 내 지시에 따르세요. 그럴 수 없다면 그만둬도 좋습니다."

"어이! 애송이! 그렇게 나온단 말이지?"

아사쿠라가 으르렁거렸다. 험악한 눈초리가 더 날카로워졌다.

"그만두라고? 내가 그만두면 이 가게는 망해. 내일부터 영업 못하게 해줄까. 그래도 좋다 이거야?!"

안색이 창백해진 구로사와가 뒤꿈치를 들고 와타나베의 귓가에 속삭였다.

"미키, 제발 참아라. 아사쿠라가 그만두면 다른 알바생도 전부 그만둘 거야. 그럼 가게를 열 수 없게 된다고."

와타나베는 팔꿈치로 구로사와를 가볍게 찔렀다.

"구로, 쓸데없는 소리 하지 마."

"너 같은 놈이 마음대로 설치는 가게라면 차라리 망하는 편이 나아."

와타나베는 아사쿠라의 앞을 지나서 조마조마한 마음으로 돌아가는 상황을 지켜보고 있던 알바생들 쪽으로 걸어갔다.

"여러분도 잘 생각하고 행동하도록. 아사쿠라의 부추김에 넘어가 그만둘 거라면 적어도 다음 알바 자리나 찾은 다음으로 하지? 물론 우리 가게에 남아준다면 고맙겠지만."

아사쿠라가 안색을 바꾸고 이쪽으로 다가왔다.

"너희들, 날 거역하면 가만두지 않겠다. 내가 너희 뒤를 봐주마. 이런 가게에 미련 가질 필요 없어."

히로코는 말문이 막힐 정도로 가슴이 뛰었다.

사정을 알고 있는 구로사와의 의견을 듣는 편이 좋겠다는 마음이 들면서도, 건달이나 다름없는 아사쿠라와 같이 일하고 싶지 않다는 마음이 더 강했다.

하지만 정말로 가게가 망하게 될까.

10

다음날 오후 4시가 지나서 와타나베 일행 네 명이 가게에 얼굴을 내밀자 알바생은 한 명도 안 나왔다.

"이시이 사장님께 본사에서 사람을 보내달라고 부탁해볼까?"

와타나베가 침통한 표정으로 말할 때 와니베 신지鰐部慎二와 기쓰나이 미노루橘内稔가 나란히 찾아왔다. 둘 다 와세다대학의 학생이었다.

"너, 너희들……."

와타나베는 기쁜 나머지 말을 더듬었다.

"대부분의 알바생은 남을 겁니다. 다들 아사쿠라 씨의 횡포를 싫어했으니까요."

"저도 그렇게 생각해요. 딱히 서로 이야길 해본 적은 없지만 아사쿠라 씨에게도 직원들에게도 불신감 같은 것을 품고 있었던 것은 확실해요."

기쓰나이가 와니베에게 찬동했다. 와니베가 웃으면서 고개를 끄덕였다.

와타나베와 히로코가 얼마나 안도했는지 모른다.

"구로, 이 친구들의 말이 사실이라면 넌 안 해도 될 걱정을 사서 한 셈이야."

"그렇다면 좋겠지만 아사쿠라는 집요하니까 무슨 짓을 할지 몰라."

"건달 같은 구석은 있지만 진짜 건달은 아니잖아."

"응. 저래 보여도 기타 실력만큼은 프로급이라고 들은 적이 있는데."

"흐음, 아사쿠라가 기타리스트였어? 건달이 아니라니 안심이 되네. 모두 분별력이 있는 학생들이니까 아사쿠라의 으름장에 넘어가진 않을 거야."

구로사와에게 그렇게 대답하면서도 와타나베의 불안이 완전히 해소된 것은 아니었다.

15명의 알바생들 중에서 그만둔 사람은 2명뿐이었다. 13명이나 남겠다고 말한 것이었다. 그중에는 와니베, 기쓰나이 외에 니혼日本대학의 우사미 야스시宇佐美康와 기타자와 데쓰야北沢哲也, 메이지대학의 사토 겐佐藤謙, 주오대학의 히라야마 다쓰야平山達也, 도요대학의 가사이 세이지笠井聖司, 재수생인 가가야 고에쓰加賀谷浩悦, 도리쓰都立대학의 야나기 유키히로柳之裕가 있었다.

이들 9명은 훗날 알바생에서 정직원으로 승격되었다.

와타나베, 구로사와, 가네코 그리고 히로코 4명과 와니베, 기쓰나이 등 학생들과의 인연은 아사쿠라가 그만둔 것을 계기로 견고해졌고 친근감도 깊어졌다.

나중에 알게 된 일이지만 아사쿠라와 5명의 직원은 툭하면 가게의 음식을 자기들 마음대로 꺼내 먹었다고 한다.

구로사와도 어렴풋이 눈치 채고 있었지만 알바생들은 더 엄격한 눈으로 지켜보고 있었던 것이다.

와타나베는 '쓰보하치 고엔지 기타구치점'에서 서비스의 차별화에 고심했다.

"먼저 가게를 청결하게 유지하도록. 테이블보도 반드시 교환하고. 손님의 신발을 넣고 꺼내는 것은 우리가 하자. 물수건은 무릎을 꿇고 펼쳐서 건네는 거야. 그리고 도중에 두 번째 물수건을 꺼내드려. 극단적으로 들릴지도 모르겠지만 손님의 노예가 되었다는 마음가짐으로 서비스했으면 좋겠어."

와타나베는 요코하마 간나이의 '유란센'에서 경험한 접객 방법을 '쓰보하치'에 도입하여 이자카야의 이미지를 일신시켰다. 무엇보다 사장 겸 점장이 솔선하여 '노예'가 되겠다고 나서니 알바생들도 따를 수밖에 없었다.

식재료는 '쓰보하치' 본사에서 제공되지만 주방 담당인 구로사와는 리더십을 발휘하여 메뉴 개선에 매달렸다.

서비스의 차별화는 고객의 방문으로 직결됐다. 직영점 시절 월매출 750만 엔이었던 고엔지 기타구치점은 겨우 반년 만에 매출이 두 배로 늘어나 1500만 엔이 되었다. 반년 후에는 이익이 월간 360만 엔으로 무려 열 배나 늘어났다.

"이시이 사장님은 '산업 스파이'라고 화를 내셨다지? 나도 유란센에서 이런저런 노하우를 훔쳐왔어. 우리가 이 가게에서 실험한 것을 다른 가게에서 응용해도 상관없어. 이시이 사장님에게 '산업 스파이' 짓을 한 보답을 해야겠지. 이시이 사장님은 와타미상사의 은인 중의 은인이니까 은혜를 갚는 것은 당연해."

와타나베가 아파트에서 느지막이 아침을 먹으면서 구로사와 가네코, 히로코에게 이런 말을 한 것은 11월 하순의 일이었다. 1년 후 이시이 사장에게 '쓰보하치' 본사로 불려가서 '산업 스파이' 짓의 보답을 실현하게 된다.

"자네는 일본에서 가장 돈 잘 버는 이자카야의 오너일세. '쓰보하치'의 체인점 오너나 점장들이 그 비결을 배우고 싶어 하니 전국을 돌면서 전수해주지 않겠나?"

"좋습니다. 사장님께는 '산업 스파이' 짓을 한 잘못도 있으니 미력이나마 속죄를 하겠습니다. 뭐든지 말씀만 하십시오."

와타나베는 즉석에서 OK했다.

"'산업 스파이'라고 했던 건 농담이야. 너희들 우정에 감동했을 뿐이다. 그리고 자네가 보통 인물이 아니라고 간파한 내 안목이 맞았다고 자랑하고 싶은 것도 있다네."

겉보기와 달리 내성적인 이시이 사장은 겸연쩍은 듯이 머리를 긁었다.

당시 '쓰보하치'는 홋카이도北海道에서 규슈九州까지 전국 7개 구역으로 나뉘어져 있었다. 와타나베는 구역 단위의 오너 및 점장 회의에서 '우리 가게에서는 어떤 영업을 하고 있는가'를 주제로 7회나 강연했다.

서비스의 차별화, 알바생을 포함한 종업원의 교육 방법 등 평소 생각했던 것을 와타나베는 숨김없이 피력했다.

'노예'라는 난어에 반발하는 오너나 점장도 있었지만 "중요한 것은 마음가짐입니다. 고객을 대할 때 겸허한 태도가 요구되는 것은 당연합니다. 그것을 극적인 단어로 표현한 것에 지나지 않습니다"라고 와타나베는 반론했다.

"와타미상사가 특별한 일을 하고 있는 것이 아닙니다. 서비스의 차별화는 요식업은 물론 서비스업 전체에 요구되고 있습니다. 상식적인 일을 상식적으로 실천한다, 단지 그것뿐입니다. 예를 들어서 손님에게 물수건을 건넬 때도 비닐을 찢고 펼쳐서 내밀 경우와 비닐에 든 상태로 내밀 경우에 손님이 받는 인상이 달라집니다. 그때 무릎을 꿇고 내민다면 더 달라질 겁니다. 우리가 평소 접객 매너로서 명심하고 있는 것은 그런 평범한 서비스를 되풀이하는 것에 불과합니다."

와타나베는 같은 이야기를 7번이나 되풀이한 셈이지만 그 덕분에 계발된 서비스의 차별화에 주력한 '쓰보하치' 체인점의 매상이 늘어난 것은 두말하면 잔소리였다.

이시이도 몇 번인가 와타나베의 강연을 들었다. 오사카大阪의 호텔 로비에서 두 사람이 마주앉아 대화를 나눈 적이 있었다.

"미키 씨의 이야기 중에서 '노예'라는 단어가 특히 인상 깊더군. 마음가짐의 문제, 기분의 문제라는 것은 잘 알지만 오너나 점장 중에는 비굴하다고 느끼는 사람이 있을지도 몰라."

"말씀하시는 대로입니다. 그러나 손님은 왕입니다. 왕에게는 부하도 노예도 똑같죠. 묘한 말이겠지만 긍지 높은 노예가 될 수 있는지 어떤지가 분기점이 되리라 생각합니다. 장인 기질이 강한 요리사는 손님에게 내 요리를 먹을 기회를 준다는 건방진 태도로 실력을 자랑하기 십상이지만, 그건 이만저만한 착각이 아니지요."

"미키 씨는 이자카야의 이미지를 확실히 바꾸었어. 와타미상사가 자꾸 성장하는 비결을 알 것 같아. 장래가 기대되는 한편 무섭기도 하군. 앞으로 어디까지 성장할까?"

와타나베는 차분한 말투로 대답했다.

"사장님을 처음 뵈었을 때 라이브하우스 이야기를 꺼냈더니 그런 것은 안 된다고 일갈하셨지요. 그때 반항해서 사장님의 충고를 따르지 않았더라면 오늘날의 저는 없었을 겁니다. 그런데 이렇게 강연까지 열게 해주시다니 사람의 인생이란 어디서 어떻게 튈지……. 정말 알 수가 없습니다."

"미키 씨의 한결같은 야망은 나도 본받고 싶을 정도야."

"천만의 말씀이십니다. 사장님을 본받지 않으면 안 되는 것은 제 쪽입니다."

"서로 절대로 '초심'을 잊지 않도록 주의하자고."

이시이 사장이 와타나베를 '미키 씨'라고 정중하게 부르게 된 것은 이 무렵부터였다.

제6장
스카우트

1

오전 7시 취침, 오후 1시 기상. 그리고 1시 반부터 2시까지 아침을 먹고 4시 출근.

이것이 와타나베, 히로코, 구로사와, 가네코 4명의 공통된 생활 패턴이었다.

1984년 12월 상순의 어느 날, 아침식사 후 녹차를 마시면서 와타나베가 대수롭지 않게 말을 꺼냈다.

"우리도 많이 노력하긴 했지만 고엔지 기타쿠치점이 이토록 순조롭게 성장할 줄은 몰랐어. 이시이 사장님께 아무리 감사해도 모자랄 정도야. 이시이 사장님이 슬슬 2호점을 내는 것이 어떠냐고 의향을 물으셨는데 나도 슬슬 그래도 괜찮지 않을까 싶어."

구로사와가 말을 이었다.

"그렇게 되면 문제는 일손을 어떻게 할까가 되겠군. 4명으론 고엔지 기타구치점만으로도 벅차니까."

"구로, 나도 그걸 지적하고 싶었어."

와타나베가 찻잔을 테이블에 놓으면서 이야기를 계속했다.

"난 누마타와 고를 스카우트하면 어떨까 싶은데."

가네코가 팔짱을 끼고 고개를 갸우뚱했다.

"난 재수를 해서 대학은 두 사람의 1년 후배가 되지만, 하마회 동료니까 성격도 서로 알만큼 알고 적절한 인재라고 생각해. 하지만 어떨려나. 과연 와줄까?"

구로사와도 고개를 살짝 기울였다.

"누마타 씨는 닛산자동차고 고 씨도 일본라디에이터日本ラヂエーター製造- 현재는 칼소닉칸세이로 사명 변경. 닛산자동차의 계열사로 자동차 부품을 제조의 엔지니어로 잘 나가고 있잖아. 화이트컬러에서 블루컬러가 될 수 있을까?"

"블루컬러라고 해도 우리는 창업자이자 경영자야. 장래성이나 꿈의 원대함으로 따지면 닛산자동차나 일본라디에이터의 직원에 결코 지지 않는다고 봐. 가치관의 문제도 있고, 고는 견실한 성격이라 착실한 봉급쟁이 인생을 걸을지도 모르겠지만, 누마타는 꿈의 원대함을 선택해줄 것 같은 기분이 들어."

"난 누마타 씨와 고 씨를 만나본 적이 없지만 미키 씨에게 들은 대로라면 훌륭한 분들이겠죠. 밑져봐야 본전이니까 이야기만이라도 해볼 가치는 있지 않을까요?"

"맞는 말이야. 되든 안 되든 두 사람에게 이야기해보자."

와타나베가 의미심장하게 웃은 것은 어쩐지 잘 될 것 같은 예감이 들었기 때문이었다. 문제는 설득하는 사람이 기합을 단단히 넣고 어떻게 열의를 표현하는가에 달렸다. 이때 와타나베의 마음에는 고는 몰라도 누마타를 스카우트할 수 있다는 자신감이 있었다.

"2시인가. 당장 누마타에게 전화를 걸어보자."

와타나베가 시계를 보면서 거실 책장에 있는 전화기 앞에 섰다.

당시 누마타 가즈히데는 닛산자동차 본사의 부품 구매부에 근무하고 있었다.

"와타미상사의 와타나베 미키라고 합니다. 누마타 씨를 부탁합니다."

"잠시만 기다려주세요."

여성의 목소리를 들으면서 와타나베는 전화기를 손으로 막았다.

"누마가 자리에 있는 것 같아."

"전화 바꿨습니다, 누마타입니다."

"누마, 잘 있었어? 나 와타나베야."

"아, 미키. 오랜만이다. 하마회 게쓰이치회에도 전혀 얼굴을 내밀지 않더니……."

"바빠서 그럴 시간이 없었어. 하지만 오랜만에 모두의 얼굴이 보고 싶어."

"고는 물론 미야노오, 이치마루 모두 미키를 보고 싶어 해."

"설날이라면 시간을 낼 수 있을 거야. 미안하지만 내 사정상 오후 2시부터 5시까지 시간을 내주면 고맙겠어."

"난 괜찮아. 미키를 만날 수 있다면 다들 OK하지 않을까? 간사장인 미키의 사정에 맞추는 것이야 당연한 일이지."

"고마워. 장소는 누마타에게 맡길게. 아직 한참 남았지만 설날을 고대하고 있을게."

게쓰이치회란 1982년 3월에 메이지대학을 졸업한 하마회의 간사회

멤버가 매월 두 번째 토요일 밤에 가지는 모임이다.

누마타는 이틀 뒤에 와타나베에게 전화를 걸어왔다.

"다들 미키를 만날 수 있다고 듣고 기뻐하더라. 설날 오후 2시에 오조네초에 있는 미야노오의 집에서 모이기로 했어. 소식 들었겠지만 스가하라는 교통사고로 입원 중이라 출석할 수 없어."

"정말 고마워. 스가하라의 일은 안됐다."

스가하라 요시타카는 하마회의 문화조사부장으로 학부도 와타나베와 같은 상학부였다. 덩치가 큰 스가하라의 통통한 동안을 떠올리면서 와타나베는 전화를 끊었다.

2

하마회에서 기획부장이었던 미야노오 마코토의 본가는 도요코선東横線 오쿠라야마역大倉山駅에서 도보 10분도 안 걸리는 고호쿠구港北区 오조네초에서 세탁소를 경영하고 있었다.

와타나베가 미야노오세탁소에 도착한 것은 1985년 1월 1일 오후 2시 10분을 지나서였다. 이미 누마타 카즈히데, 고 마사토시을 비롯한 11명이 1층 거실에 모여 있었다. 남성은 청바지에 스웨터 같은 평상복이었지만 홍이점紅二點인 니노미야 히로미, 히라토 야치요는 눈부신 기모노 차림이었다.

"미키, 새해 복 많이 받아."

"새해 복 많이 받아. 두 사람 다 예쁘네."

맥주로 건배한 다음 미야노오가 말했다.

"우리 와타나베 간사장에게 새해 인사를 한마디 부탁할까."

누마타, 고, 히로미, 야치요 그리고 와타나베 등 5명은 소파에 앉고 나머지 7명은 양탄자 위에 책상다리를 하거나 다리를 쭉 뻗고 앉았다.

와타나베는 작게 헛기침을 하고 소파에서 일어났다.

"새해 복 많이 받으세요. 설날 오후 2시라는 어중간한 시간인데도 불구하고 와주셔서 감사합니다. 나는 작년 4월에 설립한 와타미상사라는 회사의 사장이자 이자카야 '쓰보하치 고엔지 기타구치점'의 점장을 맡고 있습니다. 눈코 뜰 새 없이 바빠서 신년 휴가도 설날 하루밖에 못 얻었습니다. 그래서 여러분에게도 부득이하게 제 시간에 맞춰 모여달라고 했습니다. 며칠 전에 누마타도 지적했지만 게쓰이치회에도 출석하지 못했고 졸업하고는 처음 보는 분도 많습니다. 대학을 졸업하고 벌써 3년이나 지났지만, 지금도 대학 3학년 때의 '산림공원축제'와 만돌린동아리와 모리 신이치의 조인트콘서트의 추억을 생각하면 용기와 기운이 납니다. 특히나 평생 잊을 수 없는 즐거운 추억을 시설의 불우한 아이들에게 선물하자는 취지로 개최했던 '산림공원축제'의 여러 장면이 플래시백처럼 머릿속을 스쳐지나가고 눈에 선합니다……."

와타나베는 웃으면서 일동을 둘러보고 인사말을 끝맺었다.

"하마회는 내 마음의 고향입니다. 괴롭고 힘들 때 하마회에서 보냈던 즐거운 나날을 떠올리며 마음의 위안으로 삼았습니다. 오늘 신년회에 참석해준 여러분에게 감사를 드립니다. 대단히 감사합니다."

박수를 치면서 미야노오가 와타나베 쪽으로 몸을 기울였다.

"미키의 연설 실력은 여전하구나."

"고마워. 다들 요즘 어떻게 지내는지 근황보고라도 해볼까."

"좋은 생각이야."

근황보고 중에서 고가 "라디에이터와 관련된 제품을 개발한 공으로 가까운 시일 내에 상을 받을 것 같다"고 말한 것이 와타나베의 인상에 남았다. 역시 고를 스카우트하기는 어렵겠다는 생각이 들어 낙담했다고 표현하는 것이 정확할지도 모른다.

그러나 일단 시도는 해보자고 와타나베는 속으로 생각했다.

와타나베는 적당한 때를 보아 미야노오에게 속삭였다.

"누마와 고에게 긴히 할 얘기가 있는데 2층의 네 방을 빌려도 될까?"

"얼마든지. 지저분하지만 셋이 앉을 공간은 있어. 침대에 앉아도 괜찮아."

"고마워."

와타나베가 미야노오와 떨어져서 누마타에게 다가갔다.

"고랑 둘이서 잠깐 2층으로 와줄래?"

"알았어."

와타나베가 먼저 2층으로 올라갔다. 잠시 후 누마타와 고가 캔 맥주를 두 개씩 끼고 왔다.

와타나베는 미야노오의 의자에 앉고 누마타와 고는 침대에 나란히 자리를 잡았다.

"실은 누마에게 신년모임을 열어달라고 부탁한 것은 모두의 얼굴을 보고 싶었던 것도 있지만 다른 속셈이 있어서야……."

와타나베는 고가 건네준 캔 맥주를 따서 한 모금 마시고 단숨에 결론부터 말했다.

"너희 둘이 와타미상사의 경영진으로 와주었으면 해. 알고 있겠지만 가네코와 구로사와가 현재 같이 일하고 있는데, 너희들도 파트너가 되어주었으면 해. 구로사와는 화이트컬러에서 블루컬러가 되기는 힘들지 않겠냐고 걱정하더군. 하지만 블루컬러라고 해도 나는 창업자이자 경영자로서 프라이드를 가지고 있어. 요식업은 성장산업이고 와타미상사도 10년 후에 주식을 상장할 수 있는 기업이 될 거라고 확신하고 있어. '쓰보하치' 프랜차이즈 1호점은 궤도에 올랐는데 믿기 어려울 만큼의 이익을 내고 있어. 이번에 2호점, 3호점을 낼 계획인데 누마와 고 같은 인재가 와주었으면 좋겠어."

누마타가 꿀꺽꿀꺽 소리를 내면서 맥주를 마셨다.

"아무도 미키가 이자카야의 점장으로 끝날 거라고 생각하지 않아. 미키라면 반드시 큰일을 해내리라 믿어. 뭐니뭐니해도 초등학교 6학년 때 회사 사장이 되겠다고 선언했을 정도니까."

고가 차분한 목소리로 말했다.

"나도 아까 미키의 인사말을 들으면서 그 일이 떠오르더라. 초등학교 5학년 때 어머니가 돌아가시고, 아버지 회사가 도산한 경험 때문에 회사 사장이 되기로 결심했다고 미키가 털어놓은 적이 있었어. '산림공원축제' 전날 밤, 미키는 날씨를 걱정하면서 '가끔 신은 무자비한 짓을 하신다'고 말했지. 그 한마디를 나는 어제 일처럼 생생하게 기억해. 훗날 미키에게 젊은 나이에 돌아가신 어머니 생각이 나서 한 말이라는 설명을 듣고서야 납득이 갔어. 나중에 초등학교 졸업 기념앨범에 '어른이 되면 회사 사장이 되겠다'고 썼다는 말도 들었는데, 그때 난 와타나베 미키라는 남자는 우리 같은 범인凡人의 척도로는 잴 수 없는 큰 인물이라고 생각했어. 미키가 회사를 세우기 위해서 사가와택배의 SD로 1년이나 일했다는 소식도 풍문으로 들었고. 지금 미키에게 파트너가 되어달라는 말을 들으니 마음이 많이 흔들려. 와나타베 미키를 따르고 싶다는 마음을 억누르기 힘들어."

와타나베는 자기 귀를 의심했다.

그러나 고가 아부를 하거나 비위를 맞출 줄 모르는 남자라는 것은 잘 알고 있었다.

와타나베의 기분이 오히려 혼란스러워졌다.

누마타가 왼손으로 맥주의 거품을 닦으면서 흥분한 목소리로 말했다.

"나도 긍정적으로 고민해볼게. 아니, 내 마음은 이미 정해졌어. 미키의 파트너가 될 거야."

"둘 다 지금 당장 대답할 필요는 없어. 늦어도 올해 3월까지만 결정하면 되니까, 잘 생각해보고 대답해줘. 다만 나랑 같이 일하면 후회할 일은 없을 거라고 장담할게. 결심이 서면 3월말까지 지금 다니는 회사를 나와서 4월부터는 와타미상사에서 일해주면 고맙겠다."

와타나베의 자신에 찬 말투는 누마타와 고의 마음을 단번에 사로잡았다.

3

와타나베는 저녁 5시까지 옛 친구들과 환담을 나누다 아버지 히데키의 집으로 향했다. 설날에 히데키의 집에서 일가가 모이는 것이 오랫동안 계속된 와타나베 집안의 규칙이었다.

할머니 이토와 누나 메구미 일가, 히로코가 먼저 도착해서 와타나베를 기다리고 있었다.

"할머니, 새해 복 많이 받으세요. 여전히 건강해 보이시네요."

"새해 복 많이 받으렴. 미키도 건강하게 잘 지내는 것 같구나. 오늘은 하마회의 신년회가 있었다고?"

"예. 너무 오랜만에 만난 친구들이라 자리를 뜨기가 힘들었어요. 미야노오의 집에서는 아직도 다 같이 노느라 정신이 없을 거예요."

도소屠蘇—설날에 마시는 축하주를 나눠 마신 다음 히데키가 일동을 둘러보고 이야기를 시작했다. 히데키의 설날 설교는 와타나베가 어릴 적부터의 연례행사였다.

히데키는 "모두 건강에 유의하면서 올 한 해도 열심히 살자"는 취지의 이야기를 20분가량 늘어놓곤 했는데 올해는 내용이 조금 달라졌다.

"작년에 미키가 염원하던 회사를 설립하고 사장이 되었다. 와타미 상사는 아주 순조롭게 설립되어 사업도 잘 돌아가고 있다는 보고를 아까 히로코에게 들었어. 미키와 히로코 부부가 힘을 합쳐서 노력한 결과라고 할 수 있겠지. 그런데 이 기회에 두 사람에게 말해두고 싶은 것이 있어. 무척 다망한 몸이라 당장 결혼식을 올리긴 힘들겠지만 혼인신고만이라도 가급적 빨리 했으면 한다. 형식에 사로잡힐 필요는 없지만, 이런 문제일수록 확실히 해둘 필요가 있다고 생각해. 특히 계속 미루면 히로코의 부모님을 뵐 면목이 없으니 내 소원을 이루어주면 좋겠구나. 미키, 히로코, 어떻게 생각하니?"

"아버님, 마음을 써주셔서 감사합니다."

히로코가 눈물을 글썽였다.

와타나베가 웃는 얼굴로 대답했다.

"일이 바쁜 통에 까맣게 잊고 있었어요. 할머니에게도 오래 전에 같은 말을 들은 기억이 있는데, 아버지 말씀이 맞아요. 히로코도 이견은 없을 테니까 아버지 생신인 1월 5일에 스기나미구청에 혼인신고서를 제출할게요. 그러면 되겠죠?"

"군이 1월 5일에 신고할 필요는 없는데."

이토가 히데키의 등을 찰싹 때렸다.

"얘야, 쑥스러워할 것 없어. 미키의 마음을 고맙게 받아들이렴."

"그럼 그걸로 됐다. 나쁘지 않은 생각인 것도 같고."

진지한 얼굴로 말하는 것치고는 히데키의 표정은 사뭇 흡족해 보였다.

이렇게 다나카 히로코는 1985년 1월 5일자로 와타나베 히로코가 되었다.

4

와타나베와 히로코가 설날 저녁 11시 지나서 고엔지의 아파트로 돌와 보니 구로사와와 가네코가 먼저 도착해 있었다.

"하마회는 어땠어?"

가네코의 질문에 와타나베가 코트를 벗으면서 대답했다.

"즐거웠어. 입원 중인 스가하라를 뺀 12명 전원이 얼굴을 내밀었어."

"미키의 구심력은 대단하구나."

구로사와가 활기찬 목소리로 말한 다음 표정을 굳혔다.

"스카우트는 어떻게 되었어?"

"누마타는 꼭 올 거라고 생각해. 깜짝 놀란 것은 고도 관심을 보였다는 점이야. 누마타는 덩치도 좋고 쾌활한 성격이니까 벤처 비즈니스에 어울릴 거야. 하지만 고는 기술직이고 신중파에다 보수적인 성격이니까 결국은 지금의 직장을 지키려고 하겠지. 날 따라오고 싶다고 했지만 립 서비스가 아닐까?"

히로코가 끓여준 녹차를 홀짝이면서 가네코가 말했다.

"둘 다 와준다면 금상첨화지만 누마타 하나만 와도 고맙지. 그 친구라면 바로 즉시전력감이야."

"응. 나도 누마타에게 기대하고 있어. 고는 포기하는 편이 좋겠지."

와타나베도 의자에 앉아 식탁의 찻잔에 손을 뻗었다.

"미리 말해두는데 5일인 토요일에 혼인신고를 하고 올게. 아버지와 약속했거든."

구로사와의 얼굴이 환해졌다.

"미키, 히로코 씨, 축하해요. 너무 주제넘은 참견 같아서 말도 못하고 잠자코 있었지만 계속 마음에 걸렸거든."

"고마워요."

히로코가 일어나서 구로사와를 향해서 머리를 숙였다.

"천만에요."

구로사와 역시 의자에서 허리를 들고 정중하게 고개를 마주 숙였다.

가네코가 식기장에서 위스키 병과 글라스를 네 개 꺼내서 테이블에 늘어놓았다.

"건배하자. 설날에 이런 좋은 소식을 들을 줄을 꿈에도 몰랐어."

"1월 4일은 아버지 생신이야. 말을 꺼내신 아버지 체면을 세워드리려고."

구로사와가 감개무량한 듯이 한 옥타브 높은 목소리로 말했다.

"미키답구나. 역시 효자라니까."

5

누마타가 와타나베에게 와타미상사에 입사하겠다는 의사를 알려온 것은 1월 하순이었다.

2월 상순에는 새벽 회의에 참가할 정도로 적극적으로 나와서 다들 반겨마지 않았다.

새벽 5시가 '쓰보하치' 체인점의 폐점시간이었다. 와타나베는 주 2회 폐점 후에 알바생들과 고엔지 기타구치점의 운영방법에 대해서 회의하는 시간을 만들었다.

새벽 5시에 요코하마시에서 고엔지까지 오려면 비싼 택시비를 지불해야 했지만 회의에 참석하고 싶다는 말은 누마타가 먼저 꺼냈다.

누마타의 열의에 와타나베는 감격했다.

"많은 이자카야를 알고 있지만 이 가게는 놀랄 만큼 청결해서 호감을 느끼게 되네. 내가 상상하고 있던 이자카야하고는 이미지가 완전히 달라."

누마타는 50평 넓이의 가게 안을 돌아다니면서 감상을 털어놓았다. 누마타는 양복을 입고 있었지만 와타나베와 구로사와, 가네코는 당연히 '쓰보하치'의 유니폼 차림이었다.

와타나베와 누마타의 대화는 활기를 띠었다.

"이런 가게를 여러 군데 더 내고 싶어. 고엔지 기타구치점은 '쓰보하치'의 체인점 중에서 매출과 이익률도 압도적으로 뛰어나지. 와타미 상사가 운영하는 '쓰보하치'는 전부 이렇게 될 거야."

"흐음. 미키는 앞으로 몇 군데나 더 가게를 낼 계획이지?"

"10년 안에 최저 30점포, 가능하면 50점포는 열고 싶어. 아직은 가게가 딱 하나뿐이고 시작한 지 1년도 안 됐으니 건방지게 들릴지도 모르지만 난 허황된 꿈을 꿀 생각은 없어."

"물론 그렇겠지. 1,000점포라고 했다면 사기라고 생각하겠지만 30점포, 50점포라면 현실적이고 설득력도 있어."

"누마가 파트너가 되어 준다면 계획을 확실하게 실현시킬 수 있을 거야. '쓰보하치' 본사에서 경리를 볼 줄 아는 남자를 스카우트하고 싶어. 인재는 많을수록 좋으니까."

"이 가게를 보니 안심이 된다. 알바생들도 다들 성실하고 착해 보여."

"고마워. 그들은 내 자랑이야. 알바에서 정직원으로 승격시킬 만한 사람이 제법 있어."

"미키의 눈에 들었다니 본인들도 우쭐하겠는데? 요컨대 와타미상사의 간부후보생이라는 거구나."

"밤에 다시 한 번 들러봐. 훨씬 더 안심이 될 걸. 늘 만석이야. 손님들이 줄을 서서 기다린다고."

"꼭 봐야겠네. 4월 1일부터는 나도 와타미상사의 직원이 되니까."

"임원으로 맞이할게. 명색이 닛산자동차의 사원을 스카우트하는데 홀대할 수야 없지."

와타나베는 누마타가 참가하기로 결정되어 마음이 들떴다.

와타나베는 누마타와 매주 한두 번은 전화로 연락을 주고받았다. 그런데 3월에 들어서서 누마타가 평소와 달리 기운이 하나도 없는 목소리로 전화를 걸어왔다.

"회사를 그만두는 것이 이렇게 힘들 줄은 생각도 못 했어. 회사 상사나 동기들 중에 내 사직을 찬성해주는 사람은 하나도 없어. 다들 윽박지르듯이 반대해서 어쩔 줄을 모르겠어."

"그거야 이미 예상하고 있었잖아. 설마 마음이 약해진 것은 아니겠지? 초지일관이 중요해."

와타나베는 일부러 농담조의 가벼운 말투로 누마타를 격려했다.

"물론 그럴 작정이지만 문제는 어머니와 두 형이야. 어머니는 닛산을 그만두면 부모자식간의 연을 끊겠다고 하셔. 아주 미칠 지경이야. 미키, 어머니 좀 설득해줄래? 어머니는 미키를 좋아하시니까 미키의 얼굴을 보면 말이 먹힐 거라고 생각해."

"알았어. 어머님을 뵈러 갈게."

누마타는 아버지가 일찍 돌아가신 후 홀어머니 밑에서 자랐다. 그런 어머니가 반대한다면 일이 복잡해진다. 누마타가 도움을 청하는 기분을 이해하고도 남았다.

6

와타나베는 당장 일요일 오후에 선물용 과자를 사들고 누마타의 집을 방문했다.

모친과 큰형이 만반의 준비를 갖추고 와타나베를 기다리고 있었다. 누마타는 자리를 비우는 편이 낫다고 생각했는지 외출 중이었다.

와타나베는 거실의 소파에서 모친, 맏형과 마주보고 앉았다. 굳은 표정의 두 사람과는 대조적으로 와나타베의 얼굴에서는 미소가 끊이질 않았다.

인사도 대충 넘긴 맏형이 날카로운 어조로 입을 열었다.

"와타나베가 메이지 하마회에서 보여준 리더십은 유명하고, 나도 어머니도 자넬 신뢰하고 있지만 동생을 이자카야에 스카우트하는 것만큼은 반길 수가 없군. 동생은 열심히 공부해서 대기업에 취직했어. 어머니가 얼마나 기뻐했는지 아나. 동생은 우리 삼형제 중에서 가장 머리가 좋아서 우리 집안의 자랑거리야. 게다가 천하의 닛산자동차에 입사했으니 이렇게 경사스러운 일이 또 어디 있겠어. 집안에 평지풍

파를 일으키다니 우리에게 무슨 원한이라도 있는 건가?"

와타나베는 끝까지 미소를 지우지 않고 설득했다.

"원한 같은 것이 있을 리가 없잖아요. 어머님은 부모자식간의 연을 끊겠다고 하셨다던데, 그건 너무하신 처사입니다. 요식업이 그렇게 별로인가요? 어머님께서 그렇게까지 말씀하시면 누마타도 고집을 꺾을 수밖에 없겠지요. 그러나 누마타의 뜻을 존중해주셨으면 합니다. 그는 많이 고민한 끝에 와타미상사를 선택했습니다. 그의 선택은 결코 잘못되지 않았습니다. 닛산자동차의 회사원 생활도 나쁘지 않다고 생각하지만 우리 비즈니스에는 좀 더 로망이 있습니다. 로망뿐만이 아닙니다. 반드시 누마타가 와타미상사로 이직한 것을 기뻐하시게 될 겁니다."

모친은 거의 울음이 섞인 목소리로 말했다.

"와타나베의 권유를 받으면 싫다고 거절할 수 있는 사람이 없을 거야. 강요한 적은 없다고 주장하지만 넌 학생 시절부터 사람을 사로잡는 능력을 가지고 있었어. 가즈히데가 널 얼마나 존경하는지 난 잘 안다. 넌 가즈히데가 거절할 수 없다는 것을 알면서 꼬드긴 거야. 하지만 가즈히데를 위해서 난 반대할 거야. 끝까지 가족의 말을 듣지 않고 자기 고집대로 한다면 정말로 부모자식간의 인연을 끊을 생각이다."

맏형이 험악한 얼굴로 덧붙였다.

"형제간의 연도 끊을 거야."

와타나베가 곤혹스러운 표정으로 찻잔을 테이블 위에 내려놓았다.

"누마타는 스물다섯 살의 엄연한 성인입니다. 게다가 우수한 두뇌를 가지고 있지요. 그는 자진해서 새벽 5시의 회의에 참석할 만큼 열의를 보여주었습니다. 제가 부탁한 적도 강요한 적도 없는데 말입니다. 그만큼 요식업의 장래성을 높이 사고 있다는 증거지요. 어째서 누마타의 판단을 존중해주시지 않습니까? 실례지만 누마타를 어린애 취급하는 어머님과 형님의 의식에 문제가 있다고 봅니다. 대기업은 좋고 벤처기업은 나쁘다는 고정관념을 버려주세요. 어머님과 형님에게 연을 끊겠다는 말을 들으면 누구나 동요할 겁니다. 자꾸 그러시면 누마타가 가엾지 않습니까."

긴 침묵이 이어졌다. 와타나베는 숨이 막히는 것을 느끼고 넥타이를 살짝 느슨하게 풀었다. 와타나베의 표정에서 미소가 사라졌다.

"당사자 능력으로 해결할 수밖에 없지 않을까요? 누마타의 판단에 맡기는 것이 최선이라고 생각합니다만……. 저희가 여기서 아무리 떠들어도 의견을 좁히기는 힘들다고 봅니다."

"제발 그만해라. 우리한테서 아들을 빼앗지 말아줘."

"와타나베, 이 스카우트 제의는 없었던 걸로 해주게. 자네 쪽에서 취소해줘. 그렇지 않으면 중간에 낀 가즈히데만 괴롭네."

"그럴 수는 없습니다. 누마타도 그러길 원하지 않을 거고요. 오늘은 이만 실례하겠습니다. 이건 가족인지 우정인지를 선택하는 문제가 아닙니다. 누누이 말씀드리지만 누마타의 의사, 누마타가 판단할 문제입니다. 부모형제의 연을 끊겠다는 무서운 말은 그만두고 두 분도 이성적으로 생각해주셨으면 합니다."

와타나베는 누마타의 집을 나섰다.

둘 다 현관까지 배웅하러 나오지도 않았다.

"가보겠습니다! 안녕히 계세요!"

와타나베는 구두를 신으면서 집 안쪽을 향해 큰 소리로 외쳤다.

도요코선 쓰나시마역綱島駅으로 향하는 와타나베의 발걸음은 무거웠다.

와타나베는 누마타의 어머니와 맏형을 만나는 것이 아니었다고 후회했다. 얻은 것이 하나도 없었다. 오히려 누마타의 집에서 와타나베에 대한 반감이 증폭된 만큼 마이너스였다.

답답한 마음에 도움을 청한 누마타의 기분도 이해는 하지만 누마타가 결연한 태도로 가족과 싸우면 해결될 문제가 아닌가. 그러나 모친과 맏형의 반대가 이 정도라면 누마타가 닛산자동차를 그만두고 싶어도 못 하는 것이 십분 이해되기는 했다.

선배 사원이나 동료에게 받는 부담도 쉽게 상상이 갔다.

그러나 누마타는 장차 와타미상사에 없어서는 안 될 인재였다. 무슨 일이 있어도 스카우트하지 않으면 안 된다.

와타나베는 약해져서는 안 된다고 스스로를 격려했다.

7

다음 날 와타나베는 일찍 일어나서 정오가 되기 전에 누마타에게 전화를 걸었다.

"어제는 미키에게 미안한 부탁을 했어. 밤에 집에 들어갔더니 어머니 상태가 좀 이상하시더라."

"넌 왜 집을 비운 거야?"

"회사 여직원과 영화를 보러가기로 약속했거든. 아수라장 속에 있기도 마음이 내키지 않았고. 어차피 매일이 아수라장이지만."

"오늘 만날 수 있어?"

"난 괜찮지만 네가 시간이 돼?"

"응, 괜찮아. 히가시긴자까지 올 수 있어?"

"물론이지."

"그럼 1시에 긴자도큐호텔 로비에서 보자. 30분 정도밖에 여유가 없지만."

"그래, 1시에 보자."

와타나베는 히로코에게 "아침밥은 괜찮아. 누마타를 만나고 올게"라는 말을 남기고 고엔지의 아파트를 나섰다.

와타나베와 누마타는 호텔 1층의 찻집에서 믹스 샌드위치를 먹으면서 이야기를 나눴다.

"형님과 둘이서 공격하실 줄은 생각도 못 했어."

"어머니가 일부러 부른 거야. 어머니는 둘째형도 부르려고 했지만 맏형이 그럴 필요까지는 없다고 말린 모양이야. 둘 다 결혼했거든."

"매일이 아수라장이라고?"

"응. 어머니는 내 얼굴을 볼 때마다 '회사를 그만두지 마라. 회사를 그만두지 마라'고 히스테릭하게 외치셔. 미쳐버릴 것만 같아."

"누마, 설마 어머니에게 전면 항복한 것은 아니겠지?"

"당연하지. 사내대장부가 한번 결정한 일이야. 설사 부모자식 간의

연을 끊는 한이 있어도 형제의 연까지 끊는 한이 있어도 일로매진—路邁進
할 뿐이야."

누마타는 지체 없이 대답했다.

와타나베는 싱긋이 웃었다.

"다행이야. 마음이 놓여. 일전에 통화했을 때는 마음이 약해진 것
같아서 좀 불안했어."

"울면서 매달릴 사람이 미키밖에 없으니까. 내 고생을 좀 알아달라
는 마음도 있어."

"그 고생에 어울리는 대우를 해줄게."

"그런 뜻으로 말한 것이 아니야. 그냥 미키에게 털어놓고 싶었던 것
뿐이야."

"어쨌거나 누마는 어머니와 좀 떨어지는 편이 좋겠어. 사택으로 적
당한 장소에 아파트를 확보해둘게."

"난 옛날에 독립했어. 이젠 어머니가 날 놓아주셔야지."

누마타의 결의는 진짜라고 와타나베는 생각했다.

8

1주일 후의 대낮에 와타나베는 아파트의 거실에서 누마타와 통화했다.
처음 전화를 받은 사람은 히로코였다.

"여보세요. 누마타인데."

"어머나, 누마타 씨. 지난번에는 남편이 실례가 많았습니다. 4월부

터 오실 수 있다고 해서 다들 기뻐하고 있어요."

"그것이……. 여러 가지 사정이 생겨서요. 미키는 있습니까?"

"예, 지금 바꿔드릴게요."

와타나베에게 수화기를 건네면서 히로코는 눈살을 찌푸리고 나지막한 목소리로 말했다.

"누마타 씨의 태도가 좀 이상해요."

와타나베의 가슴이 술렁거렸다.

"어, 누마. 무슨 일이야?"

"미키를 볼 면목이 없다."

"뭐라고?"

와타나베의 날카로운 목소리에 구로사와도 가네코도 긴장했다.

아침식사를 마치고 잠시 쉬고 있을 때 전화가 온 것이다.

"미안하다. 난 포기해라. 미키와 같이 일하는 것이 꿈이었지만 도저히 회사를 그만둘 수가 없어. 나 자신의 우유부단함이 혐오스러워. 죽고 싶을 정도야……."

누마타는 울먹거리고 있었다.

와타나베는 밝은 목소리로 말했다.

"요전에 만났을 때는 일로매진할 뿐이라고 말했잖아. 인생의 기로에 서서 마음이 흔들리는 것은 어쩔 수 없지만 나로서는 그렇게 쉽게 포기할 수 없어."

"결국 결단을 내리지 못했어. 미키를 따라가지 못하는 것을 평생 후회할 거라고 생각하지만 이미 회사에서도 사표를 철회했어. 때려서 마음이 풀린다면 얼마든지 맞을게."

"역시 육친의 정에 진 거야? 그런 구속에 얽매일 것 없다고 생각하는데."

"그것도 있지만 애인의 반대가 결정적이야. 난 소심한 남자야. 그런 날 높이 평가해줘서 고맙지만 미키가 생각하는 만큼 난 강하지 않아. 이젠 미키를 만날 수도 없겠지……."

공중전화로 전화를 건 모양이었다. 잡음이 들려왔다. 누마타는 오열하고 있었다.

"누마타, 알았어. 이제 그만해. 인연이 없었던 거야. 널 파트너로 삼지 못하는 건 안타깝지만 우리 우정이 이걸로 끝났다고 생각하지는 않아. 다음에 또 보자."

"미키, 정말 미안하다."

"기운 내라. 그럼 다음에 보자."

와타나베는 전화를 끊고 식탁으로 돌아갔다.

"다들 들었지? 누마는 닛산자동차에 매달리지 않으면 살아갈 수 없는 남자라고 생각해야겠지."

히로코가 낙심한 목소리로 말했다.

"놓친 고기는 크다고들 하지만 쇼크네요. 자기는 누마타 씨를 많이 좋아했으니까."

"그 녀석은 결단력이 있는 남자라고 생각했었지만 구로가 걱정했던 대로 화이트컬러에서 블루컬러가 될 수는 없었던 거겠지."

"누마타는 오늘로 깨끗하게 잊자. 인재는 누마타만이 아니니까."

구로사와가 자리에서 일어나 와타나베에게 위로의 말을 남기고 침실로 돌아갔다.

9

3월 31일 새벽에 고 마사토시가 '쓰보하치 고엔지 기타구치점'의 와타나베에게 전화를 걸어왔다.

"여보세요, 고구나. 어쩐 일이야? 이렇게 늦은 시간에."

"4월부터 와타미상사로 와달라고 했었잖아. 앞으로 30분이 지나면 날짜가 바뀌니까 그 전에 연락해야겠다 싶어서."

"그랬구나."

"대답이 미적지근하네. 설날 했던 제안은 본심이 아니었어?"

"천만에. 다만 누마에게 차여서 낙심하고 있었어. 누마와 고가 같이 와주면 최고지만 고 혼자라도 대환영이야."

와타나베의 목표는 누마타였고, 고는 거의 기대하지 않았었다. 누마타를 스카우트하는 김에 곁들이로 한 번 권유해본 것이나 다름없었다.

"내 마음은 정해졌어. 누마타는 모르겠지만 내 마음은 절대로 변하지 않아. 부장님이 놓아주질 않아서 3월 말에 사직하기는 어렵지만 반드시 와타미상사에 입사할게."

"기쁘다. 고가 진심으로 고려해줄 줄은 꿈에도 생각지 못했어."

"난 회사 신년회에서 사수인 주임님께 고백했어. 부모님의 승낙도 받았다. 남은 난관은 부장님뿐이야. 떠날 때는 유종의 미를 남기고 싶으니까 은인인 부장님과도 싸우고 헤어지긴 싫어. 정 이해해주지 않으면 할 수 없는 일지만 이해해주실 때까지 노력해야지."

"알았어. 중간 중간 보고해줘. 고의 목소리를 들으니 기운이 난다. 오늘 전화해줘서 정말 고마워."

와타나베는 누마타의 거절로 몹시 낙담하고 있었던 만큼 고의 전화가 눈물이 나올 만큼 고마웠다. 또한 누마타와 똑같은 결과가 나면 어떡하나 싶은 우려도 있었다.

고는 1월 7일의 신년회를 마치고 돌아가는 길에 주임인 다치카와 야스시立川泰史를 오다큐선小田急線 혼아쓰기역本厚木駅 근처의 찻집으로 불러냈다.

일본라디에이터 본사는 나카노구中野区 미나미다이南台지만 라디에이터 설계부문은 가나가와현 아이코군愛甲郡 아이카와마치愛川町에 있었다. 다치카와는 10년차 선배로 우두머리 기질이 강하고 부하를 잘 이끌어주는 상사라 고도 다치카와를 친형처럼 따르고 있었다.

하품을 하면서 다치카와가 말했다.

"갑자기 무슨 일이야? 얼른 털어놔봐."

"3월 말로 회사를 그만두고 싶습니다. 그러니 새로운 프로젝트는 맡지 않았으면 합니다."

"뭐라고?"

다치카와는 잠이 확 달아났다.

"3월 31일자로 자진퇴사하고 싶습니다."

"그만두고 어쩌려고?"

"대학시절 친구가 하는 요식업을 도울 겁니다."

고는 와타나베가 얼마나 매력적인 남자인가 자세하게 설명했다.

"너희 젊은 친구들은 꿈이 있어서 좋구나. 아무래도 자네 마음을 바꾸기는 어려울 것 같군. 그러나 원만하게 퇴사하긴 힘들 거야. 무엇보다 그렇게 폼을 잡을 일이 아니잖나."

"하지만 사표를 집어던질 수도 없잖아요."

"너는 기대주니까 상층부에서 꽤 난리가 날 거야. 증발하는 편이 낫지 않을까. 3월 31일에 사라져라. 사표는 우편으로 보내. 그때까지는 입도 뻥긋하지 않는 편이 좋아. 나도 안 들은 걸로 치마."

"증발이라니 그건 싫습니다. 마치 나쁜 짓이라도 한 것 같지 않습니까."

고는 뿌루퉁한 표정으로 커피를 마셨다.

"네가 나쁜 짓을 할 위인이 아니라는 것쯤은 다들 알아. 행방을 감춘 뒤에 내가 적당히 변명을 해줄 테니까 걱정하지 마."

"생각해보죠. 하지만 증발은 도저히 마음이 내키질 않아요."

"누구에게도 말하지 마라. 벌집을 건드린 것 같은 소동이 일어날 거야."

"예."

고는 다치카와의 지시대로 사내에서 그만두겠다는 의향을 내비치지 않았다. 그러나 부모님에게는 솔직하게 고했다.

고가 사가미오노相模大野의 독신기숙사 근처에 있는 공중전화로 부친 쇼이치昭一에게 전화를 건 것은 3월 28일의 밤이었다. 당시 쇼이치는 일본해사검사협회日本海事檢査協會 도야마富山출장소의 소장으로서 다카오카 시高岡市에 부임 중이었다.

경과보고를 마친 다음 고가 부탁했다.

"절 믿고 잠자코 지켜봐 주세요."

"하나만 묻겠는데 회사원 생활이 싫어졌니?"

"아니요. 와타나베 미키에게 반했을 뿐이에요. 지금보다 훨씬 혹독 한 세계일지도 몰라요."

"와타나베라면 나도 기억한다. 콘서트에서 봤던 연설은 인상적이었 어. 네 판단을 존중해서 반대하지 않으마. 어머니는 뭐라고 하더냐?"

"실패하면 어떻게 할 거냐고 하셔서 난 딸린 식구도 없으니까 무얼 하든 먹고 살 수는 있다고 했어요. 어머니는 남에게 피해만 주지 않는 다면 마음대로 하라고 하셨어요."

"그래. 내가 도와줄 일은 없고?"

"괜찮아요."

10엔짜리 동전을 잔뜩 준비해서 장거리 전화로 부친과 이런 대화를 나눈 고는 담담한 쇼이치의 태도가 정말 고마웠다. 누마타에게 모친 의 강경한 반대로 골치가 아프다는 이야기를 들었던 것이다.

3월 30일 아침 7시에 고는 독신기숙사에서 다치카와의 집으로 전 화를 걸었다.

"내일이 일요일이라 오늘 사표를 제출하겠습니다."

"흐음, 일시적인 변덕이기를 은근히 기대했지만 역시 틀렸나. 그럼 과장님께 말씀드려야겠구나. 8시 반까지 출근해라."

"예."

고가 8시 20분에 출근하자 과장인 요시오카 데쓰지吉岡徹治와 다치카와가 기다리고 있었다.

"다치카와에게 듣고 깜짝 놀랐네. 내가 결정할 수 있는 문제가 아니라서 부장님께 전화로 보고해두었어. 곧 나타나실 거야."

이와테岩手 억양이 섞인 더듬더듬한 말투와 미간에 새겨진 깊은 주름에서 요시오카가 얼마나 경악하고 있는지 잘 드러났다.

8시 40분에 부장인 야마쿠치 도요히코山口豊彦가 허겁지겁 도착했다.

고의 얼굴을 보자마자 험악한 표정으로 고함을 질렀다.

"아니, 자네 대체 무슨 생각인가? 장난하나?!"

고는 회의실에 끌려가서 야마구치와 대치했다.

"뭐가 불만이야? 숨김없이 말해봐."

"불만은 없습니다."

"그럼 왜 회사를 그만두려는 건가?"

"친구가 하는 사업을 거들기 위해서입니다. 주임님께는 경위를 자세히 말씀드렸습니다."

"나는 못 들었어. 다 털어놔."

고의 긴 이야기를 다 들은 야마구치가 얼굴을 찡그리면서 말했다.

"납득할 수 없네. 요식업이라니? 이자카야라니?! 내가 납득할 때까지 사표는 수리할 수 없어. 자네 부모님께는 말씀드렸나?"

"예."

"당연히 반대하시지?"

"아니요. 아버지도 어머니도 찬성해주셨습니다."

"그런 황당한……. 믿을 수가 없군. 이런 이야기에 반대하지 않을 부모님이 어디 있나? 진짜로 부모님께 말씀드린 것 맞아?"

"물론입니다. 원하신다면 아버지께 물어보셔도 됩니다. 아버지는 현재 도야마에 계시지만."

고는 양친이 모욕을 당한 것 같은 기분이 들어 약간 감정적이 되었다.

"아버님이 반대하시면 사표를 철회할 건가?"

"아버지가 반대할 리가 없습니다."

"아버님을 뵈러 가겠네. 자네를 잡아두기 위해서라면 그 정도는 아무것도 아니지."

야마구치는 마치 농담처럼 말했지만 진심이었다.

10

야마구치가 도야마로 날아간 것은 다음 주 일요일이었다.

고는 사전에 야마구치로부터 "7일 일요일에 아버님을 뵙고 싶으니까 연락해둬"라는 말을 들었다.

고가 다카오카에 두 번째 장거리 전화를 걸었을 때 쇼이치는 당혹감을 감추지 못했다.

"자기 직무에 참 열성적인 분이라고 해야 하나? 너에 대한 부장님의 깊은 신뢰를 생각하면 어떻게 대응해야 좋을지 고민스럽구나."

"아버지 내키는 대로 하세요. 하지만 사표를 취소할 생각은 없어요.

그냥 특이한 사람이라고 생각하세요. 도야마공항까지 야마구치 부장님 마중 좀 나가주세요."

"물론 그럴 생각이야. 나인 줄 알아볼 수 있게 무언가 표식을 준비해야겠구나. 그리고 선물은 어묵이랑 건어물이면 될까?"

"알아서 하세요. 부장님은 아마도 끈질기게 설득하겠지만 절 배신하진 마세요. 누가 뭐라고 해도 제 마음은 바뀌지 않아요."

"부장님을 뵐 걸 생각하니 마음이 무겁구나. 전화로 이야기하는 것은 안 될까?"

"한 번만 만나주세요. 그걸로 사표를 수리해준다면 싸게 먹히는 거잖아요. 30분이나 1시간만 참으시면 돼요."

쇼이치와 야마구치는 도야마공항 로비의 찻집에서 1시간 정도 대화를 나눴다.

"어떻게든 아드님을 말려주셨으면 합니다. 아버님께서 좀 타일러주셨으면 합니다. 아드님은 5월에 표창장을 받게 되어 있습니다. 우리 회사에 없어서는 안 될 인재입니다. 부디 제게 힘을 보태주십시오."

"야마구치 부장님이 제 아들을 아껴주시는 것은 대단히 감사하지만 저는 아들의 의사를 존중할 생각입니다."

"아드님은 너무 서둘러 결론을 내렸다고 생각합니다. 이직처럼 평생에 한 번 있을까 말까한 큰일을 쉽게 결정해선 안 됩니다. 최소한 1년은 고민해봐야지요. 그런 상황을 아버님이 좀 만들어주시면 안 되겠습니까?"

"일부러 먼 곳까지 찾아와 주셔서 감사합니다. 야마구치 부장님께 협력하고 싶은 마음이 전혀 없다고 한다면 거짓말이겠지요. 그러나 아들이 너무 서둘러 결론을 내렸다 생각하지는 않습니다. 이런 문제는 타이밍이 제일 중요하지요. 야마구치 부장님 같은 상사를 만난 덕분에 아들은 지난 3년간 행복한 회사 생활을 보냈을 겁니다. 일본라디에이터에서 근무할 수 있었던 것은 애비로서 진심으로 감사하는 바이지만 아들의 결단에 이러쿵저러쿵할 마음은 없습니다. 아들의 문제입니다. 아들의 뜻과 마음가짐을 높이 사기는커녕 반대하는 것은 부모로서 옳은 태도가 아니라고 생각합니다."

부장씩이나 되는 사람이 이렇게 도야마까지 머리를 숙이러 왔는데 정말 말귀도 못 알아듣는다는 생각에 야마구치는 짜증이 났다.

그러나 성과를 기대하기 어렵겠다는 생각이 들었다. 고 쇼이치의 태도가 아버지로서 훌륭하다고 느껴질 만큼 당당했기 때문이다.

11

4월 21일 일요일 오후 2시가 넘어서 와타나베는 독신기숙사에 전화를 걸어 고와 통화했다.

"시간이 더 걸리나 보네?"

"5월 연휴까지는 결론을 내리고 싶은데 부장님이 아직 허락을 안 해주셔."

"도야마에서 아버님께 거절당하고도 포기하지 않다니 진짜 질기다.

그만큼 고를 높이 산다는 뜻이겠지만 사람이 포기할 줄도 알아야지."

"부장님이 괜한 오기를 부리시는 거야. 본사 영업과장까지 동원해서 붙잡다니 정말 치사하다니까."

고가 영업부문 과장 노자카 세이지野坂誠司에게 호출되어 본사에 들어간 것은 3일 전의 일이었다.

"야마구치 부장님께서 고를 말리는 데 성공한다면 원하는 것은 뭐든지 선물하겠다고 하셨어. 내게 그 영광을 주지 않겠나?"

"선물은 농담이시겠죠."

"꼭 그렇다고 볼 수는 없지. 야마구치 부장님은 그만큼 고를 아끼고 계시거든."

"얼마 전에도 부장님께 같은 말을 들었습니다."

"같은 말이라니?"

"미국에 보내줄 테니까 회사에 남으라고 하시더군요. 1년간 유학을 보내주겠다, 천천히 놀다오라고요. 월급쟁이 부장이 부하에게 제공할 수 있는 최대한의 편의는 그 정도라면서. 너무 간절하게 설득하셔서 정말 괴로웠습니다."

"야마구치 부장님이 그런 말까지 하게 만들다니 자네도 참 어지간하군?"

"마음이 흔들린 것은 사실이지만 그렇다고 사표를 철회한다면 동료들의 반감을 살 뿐이겠지요. 게다가 마치 무슨 거래를 하는 것 같잖아요. 제 결심은 변하지 않습니다."

"정말 고집불통이군."

노자카와 나눴던 대화 내용이 고의 뇌리를 스쳤다.

와타나베가 반농담조로 말했다.

"누마처럼 되지 않을까 걱정된다."

"그럴 리는 없으니까 안심해."

"누마도 반드시 회사를 그만두겠다고 했단 말이야."

"연휴 전에 기필코 결론을 낼 거야. 인사부장님께 사표를 우송하는
방법도 있지만 그 전에 야마구치 부장님이 항복하실 거야."

와타나베가 전화를 끊자마자 이번에는 누마타가 고에게 전화를 걸
어왔다.

"어떻게 됐어?"

"방금 미키에게 전화가 와서 재촉하더군. 바늘방석이라 정말 죽을
맛이다."

"나도 이해해. 나처럼 울면서 미키에게 사과하지 그래? 그 편이 속
이 시원하지 않을까?"

"참고는 하겠지만 그렇게 하고 싶진 않아. 누마와 달리 부모님의 동
의도 얻었으니까."

"말이 통하는 좋은 부모님이라고 생각하지만 진심은 어떨까? 의외
로 일본라디에이터에 남기를 바라시는 것은 아닐까?"

"만약 그렇다고 해도 내 의사가 우선이지. 미키를 배신하진 않을 거
야. 무엇보다 미키의 강력한 인력에 끌려가고 싶은 것일지도 몰라. 와

타미상사에 안 갔다가 후회하고 싶지 않으니까."

"양심에 찔리네."

고는 4월 말에 일본라디에이터를 퇴사했다.

야마구치 부장과는 말도 섞지 않을 만큼 험악한 관계가 되었지만 고는 자신의 감정이 더 소중했다.

연휴 중 어느 날, 설계부문의 상사와 동료, 본사 관계자 등 약 50명이 놀랍게도 '쓰보하치 고엔지 기타구치점'에서 고의 환송회를 열어주었다. 물론 야마구치 부장의 얼굴은 안 보였다. 훗날 고는 야마구치 부장에게 결혼식 청첩장을 보냈지만 결석에 동그라미를 친 엽서가 날아왔을 뿐, 다른 말은 한마디도 첨가되어 있지 않았다.

와타미상사에 이사로 영입된 고는 7월에 오픈한 와타미상사의 2호점 '쓰보하치 야마토점大和店'의 부점장을 거쳐 '쓰보하치 고엔지 기타구치점'의 점장으로 취임했다.

허세나 꼼수를 부리지 않는 고는 아랫사람을 통합하는 능력이 뛰어나서 부하들의 절대적인 신뢰를 받았다.

'쓰보하치 야마토점'의 점장을 맡은 것은 구로사와였다. 오다큐선 야마토역 앞이라는 입지 조건 덕분에 40평짜리 점포에서 하루 매상 120만 엔, 평당 3만 엔의 이윤을 낼 만큼 실적이 늘어났다. 고객 1인당 소비액은 1,750엔, 하루당 평균 내방객은 686명. 테이블 회전율은 무려 8회라고 하니 얼마나 북새통을 이루는지 실감할 수 있었다.

실제로 상가건물 3층의 점포에 웨이팅 손님의 줄이 계단을 따라 1층까지 늘어설 정도였다.

12

고가 입사한 것과 거의 비슷한 시기에 와타나베는 가토 요시오加藤佳夫를 스카우트했다.

이시이 사장에게 부탁해서 '쓰보하치' 본사의 경리과장이었던 가토를 이사급 경리부장으로 와타미상사에 영입했으니 스카우트라기보다는 트레이드라고 해야 옳을 것이다.

와타미상사가 요코하마 간나이역 근처의 제6엑설런트빌딩 2층에 '오코노미야키 HOUSE 도헨보쿠唐変木'를 오픈한 것은 1986년 5월로, 와타나베는 점장 자리에 가사이 세이지를 발탁했다.

가사이는 '쓰보하치 고엔지 기타구치점'의 알바생에서 정직원으로 승격한 사람 중 하나였다.

경리부장이라고 해도 가게 일을 돕는 일이 종종 있었는데, 껌을 씹으면서 접객하는 가토에게 가사이가 주의를 줬다.

"접객을 하면서 껌을 씹지 마세요. 손님들이 불쾌하게 느끼잖아요."

"네가 뭔데 나에게 이래라 저래라야?"

가토는 알바생 출신인 너와는 입장이 다르다, 스카우트되어 와타미상사에 온 것이다, 부장인 나에게 건방지게 기어오르지 말라는 오만방자한 속마음이 훤히 드러나도록 행동했다.

물론 껌을 뱉으려고 하지도 않았다.

이틀째에 가사이는 윽박지르듯이 주의를 줬다.

"여기서는 점장의 지시를 따라주세요. 사장님이 가게를 맡긴 사람은 바로 저니까요."

"시끄러워!"

"다시 한 번 말하겠습니다. 접객 중에 껌을 씹지 마세요."

가토는 오기가 생겼다. 짝짝 소리를 내면서 껌을 씹기 시작했다.

다음 순간 가사이의 주먹이 가토의 왼뺨으로 날아왔다. 맞은 가토가 뺨을 손으로 누르면서 비틀비틀 일어났지만 전투의욕은 상실했는지 가사이에게 덤벼들지는 않았다.

"가만두지 않겠어. 넌 내 직속부하는 아니지만 지위로 따지면 내가 더 위야. 상사인 나에게 주먹을 휘두르다니."

"마음대로 해요. 해고하고 싶으면 해고하라고요."

와타나베는 다른 직원에게 사건의 전말을 듣고 가토에게 잘못이 있다고 생각했다.

"손님 앞에서 껌을 씹다니요. 가토 씨, 생각이 있습니까 없습니까? 폭력을 휘두른 가사이도 나쁘지만 당신이 훨씬 더 잘못했습니다. 가사이는 참다못해서 손을 댄 것 아닙니까."

"피해자인 내가 사장님께 질책을 듣다니 이게 말이 됩니까? 회사를 그만두겠습니다."

"유감스럽지만 말리지 않겠습니다. 그만두셔도 됩니다."

와타나베가 선언했다.

나중에 구로사와에게 가토 부장이 천식 기운 때문에 항상 껌을 씹어

발작을 누르고 있었다는 말을 들었지만, 그렇다면 접객을 하지 말아야 했다면서 와타나베는 가토를 용서하지 않았다.

가토의 사직으로 경리를 담당할 사람이 없어졌다. 고민 끝에 와타나베는 고에게 전화를 걸었다.

"내일 아침 10시에 사무소로 좀 와줄래?"

"오후에 가면 안 될까?"

"응. 한창 잘 시간인 것은 알지만 급하게 의논할 일이 있어."

"알았어. 10시까지 간나이의 사무소로 갈게."

1987년 가을 무렵, 당시 와타미상사의 본사 사무소는 간나이의 어느 상가건물에 있었다. 12평 가량의 좁은 방으로 전화기 두 대와 책상과 의자가 다섯 세트, 거기에 소파 세트.

작은 소파에 마주 앉기 바쁘게 와타나베가 말을 꺼냈다.

"고, 사무소를 맡아주지 않겠어? 경리 같은 관리업무 전체를 고에게 맡기고 싶어. 1주일 이내에 고엔지 기타구치점의 새 점장을 정할 테니까 그때까지 인수인계할 준비를 해둬. 사택용 아파트를 찾아둘게."

"가토 씨는 어쩌고?"

"그만뒀어. 사정이 사정인 만큼 어쩔 수가 없어."

와타나베는 가토가 그만둔 경위를 고에게 설명했다.

"가사이는 결코 다혈질이 아니야. 그런 가사이가 주먹을 휘두를 정도니 가토는 구제불능이야."

"이시이 사장님이 뭐라고 안 하셔?"

"응, 사정을 설명하고 사과했더니 이시이 사장님도 껌을 씹으면서 접객이라니 말도 안 된다, 맞아도 싸다고 하셨어. 하지만 정이 두터운 분이니까 가토의 뒤를 봐주지 않을까?"

"그럴 거야."

마음이 놓였는지 고의 표정이 부드러워졌다.

제7장
산업 스파이

1

시간을 거슬러 올라가서, 와타나베가 구로사와 가네코, 고의 간부 세 사람에게 "간사이関西地方-교토, 오사카, 시가현, 효고현, 나라현, 와카야마현, 미에현식 오코노미야키점을 간토関東地方-이바라키현, 도치기현, 군마현, 사이타마현, 지바현, 가나가와현, 도쿄에서 열자"는 말을 꺼낸 것은 1985년 11월 상순의 일이었다.

2호점인 '쓰보하치 야마토점'의 대성공으로 "'쓰보하치' 프랜차이즈라면 와타미"라는 말을 듣게 되었다. '전국의 쓰보하치 체인점 오너나 점장에게 성공 비결을 전수해달라'는 이시이 사장의 의뢰를 받아들인 와타나베는, 전국 7구역의 오너 및 점장 회의를 돌면서 '우리 가게에서는 어떤 영업을 하고 있는가'라는 주제로 7회나 강연을 했다.

강연 여행 도중, 오사카에서 먹은 오코노미야키의 맛에 반한 와타나베는 저도 모르게 무릎을 탁 치면서 "바로 이거다!"라며 감탄했다. 와타나베는 도쿄로 돌아오자마자 당장 "간사이식 오코노미야키 하우스를 와타미에서 내자"고 제안했다.

"간토에서는 오코노미야키점이 체인화되지 않았지만 간사이에는 체인점이 많이 있고, 어느 가게나 성황이었어. 간토에서는 오코노미야키가 일상적인 음식이 아니지만 잠재적인 수요는 충분히 있다고 생각해. 와타미 독자 브랜드를 가지기 위해서라도 연구해볼 가치가 있지 않을까? 구로사와, 어떻게 생각해?"

"오코노미야키 체인점? 그렇다면 내가 나서봐야겠군."

"역시 눈치가 빠르네."

와타나베는 싱긋이 웃으며 구로사와의 어깨를 두드렸다.

가네코도 고도 와타나베의 제안에 찬성했다.

"구로, '쓰보하치'에서의 경험을 살려서 오사카의 오코노미야키를 공부해줘. 12월이 되면 가게가 바빠질 테니까 11월 중에 부탁해."

"또 '산업 스파이' 노릇인가. '쓰보하치' 프랜차이즈점인 와타미상사라고 밝힐 수도 없고, 잠입하기 힘들겠지만 어떻게든 해볼게."

"구로라면 잘할 수 있을 거야. 2주일이면 오사카 오코노미야키의 노하우를 알아낼 수 있지 않을까?"

구로사와가 속옷, 스웨터, 면도기, 청바지와 세면도구 등을 담은 보스턴백을 들고 오사카로 향한 것은 11월 12일 일요일이었다.

그날 밤, 소에몬초宗右衛門町의 비즈니스호텔에 투숙한 구로사와는 근처의 오코노미야키 가게를 3군데나 들러보았다.

오사카의 오코노미야키는 도쿄와 달리 손님이 주문하는 대로 가게에서 구운 것을 내준다.

가게에 따라 오코노미야키의 재료도 조합 방법도 소스나 마요네즈도 미묘하게 다르다는 것을 첫날 돌아다녀 보고 알았다.

와타나베가 그 맛에 감동할 만도 하다고 구로사와는 생각했다. 겨우 세 군데에 들러봤지만 맛없는 오코노미야키는 한 번도 만나지 못했다.

다음 날은 점심시간에 두 군데, 저녁시간에 네 군데의 가게를 돌아보았다. 계속 먹느라 배가 터질 지경이고 첫날만큼 감동적인 맛은 느껴지지 않았지만 어느 가게의 오코노미야키도 나름대로 맛있었다. 특히 마지막 두 군데는 혀가 마비되어 맛을 거의 느낄 수가 없었다. 들렸던 가게 중에서 가장 규모가 큰 가게를 목표로 정한 구로사와는 사흘째 오후 3시가 지나서 해당 가게의 점장에게 면회를 요청했다. '알바생 모집 중'이라는 포스터를 눈여겨 보았던 것이었다.

"알바를 하고 싶은데요. 일단 이력서를 가져왔습니다."

생년월일과 이름 이외는 엉터리로 쓴 이력서였다. 본적과 주소는 효고현 니시노미야시 고시엔兵庫県 西宮市 甲子園으로 적었다. 대학시절 친구의 본가 주소를 빌려왔을 뿐이다. 학력도 그 친구의 고향에 있는 현립 고등학교를 써넣고 대학은 숨겼다.

"아침 10시부터 저녁 7시까지 근무로 시급은 700엔. 먼저 설거지부터 해야 할 거야. 많이 힘들 텐데 괜찮겠나?"

"괜찮습니다."

"오코노미야키에 특히 흥미가 있나?"

"예. 집이 음식점을 경영하고 있어서요. 장차 오코노미야키도 팔고 싶습니다."

거짓말을 한다는 가책에 구로사와는 시선을 떨구고 대답했다.

"그래, 열심히 해봐라. 처음 2개월은 무조건 설거지만 맡게 된다.

그 다음에는 주방에서 일하게 될 거야. 내일부터 나오도록."

30살 전후의 싹싹한 점장은 그 자리에서 바로 구로사와를 채용했다.

구로사와는 아침 8시 반에서 9시 사이에 출근했다. 당번인 젊은 여종업원이 혼자 나와 있을 뿐이었다.

청소를 도우면서 구로사와는 메뉴가 적힌 두꺼운 노트를 훔쳐보기 위해서 노력했다. 대놓고 베껴 적을 수는 없는 노릇이라 일단 외운 다음 잊어먹기 전에 화장실에 가서 메모했다.

노트에는 오코노미야키의 반죽에 쓰이는 밀가루, 베이킹파우더, 달걀의 비율 등이 적혀 있었다.

2개월 동안 담당하게 된다던 설거지 외에도 가끔 주방에서 문어를 채 써는 것도 거들어야 했다. 주방에만 있으면 저절로 활기가 샘솟으니 신기할 따름이었다.

꾀를 피우려는 주방 담당의 동료가 일을 떠넘겨도 구로사와는 싫은 내색을 하지 않았다.

"칼솜씨가 제법이네. 기왕 하는 김에 오징어도 부탁해."

"예, 알겠습니다."

구로사와는 가능한 오래 주방에 눌러 있고 싶었기 때문에 초스피드로 설거지를 끝냈다. 오코노미야키 가게는 놀라울 정도로 붐비고 있었다.

2

2주일간 설거지를 하면서 구로사와는 오코노미야키의 레시피를 대부분 터득했다. 정확하게는 훔쳐냈다고 표현하는 것이 옳을지도 모른다.

마요네즈는 달걀, 식초, 식용유를 섞어서 만드는데, 어떻게 배합하느냐에 따라 맛이 미묘하게 달라진다는 것도 알아냈다.

좀처럼 알아내지 못해서 고생한 것이 소스였다. 가게에서 조합하는 흔적도 없었다. 그러나 일한 지 2주일쯤 지나서, '긴몬소스金紋ソース'라는 중소기업에서 직접 사들여온다는 것이 판명됐다.

구로사와는 시간이 날 때 슈퍼마켓을 돌아다니며 '긴몬소스'를 찾아보았지만, 30여 군데를 돌아다녀도 '긴몬소스'를 파는 슈퍼는 존재하지 않았다.

꼭 '긴몬소스'가 아니더라도 상관없다고 생각한 구로사와는 비슷한 소스를 몇 십 병이나 구입해 비즈니스호텔 객실에서 시식해보았지만, 하나같이 '긴몬소스'의 맛과는 거리가 멀었다.

구로사와가 소스 때문에 고전하고 있을 때 와타나베가 오사카로 찾아왔다. 물론 전화로 미리 약속을 하고 구로사와가 쉬는 날 비즈니스호텔을 방문했다.

욕실을 점령하고 있는 소스 병을 목격한 와타나베의 눈이 휘둥그레졌다.

"구로, 이게 다 뭐야?"

"보다시피 소스야. 가게에서 사용하는 소스는 '긴몬소스'라고 하는데 슈퍼에서는 팔지 않아. 비슷한 물건은 없는지 사왔는데 35병 전부 아웃이야. 차라리 '긴몬소스' 본사를 찾아가볼까 싶어."

"흐으음, 소스 말고는 벌써 다 알아낸 거야?"

"응. 오코노미야키의 기본 반죽과 달걀, 양배추의 배합이나 재료를 얹는 순서도 익혔고 마요네즈의 배합 방법도 알아냈어. 설거지 담당이지만 주방도 거들었으니까. 매뉴얼 노트도 전부 적어놓았어."

"2주일 만에 거기까지 해내다니 대단하다."

"한 달이나 있을 필요는 없을 것 같아. 본격적으로 주방에 들어갈 수 있는 것은 두 달 후니까 의미가 없어. 앞으로 1주일은 더 일할 생각이지만."

와타나베는 하나밖에 없는 의자에, 구로사와는 침대에 앉아서 이야기를 나눴다.

"이제부터 오코노미야키 가게를 돌아다닐 생각인데 같이 먹으러 갈래?"

"좋아. 매일같이 오코노미야키를 먹어서 물릴 대로 물렸지만 이것도 업무의 일종이니까 같이 갈게."

구로사와가 시계에 눈을 향하자 오후 5시를 넘어가고 있었다. 두 사람은 점퍼에 청바지 차림으로 거리로 나섰다.

"여기가 내가 알바하는 가게야. 체인점이 10군데 정도 있는데 조금 떨어진 곳에 같은 체인점이 있으니까 그리로 가자. 이 가게에 들어가긴 좀 꺼려지니까."

"응, 그러자."

걸어가면서 구로사와는 신분을 위장하고 알바생으로 잠입한 것을 와타나베에게 말했다.

"구로에게는 고생만 시키는구나."

"그렇지도 않아. 다만 많은 것을 배웠으니까 급료는 안 받을 생각이야. 2주일 만에 그만두는 것도 그것 때문이야. 최소한의 내 양심이지. 원래는 비즈니스호텔 숙박료를 내고도 남을 만큼 알바비가 나오겠지만 도저히 받을 마음이 안 들어."

"구로, 좋은 생각이야. 수업료라고 생각하면 싸게 먹히는 거지. 구로답다고 할까, 나도 구로와 같은 입장이라면 그렇게 할 거야."

와타나베는 진지한 얼굴로 여러 번 고개를 끄덕였다.

가게에서 오징어와 돼지고기가 들어간 오코노미야키를 먹으면서 와타나베가 말했다.

"맛있다. 예전에 먹었던 오코노미야키보다 맛있는 것 같아. 구로, 좋은 가게를 발견했구나."

"이틀 사이에 열 군데 가게에서 시식하고 그중에서 비교적 체인점이 많은 곳을 골랐을 뿐이야. 점장도 좋은 사람이라 운이 좋았어."

"구로는 안 먹어?"

"여기서 먹고 끝내지 않을 거지? 이 가게의 맛은 신물이 날 만큼 알고 있어."

"하긴. 그럼 맥주라도 마셔."

와타나베는 두 개의 글라스에 맥주병을 기울이면서 표정을 굳혔다.

"앞으로 1주일 있다 일단 도쿄로 돌아오고 나서, 바로 히로시마_{広島}의 오코노미야키를 연구하러 가줬으면 좋겠어. 오사카와는 많이 다르고 인기도 많은 것 같으니까 비교, 검토할 필요가 있다고 생각해."

구로사와는 일순 서럽다는 듯이 미간을 찌푸렸다가 바로 밝은 얼굴로 대답했다.

"좋아. 히로시마의 오코노미야키는 반죽을 철판에 얇게 까는 것 같더라. 3~4일 돌아다니면서 먹어볼게."

"부탁해. 오코노미야키는 와타미의 독자적인 브랜드이니까 반드시 성공시키고 싶어. 그러기 위해서는 구로의 힘이 꼭 필요해."

술잔을 비운 구로사와가 물었다.

"언제쯤 오픈할 계획이야?"

"내년 4월이나 5월. 새해가 되면 가게 자리를 알아보려고 해."

와타나베와 구로사와는 그날 밤 오코노미야키 가게를 세 군데나 돌아다녔다.

3

두 사람이 구로사와의 호텔방으로 돌아온 것은 저녁 11시가 다 되어서였다. 두 사람의 대화는 끝날 줄을 모르고 이어졌다.

"구로, 오코노미야키 하우스의 상호로 뭐가 좋을지 생각해봤어?"

"아니, 그냥 와타미면 되지 않을까?"

"와타미는 '쓰보하치'라는 뭐랄까, 이자카야의 이미지가 강하니까 상호를 따로 짓고 싶어."

"미키는 뭐 생각해둔 거라도 있어?"

"있기는 있는데……. 믿어줄지 모르겠지만 며칠 전에 오코노미야키

하우스의 꿈을 꾸었어. 가게 안은 만원이고 웨이팅 손님들이 오코노미야키 하우스가 위치한 건물 주위를 빙 둘러싸고 있는 거야. 오코노미야키 하우스의 간판에 '도헨보쿠'라고 적혀 있었어. 난 그만 너무 기뻐서 꿈속에서 눈물을 흘렸어. 아침에 꿈 이야길 하자 히로코는 재미있다고 웃었지만 난 '도헨보쿠'로 결정해야겠다고 마음먹었어."

와타나베는 눈을 빛내면서 이야기를 털어놓았다.

"'도헨보쿠'라……. 도헨보쿠라면 벽창호나 고집불통이라는 뜻이잖아. 난 좋은지 모르겠는데."

"히로코도 같은 말을 했지만 꿈이라곤 해도 손님이 바글바글했다고. 벽창호든 고집불통이든 무슨 상관이야? '도헨보쿠'로 하자. 틀림없이 대박을 칠 거야."

구로사와는 실소를 머금었다. 가게를 열기까지 앞으로 반년이나 남았는데 벌써부터 이렇게 열을 올려도 괜찮을지 구로사와는 조금 걱정이 되었다.

"상호는 일단 놔두고, 위치는 어디로 하려고?"

"요코하마가 좋을 것 같아. 간나이 주변이 어떨까?"

"찬성이야. 미키가 사업을 맨 처음 시작할 때 눈독을 들였던 곳은 조자마치였지. 초심을 잊지 말라고 하잖아. 엉뚱한 비유일지도 모르겠지만 우리 모두 간나이에는 미련이 많으니까."

"바로 그거야. 라이브하우스를 포기한 건 잘한 짓일지도 모르지만 오코노미야키 하우스 1호점은 간나이에 내자. 그런데 '도헨보쿠'는 반대야?"

"그렇지도 않아. 꿈의 계시를 따르는 것도 나쁘지 않겠지."

"좋아, 그럼 '도헨보쿠'로 결정났어. 구로만 찬성하면 아무도 이의를 제기하지 않을 거야."

와타나베는 새벽 2시에 미리 예약해둔 다른 비즈니스호텔로 이동했다. 구로사와가 투숙 중인 비즈니스호텔에는 빈 방이 없었기 때문이다.

구로사와는 와타나베가 오사카에 들르고 1주일이 지난 날 아침에 호텔방에서 점장에게 전화를 걸었다.

"구로사와인데 오늘 가게에 갈 수가 없습니다. 아무래도 그만둬야겠습니다."

"이유가 뭔가?"

"갑자기 히로시마에 돌아가게 되었습니다."

"우리 가게에서 앞으로 1주일만 더 일하지 그래?"

"죄송합니다. 도저히 안 되겠습니다."

"날수로 계산해서 알바비를 지급할 테니까 3시간 뒤에 받으러 와라."

"아뇨, 됐습니다. 이것저것 가르쳐주셨는데 멋대로 그만두는 것이니까 알바비는 안 받겠습니다."

"진심이냐?"

"예."

"별난 놈일세. 무료봉사한 셈이 되잖나."

"정말로 안 받겠습니다. 정 껄끄러우시면 다 같이 맥주라도 한잔 하는데 쓰세요."

"무슨 헛소리야! 진짜로 안 받을 거야?"

"예. 그럼 이만 실례하겠습니다. 오랫동안 신세를 졌습니다. 감사합니다."

"뭐가 뭔지 통 모르겠네. 정말 이상한 놈일세."

마음이 조마조마해서 수화기를 쥐고 있는 구로사와의 손이 땀으로 흥건했다. 도망자도 아닌데 겁을 먹는 자신이 한심하기도 하고 부끄럽기도 했다.

4

그날 오후, 구로사와는 오사카 시내에 있는 '긴몬소스'의 본사 겸 공장을 방문했다.

"'긴몬소스'를 2~3병 사고 싶은데요. 슈퍼를 뒤져보았지만 없어서요."

응대하러 나왔던 여직원이 일단 안으로 들어갔다가 중년 남성을 데리고 다시 구로사와 앞으로 나왔다. 여직원은 소스 병을 2병 들고 있었다. 남성은 회색, 여성은 파란색 유니폼 차림이었다.

구로사와는 스웨터에 청바지를 입고 있었다.

"우리 소스로 뭘 하려고요?"

"학교 축제에서 오코노미야키를 팔기로 해서 '긴몬소스'가 필요합니다."

"호오, 오코노미야키를요? 뭘 좀 아는 학생들이네요."

"오코노미야키에는 '긴몬소스'가 최고라고 어떤 가게에서 들었거든요."

"그냥 2병 선물하겠습니다."

"아뇨, 그럴 수는."

"사양할 것 없습니다. 학생들에게 돈을 받을 수야 없지요."

"감사합니다."

구로사와는 700밀리리터짜리 소스 병 두 개를 받아서 준비해둔 쇼핑백에 넣었다.

만약 학교 이름을 물어본다면 릿쿄대학이라고 대답할 계획이었지만 그럴 필요는 없었다. 대학생으로도 충분히 통할 만한 동안이었다.

구로사와는 히로시마에서 3박 4일 동안 20여 군데의 가게를 돌아다니면서 맛을 보았다. 막판에는 오코노미야키를 쳐다보기도 싫어졌다.

비즈니스호텔의 화장실에서 몇 번을 토했는지 몰랐다.

"오코노미야키가 없는 나라에 가고 싶어"라고 중얼거린 적도 있었다.

그러나 히로시마에서의 맛집 탐방은 헛수고가 아니었다. '도헨보쿠'의 메뉴에 히로시마식 오코노미야키도 들어가게 되었으니까.

5

1986년 설날, 예년처럼 온 가족이 히데키의 집에 모였을 때 와타나베는 히데키에게 오코노미야키 하우스의 오픈 계획을 털어놓았다.

"오사카나 히로시마에서는 오코노미야키 사업이 번창하고 있어요. 아버지, 저는 이걸 간토에서 시도해보려고 합니다. 물론 '쓰보하치'의 프랜차이즈점도 늘려가겠지만 자사 브랜드로 오코노미야키 하우스를 열고 싶어요. 그래서 구로사와를 오사카와 히로시마로 보내서 한 달 정도 일을 배워오라고 했습니다."

"그래? 벌써 그렇게 진척되었니?"

"와타미상사는 '쓰보하치'의 프랜차이즈점으로 이자카야 사업을 벌이고 있으니까 다른 회사를 설립해서 오코노미야키 하우스를 여는 것이 좋을 것 같아요."

"자금은 어떻게 충당하고?"

"대충 계산해보니 개점 자금으로 4,000만 엔 정도 필요해요. 5월에 오픈할 때까지 3,000만 엔은 와타미상사에서 모을 수 있고, 1,000만 엔은 융자를 받을까 합니다."

히데키는 생각에 잠긴 얼굴로 피우고 있던 담배를 재떨이에 비벼 껐다.

"1,000만 엔은 내가 출자하마. 내 사업도 순조로우니까 그 정도 여유는 있어. 오코노미야키 하우스라니 재미있을 것 같구나."

"새 회사 이름은 가타카나로 와타미ワタミ가 어떨까요? 이번에는 주식회사로 만들 생각이에요."

히데키는 "'와타미주식회사', '주식회사와타미'" 하고 중얼거리면서 테이블 위에 검지로 글자를 써보았다.

"'주식회사와타미'가 낫겠구나."

"예, 저도 그렇게 생각해요."

"주식회사와타미의 자본금은 어느 정도의 규모가 좋겠니?"

"2,000만 엔 정도면 되겠지요."

"그래. 그럼 절반인 1,000만 엔은 내가 너에게 출자하마. 다만 내가 주주가 될 필요는 없어. 출세한 다음에 갚아줄 것이라는 기대는 눈곱만큼도 안 하고 빌려줄게."

히데키는 농담이라고 할 수도 없는 말을 하며 다시 담배를 입에 물었다.

와타나베가 히로코와 얼굴을 마주보면서 말했다.

"히로코도 구로사와도 내심 반대하는 모양이지만 가게 이름은 '도헨보쿠'로 하려고요".

"'도헨보쿠'라니 별난 이름이구나."

이번에는 할머니인 이토가 히데키와 얼굴을 마주보았다.

"잠이 깨기 직전이라 생생하게 기억하는데 '도헨보쿠'라는 간판이 걸린 오코노미야키 하우스의 꿈을 꾸었어요. 거기가 굉장히 장사가 잘 되는 가게였거든요."

"그래? 그렇다면 나쁘지 않은 이름일지도 모르겠구나."

"넌 묘하게 미신을 믿는 구석이 있더구나."

"할머니도 '도헨보쿠'를 반대하시는 것 같지만 저는 모처럼 길몽을 꾸었다고 생각해요."

"난 찬성이야. 사장인 미키 마음 아닌가?"

누나인 메구미도 매형도 끝까지 못마땅하게 생각했지만 와타나베는 히데키의 찬성을 얻은 것으로 마음을 굳혔다.

와타나베는 4월 중에 가게 자리를 알아보았다. 간나이역에서 5분쯤 걸리는 제5엑설런트빌딩 2층에 있는 23평짜리 점포였다.

같은 빌딩의 6층과 7층에는 디스코텍 '마하라자ヤハラジャ'가 영업을 하고 있었다. 굉장히 인기가 있는 디스코텍이라 거기에 출입하는 손님들을 노리고 얻은 점포였다.

점포의 보증금이 1,300만 엔, 인테리어 비용 등의 개업자금이 2,500만 엔. 와타나베는 3,800만 엔을 '오코노미야키 HOUSE 도헨 보쿠' 1호점에 쏟아부었다.

주식회사와타미의 사장은 와타나베, 이사는 구로사와, 가네코, 고, 히데키.

5월 상순 오픈을 목표로 와타나베와 구로사와는 침식도 잊고 준비에 몰두했다.

6

4월 말까지 가게의 내부 인테리어 공사를 끝내고, 5월 상순은 연휴에도 쉬지 못하고 개점 준비에 쫓겼다.

특히 구로사와가 이끄는 주방팀은 간사이식 오코노미야키의 실습과 특훈에 밤낮을 가리지 않고 매달렸다.

철판은 구로사와가 3주간 알바를 했던 오사카의 오코노미야키 가게와 똑같은 사이즈로 주문했다. 가로 3미터, 세로 80센티미터, 두께 1센티미터의 특별주문품이었다.

철판을 설치하는 작업을 지켜보면서 구로사와가 와타나베에게 말했다.

"히로시마 오코노미야키 가게의 철판은 두께가 무려 3센티미터였어. 철판이 얇으면 열이 골고루 전달되지 않아서 불에 닿은 부분만 달궈지지."

"1센티미터로 괜찮을까?"

"응, 간사이식 오코노미야키가 메인이니까 괜찮아."

"오코노미야키를 구워주는 직원은 여자를 쓰는 게 어때? 손님 면전에서 구워주니까 젊고 귀여운 아가씨를 기용하는 편이 인기가 있을 거야."

"확실히 그렇겠다. 여자 알바생을 서너 명 고용할까."

오코노미야키를 구워주는 직원에게 '구이 아가씨焼きん娘'라는 애칭을 붙인 사람은 와타나베였다.

"주방은 구로가 있으니까 걱정 없겠지."

"글쎄, 어떨까? 오코노미야키의 주방 일을 본격적으로 해본 적이 없어서."

실제로 구로사와는 불안해서 죽을 지경이었다. 구로사와도 프로가 아니었다. 오코노미야키 전문가는 단 한 명도 없었다. 연휴가 끝나고 개점할 때는 알바생을 포함하여 15명이나 '도헨보쿠'에 투입했다. 보통 6~7명이면 충분한 만큼 와타나베가 얼마나 긴장하고 있는지 잘 알 수 있었다.

드디어 '도헨보쿠' 오픈 첫날, 손님들의 발길이 끊이질 않았다.

'1,000엔 음료 무제한', '2,000엔 음식 무제한', '8명 이상의 단체손님은 와인 2병 혹은 양주 1병을 드립니다' 같은 사은품도 손님을 끄는 데 기여했다.

가게는 순식간에 손님으로 넘쳐났다.

그런데 주방에서 새어 나온 연기로 가게 안이 자욱해지고 비상벨이

울리는 소동이 발생했다. 접객 중이던 와타나베가 창백한 얼굴로 주방으로 뛰어들어 갔다.

"구로, 어떻게 된 거야?"

"철판이 길이 덜 든 모양이야. 일단 불은 껐으니까 연기는 잦아들겠지만 그만큼 주문 처리가 늦어질 거야. 손님들에게 미리 양해를 드려."

철판 손질부터 다시 하느라 손님들은 기다리다 지칠 수밖에 없었다.

30분 늦게 간신히 영업을 재개했더니 이번에는 가게 안의 온도가 이상할 정도로 높아지기 시작했다. 섭씨 45도. 사우나나 다름없었다.

철판의 열량을 계산하지 않고 가게를 설계한 것이 원인이었다.

이자카야의 경우 4~5평에 1마력의 에어컨이면 충분하지만 철판을 사용하는 오코노미야키 가게에서는 그 두 배의 에어컨이 필요했던 것이다.

에어컨을 증설해서 문제를 해결했지만 주걱을 제대로 다루지 못하는 '구이 아가씨'를 보다 못한 중년의 손님이 뺏어들고 시범을 보이기까지 했다.

개점 첫날은 붐비는 데다가 사고가 연달아서 와타나베도 히로코도 손님들에게 사죄를 하느라 바빴다.

와타나베가 '오코노미야키 HOUSE 도헨보쿠의 십계명'을 제정한 것도 개점 초기의 일이었다.

1. 오코노미야키를 으깨지 말 것.

2. 오코노미야키를 두들기지 말 것

3. 오코노미야키를 자주 뒤집지 말 것.

4. 오코노미야키에 조미료를 뿌리지 말 것.

5. 오코노미야키가 늦게 구워진다고 불평하지 말 것.

6. 오코노미야키의 양이 많다고 화내지 말 것.

7. 만석이라도 돌아가지 말 것.

8. 구이 아가씨에게 추근거리지 말 것.

9. '도헨보쿠'의 오코노미야키가 맛있다고 주위 사람들에게 소문내지 말 것.

10. '도헨보쿠' 오코노미야키의 맛의 비밀을 묻지 말 것.

점장 백

역효과를 노린 퍼블리시티라고도 할 수 있는 '십계명'은 간판에 내걸려서 손님들 사이에 화제가 되었다.

제8장
경영 위기

1

'오코노미야키 HOUSE 도헨보쿠'를 개점한 지 얼마 안 되었을 1986년 6월 상순의 어느 날, 와타나베 미키에게 메이지대학의 선배 다노이 가즈오田野井一雄로부터 전화가 걸려왔다.

요코하마 졸업생회의 실력자이자 요코하마시의회 의원인 다노이는 남을 돌봐주는 자상한 남자로, 와타나베보다 스무 살 정도 연상이었다. 오랜만에 만나서 이런저런 이야기를 나누던 끝에 다노이가 용건을 꺼냈다.

"가미오오카上大岡에 괜찮은 자리가 있는데 자네 회사에서 해볼 생각 없나? 건물주가 특별히 부탁하더군. 이자카야든 오코노미야키 가게든, 어느 쪽이든지 상관없으니까 일단 물건을 한번 보는 것 어때?"

"가미오오카의 무슨 건물입니까?"

"오쿠라지쇼太蔵地所의 아카이후센Ⅱ赤い風船Ⅱ빌딩. 3층에 54평짜리 공실이 있어."

"신축인 그 빌딩에 공실이 있습니까? 임대 신청이 쇄도한다고 들었는데요? 뜻밖의 횡재로군요."

아카이후센Ⅱ빌딩은 고난구 가미오오카니시港南区 上大岡西 2가에 있고, 게이힌급행京浜急行 가미오오카역과 가까웠다. 와타나베가 흥분하는 것도 무리가 아니었다.

게다가 가미오오카 근처에 '쓰보하치'가 없다는 것도 알고 있었다.

와타나베는 고엔지 기타구치, 야마토에 이어 '쓰보하치' 3호점을 내기 위해서 가게 자리를 찾고 있었다. 가미오오카라면 입지조건도 훌륭했다. 목구멍에서 손이 튀어나올 정도로 원하는 물건이 저쪽에서 알아서 굴러들어온 것이다.

"아카이후센Ⅱ 빌딩을 알고 있나?"

"예, 가미오오카에 가게를 내려고 적당한 물건을 찾아다니던 중이거든요."

"성장세인 와타미가 임차인이 된다면 나도 체면이 서지. 고맙네."

"감사를 드릴 사람은 오히려 제쪽이지요. 정말 감사합니다."

와타나베는 당장 아오야마의 '쓰보하치' 본사로 가서 개발본부의 고미야 과장과 면회했다.

고미야와는 잘 아는 사이였다. 특히 구로사와가 '쓰보하치'에서 근무했을 때 많은 신세를 졌었다. 와타나베의 이야기를 들은 고미야는 미간을 찌푸렸다.

"와타나베 씨, 가미오오카의 오쿠라지쇼 소유의 점포라면 이미 신청한 사람이 있어요. 세무사의 아오마쓰青松 씨가 부업으로 '쓰보하치'의 프랜차이즈점을 운영하고 있거든요. '쓰보하치 무사시코스기점武蔵小杉店 오너입니다."

"그럴 리가요. 착각하신 것 아닌가요? 대학교 선배가 와타미에게 주고 싶다고 했는대요."

"아뇨. 4~5일 전에 아오마쓰 씨가 분명히 가맹점 신청을 했습니다. 혹시 모르니 확인해보지요."

고미야는 응접실을 나갔고 와타나베는 20분 정도 기다렸다.

"아오마쓰 씨에게 확인해보았습니다. 그쪽도 물러날 생각은 없다고 주장하는군요. 이런 경우 양쪽 다 허가를 내줄 수 없다는 '쓰보하치'의 규칙은 알고 계시죠?"

"물론 알고 있습니다."

"개인적으로는 실력이 있는 와타미상사가 출점했으면 좋겠어요. 그래서 아오마쓰 씨에게 넌지시 양보를 하라고 권해보았지만 안타깝게도 소용 없었습니다. 오너회의 힘이 세니까 규칙을 어기긴 힘들 겁니다."

"뭔가 석연치 않지만 가미오오카의 자리는 포기해야겠군요."

와타나베는 고미야와 헤어진 후 아오야마대로의 공중전화로 다노이에게 전화를 걸었다. 마침 다노이는 집에 있었다.

"선배, 이게 어떻게 된 일입니까? 가미오오카의 가게 자리는 '쓰보하치'의 다른 오너가 본사에 이미 가맹점 허가 신청을 냈답니다."

"뭐? 그럴 리가. 내가 알아보고 다시 전화하겠네."

"지금 아오야마니까 1시간 후 제 쪽에서 다시 전화 드리죠."

와타나베는 간나이의 사무소에 돌아가자마자 수화기를 들었다.

"오쿠라지쇼의 사장이 저울질을 하고 있었던 모양이야. 하지만 자네가 마음이 있다는 것이 확실해서 아오마쓰라는 사람은 거절했다고 하는데……."

"그래도 아오마쓰 씨가 신청을 취소하지 않는 한 우리가 '쓰보하치' 3호점을 내는 것은 불가능합니다."

"오코노미야키점이라면 괜찮지 않나? 어떻게 내 체면을 세워줬으면 좋겠군."

"'도헨보쿠'도 잘 나가고 있지만 '쓰보하치'가 수익이 훨씬 높아서요. 하지만 생각은 해보겠습니다."

2

와타나베는 가미오오카의 물건을 포기할 수 없었다. 때마침 산토리 요코하마지사의 와타미상사 담당사원 시오이 마사야塩井雅也가 솔깃한 정보를 와타나베에게 알려주었다.

"아카사카赤坂에 시로후다야白札屋 1호점이 있습니다. 산토리가 독자적으로 개발한 레스토랑이지요. 가미오카미에서 응용할 수 있을지 어떨지는 잘 모르겠지만 '시로후다야 아카사카점'은 무척 장사가 잘 돼요. 한번 구경해보시면 어떨까요?"

"'시로후다야'요? 들어본 적이 있기는 한데 가맹 비용은 어떻게 됩니까?"

"전부 무상입니다. 시로후다야는 업태개발본부에서 담당하고 있는데 과장인 혼나와 만날 수 있도록 주선해드릴까요?"

"부탁드립니다. 하지만 그 전에 아카사카점을 봐두고 싶군요."

"언제든지 동행하겠습니다."

시오이의 안내로 와타나베는 '시로후다야 아카사카점'을 보러 갔다.

다이쇼시대의 로망이 감도는 서양식 이자카야를 콘셉트로 삼은 가게는 양복 차림의 회사원이나 커리어 우먼으로 붐비고 있었다.

산토리는 맥주, 위스키, 와인 등의 시장 확대를 노리고 '시로후다야'의 체인화를 꾀하려는 것으로 보였다.

시오이의 말에 따르면 가게의 인테리어부터 식재료, 요리 등에 관한 노하우를 일절 무상으로 제공한다고 한다.

와타나베는 그 길로 혼나 쇼지本名正二를 만나러 갔다. 업태개발본부는 아카사카의 도쿄 본사에 있었다. 혼나는 와타나베보다 열대여섯 살 위로 보였다. 날씬한 체격이라 양복을 입은 태가 났다. 온후하지만 할 말은 확실히 하는 남자였다.

명함을 교환한 다음 혼나가 직설적으로 말했다.

"시오이에게 들었습니다만 가미오오카에 '시로후다야'를 내는 것은 무리입니다. 자리도 보고 왔는데 가미오오카라는 장소의 분위기와 '시로후다야'는 어울리지 않아요. 시로후다야는 아카사카나 긴자나 롯폰기六本木에서나 먹히는 가게입니다."

"무슨 뜻인지 잘 이해가 안 되는데요."

와타나베는 웃으면서 반문했지만 내심 부글부글 끓고 있었다.

"가미오오카는 서민 거리입니다. 생활이나 문화 수준이 낮지 않습니까."

"외람되지만 문화 수준이 낮다니 천만의 말씀입니다. 절대로 그렇지

않습니다. 대부분의 직장인은 도쿄의 마루노우치丸の内나 오테마치大手町, 아카사가, 긴자에서 근무합니다. 수도권의 베드타운으로 요코하마에서도 굴지의 고급주택지입니다."

"제 생각은 다릅니다만."

와타나베는 가슴을 활짝 폈다.

"우리는 일본 최고의 이자카야를 경영하고 있습니다. 우리에게 '시로후다야 가미오오카점'을 경영하게 해주신다면 성공을 보장하겠습니다."

"그다지 내키지 않지만 와타나베 씨가 그렇게까지 말씀하시니 긍정적으로 검토해보지요. 먼저 아카이후센Ⅱ 빌딩 전체를 장식할 만한 '얼굴'을 확실하게 붙일 필요가 있습니다. 인테리어에 많이 신경써야 할 테고요. 대충 6,000만 엔은 들 것 같군요."

와타나베는 이렇게 된 이상 물러날 수는 없다고 마음을 굳혔다.

"아카이후센Ⅱ 빌딩 전체가 시로후다야처럼 보이게끔 대형 간판을 걸겠습니다. 건물주의 허가는 얻을 수 있을 겁니다."

다노이에게 부탁하면 아마 가능할 것이다. 오쿠라지쇼는 이쪽에 빚도 있다.

"'시로후다야'에서는 냉동품을 일절 사용하지 않습니다. 실례지만 '쓰보하치'와는 시스템이 많이 다를 겁니다. 아카사카점에서 철저하게 교육을 받을 필요가 있을 것 같군요."

와타나베는 혼나가 자신을 얕잡아보고, 경시하는 것 같은 기분이 들었지만 "잘 부탁드립니다"라며 정중하게 머리를 숙였다.

3

와타나베는 지체하지 않고 구로사와, 가네코, 고의 간부 세 명을 간나이의 사무소로 소환했다.

"산토리의 '시로후다야'를 가미오오카에 내고 싶어. 사실은 '쓰보하치' 3호점을 낼 생각이었는데 다른 오너랑 경쟁이 붙었어. 소개해준 선배 체면도 세워주고 싶고 좋은 물건이라 놓치기도 싫어서 많이 고민한 끝에, 방향을 전환해서 '시로후다야'로 결정했어. 점포 보증금이 3,000만 엔, 인테리어 비용이 약 6,000만 엔, 그 밖에 제반경비가 약 2,000만 엔으로 총 11,000만 엔의 자금이 들겠지만 꼭 성공시키고 싶어."

"자금은 어떻게 할 거야? '쓰보하치 야마토점'을 열 때는 미쓰비시三菱은행 고엔지지점에 빌렸고, '도헨보쿠'는 네 아버님이 융자해주었지. 고엔지 기타구치점과 야마토점에서 벌어들인 자기자본도 있지만 11,000만 엔이나 되면 차입금의 이자가 높아지잖아."

"가토 경리부장하고도 의논했는데 요코하마신용금고에서 9,000만 엔을 빌려줄 것 같아. 3년 단기변제로 다 갚을 수 있을 거야."

'쓰보하치' 본사에서 스카우트했던 가토는 이 당시, 아직 와타미상사에서 근무하고 있었다.

"구로가 야마토점과 '도헨보쿠'를, 고는 고엔지 기타구치점을 책임지고 있으니까 가미오오카의 '시로후다야'는 히로시가 점장을 맡아주었으면 좋겠어. 괜찮지?"

와타나베의 시선에 긴장한 가네코의 이마에 정맥이 불거졌다.

"응."

"아카사카점에 몇 사람 데리고 가서 트레이닝을 받아줘. 인테리어는 산토리의 지시에 따를 수밖에 없겠지."

사무소를 관리하는 히로코가 녹차가 담긴 찻잔을 책상 위에 늘어놓았다.

"'도헨보쿠'를 오픈한 직후라 다들 또 고생하겠네요. 저도 아카사카의 트레이닝에 참가할까요?"

"당신은 사무소를 지켜주지 않으면 곤란해. 우리 다섯을 포함해서 사원도 12명으로 늘어났잖아. '시로후다야'의 인선은 나와 히로시에게 맡겨줘."

와타나베는 의욕이 솟구치는 것을 느꼈다.

혼나에게 본때를 보여주고 싶었다. 혼나는 '쓰보하치'의 프랜차이즈인 와타미상사를 다시 보게 될 것이다. 전국의 '쓰보하치' 프랜차이즈 오너나 점장에게 강연을 할 정도로 성공을 거둬온 나를 우습게 보다간 큰코다칠 것이다. 와타나베는 감정이 고양되어 있었다.

4

와타미상사와 주식회사와타미의 네 번째 가게 '시로후다야 가미오오카점'은 1986년 10월 1일에야 겨우 개점하게 되었다.

오쿠라지쇼와의 임대계약은 6월 20일에 체결했으니 개점까지 3개월 이상이 걸린 셈이다.

이것은 외장과 내장에 대한 산토리 측의 요구가 그만큼 까다로웠다는 것을 의미했다. 가네코를 포함한 시로후다야 프로젝트팀이 아카사카점에서의 트레이닝에 만전을 기한 것도 늦어진 이유 중 하나라고 할 수 있었다.

개점 첫날도 이튿날도 만원까지는 아니지만 가게를 찾는 손님이 많아서 순조롭다고 생각되었다. 가네코가 얼마나 안심했는지 모른다.

"이대로 가면 '시로후다야'도 궤도에 오르지 않을까?"

이튿날 밤 가네코가 벙글거리면서 말했지만 와타나베의 표정은 신통치 않았다.

"막 오픈했기 때문에 붐비는 것일 뿐, 다른 가게들을 열었을 때와 비교하면 분위기가 좀 다르지 않아?"

"……."

가네코는 말없이 고개를 갸우뚱거렸다.

"손님들이 편안해 보이질 않아. 내 눈에는 어딘가 불편하고 긴장한 것처럼 보여……. 음식이 맛있고 가격이 합리적이라도 마음이 놓이질 않는 가게에 두세 번씩 손님이 찾아와 줄까? 역시 '시로후다야'는 고급스런 분위기의 도심형 레스토랑이야. 요코하마시의 교외인 가미오오카에 어울리지 않아. '쓰보하치'가 아니면 안 되었어.

"왜 그렇게 약한 소리를 해? 그렇게 비관적으로 생각할 것 없어."

"응. 어쨌든 수고해줘."

와타나베는 애써 밝게 말했지만 그날 밤 늦게 일기에 다음과 같이 적었다.

시로후다야를 오픈하고 이틀이 되었다. 위기 상황이다. 와타미상사가 과거에 경험한 적이 없는 커다란 위기다.

첫날도 이튿날도 그럭저럭 매상을 올렸지만 티켓의 반응은 미적지근하고 앞으로 회수률도 하강곡선을 걸을 것이 틀림없다.

슬리퍼를 끄는 손님이 들어올 수 있을 만한 가게가 아니다. 자리를 잘못 선정했다고밖에는 할 말이 없다. 나의 판단 미스다. 과거의 실적을 과신하고 우리가 하면 반드시 성공한다는 자만심이 내 판단을 그르친 것이다.

지금까지 맛있다고 생각했던 시로후다야의 음식이 전부 다 맛없게 느껴지니 신기할 따름이다.

시로후다야 가미오오카점은 공을 들여서 키울 만한 가게가 아니다.

그러나 이제 와서 고민하고 후회한들 돌이킬 수도 없다. 어떻게든 이 위기를 극복해야 한다. 내가 극복하지 못하면 누가 극복한단 말인가. 이 위기를 극복하지 못한다면 어떻게 경영자이자 사장이라고 할 수 있겠나.

폐업할 시기를 지금부터라도 결정하지 않으면 안 된다.

1월, 늦어도 3월에는 문을 닫고 싶다. 나에게도 자존심이 있다. 그러나 자존심 때문에 시로후다야 가미오오카점을 계속 유지할 수는 없다.

지금까지가 너무 순조로웠던 것이다. 어떤 경우에도 흔들리지 않는 정신력, 결단력 그리고 동료들을 믿는 통솔력이 요구된다. 힘을 기르면서 한 발 한 발 전진하는 '듬직한 거북이'가 되자.

5

시간이 흐를수록 '시로후다야 가미오오카점'의 손님은 점차 줄어들어 10월은 400만 엔, 11월은 700만 엔의 적자를 냈다.

자금 사정이 악화되어 '쓰보하치 고엔지 기타구치점'이나 '쓰보하치 야마토점'의 매상을 긁어모아서 주류도매상과 식재료도매상, 월세를 지불하거나 요코하마신용금고의 원금과 이자를 갚는, 살얼음판을 걷는 것 같은 나날이 연속되었다.

11월 상순의 어느 날 밤, 와타나베는 부친 히데키의 집을 방문했다. 와타나베의 얼굴을 보자마자 히데키가 말했다.

"미키, 안색이 나쁘구나. 어디 아픈 건 아니겠지?"

"잠이 부족해서 그래요. 경영자가 되니 이것저것 고민이 많네요."

"'시로후다야'가 신통치 않은가 보구나."

"어떻게 그걸?"

"장사가 잘 되는지 염탐하러 간 건 아니지만 집사람이랑 두 번 정도 보러 갔었다."

"그러고 보니 가네코가 아버지가 왔다갔다는 말을 한 적이 있어요. 가게가 한적할 때였던 모양이었군요."

계모인 도미코가 걱정스러운 듯이 입을 열었다.

"가미오오카에는 과분할 만큼 우아하고 멋진 가게인데."

"격식을 차려야 하는 가게라고 할까요? 손님이 편안하게 먹을 수가 없어요. 산토리 사람에게도 들은 말이지만 시로후다야는 아카사카나 긴자가 아니면 손님들과 수준이 맞질 않아요. 가능하면 1월 말까지 폐업하고 싶어요."

히데키의 미간 주름이 더욱 깊어졌다.

"그렇게 심각하니?"

"예. 와타미상사 창업 이래 최대의 위기예요. 무엇보다 그 가게에 11,000만 엔이나 투자했으니까요. 은행이나 '쓰보하치' 본사에 지불 유예를 신청할 수는 있겠지만, 신용도가 떨어지기 때문에 그것만큼은 피하고 싶어요. 구로사와도 가네코도 이를 악물고 애쓰고 있지만 이 난국을 이겨내기란 쉽지 않을 것 같습니다."

히데키는 도미코가 만들어준 위스키 미즈와리_{水割リ-술에 찬물을 타서 엷게 희석시}킨 것를 꿀꺽꿀꺽 마셨다.

"이대로라면 연말을 넘기기 힘들겠구나."

"아버지가 말씀하시는 대로예요."

와타나베도 글라스를 비웠다.

"저도 히로코도 10월, 11월의 두 달은 무급으로 일했어요. 여태까지도 회사에서 80,000엔씩밖에 안 받았지만 12월 중에 700만 엔 정도 자금이 부족할 것 같아요. '도헨보쿠'의 빚도 있으니까 또 아버지께 손을 벌리긴 싫지만 우리는 담보가 없어서 은행도 신용금고도 상대해 주질 않아요."

"알았다. 여차하면 이 집을 담보로 사용하렴. 도미코, 그래도 되겠지?"

"물론이죠. 미키가 그렇게 힘든 상황인 줄은 꿈에도 몰랐어요."

"아버지, 어머니, 감사합니다. 국민금융공고에서 700만 엔을 차입하려고 해요. 사원에게 다소나마 보너스도 지급하고 싶고요."

"이 아파트를 잡히면 2,000만 엔은 빌릴 수 있을 것 같은데 700만 엔 가지고 되겠어?"

"예, 반드시 이 난국을 이겨내고야 말겠어요."

"미키가 하는 일이야. 난 걱정하지 않는다. 하지만 건강만큼은 조심해라."

히데키 덕분에 12월 하순에 국민금융공사에서 700만 엔을 융자받은 와타나베는 1987년 정월을 무사히 맞이할 수 있었다.

6

1월 1일부터 이틀간 와타미상사는 제1회 사원여행을 다녀왔다.

반년 전부터 정해져 있었던 일이지만 "회사의 존망이 걸린 위급한 시기에 무슨 사원여행이냐"며 반대하는 간부도 있었다. 그러나 와타나베는 "이런 때일수록 안 하면 안 돼. 적립금도 있고 회사의 보조금은 얼마 되지도 않아. 침체된 분위기를 불식시키기 위해서라도 예정대로 진행하자"고 밀어붙였다.

정월 저녁 유가와라湯河原의 호젓한 여관에 모인 와타미상사의 일행은 13명.

제1회 사원여행에 참가한 면면은 다음과 같았다.

▷와타나베 미키 ▷구로사와 신이치 ▷가네코 히로시 ▷고 마사토시 ▷마사키 히로히사正木裕久 ▷가사이 세이지 ▷우사미 야스시 ▷기쓰나이 미노루 ▷후지이 다카아키藤井貴章 ▷기미시마 야스유키君島靖幸 ▷기타자와 데쓰야 ▷야나기 유키히로 ▷도다 미사코戸田みさ子

설날 저녁 회식 자리에서도 2차인 노래방에서도 와타나베는 애써 밝게 행동했지만, 2일의 아침식사 후 전체회의에서 처음으로 심각한 표정을 드러냈다.

"설날 아침 구로사와 가네코, 고 그리고 집사람과 넷이서 새해참배를 드리러 하코네신사에 다녀왔습니다. 저는 사원들의 건강과 회사가 위기를 탈출하여 발전하는 것, 이 두 가지를 빌었습니다. '시로후다야 가미오오카점'이 막대한 적자를 내서 진퇴양난이었던 것은 여러분도 잘 알고 있을 겁니다. 실패의 책임은 전부 사장인 저에게 있습니다. '쓰보하치' 두 매장의 성공에 취해서 자신을 과신하고 방심한 제 책임이 막중합니다. 젊음의 치기로 인한 실수 였다는 말로 변명할 수도 없겠지요. 하지만 저는 반드시 이 실패를 만회하여 여러분의 신뢰를 되찾겠습니다. 한동안 여러모로 힘든 상황이 계속되겠지만 와타미상사를 재건하기 위해서 전력을 다하겠습니다. 부디 여러분도 저에게 힘을 빌려주십시오. '시로후다야 가미오오카점'이 '쓰보하치 가미오오카점'으로 변신할 기회도 생겼습니다. 아는 분도 있겠지만 어떤 기업과의 자본 제휴, 업무 제휴의 이야기도 구체화될 가능성이 있습니다. 미래에 대한 꿈과 희망을 품고 1987년을 결실이 있는 해로 만들어 나가고 싶습니다. 여러분, 제1회 사원여행에 참가해주셔서 감사합니다."

박수가 잠잠해진 다음 고가 웃으면서 와타나베에게 말을 걸었다.

"난 사장님의 강한 운세를 믿고 있어. 이 정도 일로 좌절할 사람이 아니야."

"고는 와타미상사에 이직한 지 아직 2년도 되지 않았는데 이렇게 힘든 일을 겪게 돼서 많이 후회스럽지?"

"그렇지도 않아. 이대로 아무 어려움도 없이 회사가 쑥쑥 성장한다면 그거야말로 말이 안 되잖아. 회사도 사람의 인생도 좋은 때가 있으면 나쁜 때도 있는 법이야. 누누이 말하지만 사장의 운세를 믿는다니까. 와타나베라면 이 정도의 난국은 금방 극복할 수 있어."

"고맙다."

와타나베도 시원스러운 미소를 보였다.

고가 와타나베 쪽으로 몸을 바짝 대었다.

"'쓰보하치 가미오오카'의 이야기는 진전이 있을 것 같아?"

"연말에 이시이 사장님께 넌지시 말해봤어. 겨우 직접 나서서 해결할 마음이 생긴 모양이야. 이만큼 비싼 수업료를 지불했으니 아오마쓰 씨도 한 발 물러나주겠지. 이시이 사장님이 간곡히 부탁하면 아오마쓰 씨도 싫다고는 하기 힘들 거야."

"나도 그렇게 생각해. 종합상사가 되려고 애쓰는 이토만 때문에 굴러온 돌에 박힌 돌이 빠지게 생겼지만 '쓰보하치'의 창업자인 이시이 사장님의 영향력은 여전히 절대적이니까 사장님이 우리 편을 들어주면 아무 문제 없을 거야."

"'쓰보하치' 본사는 물론 다른 곳에도 지불유예를 신청한 적은 없으니까 와타미상사의 신용은 아직 실추되지 않았을 거야. 반드시 재기할 테니까 두고봐."

와타나베는 스스로를 격려하듯이 고의 어깨를 툭툭 토닥거렸다.

7

1월 8일 오후에 이시이 사장이 와타나베를 호출했다.

아오야마의 '쓰보하치' 본사 사장실에서 이시이 사장이 말했다.

"아오마쓰 씨가 OK했어. 미키 씨가 나에게 '시로후다야'가 경영난에 빠진 것을 솔직하게 털어놓은 것이 주효했어. 이대로 방치하면 고엔지 기타구치점, 야마토점이라는 '쓰보하치' 우수매장도 망한다, 도와달라고 아오마쓰 씨에게 부탁하니까 '알겠다. 가맹점 신청을 취소하겠다'고 하더군."

"고맙습니다. 또 사장님께 큰 빚을 졌군요."

와타나베는 목이 메었다.

"미키 씨도 아오마쓰 씨에게 고맙다는 인사를 드리게."

"물론입니다. 언제 아오마쓰 씨를 뵈면 좋을까요?"

"'쓰보하치' 본사와 프랜차이즈 계약을 맺은 다음이 좋지 않을까?"

"알겠습니다."

"업태 전환에 인테리어비와 가맹금으로 2,000만 엔 정도 들 텐데 자금 쪽은 괜찮겠나?"

"예. 고엔지 기타구치점과 야마토점의 실적이 있으니까 은행에서 빌릴 수 있을 겁니다."

"그래. 이쪽에서는 언제라도 계약을 맺을 수 있게 준비해두지."

"감사합니다."

"그나저나 '시로후다야'는 비싼 수업료를 치렀네. 나랑 의논했더라면 절대로 말렸을 거야."

와타나베는 후회로 가슴이 먹먹했지만 애써 웃어 보였다.

"그때는 이시이 사장님이 반대해도 소용이 없었을 겁니다. 쓸데없는 오기를 부렸다고 할까요? 연이은 성공으로 우쭐해져 있었다고 할까요? 제가 너무 어리석었습니다. 실은 산토리 업태개발본부의 혼나 과장님도 반대했었어요. '시로후다야'는 아카사카나 긴자라서 먹히는 가게라고요. 그런데 우리가 하면 반드시 성공할 수 있다고 부득부득 우겼거든요."

"내가 반대했어도 막을 수 없었단 말이군. 하긴 파죽지세로 성장했으니까."

이시이 사장이 팔짱을 끼고 씁쓸하게 웃으면서 말을 이었다.

"이세자키초의 라이브하우스 때하고는 경우가 다르니까. 그때는 내가 하는 말을 순순히 들어주었지."

"순순히 들은 건 아니죠. 사장님이 시키는 대로 하자니 분하고 억울했는걸요. '자네들의 우정에 선물을 주지'라는 사장님의 감언이설에 홀라당 넘어가버렸지만."

이시이 사장이 녹차를 한 모금 마시고 화제를 바꾸었다.

"'도헨보쿠' 쪽은 어때?"

"현재로선 순조롭게 굴러가고 있으니까 조금 더 크게 키우고 싶습니다."

"하지만 양다리를 걸친 순 없겠지. 가미오오카를 재건하는 것이 선결문제 아닌가?"

"물론입니다. 앞으로의 전망을 말씀드린 것에 불과합니다. 하지만 간사이식 오코노미야키는 간토에도 뿌리를 내릴 겁니다."

와타나베는 '쓰보하치' 본사를 나가서 간나이의 사무소로 전화를 걸었다.

"예, 와타미상사입니다."

히로코의 목소리였다.

"나야."

"이시이 사장님하고 이야기가 잘 되었어요?"

"아오마쓰 씨를 설득해주셨어. 또 이시이 사장님께 빚이 생겨버렸네."

"정말 잘 됐네요."

"응. 구로와 히로시, 고에게 전화해서 이 소식을 알려주겠어? 그리고 아버지에게도……."

"다들 걱정하고 있었으니까 기뻐할 거예요. 하지만 당신이 직접 알려주는 편이 좋지 않을까요?"

"난 이 길로 미쓰비시은행 고엔지점에 들러야 해. 그러니 당신이 전화해줘."

"알았어요."

히로코는 '시로후다야'의 일로 불평을 입에 담은 적이 한 번도 없었다. 그러나 히로코의 목소리는 한껏 들떠 있었다. 가장 근심이 깊었던 사람은 히로코일지도 모르겠다고 와타나베는 생각했다.

8

와타미상사는 당초 '쓰보하치'와의 프랜차이즈 계약에 근거하여 교와은행 고엔지지점과 거래하고 있었지만 나이트 백이라고 부르는 야간입금이 불가능하다고 거절당하는 바람에 거래은행을 미쓰비시은행 고엔지지점으로 변경할 수밖에 없었다.

'쓰보하치' 2호점인 야마토점의 출점 비용을 미쓰비시은행 고엔지지점에서 대출한 것도 그 때문이었다. 두 매장의 영업 성적이 몹시 우수했기 때문에 '쓰보하치'의 출점 자금이라면 얼마든지 빌려주겠다는 것이 동 지점의 기본방침이었다.

사실 와타나베는 이소자키磯崎 지점장에게 그런 약속을 받은 적이 있었다.

1월 8일 오후 3시에 와타나베는 약속도 없이 동 지점에 방문했지만 마침 이소자키가 자리에 있었다.

와타나베는 인사도 대충 넘어가고 지점장실에서 용건을 꺼냈다.

"'시로후다야 가미오오카점'을 '쓰보하치 가미오오카점'으로 업태전환하기로 했습니다. 인테리어비 등으로 2,000만 엔이 필요합니다. 미쓰비시은행에는 야마토점을 열 때도 신세를 졌지만 이번에도 융자를 부탁드리고 싶습니다."

이소자키는 노골적으로 싫은 내색을 했다.

"'시로후다야'의 영업 실적이 나쁘다는 소식은 후쿠이에게 들었습니다. 이 건은 잠시 생각할 시간을 주십시오."

와타나베는 즉석에서 허가가 떨어지리라 생각했던 만큼 이소자키의 태도는 쇼크였다.

"무슨 말씀인지 잘 모르겠습니다."

"뭐가 말입니까? 생각할 시간을 달라는 말이 무슨 뜻인지 이해가 안 되십니까?"

"즉 융자를 해줄 수 없다는 겁니까?"

이소자키는 떨떠름한 얼굴로 시선을 피하면서 대답을 하지 않았다.

와타나베가 씁쓸하게 웃으면서 말했다.

"야마토점을 낼 때는 3호점도 4호점도 융자해주겠다고 말씀하셨지 않았던가요?"

"유효기간이 지났습니다. 귀사의 사정이 많이 변했으니까요."

말투는 정중했지만 다리를 꼬고 소파에 기대앉은 이소자키의 태도는 건방지기 짝이 없었다.

"우리 회사는 원금도 이자도 연체한 적이 한 번도 없습니다. 어떻게 안 되겠습니까?"

"오늘은 이만 돌아가시죠. 나중에 다시 들러주십시오. 다음에 오실 때는 미리 약속부터 잡고 오시기 바랍니다. 나가볼 데가 있어서 이만 실례하겠습니다."

이소자키는 시계를 보면서 자리에서 일어났다.

약속도 없이 불쑥 찾아온 것이 비위에 거슬린 모양이라고 와타나베는 생각했다. 융자를 거절당할 만한 이유가 없었다. 미쓰비시은행의 지점장쯤 되면 자존심이 양복을 입고 걸어 다니는 것이라 생각하는 편이 좋을지도 모른다.

그러나 와타나베의 판단은 잘못된 것이었다. 미쓰비시은행 고엔지 지점은 와타미상사에 대한 방침을 바꾼 것이 명백했다.

와타나베는 1월 13일 오후 1시 15분에 이소자키와 약속을 잡고 다시 동 지점을 방문했지만 "지점장님은 급한 일로 외출하셨습니다. 대단히 죄송하지만 다시 방문해달라고 하셨습니다"라고 지점장 직속의 젊은 여직원이 전해주었다.

"후쿠이 과장님은 안 계십니까?"

"잠시 기다려주십시오."

영업과장인 후쿠이가 응대하러 나왔다. 항상 아부하는 성격인데 표정이 불퉁했다. 두 사람은 간이응접실에서 마주앉았다.

"와타나베 씨, 죄송하지만 본사의 심사가 엄격해졌습니다. 담보는 어떻게 하실 겁니까?"

"담보가 없다는 것은 잘 아실 텐데요."

"그래서는 융자를 내드릴 수가 없습니다."

"미쓰비시은행이 융자를 거절할 줄은 꿈에도 몰랐습니다. '시로후다야'가 실패했기 때문인가요?"

"그런 이유도 있습니다. 기왕 말이 나온 김에 말씀드리죠. 와타나베 씨의 능력으로는 세 개 점포까지가 한계가 아닌지요? 오코노미야키 점에서 그쳐야 했습니다. 네 곳이나 운영하는 것 자체가 지나친 자만심입니다. 실례지만 아마도 지금의 와타나베 씨에게 융자해줄 은행은 없을 겁니다."

"그렇게까지 말씀하시니 미쓰비시은행과는 인연이 없는 것으로 알고 포기하겠습니다."

와타나베는 솟구치는 분노를 억누르기 힘들어 쏘아붙이듯이 대꾸했다.

고엔지역까지 가는 길에 와타나베는 분하고 한심해서 눈물이 흐르는 것을 참을 수가 없었다.

다 큰 성인이 울면서 지나가니 괴이하게 여기며 뒤돌아보는 사람도 당연히 있었지만 와타나베는 그것을 눈치 챌 여유가 없을 만큼 머릿속이 혼란했다.

'내 능력으로는 세 군데가 한계라고……. 사람을 뭘로 보고! 미쓰비시은행에 본때를 보여주기 위해서라도 나는 지지 않아. 결코 지지 않을 거야.'

와타나베는 역의 홈에서 눈물을 닦으면서 자기 자신에게 몇 번이고, 몇 번이고 다짐했다.

9

와타나베는 매일같이 은행과 신용금고를 돌아다니면서 융자를 받기 위해 노력했지만 상대해주는 곳이 없었다.

미쓰비시은행이 악랄하게 뒤로 손을 쓴 것은 아닌지 의심스러울 만큼 어느 은행도 매몰차게 거절했다. 그중에서는 이야기를 들어볼 생각도 하지 않고 문전박대를 하는 은행도 있었다.

사원들 앞에서는 애써 밝게 행동했으나 히로코에게만 속마음을 털어놓은 적이 있었다. 1월 하순의 어느 날이었다.

"난 와타미상사를 세웠을 때 두 가지를 맹세했어. 어려운 일이긴 하지만 하나는 어음을 발행하지 않는 것이야. 사실 요식업은 현금장사니까 그럴 필요가 없다고 봐야겠지. 또 하나는 10퍼센트 이상의 비싼 이자를 물려야하는 돈은 안 빌린다는 것이었어. 하지만 이렇게까지 궁지에 몰리면 그 맹세를 지킬 수 없을지도 몰라. 와타미상사는 창업 3년째에 최대의 위기를 맞이했어."

"나도 사무를 맡고 있으니까 얼마나 답답한 상황인지 잘 알아요. 친정아버지께 부탁드려 볼까요?"

"그것만은 안 돼. 나도 체면이라는 것이 있어."

"하지만 그렇다고 사채를 쓸 수는 없잖아요."

"그건 그렇지만. 일단 아버지 의견을 들어보기로 하자."

"그거야말로 안 될 말이야. 국민금융공고의 담보 건으로 이미 아버님 신세를 졌잖아요. 또 손을 벌릴 수는 없어요."

"하지만 아버지는 금융권에 어느 정도 연줄이 있으니까 의논 정도는 해볼 수 있잖아?"

그런데 굳이 히데키와 의논할 것도 없이 다음날 오후 2시쯤 와타나베에게 낭보가 들어왔다.

시오다야의 대표이사전무인 요시다 겐지吉田謙二가 전화를 걸어온 것이었다.

"와타나베 씨, 요즘 사업은 어떻습니까?"

"염려해주신 덕분에 고엔지 기타구치점도 야마토점도 순조롭습니다."

"뭐 곤란한 일은 없습니까? 뭐든지 말씀만 하세요."

"……."

와타나베는 고민하는 표정으로 수화기를 왼손으로 바꿔 들었다.

"어제 오랜만에 '쓰보하치'의 이시이 사장님을 뵈었는데 와타미상사를 도와달라는 부탁을 하시더군요……."

와타나베는 순간 가슴이 뭉클해졌다.

"'시로후다야 가미오오카점'이 도저히 손을 써볼 수 없는 상태라서요. 이시이 사장님의 도움으로 '쓰보하치'로 업태전환을 할 수 있게 되었지만 자금을 구할 길이 막혀서 아주 난처하던 차입니다."

"외람되지만 자금은 얼마나 필요한가요?"

"2,000만 엔입니다."

"그 정도라면 우리가 융자해드리죠. 연말에 인사하러 들렀을 때도 도움이 필요하면 뭐든지 말씀만 하시라고 했잖습니까. '시로후다야'에 대해서는 조금 걱정하고 있던 참입니다. 더 빨리 말씀하셨다면 좋았을 텐데요."

"시오다야에는 전에도 신세를 졌기 때문에 말을 꺼내기가 힘들었습니다."

"무슨 말씀이세요. 이미 다 갚으셨잖아요. 그것도 이자까지 말끔하게."

"감사합니다. 그럼 한 번 더 신세를 지겠습니다."

"내일이라도 에비스의 본점에 들려주세요. 현금으로 준비해두겠습니다."

와타나베는 하늘이 무너져도 솟아날 구멍이 있다는 속담이 바로 이런 경우를 말하는 것이라고 생각했다. 아니, 지옥에서 부처님을 만났다고 표현해도 좋을 정도였다.

시오다야는 대형 주류도매상으로 '쓰보하치' 체인점과 거래하고 있었다. 요시다는 시오다 도미 사장의 사위로 시오다야의 실제 경영자였다.

와타나베는 요시다와 통화를 마친 다음 바로 '쓰보하치' 본사로 전화를 걸었다.

"와타미상사의 와타나베입니다만 이시이 사장님 계십니까?"

여직원에서 이시이 사장의 굵직한 목소리로 바뀌었다.

"전화 바꿨습니다. 이시이입니다."

"와타나베입니다. 사장님께 또 다시 빚을 졌습니다. 방금 시오다야의 요시다 전무님과 통화했습니다."

"빚이라니 무슨 소린가?"

"이시이 사장님께서 2,000만 엔의 융자를 부탁해주셨기 때문에 요시다 전무님이 일부러 전화를 주신 것 아니겠습니까."

"난 그냥 와타미상사가 걱정된다고 중얼거렸을 뿐이야. 요시다 전무님이 마음을 써줬나 보군. 정말 눈치가 빠르다니까."

"중얼거렸다니……. 사실은 강력하게 밀어주신 거죠?"

"그런 적 없네. 애당초 난 강요할 수 있는 입장이 아니야. 와타미상사는 시오다야의 단골이니까 미키 씨를 도와주고 싶었나 보군. 서로의 이해관계가 일치하고 융자할 경우 얻게 되는 이득을 고려해서 결정했겠지. 미키 씨는 내 부탁으로 강연도 하러 다녔고 '쓰보하치'의 프랜차이즈점으로서 많은 기여를 했어. 우리 사이에는 빌린 것도 빌려준 것도 없네."

"감사합니다. 정말이지 이 은혜는 평생 잊지 않겠습니다."

와타나베는 수화기를 꽉 움켜쥐고 몇 번이고 감사 인사를 했다.

10

2월 13일 저녁 6시에 와타나베는 가와사키닛코川崎日航호텔의 라운지에서 아오마쓰와 만났다. 전날 미리 전화로 인사를 드리고 싶다면서 상대의 사정을 묻자 장소와 시간을 지정해왔던 것이다.

아오마쓰는 마흔 살 전후로 보였다. 겸손한 남자였다.

"덕분에 내일 '쓰보하치'와 가미오오카 매장을 계약할 수 있게 되었습니다. 이 은혜는 잊지 않겠습니다."

"천만에요. 내가 좀 더 빨리 물러났다면 와타나베 씨에게 피해를 입히는 일도 없었을 겁니다. 어른스럽지 못했다고 반성하고 있습니다. 와타나베 씨가 절 원망해도 어쩔 수 없는 일이라도 생각합니다."

"말도 안 됩니다. 경쟁이 붙으면 양쪽 다 물러난다는 '쓰보하치'의 규칙을 따랐더라면 이렇게 되지 않았겠지요. 다 자업자득인데 아오마쓰 씨를 원망할 리가 있겠습니까."

"언제였더라? 와타나베 씨의 강연을 들으러 갔었는데 박력 넘치는 것이 아주 훌륭했습니다. 정말 감탄했습니다."

"부끄럽습니다. 아직 새파랗게 어린 제가 강연이라니 너무 주제넘은 짓이었습니다. 이시이 사장님의 부추김에 넘어가는 바람에 그만."

"건투를 빌겠습니다. 와타나베 씨가 나선 이상 가미오오카점은 틀림없이 성공하겠지요."

"감사합니다."

아오마쓰는 다른 볼일이 있는지 시간을 신경 쓰고 있었기 때문에 와타나베는 다시 한 번 감사 인사를 하고 아오마쓰와 헤어졌다.

2월 23일 오후 2시에 와타나베는 산토리 도쿄 본사에서 업태개발본부의 고다이라 아키노부古平昭信 부장과 혼나 과장과 만나서 '시로후다야'를 정리했다.

"산토리에 많은 피해를 입혔습니다. 진심으로 사과드립니다. 2월 25일자로 '시로후다야 가미오오카점'의 간판을 내립니다. 혼나 씨의 혜안에 감탄할 따름입니다."

"그때는 와타나베 씨의 기백에 압도당했었죠. 와타나베 씨라면 해낼 수 있을지도 모른다고 기대했습니다만."

"와타나베 씨, 지금까지 고생 많으셨습니다. 여러 가지로 감사했습니다."

고다이라가 일어나서 머리를 숙이자 와타나베와 혼나도 다급히 소파에서 일어났다.

"저야말로 지금까지 감사했습니다."

와타나베도 깊숙이 머리를 숙였다.

고다이라는 마흔네 살로 스물일곱인 와타나베보다 연배가 많았지만 예의 바른 신사였다.

소파에 다시 앉은 고다이라가 말했다.

"와타나베 씨는 참으로 장합니다. '시로후다야'를 언제 접어도 이상할 것이 없는 상황인데 오늘도 영업을 하고 있으니까요."

"산토리의 이름에 먹칠을 하다니 얼굴을 못 들 정도로 괴롭습니다."

정색이 된 혼나가 헛기침을 하면서 말했다.

"그렇게 생각하실 것 없습니다. 산토리가 잘못 지도한 탓이라고 손해배상을 요구하는 사람들도 있으니까요."

"본인이 경영에 실패한 것을 가지고 그런 짓을 하다니요. 믿어지지가 않는군요."

놀라서 와타나베의 눈이 휘둥그레졌다.

고다이라가 온화한 눈빛으로 와타나베를 바라보았다.

"세상에는 별별 사람이 많으니까요. 와타나베 씨, 인사가 조금 늦었지만 '쓰보하치'로 업태전환하신 걸 축하드립니다."

"감사합니다. 2월 26일부터 안팎의 인테리어 공사에 들어갑니다."

"그렇다면 3월 중순쯤 신장개업을 하는 건가요?"

고다이라의 질문에 와타나베는 웃으면서 씩씩하게 대답했다.

아직 마음을 놓을 수 있는 상황은 아니지만 경영 위기에서 탈출한
와타나베는 속이 다 후련했다.

3월 11일에 개점한 '쓰보하치 가미오오카점'은 야마토점의 기록을
갱신할 만큼 성공을 거두었다. 참고로 와타미상사는 9개월만에 시오
다야에서 대출한 2,000만 엔에 8퍼센트의 이자를 붙여서 깨끗하게
갚았다는 것을 밝혀둔다.

제9장
비약할 기회

1

1986년 12월 8일 아침 와타나베 미키는 8시 정각에 요코하마 간나이에 있는 와타미상사의 본사 사무소로 출근했다.

당시 와타나베 부부는 '쓰보하치 야마토점' 근처의 아파트에 살고 있었기 때문에 사무소까지 약 45분이 걸렸다. 소테쓰선 야마토역에서 요코하마역을 경유하여 게이힌토호쿠선으로 환승, 간나이역에서 내렸다.

본사 사무소라고 해도 멤버는 와타나베 히로코, 가토(경리부장), 여직원 도다 미사코까지 네 명이었다. 스물하나인 미사코는 '쓰보하치 야마토점'에서 알바를 하다가 밝고 싹싹한 성격을 높이 사서 사무직 정직원으로 채용되었다. 히로코는 식후의 뒷정리와 세탁 등의 집안일을 끝낸 다음 와타나베보다 1시간 늦게 아파트를 나섰다.

가토와 미사코는 8시 반까지 출근하기 때문에, 30분 동안 사무소에는 와타나베 혼자뿐이었다.

그 30분간 와타나베는 신문을 읽었다.

닛케이산업日経産業신문을 대충 살펴보던 와타나베는 깜짝 놀랐다.

'닛폰제분日本製粉 외식전문담당과 신설'이라는 2단 제목에 이어서 다음과 같은 기사가 실려 있었다.

닛폰제분은 개발부 안에 외식사업전문 담당과를 신설함과 동시에 외식관련의 관련회사 책임자들로 구성된 프로젝트팀을 만들었다. 외식부문의 컨트롤타워 역할을 맡아서 외식산업에 본격적으로 뛰어들기 위한 각종 조사와 계획, 입안을 실행한다.

개발부 안의 시장개발 제3과 소속으로 직원은 3명. 외식산업를 벌이고 있는 자회사 오마이(본사 도쿄, 사장 미즈다 겐조水田源蔵, 자본금 32,000만 엔)의 담당자와 팀을 짜서 새로운 식재료 개발 등 사업계획이나 현재 운영 중인 점포의 실적을 조사할 예정이다.

닛폰제분그룹의 자회사는 수도권에 도넛점 6개 외에 레스토랑과 파스타의 안테나숍을 각각 1개씩 소유하고 있다. 향후 "다른 외식산업과의 제휴를 포함하여 전략을 짤 생각"이라고 밝혔다.

와타나베는 이 기사를 두 번, 세 번 확인하고 마지막의 '다른 외식산업과의 제휴를 포함하여 전략을 짤 생각'이라는 부분을 붉은색 형광펜으로 칠했다. 그리고 닛폰제분 본사의 전화번호를 '회사사계보'에서 조사해서 메모했다.

"안녕하세요."

8시 25분에 미사코가 출근했다.

"좋은 아침."

늘 웃으면서 맞이하던 와타나베였지만 오늘은 미사코가 의아해할 정도로 건성으로 인사를 받아넘겼다. 마치 마음이 여기에 없는 것 같았다.

8시 반에 가토가, 9시 4분 전에 히로코가 출근했을 때도 와타나베의 표정은 딱딱하게 굳어있었다.

몇 번이나 시계바늘을 확인했는지 모른다. 9시가 되는 것을 기다리기 힘들었다. 시계의 초침이 느린 것 같아서 짜증이 났다.

드디어 9시가 되었다. 그와 동시에 수화기를 들었다.

"여보세요. 와타미상사의 와타나베라고 합니다만 개발부의 시장개발 제3과를 부탁합니다."

"예, 시장개발 제3과입니다."

여성의 목소리였다.

"오늘 아침 닛케이산업신문에 실린 귀사의 기사를 읽고 전화드렸습니다만……."

"잠시만 기다려주세요. 담당자를 바꿔드리겠습니다."

"예."

"시장개발 제3과의 하시모토입니다. 닛케이산업신문을 읽으셨다고요? 무슨 일이신지요?"

"기사에 '다른 외식산업과의 제휴를 포함하여 전략을 짤 생각'이라고 적혀있던데 우리는 일본에서 제일 맛있는 오코노미야키점을 경영하고 있습니다. 닛폰제분과 제휴할 만한 자격을 갖추고 있다고 자부하는데요, 한번 만나 뵙고 싶습니다."

"오코노미야키점이라고요?"

"예. 아직 연매출 3억 엔 정도의 영세기업이지만 체인점을 대대적으로 늘려나갈 계획입니다."

"책임자 되십니까?"

"예, 와타미상사의 사장인 와타나베 미키라고 합니다. 건널 도(渡)에 아름다울 미(美)를 써서 와타미(渡美)라고 읽습니다."

"귀사의 주소와 전화번호를 알려주시겠습니까. 나중에 연락드리겠습니다."

와타나베는 주소와 전화번호를 알려준 후 힘을 주어 말했다.

"그럼 기다리고 있겠습니다. 하시모토 씨를 꼭 한번 뵙고 싶습니다."

하시모토 가즈토시橋本和敏는 와타나베의 적극적인 태도에 당황했지만 입사 4년차인 평사원이 확답을 주기란 불가능했다.

"나중에 연락드리겠습니다."

"잘 부탁드립니다."

전화를 끊은 다음에 하시모토는 개발부 차장 겸 시장개발 제3과 과장인 사카모토 야스아키坂元雍明에게 와타나베의 전화에 대해서 보고했다.

"닛케이산업신문을 읽고 전화를 걸어온 사람이 있습니다. 와타미상사 사장인 와타나베라는 사람인데 본사는 요코하마의 간나이랍니다. 오코노미야키 체인점을 늘리고 싶다면서 우리와 제휴하고 싶다고……. 연매출은 3억 엔이라는군요."

"흐음, 이 기사를 보고 반응을 보인 첫 타자라는 건가."

책상에 펼쳐놓은 닛케이산업신문에서 시선을 뗀 사카모토의 매서운 표정이 누그러졌다.

"재미있을 것 같네. 오코노미야키라면 밀가루하고도 관계가 있어. 자네, 와타나베라는 사람을 만나보고 오게."

"오늘 오후에 당장 간나이에 다녀오겠습니다."

하시모토의 새하얀 동안에도 기대감이 서려 있었다.

"근무시간이 되자마자 전화를 하다니 열의가 넘치는군. 의욕적이고."

사카모토는 1959년 3월에 히토쓰바시ー橋대학을 졸업했다. 나이는 쉰하나.

닛폰제분은 피자 매장을 오픈하기로 계획하고 8월에 미국 댈러스의 피자인과의 업무제휴를 기획하고 협상을 벌였다. 그러나 국내의 시장조사 결과 등이 나빠서 결국 계획을 단념한 적이 있었다. 외식산업에 대해 전반적으로 재검토하려는 목적으로 시장개발 제3과를 발족시켰다. 직원은 여직원을 포함해서 3명이기 때문에 실질적으로는 사카모토와 하시모토 둘뿐이라고 할 수 있었다.

하시모토는 와타미상사와의 제휴가 제3과의 첫 사업이 될 것 같은 예감을 느끼면서 와타미상사로 전화를 걸었다.

"닛폰제분의 하시모토입니다. 와타나베 사장님 계십니까?"

"예. 잠시만 기다려주세요. 사장님께 연결해드리겠습니다."

전화를 받은 사람은 미사코였다.

"사장님, 닛폰제분의 하시모토라는 분의 전화입니다."

"뭣?!"

와타나베는 미사코에게서 황급히 수화기를 낚아채서 귀에 대었다.

"전화 바꿨습니다. 와타나베입니다."

"조금 전에 통화했던 하시모토입니다. 오늘 오후 2시 경에 방문하고 싶은데 시간 괜찮으신지요?"

"감사합니다. 하지만 이쪽으로 오시기 번거로우실 테니 제가 직접 그리로 찾아가겠습니다."

"아뇨, 제가 방문하겠습니다. 그러면 2시까지 찾아가겠습니다. 조금 있다 뵙지요."

"감사합니다. 간나이역에서 5분 정도 걸립니다."

와타나베는 수화기를 내려놓고 흥분한 목소리로 히로코에게 전했다.

"유명한 대기업인데 일부러 여기까지 찾아오겠다니 의외네. 당연히 우릴 부를 줄 알았어."

"와타미상사에 관심이 생겨서 어떤 회사인지 봐두려는 것이 아닐까요?"

"하긴 그렇겠네. 이렇게 작은 사무실이라서 실망하지 않을까?"

"고엔지의 아파트보다 이쪽이 훨씬 나아요. 작은 외식산업의 사무소는 비슷비슷할걸요."

과거 와타나베, 히로코, 구로사와, 가네코 4명이 동거했던 고엔지의 아파트는, 현재 고가 2명의 사원과 함께 임대사택으로 사용하고 있었다.

2

상가건물 5층에 있는 와타미상사의 본사 사무소 공간은 하시모토가 상상했던 것 보다 훨씬 비좁고 책상도 5개 밖에 없었다.

가토는 외출 중이라 사무소는 나머지 3명이 지키고 있었다.

"안녕하세요. 와타나베라고 합니다. 여기까지 오시게 해서 정말 죄송합니다."

"천만에요."

명함을 교환하면서 하시모토는 연매출이 3억 엔인 회사의 사장이니까 서른은 넘었을 거라고 예상했다. 와타나베가 자신과 동갑인 스물여덟이라고는 상상조차 하지 않았다.

"이쪽으로 앉으세요."

와타나베의 권유에 하시모토가 소파에 앉았다.

명함에 적힌 와타나베의 직함은 유한회사와타미상사의 대표이사 사장과 주식회사와타미의 대표이사 사장의 두 가지였다.

와타나베는 그 유래부터 설명했다.

"와타미상사는 '쓰보하치'의 프랜차이즈점 두 군데와 산토리 계열의 '시로후다야' 하나, 이렇게 세 점포를 운영하고 있습니다. '쓰보하치'는 고엔지 기타구치점과 야마토점입니다. '쓰보하치'의 프랜차이즈점과 직영점은 전국적으로 300개 이상 있지만, 그중에서 우리 와타미상사가 경영하는 두 매장은 매상, 수익률 모두 1, 2위를 차지하고 있습니다. 주식회사와타미의 오코노미야키 HOUSE는 매장이 아직 하나뿐이지만 올해 5월에 오픈했는데도 실적이 좋아서 체인점을 낼 계획입니다."

와타나베는 '시로후다야'에 대해서는 생략했다. 부진한 가게에 대해서 이야기할 마음은 들지 않았다.

"오코노미야키점은 어디에 있나요?"

"간나이의 엑설런트빌딩 2층에 있습니다. 여기서 2~3분 걸리는 곳이니까 얼마든지 둘러보세요."

"회사 안내용 팸플릿 같은 것은 있습니까?"

"아직 창업한 지 얼마 안 돼서 팸플릿은 없지만 와타미상사와 와타미의 현황을 정리해두었습니다."

와타나베는 하시모토의 방문에 대비해서 미사코에게 준비시켜둔 자료를 테이블 위로 내밀었다.

"정직원은 아직 13명뿐이고 알바생을 50명 정도 고용하고 있습니다. 10년 후에는 주식상장을 할 수 있는 기업으로 키울 겁니다."

하시모토가 자료를 들고 눈으로 읽기 시작했다.

도중에 하시모토가 놀란 표정으로 와타나베를 올려다보았다. 와타나베가 자신과 동갑이라는 것을 알았기 때문이었다.

"와타나베 사장님은 저와 동갑이군요. 창업일은 2년 전 4월입니까. 그러면 스물넷에 벌써 사장이 되셨군요. 놀랍습니다. 적어도 서너 살은 위라고 생각했거든요."

"제가 초등학교 5학년 때 부친의 회사가 도산했습니다. 그것이 원통해서 초등학교 졸업 기념앨범에 어른이 되면 회사의 사장이 되겠다고 쓸 정도로 하루라도 빨리 회사 사장이 되고 싶어서……."

와타나베는 미로크경리나 사가와택배 SD로 일했을 때의 고생담을 피력하고 싶었으나 시선이 마주친 히로코가 살짝 고개를 젓는 것을 보고 단념했다.

와타나베는 쓰게 웃었다. 초대면부터 늘어놓을 이야기는 아닌가.

"'오코노미야키 HOUSE 도헨보쿠'라. 특이한 이름이군요."

"'도헨보쿠'라는 간판을 내건 오코노미야키 가게가 손님으로 북적대는 꿈을 꾸었거든요."

"그래요? 아주 재미있는 꿈이네요."

하시모토는 웃으면서 물었다.

"이 자료는 가져가도 될까요?"

"예, 물론입니다."

하시모토가 자료를 넷으로 접어 양복 안주머니에 넣었다.

"그러면 기왕 여기까지 온 김에 '도헨보쿠'를 보고 가야겠습니다."

"제가 안내하죠."

와타나베는 미리 담당 임원인 구로사와에게 전화를 걸어 '도헨보쿠'에서 대기하라고 말해두었다.

구로사와와 점장인 가사이가 유니폼 차림으로 두 사람을 맞이했다.

가사이는 스물두 살. 가장 젊은 점장이었다. 와타나베의 수제자를 자처하고 있었다. 아마미 오오시마奄美大島 출신으로 동글동글한 눈을 반짝이면서 쥐처럼 바지런히 움직였다. 성실하고 쾌활한 청년이지만 조금 다혈질이기도 했다.

오후 3시가 넘어서인지 두 개의 테이블에 각각 3명의 손님이 앉아 있었다.

텅텅 비지 않아서 다행이라고 와타나베는 안심했다.

"이사인 구로사와와 점장인 가사이입니다. 이 분은 닛폰제분의 하시모토 씨야."

명함을 교환하고 인사를 나눈 다음에 가사이가 가게 안을 안내했다.

"고급 레스토랑 같은 분위기군요. 입구에 가죽으로 된 메뉴가 세워져 있어서 놀랐습니다."

"손님은 압도적으로 젊은 층이 많습니다. 분위기에 비해서는 가격은 합리적이고요."

"젊은 사람들의 인기를 끌려면 그게 최고죠."

"도쿄의 오코노미야키 가게는 손님이 직접 구워 먹는 방식이잖아요. 테이블에 철판은 있지만 '도헨보쿠'는 간사이식이네요."

뒤로 물러나 있던 와타나베가 하시모토의 옆으로 다가갔다.

"말씀하시는 대로입니다. 아마 간토에는 우리 가게밖에 없을 겁니다, 본격적인 오코노미야키 전문점이. 하시모토 씨, 간식으로 시식해보시겠습니까? 맛은 보장합니다. 여기 있는 구로사와가 구워드릴 겁니다. 구로사와는 오사카와 히로시마에서 직접 배워 왔습니다. 간사이식 오코노미야키를 기본으로 우리 가게에서 독자적으로 개발했지요. 일본에서 가장 맛있는 오코노미야키라고 자부합니다."

구로사와가 부끄러운 듯이 살짝 웃었다.

"사장님, '구이 아가씨'가 구워드리는 편이 낫지 않을까요?"

"오늘은 특별히 구로사와가 구워줘. 있는 솜씨 없는 솜씨를 다 발휘하라고."

"아닙니다. 지금은 배도 고프지 않으니까 괜찮습니다."

와타나베는 하시모토가 미안해서 사양한다고 생각하고 한 번 더 권했다.

"한두 조각이면 간식으로 먹기 딱 좋아요. 저도 같이 먹지요."

와타나베가 등 뒤의 구로사와를 돌아보았다.

구로사와는 알았다는 눈짓을 한 다음 가사이를 재촉하여 준비를 서둘렀다.

3

구로사와와 가사이가 주방에서 히로시마식 오코노미야키의 재료를 준비하는 동안 와타나베는 하시모토와 선 채로 대화를 나누었다.

"밝고 깨끗한 가게군요. 바처럼 카운터석도 있고요."

"예. 카운터석에서 오코노미야키를 먹으면서 미즈와리 위스키나 맥주를 마시는 것도 근사하지요."

와타나베는 미소로 대답하면서 가게 벽에 걸린 '오코노미야키 HOUSE 도헨보쿠의 십계명' 포스터를 가리켰다.

"이걸 봐주십시오."

하시모토는 도중부터 소리 내어 읽었다.

"8. 구이 아가씨에게 추근거리지 말 것, 9. '도헨보쿠'의 오코노미야키가 맛있다고 주위 사람들에게 소문내지 말 것, 10. '도헨보쿠'의 오코노미야키 맛의 비밀을 묻지 말 것. 호오, 재미있네요. 특히 '구이 아가씨'라는 표현이 재미있군요."

"감사합니다. 구이 아가씨도 포함해서 제가 십계명을 만들었습니다."

와타나베가 내 생각대로 되어간다 싶어서 히죽 웃었다. 부점장인 후지이 다카아키가 창가 쪽의 테이블 철판에 가스를 점화했다. 가사이도 후지이도 알바생에서 정직원이 된 케이스였다. 후지이 역시 스물두 살.

당초의 '도헨보쿠'는 가로 80센티미터, 세로 45센티미터, 두께 7밀리미터의 철판이 놓인 테이블이 5개로 전부 4인석이지만 중앙의 메인테이블은 단체손님용으로 의자가 18개나 갖추어져 있었다 메인테이블의 철판은 가로 3미터, 세로 80센티미터, 두께 1센티미터.

철판이 달구어진 것을 확인한 와타나베가 하시모토에게 의자를 권했다.

"이쪽으로 앉으시죠."

가사이가 웨건을 밀고 왔다. 앞치마 차림의 구로사와가 그 뒤를 따랐다. 구로사와는 나무 손잡이가 달린 커다란 금속 주걱을 양손으로 놀리면서 오코노미야키를 굽기 시작했다.

"마치 스테이크하우스 같네요."

"예, 5월에 오픈했을 때는 '구이 아가씨'들이 주걱을 제대로 다루지 못했어요. 그래서 짜증이 난 간사이 출신 손님이 주걱을 뺏어서 직접 시범을 보여주신 적도 있습니다. 지금은 다 옛날이야기지만요."

와타나베가 우롱차를 마시면서 이야기를 계속했다.

"오늘 드실 것은 '도헨보쿠 히로시마야키'라고 합니다. 나중에 메뉴를 따로 챙겨 드리겠지만 우리 가게 최고의 히트상품입니다."

구로사와가 민첩한 손놀림으로 완성된 '도헨보쿠 히로시마야키'를 여섯 조각으로 자르고 두 개의 앞접시에 덜었다.

"상당히 크군요."

"히로시마식 오코노미야키는 밀가루반죽과 재료를 섞지 않는 것이 특징입니다. 그래서 큼직하지요. 폭신폭신하지만 직경 20센티미터, 두께는 4센티미터입니다."

설명은 와타나베가 혼자 도맡았다.

"자아, 어서 드셔보세요. 뜨거우니까 조심하시고요."

와타나베의 권유에 하시모토가 오른손에는 젓가락, 왼손에는 작은 주걱을 쥐었다.

"잘 먹겠습니다."

하시모토는 오코노미야키를 작게 잘라서 입으로 날랐다.

"750엔에 맛있고 양도 많으니 손님들이 좋아하는 것도 당연합니다. 메뉴는 이것 말고도 많아요. 12가지나 있습니다. 시장개발 제3과 과장님을 모시고 꼭 한 번 들러주십시오."

"와타나베 사장님, 오코노미야키에 저보다 더 흥미를 보인 사람이 시장개발 제3과의 사카모토 과장님입니다. 오늘은 사카모토 과장님의 지시로 방문했습니다. 가까운 시일 안에 사카모토 과장님을 모시고 오겠습니다."

"오늘은 월요일입니다. 이번 주 안으로 꼭 들러주세요."

"사카모토 과장님은 개발부 차장도 겸하고 계셔서 많이 바쁘십니다. 이번 주 안은 힘들더라도 다음 주 안에는 반드시 모시고 오겠습니다. 사카모토 과장님은 와타미상사에도 관심이 많으시니까 흔쾌히 오시리라 생각합니다."

"사카모토 차장님께 말씀 좀 잘 전해주십시오. 뵙게 될 날을 손꼽아 기다리고 있겠습니다."

"그러겠습니다."

사카이가 눈치 빠르게 '도헨보쿠'의 메뉴를 대형 봉투에 넣어서 하시모토에게 건넸다.

와타나베는 하시모토를 간나이역까지 배웅했다.

간나이역에서 '도헨보쿠'로 돌아온 와타나베가 구로사와를 구석의 테이블로 불렀다.

와타나베는 수첩에 끼워뒀던 닛케이산업신문에서 오려낸 조각을 테이블에 펼쳐 놓았다.

"이것 좀 읽어봐."

신문 조각을 손에 들고 눈으로 읽던 구로사와가 상기된 얼굴을 들 때까지 1분 반 정도 걸렸다.

"아침 9시에 문의 전화를 했더니 바로 다시 전화가 와서는 하시모토 씨가 방문하고 싶다고 하는 거야. 너무 반응이 빨라서 깜짝 놀랐어. 닛폰제분이라면 대기업에 점잖은 회사라고만 생각했으니까. 닛폰제분과 제휴할 수 있으면 '도헨보쿠'의 체인화에 가속도가 붙을 거야."

"우리 같이 작은 회사를 상대해줄까?"

"물론 가능성은 낮겠지만 저쪽에서 일부러 찾아와 주었잖아. 가능성이 제로가 아닌 이상 제휴를 맺기 위해서 노력해볼 가치는 있다고 생각해. '시로후다야'가 망하는 바람에 자력으로 '도헨보쿠'를 체인화하기는 힘들어. 난 이 기사를 읽었을 때 이유도 없이 가슴이 마구 뛰었어. 지푸라기라도 잡는 심정으로 전화를 걸었더니 즉각적으로 반응하는 거야. 너무 낙관적이라고 구로는 웃을지 모르겠지만 기적 같은 결과가 나올지도 모르잖아. 만약 닛폰제분과 제휴할 수 있다면 은행의 신용도도 높아질 거고, 그에 따른 플러스 효과가 얼마나 초래될지 가늠하기도 힘들어."

"네 말이 맞아. 하지만 과연 사카모토 차장님이 와줄지는 모르겠다."

구로사와의 가슴도 세차게 뛰기 시작했다.

4

하시모토가 신주쿠역新宿駅 남쪽출구에 가까운 시부야구渋谷区 센다가야千駄ヶ谷에 있는 닛폰제분 본사로 돌아온 것은 오후 5시 넘어서였다. 사카모토는 회의로 자리를 비우고 있었다.

사카모토가 자리로 돌아온 것은 6시가 다 되어서였다.

"오코노미야키는 먹어봤나?"

"예. 먹고 왔습니다. '도헨보쿠 히로시마야키'라는 야키소바가 섞여 있는 히로시마식 오코노미야키였는데, 사람 입맛에 따라 다르겠지만 썩 맛있지는 않더군요. 차장님도 꼭 모시고 오라고 사장인 와타나베 씨가 신신당부를 했는데, 그것보다 저랑 동갑이라서 놀랐습니다."

"하시모토가 몇 살이었지?"

"스물일곱입니다."

"흐음, 그렇게 젊은가."

"아주 쾌활하고 키가 큰 것이 인상이 좋은 청년이었습니다. '도헨보쿠'라는 묘한 이름의 가게지만 담당 임원인 구로사와라는 사람도 점장인 가사이라는 사람도 하나같이 젊고, 가게도 고급 레스토랑처럼 세련되고 깨끗해서 호감을 느꼈습니다."

"매장은 몇 개나 된다던가?"

"아직 하나뿐입니다. 그것도 올해 5월에 오픈한 가게로 간토에 처음 생긴 본격적인 오코노미야키 전문점이라고 선전하더군요. '구이 아가씨'라고 불리는 여직원이 손님들 앞에서 오코노미야키를 구워주는 방식을 씁니다. '도헨보쿠'의 메뉴와 자료를 받아왔습니다."

사카모토는 자료를 한 번 읽어보고 "회사를 둘이나 세울 필요가 있나?" 하고 혼잣말을 했다.

"'쓰보하치'의 프랜차이즈점과 구별하고 싶었던 것이 아닐까요? '오코노미야키 HOUSE 도헨보쿠'는 자사 브랜드니까요."

"그렇다고 해도 하나로 통일할 수 있지 않나. 회사는 하나면 충분하잖아."

"……."

"자네는 어떻게 생각해? 오코노미야키점을 체인화할 수 있을까?"

"예. 와타미에게는 자금력이 없어서 무리겠지만 만약 우리 회사가 파트너가 되어주면 가능할 거라고 봅니다."

세로 36센티미터, 가로 25센티미터, 5밀리미터의 두꺼운 종이로 만든 메뉴를 들여다보면서 사카모토가 소리를 내어 읽었다.

"'도헨보쿠 특선 오코노미야키', '전문점의 맛을 느껴보세요'. 흠, '도헨보쿠야키', '도헨보쿠 히로시마야키'. 이거구나. 하시모토가 맛없다고 한 메뉴가……."

"맛없다고 한 적은 없어요. 썩 맛있지는 않다고……."

사카모토는 다시 메뉴로 시선을 떨구었다.

"'오코노미네기야키', '오코노미피자야키'. 흐음, 이런 것도 있나. 재료는 '달걀, 살라미, 치즈, 양파'. '마지막으로 오코노미야키에 피자 소스를 뿌립니다. 서양식 오코노미야키 결정판', '700엔'이라."

여기까지 읽은 사카모토는 마음을 정했는지 메뉴를 책상 위에 던졌다.

"좋아. 당장 '도헨보쿠'에 먹으러 가볼까."

사카모토는 수첩을 펼치고 일정을 확인했다.

"다음주 16일 화요일 점심시간을 쓰자. 11시부터 2시까지면 되겠지."

"알겠습니다. 와타나베 사장님에게 전화해두겠습니다. 차장님이 가시다면 와타나베 사장님도 기뻐할 겁니다. 반드시 모시고 가겠다고 약속한 제 체면도 살고요."

하시모토는 자기 자리로 돌아가서 와타미상사에게 전화를 걸었다. 와타나베는 외출 중이었지만 전화를 받은 히로코가 "5~10분 후에 이쪽에서 다시 전화를 드리겠습니다. 괜찮으신지요?"라고 물어서 하시모토는 대답했다.

"아뇨, 전화는 됐습니다. 다음주 16일 화요일 12시에 사카모토 차장님을 모시고 '도헨보쿠'로 가겠다고 와타나베 사장님께 전해주세요."

"알겠습니다. 감사합니다."

히로코는 전화를 끊고 '시로후다야'로 전화를 걸었다. 와타나베는 밤이 되면 '시로후다야'에 가 있는 일이 많았다. 전화를 받은 알바생이 와타나베를 바꿔주었다.

"여보세요."

"자기, 좋은 소식이에요. 닛폰제분의 사카모토 차장님이 다음 주 화요일 12시에 '도헨보쿠'를 방문하겠대요. 방금 하시모토 씨한테서 전화왔어요."

"정말이야? 잘 됐구나. 하시모토 씨가 약속을 지켜주었어. 믿음직한 사람이야."

"당신이나 구로사와 씨의 적극적인 태도에 감명을 받았기 때문에 하시모토 씨도 성의를 보이는 거라고 생각해요."

"나야 필사적이니까. '시로후다야'의 실패를 만회하지 못하면 사장이랍시고 거들먹거릴 수가 없는걸."

와타나베도 히로코도 목소리가 잔뜩 들떠 있었다.

5

사카모토와 하시모토가 방문한 당일, '도헨보쿠'는 만석까지는 아니고 3분의 2 가량 차 있었다.

"오늘은 한가한 편이지만 점심시간의 테이블 회전율은 보통 2회전입니다."

와타나베는 변명하는 것 같다고 느끼면서도 덧붙였다.

"아무래도 밤에 손님이 더 많지요."

"그렇군요. 하시모토가 세련되고 좋은 가게라고 칭찬했는데 정말 그렇네요."

"감사합니다."

"메뉴도 보았는데 하시모토 말로는 히로시마식은 그냥 그랬다니 다른 것으로 먹어보죠."

하시모토가 찔리는지 고개를 숙였다.

"배가 고프지 않았던 탓에 그다지 맛있다고 느끼지 못한 것뿐입니다."

와타나베가 쓰게 웃으면서 말했다.

"차장님, 꼭 히로시마식을 드셔보세요. 제일 인기 있는 메뉴입니다."

"사장님이 추천하는 메뉴니 그걸로 먹을까요. 하시모토는 '도헨보쿠 크레이프야키'를 먹어보면 어때? '오므라이스가 아니라 오므소바. 부드러운 크레이프 속에서 소스맛 야키소바가 나옵니다'. 맛있어 보이잖아."

메뉴를 꼭 짚은 사카모토가 히죽거리면서 하시모토를 곁눈질했다.

"하시모토 씨, 오늘은 시장하시죠? 절반씩 나눠드시면 어떻겠습니까? 구이 아가씨가 구워드리면 지난번보다 맛있다고 느끼실 겁니다."

"그거 좋은 생각이군요."

하시모토를 대신하여 사카모토가 대답했다.

둘 다 콩쿠르의 심사 위원처럼 심각한 표정으로 시식을 시작했는데 사카모토의 미간에 새겨진 주름이 사라질 기색을 보이지 않았다. 거의 우거지상에 가까웠다.

"어떻습니까? 맛있지요?"

와타나베가 물을 내밀었다. 사카모토는 뭐라 가늠하기 힘든 표정으로 고개를 끄덕였을 뿐이었다.

와타나베는 절망적인 기분이 들었다. 조마조마한 마음으로 지켜보는 사카이도 후지이도 마찬가지였다.

하시모토는 '히로시마야키'와 '크레이프야키'를 절반씩 깨끗하게 먹어치웠지만 아무 말도 하지 않았다. 상사 앞에서 주제넘게 나설 수는 없었다. 각각 두세 입을 먹은 다음 젓가락과 주걱을 내려놓은 사카모토가 옆에 서있는 와타나베를 올려다보았다.

"'피자야키'를 먹어보고 싶은데요."

"알겠습니다."

가사이와 후지이가 주방으로 달려갔다.

"와타나베 씨, 서 있지 말고 앉으세요."

"예."

와타나베가 긴장한 표정으로 하시모토의 옆자리에 앉았다.

"오코노미야키를 깎아내릴 생각은 없지만 맛의 차이가 소스와 마요네즈뿐인 것이 마음에 걸리는군요. 그런 의미에서 피자야키가 기대됩니다. 일부러 마지막까지 남겨두었습니다."

"'도헨보쿠 히로시마야키'는 불합격인가요?"

"그렇게 주제넘은 말은 하고 싶지 않군요. 그러나 솔직히 말씀드려서 평범하다는 느낌이 들어서 말입니다. 어디까지나 제 개인적인 취향에 불과하지만."

두 번째 웨건이 도착했다.

'구이 아가씨' 대신 후지이가 피자야키를 구웠다. 작은 조각 하나를 입에 넣은 사카모토는 시간을 들여 천천히 음미했다. 두 조각, 세 조각을 먹은 후 터져 나온 사카모토의 감상을 와타나베는 평생 잊지 못할 것이다.

"오! 이건 괜찮군요! 정말 맛있는데요."

"……."

"치즈와 피자소스만으로도 충분히 맛있지만 갖가지 재료를 얹으면 다양하고 풍부한 맛을 즐길 수 있겠어요."

"감사합니다."

와타나베가 감동으로 가득 찬 목소리로 머리를 숙였다.

"자네도 한 번 먹어봐. 이건 틀림없이 인기를 끌 거야."

"예."

하시모토는 배가 꽉 찼는지 '피자야키'를 두 조각밖에 먹지 않았다. 하지만 사카모토가 평을 묻자 "맛있습니다. 맨 처음에 이걸 먹었더라면 훨씬 맛있지 않았을까요?"라고 대답했다.

피자에 집착하는 사카모토의 심정을 하시모토는 누구보다도 잘 이해했다.

6

커피를 마시면서 사카모토가 말했다.

"하시모토와도 이야기했지만 두 회사를 하나로 통일하는 편이 알기도 쉽고, 우리 회사와 제휴하게 될 경우 상부를 설득하기 쉽다고 생각합니다. 제휴의 유무와 상관없이 저는 하나의 회사로 통일해야 한다고 생각합니다. 통일하지 못할 특별한 이유라도 있습니까?"

"아니요, 없습니다. '도헨보쿠'가 자사 브랜드라는 구별을 하고 싶었던 것에 불과합니다."

와타나베는 초면인 사카모토에게 제휴라는 말을 들을 줄은 꿈에도 생각하지 못했기 때문에 가슴이 요란하게 뛰는 것이 느껴질 만큼 흥분했다. 목소리에 흥분기가 서리는 것도 당연했다.

"간나이의 이 가게는 이른바 실험점입니다. 메뉴도 시행착오를 반복하고 있지만 오픈한 지 7개월이 경과하니 손님들 취향도 차츰 알게 되었고요. 과연 간토에 간사이식 오코노미야키가 뿌리를 내릴 수 있을지 걱정했지만 저는 충분한 반응을 느낄 수 있었습니다. '도헨보쿠'의 체인화 혹은 프랜차이즈점화, 그것은 충분히 가능하다고 봅니다. 닛폰제분의 도움을 받아야 한다는 전제조건이 있지만요."

"저도 부정적이지는 않습니다. 일단 적극적으로 검토해보겠습니다. 머리가 꽉 막힌 사람들만 있는 것은 아니지만, 보수적인 회사라서 상층부를 설득하기가 쉽지는 않겠지요. 그래도 노력해보겠습니다. 주 1회, 와타나베 씨와 제가 오가면서 장래의 전망과 와타미의 현황 등에 대해서 의견을 교환하면 어떨까요?"

"감사합니다. 말만 하시면 뭐든지 감추지 않고 솔직하게 말씀드리겠습니다."

"사실 제휴할 외식산업체로는 규모가 큰 회사들을 염두에 두고 있었지만, 신문을 보자마자 연락을 해온 와타나베 사장님의 열의에 저도 최대한 협력하고 싶다는 마음이 듭니다."

사카모토가 하시모토와 얼굴을 마주보면서 이야기를 이어나갔다.

"피자 가게를 노린 적은 있지만 오코노미야키는 사실 안중에도 없었지."

"예, 의표를 찔린 것 같은 느낌입니다."

"오코노미야키를 잔뜩 팔아서 닛폰제분의 밀가루 매출에 조금이라도 기여하고 싶습니다."

"정말 그렇게 되면 좋겠군요."

사카모토가 커피 잔을 접시에 내려놓으면서 온화하게 말했다.

7

시무식을 가진 1987년 1월 5일 월요일 오후 와타나베는 새해 인사도 할 겸 닛폰제분 본사의 사카모토를 방문했다.

5층 응접실에서 두 사람은 이야기꽃을 피웠다.

"사카모토 차장님의 의견을 받아들여서 두 회사를 하나로 합칠 생각인데, 이참에 개인색이 짙은 회사 이름을 바꿀까 합니다. 그런데 좀처럼 좋은 이름이 떠오르질 않아요."

커피를 홀짝이면서 사카모토는 고개를 갸우뚱했다.

"와타미도 나쁘지 않다고 생각하는데요……. 개인색이 짙어도 아무런 지장이 없지 않습니까?"

"하지만 닛폰제분에서 출자를 받게 된다면 닛폰제분에 면목이 없을 것 같아서요. 닛폰푸드서비스 같은 이름은 어떨까요?"

와타나베는 자신이 약간 비굴하게 굴고 있다는 것을 의식하고 있었다. 어떻게든 닛폰제분의 출자를 받아내고 싶었기 때문이었다.

"그런 생각을 하실 필요는 없습니다. 오히려 와타미에 한자를 붙이면 와타미(渡海)로 볼 수도 있지 않습니까. 바다를 건넌다는 뜻이 되니, 바다 너머까지 널리 외식산업을 펼쳐나간다……. 그런 의미에서 보자면 와타미는 아주 좋은 이름입니다. 와타미만으로는 무슨 일을 하는 회사인지 모르겠으니 와타미푸드나 와타미서비스, 더 알기 쉽게 와타미외식산업이라고 짓는 것도 괜찮은 방법이겠지요. 하지만 와타미를 바꿀 필요는 없다고 봅니다."

사카모토가 커피 잔을 받침접시에 돌려놓았다.

"극단적으로 말하면 저는 '도헨보쿠'의 오코노미야키는 아무래도 상관이 없습니다. 와타나베 사장님 개인에게 닛폰제분의 외식부문을 맡기고 싶다. 저는 그렇게 생각하고 있습니다. 외식산업에 대한 사장님의 열의나 정열에는 머리가 숙여집니다."

오늘로 네 번째의 회담이었지만 사카모토에게 이런 말까지 들으니 사업을 하길 잘했다는 생각이 들었다. 와타나베는 가슴이 울컥했다.

그날 밤 와타나베는 고양된 기분으로 일기를 썼다.

사카모토 차장님의 만남은 내 인생 최고의 행운이라고밖에 말할 방법이 없다. 회사에 얽매인 사람이라고는 생각하기 힘들 정도로 행동력과 기업가의 자질을 갖추었다. 이런 대단한 사람을 만날 수 있었던 것을 신에게 감사하고 싶다.

만난 지 겨우 한 달밖에 안 됐는데 "와타나베 사장님 개인에게 닛폰제분의 외식부문을 맡기고 싶다"면서 나를 높이 사주고 있다. 감사하고 감격스럽다. 고맙다, 정말로 고맙다. 사카모토 차장님은 미리 닛폰제분 내부에서 열심히 사전포섭을 하고 계신 것 같다. 염원하는 닛폰제분과의 제휴는 머지않아 실현될 것이다.

이제부터 자금 걱정은 하지 않고 선견지명을 발휘하여 한 매장씩 차근차근 점포를 확대해나가고 싶다. 닛폰제분이라는 거대한 후원자가 있으면 프랜차이즈점 사업을 전개하는 것도 가능하다.

지금 와타미의 주식을 상장할 길이 크게 열렸다. 6년 후에는 상장하고 싶다. 이 얼마나 멋진 일인가.

8

하지만 와타나베가 마음을 놓을 수 있을 만큼 사카모토는 만만한 사람이 아니었다.

사카모토는 월차결산부터 하루하루의 매상까지 보고하길 요구해왔다. '시로후다야' 폐업에 대해서는 가능한 한 숨기고 싶었지만 '뭐든지 감추지 않고 이야기하겠다'고 약속한 이상 그럴 수도 없었다.

"5개월 만에 적자가 3,000만 엔이나 났습니다. 외부와 내부의 인테리어에 매장의 보증금까지 11,000만 엔이나 쏟아부었기 때문에 한때는 회사가 위태로울 정도로 손해가 막심했습니다. 그래도 '쓰보하치'

로 업태전환이 결정됐으니 1년만 있으면 만회할 수 있습니다."

업태전환에 2,000만 엔이 든다는 것도 미쓰비시은행 고엔지지점에 융자를 거절당한 것도 와타나베는 사카모토에게 털어놓았다.

"'쓰보하치 고엔지 기타구치점'과 '야마토점'의 실적이 있으니까 다른 은행에서는 융자를 받을 수 있을 겁니다."

"낙관적이군요. 은행은 담보가 없으면 어려울지도 몰라요."

닛폰제분 본사의 응접실에서 와타나베에게서 전후사정을 들은 사카모토는 이맛살을 찌푸렸다.

"와타미와의 제휴는 자본을 대는 방향으로 이사회에 상정하겠지만 '시로후다야'가 걸림돌이 될지도 모릅니다. 그 점을 해결하지 않으면 설득하기 힘들 겁니다. 아무래도 도쿄는 손님이 직접 구워 먹는 방식이라 간사이식 오코노미야키에 익숙해지기 힘들 것이라는 부정적인 의견을 늘어놓는 사람들도 꽤 많을 겁니다."

와타나베는 제휴를 거절하기 위한 복선 아닐까 염려했지만 사카모토는 '시로후다야'의 문제를 이사회에 보고하지 않았다. 만약 보고하면 이 프로젝트는 끝장이었다.

시오다야에서 융자를 받을 수 있게 되었을 때 와타나베는 너무 기뻐서 사카모토에게 전화를 걸었다.

"'쓰보하치'에 주류를 납품하는 시오다야라는 주류도매업자가 2,000만 엔을 융자해주겠답니다. 3월 중순에는 '쓰보하치 가미오오카점'으로 변경할 예정입니다."

"그거 다행이군요. 다만 이사회의 분위기가 그다지 좋지 않습니다.

어떻게 해야 돌파구를 마련할 수 있을지 고민입니다.”

“역시 ‘시로후다야’의 실패가 발목을 잡고 늘어지는 건가요?”

“그것과는 관계가 없어요. 제가 이사회에는 숨기고 보고하지 않았으니까요.”

“……”

“조금 더 시간을 주세요. 3월까지 결론을 내고 싶었지만 조금 어려울지도 모릅니다. 의사결정이 느린 회사라서요.”

“모처럼의 기회입니다. 어떻게든 이 인연을 살릴 수 있으면 좋겠습니다.”

“물론 나도 그렇게 되기를 바랍니다.”

사카모토의 목소리는 밝았지만 와타나베의 불안은 깊어졌다.

9

2월 1일 일요일 오후 10시에 와타나베는 구로사와, 가네코, 고 세 명을 간나이의 본사 사무소에 소집했다.

“닛폰제분의 사카모토 차장님이 와타미상사와 와타미를 합치라는 지적을 했다는 말을 이미 했지? 통일을 전제로 주식회사와타미의 상호를 와타미푸드서비스주식회사로 변경하고 싶어.”

와타나베는 소파에 앉아 히로코를 힐끗거리면서 이야기를 계속했다.

“사카모토 차장님의 의견을 참고해서 히로코와 둘이서 머리를 짜내봤는데 새 회사 이름은 와타미푸드나 와타미푸드서비스주식회사, 둘 중

하나로 하고 싶어. 이것보다 더 괜찮다 싶은 이름이 있으면 말해줘."

"와타미푸드서비스가 좋겠어. 서비스에는 봉사라는 의미가 있으니까 노예가 되었다는 마음가짐으로 손님을 대하라는 사장의 생각과 들어맞잖아."

구로사와의 의견에 가네코와 고도 찬성했다.

"그럼 와타미푸드서비스로 정하자. 형식상 상호를 변경하려면 정관도 같이 변경하고 주주 총회의 승인을 받을 필요가 있어. 즉 오늘 임시주식총회를 개최해서 오늘부터 상호를 와타미푸드서비스주식회사로 변경한다는 취지를 정관 제1조에 기재해야 하지. 나중에 의사록을 작성해서 도다에게 워드로 쳐달라고 하자."

와타나베가 이번에는 미사코 쪽을 바라보았다. 미사코가 고개를 끄덕였다. 보통 사무소는 일요일에 쉬지만 미사코는 히로코의 부탁으로 휴일 출근을 쾌히 승낙했다.

주식회사와타미의 주주는 와타나베, 구로사와, 가네코의 세 사람이라서 임시주주총회는 아무런 문제없이 진행되었다. 와타나베가 400주의 발행주식 중에서 70퍼센트를 소유하고 있었다.

"그리고 또 한 가지 제안이 있어. 시오다야에서 융자받은 2,000만 엔 중에서 1,000만 엔을 증자분으로 충당하려고 생각해. 즉 와타미푸드서비스의 새 자본금을 2,000만 엔에서 3,000만으로 증자할 거야. 대충 계산하면 나와 히로코는 박봉과 무급이 이어졌으니 그 정도는 회사에 꾸어준 셈이 된다. 유한회사 와타미상사와 통일시키려면 기술이 필요하니까 새 주식 200주의 지불기일은 3월 21일로 하고 싶어. 그 시점에서 와타미상사를 청산하게 되지만, 솔직히 말해서 어떻게든 닛폰제분의 협력을 끌어오고 싶어. 그러기 위해서는 인사이동을 할 필요가 있다고 생각해."

와타나베와 가네코는 덩치가 좋아서 긴 다리를 주체하지 못하고 작은 소파에 몸을 억지로 구겨넣고 있었다. 와타나베의 오른쪽에는 구로사와, 맞은편에는 고와 가네코. 휴일이라 빌딩의 난방이 들어오지 않아서 다들 두꺼운 평상복 차림이었다.

도다 미사코가 끓여준 녹차를 꿀꺽꿀꺽 마신 다음 가네코가 와타나베에게 질문했다.

"닛폰제분과의 제휴 가능성은 어때?"

"50 대 50……."

와타나베는 팔짱을 끼고 "너무 쉽게 생각했나 봐" 하고 보충했다.

"나는 전부 사카모토 차장님에게 말했어. 당연히 '시로후다야'의 실패도 미쓰비시은행에서 문전박대당한 것도 털어놓았어. 사카모토 차장님 입장에서는 상층부에 보고할 수밖에 없겠지. 먼저 이사회는 부정적으로 나올지도 몰라."

"하지만 시오다야의 융자 이야기도 했지?"

고의 질문에 와타나베가 고개를 힘차게 끄덕였다.

"물론이지. 즉각 보고했어. 하지만 타임래그가 있으니까. 내일이라도 당장 회사 이름을 와타미푸드서비스로 변경한 것을 사카모토 차장님께 알릴 생각이지만, 어쨌거나 지금이 가장 중요한 시점이야."

와타나베는 입술을 꼭 깨물고 생각에 잠겼다. 며칠 전 엄격한 사카모토와 나눈 대화를 이 자리에서 털어놓을까 말까 고민했다. 고가 웃으면서 차분한 어조로 말했다.

"벌써부터 그렇게 비장한 표정할 것 없어. 전부 털어놓은 와타나베의 정직함을 높이 살지도 모르잖아."

"고는 낙관적이구나."

"그럴지도 모르지. 하지만 시오다야의 경우만 봐도 그렇잖아. 요행을 바랄 수밖에 없는 경우도 있으니까."

구로사와가 발언했다.

"사카모토 차장님이 자그마한 신문기사에 민첩하게 반응한 와타나베의 태도를 호의적으로 본 것은 분명해. 그렇지 않았다면 진작에 우릴 버리지 않았을까?"

"사카모토 차장님이 개인적으로도 우릴 지원해준 것은 확실해. 다만 천하의 닛폰제분이잖아. 자본금이 100억 엔 가까운 미쓰이ㅌ# 계열의 대기업이야. 와타미와 비교하면 고래와 새우만큼 차이가 어마어마해. 고래에 새우가 덤비면 과연 어떻게 될까?"

와타나베는 반쯤 자포자기한 말투였다. 사실 이때는 닛폰제분과 제휴할 수 있는 가능성이 10~20퍼센트쯤이라고 생각했다.

다음날 아침 9시에 와타나베는 사카모토에게 전화를 걸었다.

"보고할 일이 있어서 오늘 뵀으면 하는데 회사에 계실 건지요? 저는 오전이든 오후든 상관없습니다."

"그럴 수는 없지요. 제가 가겠습니다. 지난번에는 와타나베 사장님이 와주셨으니까 오늘은 제가 오후 2시까지 찾아가겠습니다."

"감사합니다. 그러면 2시에 기다리고 있겠습니다."

와타나베는 불안으로 가슴이 술렁거렸다.

교대로 왔다 갔다 하는 사이라지만 와타나베가 닛폰제분 본사의 사카모토를 방문하는 횟수가 압도적으로 많았다. 좋은 소식이라면 사카모토가 자신을 호출했을 것이라고 여기는 것도 당연했다. 그 반대는 나쁜 소식일 것이 뻔했다.

사카모토가 와타나베의 보고를 들은 다음 미소를 보였다.

"일요일에 임시주주총회와 이사회입니까. 다들 젊어서 그런지 에너지가 넘치는군요."

"어쩌다 보니 4명 모두 시간을 낼 수 있는 날이 일요일뿐이었습니다. 요식업이니까 일요일도 평일도 별 차이가 없죠."

사카모토가 표정을 굳히고 말했다.

"개인적으로 할 말도 있으니 일단 밖으로 나가죠."

"예."

히로코와 미사코가 엘리베이터까지 두 사람을 배웅했다.

10

찻집에서 아메리카노를 마시면서 사카모토가 말을 꺼냈다.

"유감스럽게도 이사회에서는 와타미와의 제휴가 시기상조라는 결론을 내렸습니다. 다만 저로서는 아직 만회할 기회가 있다고 생각합니다."

"'시로후다야'의 실패와 은행이 융자를 거절했기 때문입니까?"

"그것과는 상관이 없습니다. '오코노미야키' 체인점을 수도권에서 전개할 수 있을지 의문을 가진 사람이 상층부에 많은 탓입니다."

"잘 알았습니다. 대단히 유감스럽지만 천하의 닛폰제분과 제휴하고 싶다는 욕심을 부린 제 잘못이겠지요. 주제를 몰랐나 봅니다."

와타나베는 억지로 웃어보였지만 낙담한 기색이 표정에 그대로 드러났다.

"와타나베 사장님, 오해하지 마십시오. 몇 번이나 말하지만 사안을 연기한 것이지 백지화된 것은 아니니까요……."

와타나베는 커피 잔을 접시에 돌려놓고 자세를 바로 잡았다.

"그런데 개인적으로 하실 말씀이란?"

"1,000만 엔 정도라면 제가 개인적으로 빌려드릴 수 있습니다. 언제든지 말만 하세요. 돈은 나중에 출세한 후에 갚아도 괜찮습니다. 운전자금運轉資金－임금. 원자재금 등 필수적인 경영자본은 충분합니까?"

사카모토는 대수롭지 않게 말하면서 커피 잔으로 손을 뻗었다.

"그, 그런……."

와타나베는 가슴이 뜨거워졌다.

"제가 와타나베 사장님은 물론 와타미푸드서비스를 얼마나 신뢰하는지 아시겠지요? 이 이야기를 미리 할까 말까 망설였습니다. 닛폰제분의 출자를 받는 것이 베스트라서 이사회가 어떻게 판단할지 조마조마한 마음으로 기다렸습니다. 만회할 찬스는 제가 따로 만들어보겠지만 '개인적인 투자'라고 생각하고 필요하면 말만 하세요."

"사카모토 씨에게 그런 부담을 드릴 수는 없습니다. 양면작전을 펼칠 정도의 여유는 없으니까 일단 '쓰보하치 가미오오카점'을 궤도에 올리는데 전력투구하겠습니다. 그 다음에 '도헨보쿠'의 체인화, 가능하면 프랜차이즈화에 도전하고 싶습니다. 요 2개월 동안 사카모토 차장님께 많은 것을 배웠습니다. 대단히 감사합니다. 앞으로도 많은 지도 부탁드립니다."

와타나베는 자리에서 일어나 허리를 깊이 숙였다.

11

2월 19일의 아침 닛케이유통신문을 펼친 와타나베는 아무도 없는 사무소에서 펄쩍 뛰어오를 만큼 깜짝 놀랐다. 아니, 흔희작약欣喜雀躍했다고 말해야 옳을 것이다.

놀랍게도 '도헨보쿠'의 내부 사진이 커다랗게 실려 있지 않은가?

3분의 2 페이지 가량을 할애한 특집기사를 와타나베는 구멍이 뚫어질세라 읽었다.

'젊은이 취향의 오코노미야키 부활'이란 굵고 커다란 글자체의 제목에 이어진 기사의 본문은 다음과 같았다.

오코노미야키가 유행하고 있다. 간사이에서 탄생한 이래 오랫동안 사랑받아온 서민의 맛이 지금 젊은이들 사이에서 다시 각광을 받고 있다.

레스토랑식 분위기를 뽐내는 가게도 등장, 데이트할 때 이용하는 커플도 늘어났다. 메카 간사이에서 간토로 급속도로 유행이 번진 이유가 무엇일까? 갑자기 왜 오코노미야키일까? 그 인기의 비결을 추적해보자.

'레스토랑식'이란 '도헨보쿠'를 가리키는 것이라고 생각하면서 와타나베의 눈은 본문을 좇아갔다.

요코하마시 나카구의 오피스가. 고급 디스코텍 '마하라자'가 있는 빌딩에 작년 5월 오픈한 것은 고급 레스토랑식 오코노미야키점 '도헨보쿠'다. 이자카야 등을 경영하는 와타미푸드서비스(본사 요코하마시, 사장 와타나베 미키)가 장차 도쿄의 하라주쿠나 롯폰기에 출점하기에 앞서서 개업한 실험점포지만 패션이나 맛에 까다로운 이 지역의 커플이나 여성들의 인기를 끌고 있다.

"오코노미야키는 장수 메뉴이지만 젊은 손님들은 분위기를 중시하니까요."(가사이 세이지 점장) 입구에는 프렌치 레스토랑처럼 가죽으로 장정된 메뉴판이 세워져 있고 가게 내부는 화분, 그림 그리고 카페바처럼 카운터석까지 갖추고 있는 등 철저하게 서양식 인테리어다. 인테리어 비용은 3.3평당 약 100만 엔이라고 한다.

'호화 메뉴도'라는 1단짜리 작은 제목을 끼고 '도헨보쿠'와 관련된 기사가 계속 이어졌다.

메뉴는 각종 음료수는 물론 샐러드, 오코노미야키, 철판야키, 야키소바, 디저트 등. 그밖에 '커플세트'(3,500엔)나 폭신하게 부풀어오른 '화이트 프레젠트', '피자야키' 등 특이한 요리도 많다.

크레이프로 싼 야키소바를 먹고 있는 커플에게 이야기를 들어 보았다. "프렌치 레스토랑에 비해서 가격이 싸잖아요."(남성, 21) "오코노미야키는 맛있어요."(여성, 20) 서민의 맛을 재인식한 모양이다. 회사원 모리시마森島 씨(28)는 "의외로 와인과 궁합이 맞아요"라면서 칭찬을 늘어놓았다. "최근에는 버번을 곁들여 먹는 젊은이가 늘어났습니다"라고 가사이 점장은 말했다.

이상이 '도헨보쿠'와 관련된 기사지만 "분위기를 바꾸고 메뉴를 바꿔서", "인기, 간토로 번져", "결정타는 역시 저렴한 가격"이란 기사 중간의 제목에 와타나베는 가슴이 뛰었다.

지면의 왼쪽에 "매력적인 맛, 가정용 시장", "식품회사 연달아 진출"이란 제목의 칼럼도 눈길을 끌었다.

특히 다음 대목이 와타나베의 마음을 고양시켰다.

오코노미야키 가루 등 다양한 밀가루를 제조하는 닛신제분은 "전반적인 침체기로 곤경에 처한 식품시장에서도 오코노미야키는 히트 상품. 본고장 간사이보다 규모는 작지만 도쿄에서는 전년대비 1.5배나 팔렸다"면서 도쿄에서의 유행을 증명하고 있다.

8시 반에 토다 미사코가 출근했다.

"안녕하세요."

"좋은 아침."

"사장님, 뭐 좋은 일이라도 있으세요? 요즘 기분이 좋으신 것 같던데. 오늘 아침은 특히나 얼굴에서 빛이 나는 것 같아요."

"그런가? 내가 좀 흥분했나 보네. 이 기사를 읽으면 토다 씨도 기운이 날 거라 생각해. 나중에 10부 복사해줘."

"알겠습니다."

미사코는 와타나베에게 녹차를 따라준 다음 사무소 청소를 시작했다.

9시에 출근한 히로코와 가토 그리고 미사코 역시 이 기사를 보고 대단히 흥분했다.

미사코가 찻잔에 녹차를 더 따라서 와타나베의 책상에 내려놓았다.

"사장님, 이 기사가 나올 줄 모르셨나요?"

"응. 가사이에게 아무 말도 못 들었어. 나중에 물어봐야지. 설마 가사이가 꾸민 짓은 아니겠지."

와타나베는 찻잔을 입으로 가져가서 꿀꺽꿀꺽 마셨다. 이상하게 목이 말랐다.

"이 기사가 더 빨리 게재되었더라면 닛폰제분의 방침도 변하지 않았을까요?"

"가토 씨도 그렇게 생각하세요? 저도 같은 생각을 했어요."

가토와 히로코의 대화를 듣고 있던 와타나베는 "아직 만회할 기회가 있다"고 말한 사카모토의 얼굴을 떠올렸다.

사카모토가 이 기사를 읽지 않을 리가 없다. 만회할 기회가 생각보다 빨리 찾아온 것일까? 너무 안이한 생각일지도 모르지만 이 기사 덕분에 와타나베가 기운을 차린 것은 틀림없었다.

12

와타나베는 10시까지 기다렸다가 사카모토에게 전화를 걸었다. 내심 사카모토가 전화를 주기를 기다리고 싶었지만 참을 수가 없었던 것이다.

와타나베는 3분쯤 기다려야했다. 사카모토는 회의 중이라 자리를 비우고 있었지만 사카모토의 부하인 여직원이 회의실 안으로 메모를 전달했다.

사카모토는 회의를 중지하고 자기 자리로 돌아와서 전화를 받았다.

"전화 바꿨습니다. 사카모토입니다."

"안녕하세요. 와타나베입니다. 느닷없지만 오늘 아침 닛케이유통신문을 보셨습니까?"

"물론 읽었습니다. 그래서 개발부문의 관계자를 모아서 회의를 하던 중이었습니다."

"감사합니다……."

"만회할 찬스가 이렇게 빨리 찾아올 줄은 몰랐습니다."

"저도 이 기사가 좀 더 빨리 실렸더라면 좋았겠다는 생각을 했습니다."

"그건 서로 마찬가지입니다. 와타나베 사장님이 닛케이에 부탁한 겁니까?"

"천만에요. 점장인 가사이에게도 아직 아무것도 못 들었습니다. 어떻게 된 일인지 잘 모르겠습니다."

"하긴 부탁을 한다고 이런 기사를 실어주지는 않지요. 닛신제분의 이름이 나왔는데 닛폰제분의 라이벌에게 선수를 빼앗긴 셈이니까 윗선을 설득할 좋은 재료가 되리라 생각합니다. 어쨌든 이 기사를 돌파구로 삼아야지요. 지금 이사회에 내밀 타이밍을 엿보고 있는 참입니다."

"감사합니다. 저도 가슴이 뛸 만큼 기운이 솟아나옵니다."

이 날의 사카모토의 행동력은 놀라울 정도로 민첩했다.

개발부장인 다카하시 아키오高橋章夫의 허가를 얻어 상무이사 경리부장인 가사이 도시야笠井俊彌를 아군으로 끌어들이려고 생각한 것이다.

다카하시는 1955년 3월에 도쿄대학 농학부를 졸업했다. 사카모토보다는 4년 선배였다.

가사이는 1948년 3월에 도쿄대학 경제학부를 졸업했으니 한 세대 위의 선배인데, 이사회에서는 와타미푸드서비스와의 제휴에 반대라기보다는 소극적으로 찬성한다는 느낌이었다. 애초에 적극적으로 찬성하는 사람은 한 명도 없었다.

사카모토는 오후 2시에 가사이와 면담할 수 있었다.

"오늘 아침 닛케이유통신문에 이런 기사가 실렸습니다. 예의 와타미푸드서비스의 오코노미야키 가게를 크게 다루었습니다. 닛케이 기자는 닛신도 취재했는데 닛신도 참 대단하다는 생각이 들었습니다."

사카모토는 복사한 신문기사를 가사이의 책상에 놓았다. 가사이가 손으로 소파를 가리켜서 사카모토는 묵례를 한 다음 책상 앞에서 떨어졌다.

가사이가 소파로 와서 사카모토와 마주앉을 때까지 10분 정도 걸렸다.

"흥미로운 기사군."

"예, 닛신의 이름이 나온 것은 불편하지만 '도헨보쿠'를 크게 다루어준 덕분에 제 마음은 더욱 굳어졌습니다. 와타미푸드서비스의 와타나베 미키는 겨우 스물일곱의 청년이지만 외식산업을 대한 열의는 존경스러울 정도입니다. 와타나베 사장을 한 번 만나보시면 어떨까요?"

"자네는 아직 포기하지 않았나 보군."

"물론입니다. 와타미푸드서비스와의 제휴는 시기상조일 뿐이지, 이 사회에서 부결된 것이 아니라고 알고 있습니다만."

"말하기 나름이지만 회장님도 사장님도 썩 내켜하시질 않잖아."

가사이는 심각한 얼굴로 비서가 날라온 녹차를 마시면서 물었다.

"신문기사의 복사본은 회장님, 사장님께는 돌리지 않았나?"

"예, 상무님께 말씀드리는 것이 먼저라고 생각했습니다."

"즉시 돌리게나."

"그렇게 하겠습니다. '도헨보쿠'의 피자야키도 시식하실 겸 상무님도 와타나베 사장을 한 번 만나주십시오. 저는 우리 회사의 외식산업부문을 그에게 전적으로 일임하는 것도 괜찮다고 봅니다."

"홀딱 반한 모양이구먼."

"개발부장님께도 시식을 권해보려고 합니다. 그리고 닛푼도넛의 사장님도 모시고 싶고…….”

“나는 사양하지.”

“상무님은 와타나베 사장의 면접시험을 봐주셨으면 하니까 꼭 같이 가셨으면 합니다.”

“자네의 속셈은 대충 알겠어. 돈줄을 틀어지고 있는 것은 경리부문이니까.”

“맞습니다. 와타나베 사장이 상무님 눈에 든다면 만사 해결되니까요. 상무님은 반드시 회장님, 사장님을 설득해주실 겁니다.”

“장수를 잡기 위해서 말부터 쏘시겠다? 그렇다면 내가 말이란 거로군.”

가사이는 농담을 하면서 웃었지만 사카모토의 표정은 진지했다.

“말이라니, 천만에요. 이 프로젝트는 상무님의 마음에 달려있다고 생각합니다.”

“그렇게 비행기를 태워도 소용없네. 시식회는 고려해보지.”

사카모토는 양복 안주머니에서 수첩을 꺼냈다. 스케줄 조정을 할 생각이었지만 가사이는 쉽게 넘어오지 않았다.

가사이가 소파에서 일어났기 때문에 사카모토도 따라 일어나서 묵례했다.

상무실을 나온 사카모토는 비서실로 향했다. 기사의 복사본이 들어 있는 갈색봉투를 그 자리에 있던 사장의 담당비서인 여성에게 건넸다.

“가사이 상무님이 보낸 거라고 회장님과 사장님께 보여드리게.”

1987년 당시 닛폰제분의 회장은 야히로 도시유키八尋敏行, 사장은 고키 마사오香木正雄였다.

13

이 날 저녁 와타나베는 '도헨보쿠'로 갔다. 와타나베는 스스로에게 현장에서 주 3회는 일하도록 의무를 부과하고 있었다. 유니폼을 입고 알바생들과 한데 어울려서 손님들에게 서비스를 했다.

유니폼으로 갈아입기 전에 와타나베는 닛케이유통신문의 복사본을 가게 안에 붙였다. 그리고 가사이를 손짓으로 불렀다.

"어! 이렇게 크게 실렸습니까?"

와타나베는 근성이 있는 가사이를 '도헨보쿠'의 점장으로 발탁했는데, 현재로서는 기대에 어긋나는 일 없이 열심히 일해주고 있었다.

"네가 기사가 게재되도록 꾸민 것은 아니겠지?"

"물론입니다. 4~5일 전에 신문기자가 카메라맨을 데리고 불쑥 나타나서 취재하고 갔어요. 전 또 사장님과 닛폰제분이 손을 쓴 줄 알았습니다."

"그랬다면 사전에 너에게 말했겠지."

"그것도 그렇군요."

가사이는 자기 이름이 신문에 실린 것이 기뻐서 어쩔 줄을 모르겠는지 온몸으로 환하게 웃고 있었다.

제10장
대기업과의 제휴

1

2월 25일의 심야부터 26일 새벽에 걸쳐서 와타나베는 동료들과 조촐한 술자리를 가졌다. 마시지 않고는 견딜 수가 없었다.

집으로 돌아온 것은 오전 4시가 지나서였다. 히로코는 파자마 차림으로 와타나베를 기다리고 있었다.

"먼저 자지 그랬어."

"당신 마음을 생각하면 도저히 잠이 오질 않았어요."

와타나베는 허세를 부리면서 웃었다.

"응. 하지만 계속 앓아봤자 소용없잖아. 좀 속상하지만 난 회복이 빠르니까 괜찮아. 친구들이랑 한잔하고 '시로후다야'는 깔끔하게 잊어버렸으니까 안심해."

"그래요. 다행이네요. 마음이 놓여서 이젠 잘 수 있을 것 같아요."

히로코는 와타나베의 허세를 간파하지 못하고 하품을 했다. 와타나베의 미소를 보고 안심이 됐는지 순식간에 잠이 들었다.

와타나베는 깔끔하게 잊을 수가 없었다. 묘하게 머리가 맑아졌다.

와타나베는 거실에서 일기를 썼다.

간판의 불이 꺼진 시로후다야는 서글프다. 불이 꺼진 순간 히로코가 흐느꼈다. 나도 눈물을 참을 수 없었다.

10월 1일에 오픈해서 넉 달도 채우지 못했다. 용케 버텼다. 나는 개업한 지 이틀 만에 오늘 같은 사태가 생기리라 예감했다. 젊음의 소치라는 말은 변명이 되지 않는다. 쓰보하치 두 곳의 성공으로 우쭐해진 것이다. 회사를 설립한 지 2년 10개월만의 좌절이다.

나의 판단 미스 때문에 아내와 아버지 그리고 직원들이 얼마나 애를 태웠는지, 얼마나 많은 분들에게 피해를 입혔는지 모른다. 시로후다야를 닫으면서 시오다야, 산토리 본사와 요코하마지사, 쓰보하치에 엄청난 신세를 졌다. 아무리 감사해도 모자랄 정도라고 생각한다. 그 은혜는 오로지 행동으로 갚을 수밖에 없다. 그러기 위해서는 신생 와타미푸드서비스를 발전시킬 필요가 있다 오늘 2월 26일부터 쓰보하치 가미오오카점으로 인테리어 공사가 시작된다. 내가 재기하기 위한 무대는 준비되었다. 나는 내가 사랑하는 직원들을 위해서 노력할 것이다. 직원들도 나를 따라와 주리라 확신한다.

일기를 다 쓰자 수마가 덮쳐왔다. 와타나베는 서둘러서 이를 닦고 파자마로 갈아입었다.

침실에 들어가자 히로코의 숨소리가 희미하게 들려왔다. 와타나베가 뺨을 비비자 히로코는 술 냄새가 나는 숨결이 싫은지 잠결에 등을 돌렸다.

3월 10일 화요일 오후 1시에 와타나베는 전 직원(13명)을 간나이의

'도헨보쿠'로 소집했다. 사무소는 좁아서 사람이 다 들어가지 않기 때문에 '도헨보쿠'로 정한 것이었다.

와타나베는 자아반성을 포함하여 1시간 정도 떠들어댔다.

다음 날로 다가온 '쓰보하치 가미오오카점'의 오픈에 대비하여 직원들의 사기를 향상시킬 필요가 있다고 생각한 것이 긴급회의를 열게 된 동기였다.

"그런데 어제 야마토점의 점포운영을 보고 난 실망했어. 직원들 태도가 형편없었어. 건성으로 일하는 것이 내 눈에는 보였어. 가게는 손님들을 위해서 존재한다고 생각하지 않으면 안 돼. 가게는 살아있는 생물과 같은 존재야. 그 가게를 운영하는 사람이 원점을 잊어버린다면 가게는 결코 잘 될 수가 없어. 7개조를 지켜주기 바란다. 머리로 이해하는 것이 아니라 몸으로, 본능에 새겨두고 이해하길 바란다. 원점으로 회귀하여 재출발하자. 구로사와에게 가미오오카의 점장을 맡기는 이유는 구로사와의 운을 높이 사기 때문이야. 구로사와에게는 미안하지만 계속해서 '도헨보쿠'의 담당도 부탁할게."

구로사와의 동안이 굳히면서 묵묵히 고개를 끄덕였다.

'7개조'란 '쓰보하치'의 이시이 사장이 창안한 1.친절, 2.맛, 3.손님을 기다리게 하지 않는다, 4.청결, 5.정직한 회계, 6.밝고 씩씩하게란 6개조에 와타나베가 '정중하게'를 더한 와타미의 캐치 프레이즈를 말한다.

와타나베의 호통이 주효했는지 '쓰보하치 가미오오카점'은 예전 시로후다야의 부진이 거짓말인 것처럼 연일 손님으로 북적북적했다. '고엔지 기타구치점', '야마토점'을 뛰어넘을 만큼 매상이 늘어났다. 그렇게 되면 기존의 두 매장도 더 분발할 수밖에 없었다. 상승효과 덕분에 와타미푸드서비스의 업적은 쭉쭉 성장해갔다.

2

3월 31일 화요일 아침 9시에 닛폰제분의 개발부 차장 겸 시장개발 제3과 과장인 사카모토는 와타나베에게 전화를 걸었다.

인사를 주고받은 후에 사카모토가 물었다.

"이번 주 목요일 저녁에 시간 좀 내주시겠습니까?"

"예, 괜찮습니다."

"가사이 상무님이 드디어 무거운 엉덩이를 들 생각인가 봅니다."

"엇! '도헨보쿠'에 와주시는 겁니까?"

"그렇습니다! 다카하시와 저, 그리고 닛푼도넛의 다카시마 사장님까지 4명이 갈 겁니다. 상무님 차로 4시에 본사를 나설 예정이니 '도헨보쿠'에는 늦어도 6시면 도착할 겁니다."

"감사합니다. 사카모토 차장님, 정말로 감사합니다."

감격한 나머지 와타나베의 목소리가 거칠어지는 것도 당연했다.

2월 19일 이래 떠안고 있는 문제를 한꺼번에 해결할 수 있는 전망이 생긴 것이었다.

아니, 작년 12월 8일에 작은 신문기사를 읽은 날부터 헤아리면 4개월 가까이 지난 셈이었다. 겨우 골이 보이기 시작했으니 흥분하지 말라고 하는 편이 무리였다.

사카모토에게 와타나베에게 "어떻게든 가사이 경리담당상무를 아군으로 끌어들이고 싶다"는 말을 한 적이 있었다.

전화를 끊자마자 와타나베가 날카로운 목소리로 히로코에게 말했다.

"닛폰제분이 움직이기 시작했어. 경리담당인 가사이 상무님이 내일모레 '도헨보쿠'를 방문한대."

"여보, 정말 잘됐네요."

"응. 구로사와와 가사이에게 연락을 해둬야겠어."

"구로사와 씨는 아직 자고 있지 않을까요?"

"9시 10분인가. 조금 더 기다렸다 걸까? 아냐, 괜찮겠지."

와타나베는 자문자답하다가 수화기를 들었다.

"예, 구로사와입니다."

잠에 취해 짜증스런 구로사와의 목소리를 들은 와타나베는 기가 죽었다.

"깨워서 미안해. 정말 미안. 하지만 전화를 안 할 수가 없었어. 닛폰제분의 경리담당상무가 내일 모레 저녁 '도헨보쿠'를 방문하겠대. 방금 사카모토 차장님에게 연락을 받았어."

"이야아, 그거 빅뉴스인데?"

"구로사와, 잠 다 깼어?"

"물론이지."

"작전회의를 열게 3시까지 '도헨보쿠'로 나와."

"알았어."

'도헨보쿠'의 점장 가사이와도 역시 거의 비슷한 대화를 나누었다.

구로사와와 달랐던 것은 "그러고 보니 너랑 같은 성씨구나. 우연이라지만 이것도 무슨 인연이 아닐까? 참, 후지이도 회의에 나오라고 할까?"라고 덧붙인 것이었다.

가사이는 즉각 부점장인 후지이에게 연락했다.

와타나베, 구로사와, 가사이, 후지이까지 4명이 '도헨보쿠'에 집합한 것은 오후 2시였다. 10시 반 출근인 가사이와 후지이는 당연 나와 있었고, 3시를 지정한 당사자인 와타나베 본인과 구로사와는 마음이 급해서 1시간이나 일찍 나왔다.

오후 2시 경 '도헨보쿠'는 점심 장사가 끝나서 손님들도 다 돌아가고 한산했다.

안쪽 테이블에 4명이 앉았다. 와타나베가 창가 쪽, 그 옆에 구로사와, 와타나베 맞은편에 가사이, 구로사와의 맞은편에 후지이.

"내일 모레 저녁에 가게가 이렇게 한산하면 어떡하지?"

"절대로 그럴 리가 없습니다."

와타나베의 우려를 가사이가 부정했다. 후지이도 동의했다.

구로사와가 입을 열었다.

"적어도 가운데 메인테이블은 꽉 차야 모양이 살겠지."

"구로사와의 말이 맞아. 이 테이블에서는 가게 전체가 보이니까 여기만 예약석으로 남겨두고 가게가 꽉 차는 편이 좋지 않을까? '바람잡이'든 뭐든 좋으니까 꽉 채우자."

"사장님, '바람잡이'는 안 돼요. 후지이와 둘이서 단골손님을 동원해 보겠습니다."

"그것도 결국 '바람잡이'잖아. 어쨌든 가사이와 후지이에게 맡겨도 될까?"

가사이와 후지이가 동시에 말했다.

"맡겨주세요."

"물론입니다."

"믿어도 되겠어? 올 만한 사람이 있나? 없으면 내가 하마회를 동원할게."

"사장님, 저희 두 사람에게 맡겨주세요. 메인테이블은 경찰서 형사들에게 오라고 하려고요. 양주를 1병쯤 서비스하겠다고 하면 아마 OK할 겁니다."

"1병이 아니라 2병이든 3병이든 팍팍 서비스해. 하지만 형사들만으로 18석이나 메꿀 수 있을까? 게다가 남자들뿐일 거 아냐?"

"경찰서에 형사만 있는 건 아니잖아요. 사무직 여직원들도 있으니까 안심하세요."

"알았어. 무조건 당일은 테이블 38석과 카운터 7석을 꽉 채워놔. 그 중에 4석은 닛폰제분이지만 난 하마회 여자 회원에게 연락해서 4명이 1팀인 '바람잡이'를 준비할게. 딴 손님들로 가게가 차면 '오로라'로 보내면 되니까."

'오로라'는 와타나베가 메이지대학 하마회의 간사장으로 있을 때 아지트로 삼았던 찻집이었다.

"어쩐지 가슴이 뛰기 시작하는데?"

구로사와가 고개를 비틀고 와타나베에게 웃어 보였다.

"응, 나도 엄청 흥분돼. 닛폰제분이라면 대기업인 데다 제분업계 넘버원이잖아. 그런 큰 회사와 자본제휴를 맺을 수 있는 가능성이 커진 거야. 가사이 상무가 가게까지 찾아온다니 다 된 밥이라고 볼 수 있겠지."

"그나저나 사카모토 차장님도 회사에서 힘이 세구나. 용케 경리담당상무를 끌어냈어."

"구로사와, 세상일이라는 것이 결과가 나올 때까지는 안심할 수 없지만 신중한 사카모토 차장님이 일부러 전화까지 해줬어. 반드시 가사이 상무를 데리고 올 거야. 주도면밀하게 손을 써주었겠지. 사카모토 차장님의 실행력, 행동력은 무시무시하니까."

"당일 저희도 상무님께 명함을 드려야 할까요?"

가사이의 질문에 와타나베는 팔짱을 끼고 아래를 내려다봤다.

10초 정도 고민한 끝에 와타나베는 고개를 들었다.

"나랑 구로사와의 명함만 건네는 걸로 하자."

"알겠습니다."

가사이와 후지이는 분담해서 단골손님들에게 전화를 걸어서 '바람잡이' 동원을 완료했다.

메인테이블은 경찰 관계자만으로는 메꾸어지지 않아서 2팀으로 나누기로 했다.

4월 1일 저녁 가사이가 사무소의 와타나베에게 전화를 걸었다.

"사장님, 전석 예약이 잡혔습니다. 그러니까 사장님이 준비하신다던 1팀은 필요 없을 것 같습니다."

"이미 다 연락했는걸. 뭐 '오로라'에서 옛정을 나누는 것도 나쁘지 않겠지."

"메인테이블은 2팀으로 나눠야 하는데 괜찮을까요? 경찰관계자가 10명밖에 못 온다고 해서요."

"괜찮지 않나? 2팀인 경우가 부자연스럽지 않아서 오히려 나을 거라 생각해. 가사이, 수고했다. 고마워."

"저보다 후지이가 애를 많이 썼습니다."

가사이는 직선적인 성격이지만 부끄럼도 많았다.

"그래, 후지이에게도 고맙다고 전해줘. 내일은 4시까지 '도헨보쿠'로 갈게."

"알겠습니다."

3

4월 2일 저녁 6시를 넘겼을 무렵부터 '도헨보쿠'는 한 테이블만 빼고 만석이었다. 전부 예약한 '바람잡이'였다. 와타나베는 가게를 구석구석 체크했지만 흠잡을 곳이 없었다.

딱 하나 지시를 내린 것은 메인테이블의 생화를 바꾸게 한 일이었다.

"오늘밤은 특별하니까 좀 더 화려하게 장식하자."

"지금의 2배면 될까요?

"음, 아니야. 3배로 하자.

"그러면 화병도 바꿔야 할 텐데요."

"물론 화병도 바꿔야지."

6시가 가까워지자 와타나베도 구로사와도 안절부절못했다. 가사이도 후지이도 마찬가지로 시계를 몇 번이나 확인했는지 모른다.

6시 반이 되어도 사카모토 일행은 나타나지 않았다.

구로사와가 계산대 앞에서 걱정스럽게 물었다.

"뭔가 사고라도 난 걸까?"

"아침 10시에 사카모토 차장님에게 전화를 걸어 확인했으니까 틀림없이 이쪽으로 출발했을 거야. 4시에 본사에서 출발한다고 했어."

"벌써 2시간 반이나 지났어."

"응, 길이 많이 혼잡한가 보지."

와타나베와 구로사와는 양복 차림으로 줄곧 계산대 앞에 서 있었다.

당연한 일이지만 일반 손님도 찾아오기 때문에 와타나베와 구로사와는 "죄송합니다. 자리가 없어서 1시간 정도 기다리셔야 할 것 같습니다"라며 양해를 구할 수밖에 없었다.

6시 50분이 되어도 사카모토 일행은 나타날 생각을 하지 않았다.

결국 시계바늘은 7시를 넘어갔다.

"이상하네. 어떻게 된 걸까? 설마 막판에 취소한 건 아니겠지?"

"그건 아닐 거야. 꼭 올 거야."

이번에는 구로사와가 달랠 차례였다.

4

가사이, 사카모토 일행이 '도헨보쿠'에 도착한 것은 저녁 7시 15분이 지나서였다. 와타나베나 구로사와가 얼마나 안도했는지 모른다.

"교통사고가 나는 바람에 길이 엄청 막혀서……. 전화라도 걸고 싶었지만 불가능했어요."

사카모토는 지각한 이유를 설명한 다음 가사이, 다카시마 요시히로 高島義弘의 두 사람을 와타나베에게, 그리고 구로사와에게는 세 사람을 소개했다.

"와타나베입니다. 오늘은 바쁘신데도 불구하고 찾아와 주서서 영광입니다. 정말 감사합니다."

"구로사와라고 합니다. 처음 뵙겠습니다."

와타나베와 구로사와는 한 사람, 한 사람에게 정중하게 고개를 숙이고 명함을 교환했다.

가사이 상무는 와타나베가 상상하고 있던 무서운 '실력자'와는 달리 자그마한 체구의 온화한 신사였다. 목소리도 작은 편이라 혼잡한 가게 안에서는 말을 놓칠 가능성이 있었다.

"장사가 아주 잘 되는군요. 사카모토가 칭찬만 늘어놓았는데 과연 멋진 가게입니다."

와타나베는 다카하시와 면식이 있었지만, 타카하시도 '도헨보쿠'는 처음 와봤다. 영업부문에서 명성을 떨친 사람답게 호쾌한 인상의 당당한 풍채를 자랑했다. 가사이와는 대조적으로 목소리도 굵고 쩌렁쩌렁했다.

"닛케이유통신문의 기사는 좋은 광고가 되었죠?"

와타나베는 묵례를 하고 나서 다카하시에게 대답했다.

"말씀하시는 대로입니다."

다카시마는 도넛처럼 동글동글하게 살이 쪄서 아랫배가 불룩 튀어나와 있었다. 얼굴은 체형과는 반대로 엄격하고 기름기로 반지르르했다.

바로 시식회가 벌어졌다.

메인은 '피자야키'였다.

와타나베는 호스트 역할, 구로사와는 웨이터 역할에 전념했다. 앞접시를 늘어놓고 철판을 점화한 사람도 구로사와였다.

4명에게 맥주를 따라준 사람은 와타나베였다.

"맥주는 한 잔이면 충분합니다. 금방 배가 불러버리니까요. '피자야키' 외에 다른 오코노미야키도 먹어보고 싶군요."

"예, 4종류를 준비해놓았습니다."

가사이 상무에게 그렇게 대답한 것은 와타나베였다.

'구이 아가씨'는 능란하게 주걱을 다루었다. 시식회는 1시간 정도로 끝났다.

"어떠셨나요?"

"와타나베 사장님, 내 입맛에는 '피자야키'보다 '히로시마식'이 낫군요. 사카모토는 '피자야키', '피자야키'라며 노래를 불렀지만 '히로시마식'도 굉장히 맛있어요."

"상무님, 저는 '도헨보쿠 크레이프야키'가 제일 맛있었습니다."

"다카하시 씨, 메뉴마다 각자의 매력이 있어요."

다카시마는 골고루 칭찬해주었다.

8시가 넘었지만 가게는 여전히 붐볐다.

'바람잡이'의 절반은 2회전 손님으로 바뀌었다. 커피를 마시면서 사카모토가 와타나베를 올려다보았다.

"구이 아가씨는 전부 알바생입니까?"

"예, 대부분 여대생입니다."

"'도헨보쿠'에 와타미푸드서비스의 정직원은 몇 명이나 됩니까?"

"점장인 가사이와 부점장인 후지이, 두 명뿐입니다."

"둘이서 이 정도 규모의 가게를 꾸려나가고 있는 겁니까?"

"예, 두 사람 다 학생시절부터 우리 가게에서 알바를 했습니다."

"직원의 정착률은 높은 편인가요?"

"회사를 설립한 지 3년 정도 됐는데 아직 한 명도 그만둔 사람이 없습니다. 알바생의 정착률도 높은 편이고요."

사카모토는 이미 다 알고 있는 사항이었다. 가사이 상무에게 어필하기 위해서 일부러 질문을 던진 것이었다.

"다 와타나베 사장님께 구심력이 있기 때문이겠죠."

"감사합니다."

사카모토가 이렇게까지 마음을 써주다니……

와타나베도 구로사와도 그저 감사할 따름이었다.

5

다음날 아침 9시에 와타나베는 사무소에서 사카모토의 전화를 받았다.

"어제는 늦게까지 수고가 많았습니다. 모두 좋아하더군요."

"천만에요. 사카모토 차장님 덕분에 가사이 상무님이나 다카하시 부장님이 방문해주신 거지요. 어젯밤에는 너무 기뻐서 잠을 다 설쳤습니다."

"가사이 상무님이 '백문이 불여일견'이라고 말씀하셨습니다."

"그래요? 감사합니다. 가사이 상무님이 조용한 분이라 깜짝 놀랐습니다."

"속물적인 구석이 없지요. 그래서 윗선의 신뢰도 두텁습니다. 가사이 상무님이 반드시 도와주실 겁니다."

"감사합니다. 어젯밤의 시식회가 큰 발판이 되어주겠군요."

"그렇습니다."

와타나베와 사카모토의 협력관계는 긴밀해져서 4월 중순에는 닛폰제분의 출자액을 정하는 데까지 진전했다.

와타미푸드서비스주식회사는 자본금 3,000만 엔을 5,000만 엔으로 증자하고, 증자한 2,000만 엔을 닛폰제분에 배당한다는 내용에 양측 모두 합의했다.

자본금 3,000만 엔(액면가격 50,000엔)의 자본구성은 와타나베가 472주, 구로사와와 가네코가 각각 64주지만, 닛폰제분이 2,000만 엔(400주)을 출자해도 와타나베가 최대주주라는 점은 변함이 없었다.

"닛폰제분의 출자를 계기로 고에게도 주식을 나눠줄까 생각하는데 사카모토 차장님은 어떻게 생각하십니까?"

"저로선 반대할 이유가 없습니다. 고 씨는 와타미푸드서비스의 임원으로서 성실하고 일하고 있으니까요."

"감사합니다. 제 소유주식 중에서 몇 주를 고에게 양도하려고 합니다. 그런데 닛폰제분의 출자는 언제쯤 정해질까요?"

"지금 가사이 상무님이 회장님과 사장님을 설득하고 있습니다. 만에 하나 와타미푸드서비스가 도산하는 일이 있어도 손해액은 겨우 2,000만 엔에 불과하다, 닛폰제분의 경영이 위태로워질 일도 없으니 아무 문제없다, 사카모토의 도락이라 생각하고 인정해달라는 말을 하지 않을까요?"

와타나베는 미소를 지우고 표정을 굳혔다.

"결코 사카모토 차장님의 도락으로 끝나진 않을 겁니다."

"물론이죠. 말만 그렇지 가사이 상무님도 와타나베 사장님의 경영 수완을 높이 평가하기 때문에 우리 편을 들어주는 겁니다. 4월 안에 임원회에서 결정이 나겠지요. 좋은 소식을 기다려보세요."

4월 27일 저녁 와타나베가 자리에 없을 때 사무소로 사카모토의 전화가 왔다.

히로코가 전화를 받았다.

"와타나베 사장님께 전해주십시오. 내일 10시 반까지 본사로 와달라고."

"알겠습니다. 꼭 전해드리겠습니다."

"혹시 부인 되십니까?"

"예, 아내인 히로코라고 합니다."

"여러모로 힘드시죠? 고생이 많으십니다."

"남편의 고생에 비하면 아무것도 아닌걸요."

"부인이 내조를 잘한다고 와타나베 사장님이 입에 침이 마르도록 칭찬하더군요."

"남편에게서 칭찬을 들은 적은 한 번도 없어요. 늘 야단만 맞는답니다."

"그럴 리가 있겠습니까."

사카모토의 어투로 보건대 좋은 소식이 틀림없다고 히로코는 생각했다.

그날 밤 늦게 히로코의 이야기를 들은 와타나베가 진지한 얼굴로 말했다.

"마음을 놓기에는 아직 이르지 않을까. 하지만 날 호출한 걸로 보아 역시 낭보일까? 28일 화요일 아침에 닛폰제분의 이사회가 있다고 들었어. 안 될 가능성도 있지 않을까?"

"난 낭보라고 생각해요."

"만약 그렇다면 담배를 끊겠어. 물론 가게에서는 피운 적이 없고 딱히 애연가도 아니지만 어떤 계기가 없으면 금연하기 힘드니까."

"정말요? 손가락을 걸고 약속해요."

"그러지 뭐."

와타나베는 담배를 끄고 오른손 새끼손가락을 내밀었다.

"거짓말하는 사람은 엉덩이에 뿔나요!"

히로코도 진지했다. 시로후다야의 실패 이후 와타나베의 흡연량이 늘어난 것 같았다. 게다가 과음을 한 다음 날 아침 속이 메슥거린다고 투덜대는 일도 잦았다.

6

다음날 아침 와타나베는 10시 20분에 닛폰제분 본사에 도착했다.

5층의 응접실에서 기다릴 때 가슴이 세차게 뛰었다. 시간이 흐르는 것이 너무 느리게 느껴졌다.

와타나베는 더 참지 못하고 담배에 불을 붙였다.

10시 35분에 노크 소리가 들렸다. 와타나베는 반사적으로 담배를 재떨이에 비벼 끄고 일어나서 양복의 단추를 채웠다.

"안녕하세요."

"안녕하십니까."

"겨우 결정이 났습니다."

사카모토가 웃으면서 오른손을 내밀었다.

"감사합니다."

와타나베는 머리를 꾸벅 숙이고 나서 양손으로 사카모토의 오른손을 꽉 움켜쥐었다.

긴 악수를 나눈 다음 사카모토가 손으로 앉으라고 권했다.

"긴 여정이었지만 드디어 골인했습니다. 가사이 상무님은 사와다 상무님을 끌어들여서, 둘이 같이 회장님과 사장님을 설득한 모양입니다."

사와다 히로시澤田浩는 당시 상무이사로 업무부장으로 위촉받았다. 1953년 3월에 히토쓰바시대학 경제학부를 졸업하고 같은 해 4월에 닛폰제분에 입사했다.

"우리 같은 영세기업이 닛폰제분 같은 대기업과 자본제휴를 맺다니 기적이라고 밖에 형용할 길이 없습니다. 제가 작은 신문기사를 읽은 일이 이렇게 크게 발전하다니 마치 꿈이라도 꾸고 있는 것 같아요. 사카모토 차장님이 안 계셨더라면 이런 기적은 일어나지 않았을 겁니다."

"사람과 사람의 인연은 참으로 신기하지요. 저는 외식산업에 거는 와타나베 사장님의 정열에 운을 걸어보고 싶었을 뿐입니다."

"사카모토 차장님께서 개인적으로 지원하겠다고 말씀하셨을 때는 감격으로 눈물이 날 뻔 했습니다."

"윗선이 알아주지 않으면 그 방법밖에 없다고 생각했지만 '쓰보하치 가미오오카점'으로의 업태전환이 이렇게 순조롭게 이루어질 줄은 몰랐네요. 어쨌든 힘들게 여기까지 왔으니 '도헨보쿠'의 프랜차이즈 전개를 위해서 노력합시다."

사카모토가 다시 악수를 청해왔다. 탁자 너머로 와타나베는 그 손을 오른손으로 마주 잡았다.

돌아가려던 와타나베가 쑥스러운 듯이 뒷머리에 손을 대었다.

"사소한 일이지만 사카모토 차장님께도 선언해두겠습니다. 오늘부터 담배를 끊을 겁니다. 아까 한 대 피웠으니 이 시간 이후부터지만요."

"호오, 와타나베 사장님이라면 성공할 겁니다. 누구보다 의지가 강한 사람이니까. 사가와택배 SD 시절의 이야기를 들은 적이 있지만, 1년간 SD로 일한 것에 비하면 금연은 쉬운 일 아니겠습니까?"

"SD와 금연은 비교 대상이 되지 않습니다. 정말로 힘들거든요. 조금 전 여기서 피운 담배 한 대의 맛이 어찌나 좋았던지."

"왜 금연을 할 생각이 들었습니까?"

"오늘 사카모토 차장님에게 좋은 소식을 들으면 담배를 끊겠다고 어젯밤 아내와 약속했거든요. 사카모토 자창님에게 선언해두면 취소할 수가 없을 것 같아서요."

"그래요? 전 담배를 피우지 않아서 금연이 얼마나 괴로운지는 모르겠지만 금연 효과는 있겠군요."

사카모토는 웃으면서 와타나베의 등을 가볍게 두드렸다.

닛폰제분 본사빌딩 근처의 공중전화로 와타나베는 사무소에 전화를 걸었다.

"예, 와타미푸드서비스입니다."

히로코의 목소리였다. 와타나베의 전화를 애타게 기다리고 있었던 모양이었다.

"여보세요……."

"아, 여보! 사장님……." 하고 호칭을 고치면서 히로코가 물었다.

"사카모토 차장님이 뭐래요?"

"낙보였어. 골인이야."

"그래요? 다행이네요. 바로 사무소에 돌아올 건가요?"

"응, 그럴 거야. 아버지와 구로사와, 가네코, 고, 가사이, 직원들에게는 내가 직접 연락할게."

"그게 좋겠어요."

"그럼 이따가 봐."

와타나베는 일단 공중전화 부스를 나가려고 했지만 뒤에 기다리는 사람이 없어서 다시 수화기를 귀에 대었다.

히데키에게 한시라도 빨리 소식을 전하고 싶었다. 히데키는 집에 있었다.

"아버지, 걱정 많이 하셨겠지만 방금 닛폰제분의 출자 결정이 났습니다."

"흐으음, 믿어지지가 않는구나. 난 꿈이 너무 원대한 것 같아서 사실 전혀 기대하지 않았었다."

"오늘 아침 이사회에서 정해졌어요. 지금 닛폰제분에서 사카모토 차장님을 뵙고 나오는 길에 근처에서 전화하는 겁니다."

히데키도 대단히 흥분했다.

"미키, 굉장한 일을 해냈구나. 한밑천 크게 잡았어. 아니지, 복권에 당첨된 것이나 마찬가지라고 봐야겠군."

"저도 꿈을 꾸고 있는 것만 같아요. 너무 기쁩니다. 앞으로 와타미 푸드서비스는 비약적으로 발전하겠죠. 사업적으로 무한한 가능성이 생긴 셈이니까요."

"무엇보다도 자금 면에서 지금까지와 같은 고생을 하지 않아도 되겠구나. 닛폰제분의 신용도는 절대적이니까. 새삼 네 운세에는 감탄을 금할 길이 없구나."

"다 사카모토 차장님 같은 분을 만난 덕분이죠. 기업가 정신이 뭔지 아는 사람입니다."

"그나저나 임원진도 아닌데 대단한 인물이야."

"구로사와와 가네코, 고에게도 알리고 싶으니까 이만 전화 끊을게요."

"응. 나한테 제일 먼저 전화했니?"

"아뇨, 히로코가 1등이에요."

"하긴 그래야지."

"어머니에게 잘 전해주세요."

"그러마."

와타나베는 결국 구로사와, 가네코, 고의 순서로 낭보를 전했다. 세 사람 모두 임대사택으로 삼고 있는 아파트에 있었다. 항상 냉정한 고가 기쁨을 감추지 못했다.

"축하해. 요즘 들어 처음 듣는 좋은 소식이야. 알바생들에게 알려줘도 될까?"

"물론이지. 난 생판 처음 보는 사람에게도 알려주고 싶은 기분이야."

와타나베는 30분 넘게 여기저기 전화로 떠들어댄 덕분에 목이 쉬었다.

7

와타나베가 간나이의 사무소에 돌아온 것은 1시가 다 되어서였다.

"사장님, 식사는요?"

도타 미사코의 질문에 와타나베는 긴장한 표정으로 "생각 없어"라며 무뚝뚝하게 대꾸했다.

미사코가 도움을 청하는 눈빛으로 히로코를 돌아보았다. 사무소에는 히로코와 미사코밖에 없었다.

"무슨 일이 있었어요?"

와타나베는 히로코에게도, 미사코에게도 웃어 보였다.

"아니야. 모두에게 한시라도 빨리 알려주고 싶어서 닛폰제분 근처의 공중전화로 여기저기 전화를 돌렸더니 지쳤어. 도다, 진한 차 한 잔만 부탁해."

"예."

미사코는 쾌활하게 대답하며 자리에서 일어났다.

"그러고 보니 배가 고프네. '도헨보쿠'에 가서 '피자야키'라도 먹고 올까. 메뉴에 '피자야키'가 없었다면 닛폰제분과 제휴할 수 없었을지도 몰라."

"그러게요."

"'도헨보쿠'와 '가미오오카점'을 돌아 '야마토점'에 들려야겠어. 오늘은 늦을 테니까 저녁은 필요 없어."

히로코는 대답을 하지 않았다.

와타나베가 녹차를 다 마시고 사무소를 나와 엘리베이터를 기다리고 있을 때 히로코가 등 뒤에서 말을 걸었다.

"사장님."

"우리끼리 있을 때는 사장님이라고 부르지 마."

"회사에서는 사장님이라고 부를 거예요."

"뭐 할 말 있어?"

"오늘 저녁은 힘들어도 집에 빨리 와줘요."

"어째서?"

"나중에요."

"이유를 말해."

"긴히 할 이야기가 있어요. 여기서 말할 수는 없어요. 오늘밤만큼은 내 말을 들어줘요. 그럼 부탁해요."

히로코는 말을 마치고 와타나베에게서 등을 돌렸다.

와타나베의 이야기를 듣고 가사이, 후지이 그리고 알바생인 구이 아가씨들도 박수를 치며 환성을 질렀다.

가사이가 상기된 뺨으로 말했다.

"사장님, 드디어 해내셨군요."

"가사이와 후지이의 덕분이야. '바람잡이'의 효과가 컸어."

"그거랑은 별로 상관 없지 않을까요? 가사이 상무님과 사카모토 차장님이 오셨던 밤은 가만히 있었어도 테이블이 80퍼센트는 채워졌을 테니까요."

"하지만 메인테이블까지 채워졌을까? 한가운데가 텅 비면 분위기가 안 살잖아. 후지이, '피자야키'를 부탁해. 아직 점심도 못 먹었어."

와타나베는 생맥주를 마시면서 혼자 감개에 젖었다.

작년 12월 중순에 시식하러 왔던 사카모토가 '피자야키'를 먹으면서 "오! 이건 괜찮군요!"라며 감탄하던 장면이 눈에 선했다.

'피자야키'가 나왔다.

"맛있다. 이것이 모든 것의 시발점이었어."

와타나베는 터질 것만 같은 미소를 띠고 '피자야키'를 천천히 음미했다. 가사이와 후지이가 기뻐서 얼굴을 마주보았다.

와타나베는 '피자야키'를 다 먹어치운 다음 무의식중에 양복 주머니에 손을 넣었다가 신주쿠역 홈의 쓰레기통에 담배를 버린 것을 떠올리고 씁쓸하게 웃었다.

8

그날 밤 와타나베는 7시 반에 귀가했다. 이렇게 빨리 퇴근하는 일은 좀처럼 없었다.

"여보, 일찍 와줘서 고마워요."

"긴히 할 말이라니 뭔데? 빨리 말해."

와타나베는 담배 생각이 간절해서 신경이 곤두서 있었다.

"담배는 안 펴. 작심삼일이 되지 않도록 사카모토 차장님께도 금연을 선언했어. 빨리 맥주나 가져와."

"기왕이면 술도 끊지 그래요?"

"웃기지 마!"

히로코는 농담으로 한 말이었지만 와타나베의 반응은 신경질적이었다.

"술도 담배도 인생의 큰 즐거움이잖아. 그걸 한꺼번에 포기하란 말이야? 말도 골라가며 해야지. 너무 기어오르는데?"

와타나베의 목소리가 거칠어졌다.

"잘못했어요. 금주까지는 힘들어도 절주는 노력해줘요. 좋은 소식이 또 하나 있거든요."

"……."

"좋은 소식인지 아닌지는 당신이 판단할 문제지만."

"질질 끌지 말고 빨리 말해."

"아이가 생겼어요. 임신 3개월이래요. 출산예정일은 12월 10일이고요."

"이런 바보, 당연히 좋은 소식이잖아."

와타나베의 미소가 기뻐서 히로코는 눈물이 나올 것만 같았다.

"자식은 안 생길지도 모른다고 반쯤 포기하고 있었어. 최근 1년간은 조절도 하지 않았고. 잘 됐다, 정말 잘 됐어……. 여보, 한 잔 따라줘."

와타나베는 히로코가 따라주는 술을 받아 잔을 테이블에 놓았다. 그리고 이번에는 자신이 맥주병을 들고 히로코의 잔에 따라주었다.

"건배하자. 좋은 일이 두 가지나 생겼구나."

두 사람은 잔을 부딪쳤다.

"히로코, 수고했어. 건배!"

"여보, 고마워요. 건배!"

와타나베는 단숨에 술잔을 비우고 이번에는 직접 맥주를 따라 마셨다.

"금연은 반드시 지킬게. 술도 줄이겠다고 맹세할게. 태어날 아기를 위해서 조금이라도 오래 살아야 하니까."

"……."

"난 어머니의 유전으로 오래 살긴 글렀다고 생각했었지만 오늘부터 건강에 주의할게. 굵고 짧게 사는 것도 나쁘지 않지만 자식이 생기면 더 이상 그럴 수 없지."

"……."

"그리고 지금 막 생각났는데 5월 연휴 때 후쿠시마의 처가에 가자. 지난 3년 동안 주말도 없이 계속 일만 했으니까 가끔은 휴가를 가지는 것도 좋겠지. 당신 부모님도 틀림없이 기뻐하실 거야."

"그래요. 어머니는 아직도 화가 덜 풀리신 것 같은데 손자가 생긴 것을 알면 어떤 얼굴을 하실까요?"

"좋아, 결정했어. 비가 쏟아지든 우박이 쏟아지든 연휴 때 후쿠시마에 가자. 오늘이 내 평생 최고로 행복한 날인 것 같아. 기쁜 소식을 두 가지나 들었으니까. 와인이라도 딸까?"

이날 밤 와타나베는 거의 조증 환자가 아닐까 의심스러울 정도로 달변이었다.

방금 전에 술을 줄이겠다고 맹세한 주제에 레드와인 한 병을 혼자서 다 마셨다. 히로코는 어이가 없었지만 오늘 밤만큼은 넘어가기로 했다.

10시가 지나서 와타나베는 히데키의 집으로 전화를 걸었다. 와인 한 병 정도로는 아무렇지도 않았다. 부친을 닮아 알코올에는 강한 체질이었다.

계모인 도미코가 전화를 받았다.

"여보세요, 저 미키예요."

"미키, 축하한다. 아버지와 축배를 들던 참이야."

"저도 히로코와 와인으로 축배를 들었어요. 죄송하지만 아버지 좀 바꿔주세요."

"그래. 여보, 미키예요."

"여보세요……."

수화기 너머의 목소리가 히데키로 바뀌었다.

"어머니께 말해도 되지만 아버지 목소리가 듣고 싶어서요……."

"나도 너랑 천천히 이야기를 나누고 싶더구나. 지금 오지 않을래?"

"그건 안 되겠어요. 요즘 계속 늦게 들어와서 오늘밤만큼은 자중하지 않으면 히로코가 뿔을 낼 겁니다. 실은 히로코가 임신했어요. 출산 예정일은 12월 10일이래요."

"그래! 축하한다!! 히로코가 장한 일을 했구나. 아들이면 좋겠다."

히데키의 목소리가 갑자기 커졌다.

와타나베는 잠시 수화기를 멀리 떼어놓았다가 다시 "여보세요"하고 말을 걸었다.

"그래서 연휴 중에 후쿠시마에 다녀오려고요."

"꼭 그렇게 해라. 후쿠시마의 사돈도 기뻐하실 게다."

"그 얘기를 하려고 전화했어요. 어머니에게도 전해주세요. 안녕히 주무세요."

와타나베는 서둘러 전화를 끊었다.

9

5월 4일 아침 와타나베 부부는 오나하마로 떠났다.

죠반선의 특급 '슈퍼 히다치호'를 타면 우에노역에서 유키역湯木駅까지 2시간도 걸리지 않았다.

연휴라서 그런지 만석이었다. 와타나베는 심신이 모두 상쾌했다.

금연한 지 사흘째까지는 식욕도 없고 괴로웠지만 나흘째가 되자 짜증이 사라졌고, 1주일이 지난 현재는 정신도 말끔하고 밥도 맛있어졌다. 체중도 2킬로그램 늘어서 63킬로그램이 되었다.

숙취로 다음날 아침까지 고생하는 일도 없고 위장의 상태도 양호했다.

"담배를 끊길 잘했어. 이대로라면 환갑까지는 살 수 있을 것 같아."

"당신은 이토 할머님과 아버님의 피를 이어받았으니 예순은 거뜬히 넘길걸요."

"하긴 어머니가 돌아가시고 정신적으로 힘들 때 아버지에게 설교를 들은 적이 있지. 어머니는 자신을 희생해서 날 낳아주셨으니까 어머니 몫까지 오래 살아야 한다고."

친모 미치코의 아름다웠던 얼굴을 떠올리면 지금도 와타나베는 가슴이 울컥했다.

"저도 가끔 어머니 생각을 해요."

"결혼식 이래 못 만났지?"

"맞아요. 전화는 가끔 하지만 아직도 이상하게 서먹서먹한 느낌이 있어요. 데이코쿠호텔에서 결혼식을 올린다고 전화했을 때도 엄청 화를 냈어요. 도대체 무슨 생각으로 사냐면서 분위기가 아주 험악했거든요."

와타나베와 히로코는 1985년 1월 5일에 혼인신고를 했지만, 정작 결혼식을 올린 것은 그해 11월 4일이었다. 데이코쿠호텔 2층 '빛의 홀'에서 정오부터 결혼피로연이 개최되었다.

히데키가 "이런 일은 제대로 격식을 차리는 것이 좋아. 꼭 결혼식을 올려라"라면서 고집을 부렸다.

"데이코쿠호텔은 너무 요란하지 않을까요? 히로코의 기분도 생각해야죠."

"그렇게 위축될 필요 없다. 히로코가 재혼이라는 것은 아무도 모르니까 괜찮아. 너도 회사 사장이 되었고 경영도 순조로우니 일본 최고의 호텔에서 식을 올리지 못할 이유가 어디 있어? 거기다 내 체면도 있어."

히데키의 주장을 와타나베가 받아들인 것은 데이코쿠호텔의 총주방장인 무라카미 노부오村上信夫가 히데키의 전우였기 때문이었다.

신부측인 다나카 집안은 친척들을 일절 초대하지 않기로 타협했다.

초대손님은 약 150명.

중매인은 히데키의 전우로 무형문화재인 노가쿠시能楽師-일본의 전통 예능인 노(能)를 하는 사람 난죠 히데오南條秀雄와 후쿠코冨久子 부부. 교토에 사는 난죠는 상경할 때마다 반드시 와타나베의 집을 방문했다. 난죠는 와타나베가 어릴 때부터 많이 귀여워해주었다. 친모인 미치코가 사망한 해에는 오사카의 만국박람회에 히데키와 메구미, 와타나베를 초대해준 일도 있었다.

히데키와 TV광고제작회사 시절부터 친밀한 사이인 폴 목사가 경쾌하고 재치있는 사회로 피로연의 분위기를 띄워주었다.

주빈 인사는 양가의 대표로 '쓰보하치'의 이시이 세이지 사장이 혼자서 맡았다. 무라카미도 크라운모자에 셰프 복장으로 참석하여 스피치를 하거나 한 잔 걸친 히데키와 어깨동무를 하고 군가를 불러제꼈다.

히데키는 신이 나서 어쩔 줄을 몰랐다.

순백의 웨딩드레스를 입은 히로코의 신부 모습은 눈부실 정도로 아름답고 인상적이었으며, 하얀 턱시도를 차려입은 와타나베는 늠름했다. 하지만 모닝코트를 입고 식장 여기저기를 돌아다니는 히데키가 훨씬 눈길을 끌었다.

"마치 네 결혼식 같구나."

이토가 비꼬자 계면쩍어하던 히데키의 모습이 생각나서, 와타나베는 웃음이 터지려는 것을 참느라 애썼다.

"미국영화 『로즈』의 주제가를 열창해준 오가와 게이코小川惠子의 모습이 잊혀지질 않아요."

게이코는 히로코의 친구였다.

"영화도 감동적이었어. 주인공 베트 미들러가 부른 '로즈'도 좋았지만 오가와 씨의 노래도 정말 좋았어."

"떠들썩하던 회장이 한 순간에 조용해졌죠."

"당신이랑 춤도 추고 고와 가네코, 하마회 친구들과 메이지의 교가도 부르고, 정말 즐거웠어.

"아버지는 기뻐하시는 것 같았지만 어머니는 끝내 웃지 않으셨어요."

"그렇지 않아. 아주 기뻐하시는 것 같았어. 딸의 웨딩드레스 차림을 보고 안심하셨을 거야."

결혼식의 추억담을 나누는 사이에 '슈퍼 히타치'가 유키역에 도착했다. 히로코의 남동생 이사오勳가 역까지 차로 마중을 나왔다. 이사오는 스물두 살로 다나카田中철공소에서 일하고 있었다. 히로코의 하나뿐인 동생으로 소박하고 성실한 청년이었다.

"입덧이 심하지 않아서 다행이야."

"맞아요. 입덧이 심했다면 오나하마까지 올 생각도 못 했을 거예요."

처가댁에 도착한 것은 정오가 되기 전이었다. 히로코의 임신 소식을 들은 어머니 기미코君子는 눈물을 글썽였다.

"너도 겨우 행복해졌구나. 와타나베와 결혼하길 정말 잘 했다."

"장모님, 감사합니다."

히로코를 대신하여 와타나베가 대답했다. 히로코는 우느라 말을 할 수 없는 상태였기 때문이었다.

이날 밤 부친 하치로가 연 잔치에 친구와 이웃주민들도 참석해서 집 안에 웃음소리가 끊이질 않았다.

"이렇게 남자답고 늠름한 청년에게 사랑받다니 히로코도 여자로 태어난 보람이 있구나."

"천만에요. 남자로 태어난 보람이 있는 사람은 오히려 제 쪽이죠. 히로코처럼 참하고 예쁜 여자랑 결혼할 수 있었으니."

와타나베는 장인 하치로에게 술을 따라주면서 그렇게 대답했지만 사람과 사람의 인연이란 정말 신기하다는 생각을 안 할 수가 없었다.

유부녀였던 히로코에게 반해서 쫓아다닌 끝에 이렇게 염원을 이루었으니 말이다.

싱싱한 생선과 맛있는 토속주를 배불리 먹고 마시고, 히로코의 양친에게 열렬한 환영을 받았다. 이렇게 유쾌한 밤은 자주 있는 것이 아니었다.

다음날은 나코소노세키 근처의 해안을 둘이서 산책했다.

히로코가 쿡쿡거리면서 웃었다.

"빡빡머리의 당신이 생각나요."

"응. 그로부터 벌써 4년이나 지났나. 많은 일들이 있었지. '시로후다야'가 실패했을 때는 정말이지 자살하고 싶을 만큼 비관적이었어. 당신에게도 고생만 시켰고. 5월 안에 사무소를 그만둬. 이제 맞벌이를 할 필요도 없어."

"아직은 괜찮아요. 10월까지는 일할게요."

"부탁이니까 내 말을 들어. 건강한 아기를 낳는 것만 생각해. 와타미푸드서비스도 이제 궤도에 올랐어. 앞으로는 어떤 일이 있어도 끄떡없을 거야."

와타나베는 초여름의 햇살을 받으며 발걸음을 멈추고 숨을 깊이 들이마셨다.

10

연휴가 끝난 5월 6일 오전 10시 반, 와타나베는 닛폰제분 본사의 사카모토를 방문했다. 당연히 출자 문제를 구체적으로 정하기 위해서였다. 응접실에 들어서자마자 사카모토가 물었다.

"금연은 어떻게 되어갑니까?"

"딱 끊었습니다. 처음 3일 동안은 힘들어서 미치는 줄 알았지만요. 신경이 곤두서서 제가 생각해도 심하게 아내나 직원들에게 화풀이를 해댔죠. 하지만 그 기간을 넘기니 밥맛도 좋고 컨디션도 정신적으로도 안정돼서 심신 모두 더할 나위 없이 건강합니다. 전부 사카모토 차장님 덕분입니다."

"그거 다행이군요. 와타나베 사장님은 의지가 강한 분이니 화풀이 정도는 용서받지 않겠소, 하하하하."

사카모토의 웃음소리에 와타나베도 덩달아 크게 웃었다.

"직원들은 금연에 실패한다는 쪽에 건 사람이 많은 모양입니다. 사카모토 차장님께 선언하지 않았더라면 중간에 포기했을지도 몰라요. 화풀이 대상이 된 사람으로선 못 견딜 노릇이죠. 오죽하면 아내가 차라리 도로 담배를 피라고 하더군요."

한동안 금연에 관한 잡담을 나눈 뒤에 와타나베가 자세를 고쳤다.

"출자 건 말인데 시기는 언제쯤으로 잡으면 될까요?"

"사내의 수속 문제 등을 고려하면 6월 1일쯤이 될 것 같습니다. 제가 정하는 것은 아니지만 이번 달 안에는 무리겠지요. 혹여 6월 1일이면 문제가 있습니까?"

"전혀요. 그게 아니라 저희로서도 형식을 갖추어야 하니까요. 정시 주주총회는 5월 28일에 열 예정이지만 주주가 겨우 3명이라 아무 문제도 없습니다. 닛폰제분에 대한 제3자 할당도 그날 이사회에서 결의하면 됩니다."

"좋습니다. 그걸로 충분합니다."

"임원에 대해서는 어떻게 생각하십니까?"

사카모토는 의아하다는 듯이 와타나베를 보았다.

"무슨 뜻인지?"

"닛폰제분의 출자비율은 40퍼센트입니다. 당연히 임원을 파견할 필요가 있지 않겠습니까? 저희 쪽에서도 그러기를 바라고요."

사카모토는 생각에 잠긴 얼굴로 팔짱을 꼈다. 몇 초가 지난 후에 얼굴을 들었다. 사카모토의 눈이 웃고 있었다.

"윗선의 뜻을 물어보겠습니다. 저 혼자 결정할 수 있는 일이 아니니까요."

"그럼 부탁드리겠습니다."

사카모토가 고개를 갸우뚱한 것을 와타나베는 알아차리지 못했다.

"그런데 4월의 월차결산은 어떻습니까?"

"예. 하루 이틀 안에 넘겨드리겠지만 상당히 만족스럽습니다. '고엔지 기타구치점'이 약 1,350만 엔, '야마토점'이 약 1,300만 엔, '가미오오카점'이 약 1,200만 엔의 매상을 올렸습니다. 세 군데 모두 20~25퍼센트의 이익이 나온 셈이죠. '도헨보쿠'는 매상이 340만 엔으로 이익이 5퍼센트에 불과하지만 아시다시피 아직 실험점이니까……."

"'도헨보쿠'의 프랜차이즈를 어떻게 전개할지가 우리 과제지만 이자카야 쪽이 그렇게 순조롭다면 가령 프랜차이즈 전개가 저조하더라도 그다지 염려할 것 없겠지요."

"'도헨보쿠'도 성공하리라 믿습니다."

"예."

사카모토는 고개를 끄덕이고 말을 이었다.

"제휴 후의 1호점을 하루라도 빨리 오픈했으면 좋겠군요."

"예. 적당한 점포를 열심히 물색하겠습니다."

"반년 전만 해도 연 매출 3억 엔이라고 들은 기억이 있는데 벌써 5억 엔입니까? 와타미푸드서비스는 정말이지 앞날이 밝군요."

"감사합니다……."

와타나베는 정중한 자세로 머리를 깊이 숙인 다음 사카모토를 똑바로 바라보았다.

"'시로후다야'의 실패로 직원들이 위기의식을 가져준 덕분이라고 봅니다. 그리고 이번에 닛폰제분의 출자가 결정되었고요. 직원들 사기가 크게 올라갔습니다."

"위기를 기회로 삼은 것만 봐도 와타나베 씨의 리더십이 잘 드러납니다. 직원들의 의욕을 이끌어내는 것은 우두머리의 임무지요. 젊은 집단으로 활력이 느껴져서 부럽기 그지없습니다."

"감사합니다."

다음날 아침 9시, 와타나베는 사카모토의 전화를 받았다.

"임원 파견 말인데요, 윗선에 물어보니 그럴 필요가 없다는 의견입니다. 실은 저 역시 그 의견에 동의합니다. 출자비율이 40퍼센트라고 해도 겨우 2,000만 엔이니까요. 젊은 사람들에게 맡기는 편이 좋지 않을까하고요. 여러분의 마음만으로 충분합니다."

사카모토는 웃으면서 이야기했다.

깔보는 것까지는 아니겠지만 와타나베는 기분이 상했다.

"알겠습니다. 천하의 닛폰제분을 상대로 임원 파견을 요청하다니 제가 너무 주제넘은 요청을 했나 봅니다."

와타나베는 웃으면서 말했다.

"천만에요, 그렇게까지 겸손할 필요는 없습니다. 일단 두고 보자는 뜻으로, 장차 상근은 몰라도 비상근임원을 파견할 가능성은 충분히 있습니다."

"여러모로 신경을 써주셔서 감사합니다."

11

와타나베는 이날 오전 11시에 구로사와, 가네코, 고를 사무소로 불렀다. 이른바 임시이사회를 개최한 것이라 넷 모두 양복을 차려입었다.

"어제 사카모토 차장님을 만나서 출자에 따른 임원 파견을 요청했는데 오늘 아침 전화로 거절당했어. 어디까지나 개인으로 내린 판단이지만, 납입자본금의 40퍼센트란 출자비율을 가진 닛폰제분에 임원 파견을 요청하는 것은 당연하다고 생각했어."

"거절한 이유가 뭐래?"

"고도 나와 같은 생각이구나?"

"응, 닛폰제분의 이익대표로서 최소한 비상근임원은 파견하는 것이 당연하다고 본다."

"구로사와와 가네코는 어떻게 생각해?"

"동감이야."

"나도 고와 같은 의견이야."

두 사람 모두 진지한 표정으로 와타나베를 바라보았다. 고는 와타나베의 옆에 앉아 있었다.

"하하하핫!"

갑자기 와타나베가 파안대소했다.

"나만 바보가 아니라서 다행이다. 넷 다 같은 생각을 하는구나."

"무슨 뜻이야?"

고의 질문에 와타나베는 웃으면서 대답했다.

"와타미푸드서비스는 닛폰제분이 임원을 파견할 정도의 회사가 아니라는 뜻이야. 나도 너희들도 순진하다고 할까? 닛폰제본의 입장에서는 우리가 분수를 몰라도 너무 모른다는 거지."

구로사와가 고개를 갸우뚱했다.

"사카모토 차장님이 그렇게 말했어?"

"설마. 그렇게 말한 사람은 오히려 나야. 출자비율이 40퍼센트라고 해도 고작 2,000만 엔이니까. 임원의 파견을 요청할 줄은 상상도 못 했던 것이 아닐까? 사카모토 차장님은 친절한 분이라 젊은 사람들에게 맡기겠다, 장차 임원을 파견할 가능성도 있다고 말했지만 역시 우리는 순진하고 세상물정을 몰랐다는 뜻이야. 그걸 깨닫게 되었다는 거지. 뜻밖의 창피를 당했어."

"그랬구나. 하지만 청신하고 젊은 와타미푸드서비스이기 때문에 사카모토 차장님도 계속 지원해준 것이 아닐까?"

와타나베가 고를 보고 고개를 갸우뚱했다.

"그럴지도 모르지. 금액이야 어쨌든 꿈에서까지 본 닛폰제분의 출자가 현실이 되었잖아. 사카모토 차장님 혼자 힘으로 닛폰제분을 움직였으니 굉장하지. 젊은 벤처비즈니스를 높이 사준 거야."

와타나베는 도다 미사코가 내준 녹차를 마시고 말을 이었다.

"너희에게 보고해둘 일이 있어. 닛폰제분의 납입일은 6월 1일이라는군. 그리고 자본 및 업무제휴 후, 가능한 한 빠른 시일 안에 2호점을 오픈하고 싶다는 것이 사카모토 차장님의 희망이라 난 당장 물건을 찾으러 나설 거야."

가네코가 진지한 얼굴로 와타나베에게 물었다.

"닛케이유통신문에 하라주쿠와 롯폰기에 가게를 낸다고 실렸던데?"

"그건 가사이가 괜히 한 소리야. 그냥 입에서 나오는 대로 젊은이들에게 인기가 있는 하라주쿠와 롯폰기를 언급했겠지. 물론 대상 후보지로 고려해볼 수는 있어."

"'도헨보쿠'의 앞으로의 성장이 기대된다. 이자카야 같은 고수익은 바랄 수 없지만 어쨌거나 와타미의 독자 브랜드잖아."

"구로사와는 오사카와 히로시마까지 가서 고생했으니까 나보다도 '도헨보쿠'에 대한 애착이 크겠지."

"그렇지도 않아. 난 사장 명령에 따랐을 뿐이야."

"옛날 생각이 나네. 비즈니스 호텔의 욕실이 소스병 투성이가 되었던 것이……."

와타나베도 구로사와도 잠시 지난날을 떠올렸다.

12

5월 28일 목요일 오전 10시에 와타나베는 구로사와, 가네코, 고 그리고 부친인 히데키를 와타미푸드서비스 본사 사무소로 소집했다. 히데키는 와타미푸드서비스의 감사역이었다.

작은 소파에 와타나베와 구로사와가 나란히 앉고, 가네코와 히데키는 그 맞은편, 고는 사무용 의자를 소파 옆으로 가져다 앉았다.

"지금부터 이사회를 개최합니다. 첫 번째 안건은 2,000만 엔의 증자 건, 즉 닛폰제분 주식회사에 대한 제3자할당을 정식으로 승인받고 싶습니다. 이의가 없으면 정식으로 결의하겠습니다."

이의가 있을 리가 없었다.

5명 모두 온화하게 고개를 끄덕였다.

히데키가 질문했다.

"닛폰제분의 출자 실행일은 언제지?"

"죄송합니다. 구로사와, 가네코, 고에게는 이미 알렸는데 아버지에게는 아직 말씀을 안 드렸군요. 6월 1일입니다."

"분명히 닛폰제분은 4월 28일의 이사회에서 정식으로 결정했다고 들었는데……."

"수속 문제로 한 달 정도 걸린답니다. 참고로 와타미푸드서비스는 미쓰이은행 요코하마지점에 계좌를 개설하고, 그 지점으로 2,000만 엔이 납입됩니다."

히데키가 참석한 자리라 존댓말을 쓸 수밖에 없었다.

"두 번째 안건입니다. 저 와타나베 미키가 소유한 주식 중 24주를 고 마사토시에게 양도할 생각입니다. 이의 없으십니까?"

"이의 없습니다."

"이의 없습니다."

"찬성합니다."

구로사와, 가네코, 히데키의 찬성에 고는 말없이 머리를 숙였다. 액면가 5만 엔의 주식 24주니까 125만 엔이었다. 이것은 와타나베와 고가 미리 의논하여 합의한 내용이었다.

닛폰제분의 출자 후 와타미푸드서비스주식회사의 주주는 5명으로 주주수와 소유주의 비율은 다음과 같았다.

▷와타나베 미키 448주, 44.8퍼센트.

▷닛폰제분주식회사 400주, 40퍼센트.

▷구로사와 신이치 64주, 6.4퍼센트.

▷가네코 히로시 64주, 6.4퍼센트.

▷고 마사토시 24주 2.4퍼센트.

히데키가 감격에 찬 어조로 말했다.

"닛폰제분은 창업한 지 100년이 넘는다는 미쓰이 계열의 대기업이야. 닛폰제분의 출자로 와타미푸드서비스는 앞으로 미쓰이은행과 거래할 수 있게 되었구나."

그 말을 받아서 의장인 와타나베가 발언했다.

"말씀하시는 대로입니다. 미쓰비시은행 요코하마지점에서 빌린 '쓰보하치 야마토점'의 개업 자금이 남아 있지만 가급적 빨리 갚고 싶습니다. 닛폰제분의 출자를 얻은 이상 예전처럼 자금이 달릴 일은 없겠지요. 이미 요코하마은행, 요코하마신용금고와 거래하고 싶다는 뜻을 전했더니 이전과는 태도가 완전히 달라서 깜짝 놀랐어요. '시로후다야'에서 '쓰보하치'로 개장하는 공사비 때문에 융자를 신청했을 때는 문전박대하더니, 담당창구가 바뀐 영향도 있겠지만 지극히 긍정적입니다."

"닛폰제분의 위력은 대단하군요."

"고의 말이 맞습니다."

이사회를 마치고 잡담으로 바뀌면서부터 히로코도 의자를 끌어당겨 참가했다. 히데키가 히로코를 따뜻하게 바라보았다.

"건강해 보이는구나. 잘 지내고 있는 거지?"

"예, 사장님이 담배를 끊은 덕분이에요. 사장님 건강을 걱정할 필요가 없어졌으니까요."

"히로코는 언제까지 사무소에 나올 생각이지?"

히로코의 눈짓에 와타나베가 대답했다.

"전 이번 달까지만 일하라고 했는데 11월까지는 근무하겠다면서 도통 말을 듣질 않아요."

"그렇게 무리해야 할 만큼 회사가 힘든가?"

"지금 히로코가 그만두면 곤란한 것은 맞지만 11월까지 일할 필요는 없다고 봅니다."

"괜찮아요. 적당히 움직여주는 편이 몸에 좋아요."

"배가 불러오면 주위 사람들이 불안할 거야. 빨리 후임자를 뽑아라. 최대한 길게 잡아도 8월 넘어서까지 근무하긴 힘들지 않겠니?"

"저도 그렇게 생각해요."

히데키의 눈총을 받은 와타나베가 계면쩍게 웃으면서 동의했다.

히로코가 히데키에게서 와타나베 쪽으로 시선을 옮겼다.

"적어도 10월 말까지 일할 수 있다고 생각해요.

"지금 결정할 필요는 없어. 상황을 봐서 정하자."

"히로코가 회사를 걱정하는 마음은 잘 알지만 가능한 한 빨리 그만 두고 전업주부가 되면 좋겠구나."

히데키가 다 결정이 난 것처럼 말했다.

결국 히로코는 경리부장 가토가 '구타사건'으로 그만두는 바람에 경리를 포함해서 관리부문을 담당하게 된 고에게 업무를 인수인계하고 10월 말에 사무소를 떠났다.

히로코는 단기간이지만 사실상 와타미푸드서비스의 경리부문 책임자가 된 데다 업무에 대해 모르는 고의 사수 역할까지 담당하게 되었다.

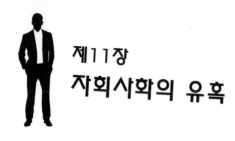

제11장
자회사화의 유혹

1

닛폰제분과 제휴를 체결하면 가급적 빨리 1호점을 오픈하고 싶다. 와타나베는 5월 하순부터 적당한 가게 자리를 알아보느라 동분서주하는 나날이 이어졌다.

후지사와藤沢, 미나미린칸南林間, 히로오広尾, 니시코야마西小山, 롯폰기, 신주쿠, 시부야 등을 발품을 팔아가며 돌아다녔다. 그러나 마음에 드는 곳을 좀처럼 찾을 수가 없었다.

6월 1일 저녁, 와타나베는 감사인사를 하기 위해서 닛폰제분 본사의 사카모토를 방문했다.

"오늘 증자자금이 납입되었습니다. 진심으로 감사드립니다."

와타나베는 사카모토를 향해서 최대한 정중하게 머리를 숙였다.

"인사는 그쯤 하고 어서 앉으세요."

와타나베가 응접실의 소파에 앉자 사카모토가 물었다.

"점포 자리는 어떻습니까?"

"계속 찾아다니고는 있지만 이거다 싶은 곳이 없어서……."

"그렇습니까?"

사카모토가 상체를 쑥 내밀었다.

"괜찮은 곳이 있습니다. 지금 당장 보러가지 않겠습니까?"

"어디입니까?"

"신주쿠 3가입니다. 신주쿠 중앙로에 오우렛치빌딩이라는 신축건물이 있는데, 신주쿠역 동쪽 출구에서 2~3분 걸리고 오가는 사람이 많은 곳이라 안성맞춤이라고 생각합니다."

"여기서도 걸어갈 수 있겠군요."

"그래서 마음에 들었어요. 평소부터 1호점은 신주쿠에 내고 싶었거든요."

사카모토는 신이 나서 말했다. 마치 결정이 다 난 것 같은 어투였다.

"다만……."

사카모코는 찻잔을 테이블 위에 내려놓았다.

"조금 복잡한 사정이 있는데, 건물주가 닛폰제분이 아니면 빌려주지 않겠다고 주장하고 있답니다."

"닛폰제분이 40퍼센트나 출자하는 와타미푸드서비스로는 안 된다는 건가요?

"부동산은 수요가 공급을 앞서고 있으니까요. 그래서 고집을 부리는군요. 닛폰제분이라면 빌려준다기보다는 닛폰제분에게만 빌려주겠다는 겁니다. 그러나 일단 닛폰제분이 빌린 다음 와타미푸드서비스에 다시 세를 주는 것은 상관없다니, 기본적으로는 마찬가지라고 생각합니다."

와타나베는 살짝 미간을 찌푸렸다. 어쩐지 기선을 제압당한 기분이 들었다.

와타미푸드서비스는 '쓰보하치'의 프랜차이즈점에 불과했다. 고작해야 이자카야라고 깔봐도 할 수 없는 일이지만, '도헨보쿠'의 프랜차이즈점을 대대적으로 전개하려는 꿈에 부풀어 있었던 만큼 누가 찬물이라도 끼얹은 것 같은 기분이었다.

사카모토가 시계에 눈을 떨어트렸다.

"슬슬 나가볼까요."

와타나베는 애써 마음을 다잡고 웃으면서 말했다.

"군자금을 듬뿍 준비해왔습니다. 오늘은 사카모토 차장님께 거하게 한 턱 내려고 왔으니까요."

"오우렛치빌딩 근처에 괜찮은 가게가 있습니다."

"사카모토 차장님의 단골가게 중에서 제일 고급인 가게에서 대접하겠습니다."

"무리해서 호기를 부릴 필요는 없어요."

사카모토가 엉덩이를 들었기 때문에 와타나베도 따라서 일어났다.

오우렛치빌딩은 신주쿠 3가 23번지 13호에 있었다. 지상 9층, 지하 1층의 건물로 총 면적은 182평. 지하 1층에 있는 16평이 조금 넘는 점포가 노리는 자리였다.

"입지조건은 좋지만 주위가 조금 어둡네요."

와타나베는 썩 내키지 않았다.

"여기라면 틀림없이 성공할 겁니다. 낮이고 밤이고 통행인이 끊이질 않고, 어디 하나 트집을 잡을 만한 곳도 없어요."

사카모토가 지하 1층의 계단을 내려갔다.

미리 전화로 연락을 해두었는지 양복 차림의 젊은 직원이 대기하고 있었다. 사카모토가 빌딩 직원에게 물었다.

"16평이라고 했던가요?"

"54.10제곱미터니까 16.36평입니다."

"와타나베 사장님, 어때요?"

사카모토의 질문에 와타나베는 떨떠름한 표정으로 팔짱을 풀고 뺨을 문질렀다.

"예, 뭐 괜찮은 것 같습니다."

"대답이 영 시원찮군요."

"그렇지 않습니다."

말과는 달리 와타나베는 적극적으로 나설 기분이 들지 않았다.

"개발부 직원 몇 명이 둘러보았는데 반대하는 사람은 없었습니다."

"알겠습니다. 사카모토 차장님께 맡기겠습니다."

"결정은 와타나베 사장님이 해야지요."

"괜찮습니다. 차장님을 믿겠습니다."

와타나베는 용기 있게 힘주어 말했다.

2

와타나베가 사카모토에게 한 턱 낸 가게는 '만키노이에滿喜の家'라는 국수가게와 별다를 것이 없는 술집이었다.

"실례지만 여기보다는 우리 '쓰보하치'가 훨씬 수준이 높겠는데요? 정말 이런 곳으로 괜찮으시겠습니까?"

오우렛치빌딩 근처에 있는 상가빌딩 지하 1층으로 안내되었을 때, 와타나베는 저도 모르게 튀어나온 솔직한 감상에 머리를 긁적였다.

"글쎄요. '쓰보하치'보다 '만키노이에'가 훨씬 나을지도 몰라요. 내 단골가게로 제법 맛있습니다."

'만키노이에'는 거의 만석이었다. 카운터 안쪽 자리가 비어 있었다.

와타나베는 최소한 호텔의 갓포요리割烹料理-요리사가 눈앞에서 음식을 한 가지씩 만들어서 내놓은 일본요리 전문점에서 사카모토를 접대할 작정이었다. 하지만 사카모토는 자기보다 까마득한 후배 뻘인 와타나베에게 얻어먹는 것이 내키지 않아서 수수한 가게를 예약해둔 것이었다.

"이번 증자를 위해서 애써주셔서 정말 감사합니다."

"저야말로 감사합니다. 막 걸음마를 시작했을 뿐, 이제부터가 시작이지요. 서로 힘을 냅시다. 건배!"

"건배!"

두 사람은 글라스를 부딪친 다음 단숨에 맥주를 들이켰다.

와타나베가 서둘러 맥주병을 오른손으로 잡았다. 따라주는 맥주를 받으면서 사카모토가 말했다.

"저 자리가 마음에 안 드는 모양이지만 이번만큼은 제 체면을 세워 줬으면 좋겠습니다. 이제부터 조건을 알려드리겠지만 건물주가 상당히 세게 나오고 있습니다. 하지만 그만큼의 가치가 있다고 봅니다."

와타나베는 긴장했다. 조건을 빨리 듣고 싶었다.

"보증금은 5,000만 엔입니다."

"예?! 5,000만 엔요?"

와타나베는 눈을 부릅떴다. 아무리 생각해도 16평에 5,000만 엔은 너무 비쌌다.

"일등지라 그 정도는 하지요. 세입자는 얼마든지 골라잡을 수 있지만 닛폰제분에 우선권을 주겠다는군요."

"하지만 우리 회사는 5,000만 엔이나 부담할 능력이 없습니다."

"그 점에 대해서는 좋은 방법이 없는지 서로 지혜를 짜봅시다."

"……."

"월세는 평당 4만 엔입니다."

"64만 엔입니까. 정말 세게 부르는군요. 채산이 맞을지 어떨지……."

반농담조로 말했지만 그것이 와타나베의 솔직한 심정이었다.

"걱정하지 마세요. 제 나름대로 계산해봤는데 충분히 가능합니다. 닛폰제분이 주식회사 오우렛치빌딩과 계약하고, 와타미푸드서비스에 한해서 점포 임대차계약을 맺는 형태니까요. 결국 리스크는 양사가 분담하게 되는 셈입니다. 와타미의 리스크는 닛폰제분이 출자한 2,000만엔 이내라고 생각하면 마음이 편할 겁니다. 당연한 일이지만 '도헨보쿠'의 인테리어에서 운영까지 전부 와타나베 사장님께 맡기겠습니다. 간나이의 '도헨보쿠'도 모델점이지만, 신주쿠의 '도헨보쿠'도 양사 제휴 후의 1호점이자 이른바 모델점입니다. 저는 꼭 성공하기를 빌고 있습니다."

사카모토가 나지막한 목소리로 털어놓는 고양감이 와타나베의 가슴에도 전염되었다.

"무슨 말씀인지 잘 알겠습니다. 사카모토 차장님은 모델점 오픈을 언제쯤으로 예상하고 계십니까?"

"빠르면 빠를수록 좋지요. 3개월 이내, 즉 8월 말에는 오픈하고 싶습니다."

"충분히 시간이 맞으리라 생각합니다. 반드시 성공시켜 보이겠습니다." 와타나베는 기합을 불어넣으려는 듯이 술잔을 단숨에 비웠다.

이날 밤 와타나베가 '만키노이에'에서 지불한 술값은 5,500엔이었다.

3

6월 3일 수오일 오후 7시에 와타나베는 히로코를 제외한 직원 16명을 전원 본사 사무소로 소집했다.

와타나베도 기분이 고양되어 있었다.

"오랜만의 아침회의에서 여러분의 씩씩한 얼굴을 보니 대단히 기쁩니다. 전원이 각자의 자리에서 애쓰고 있다는 것이 피부로 느껴지는군요. 저는 '고집과 도전정신'에 대해서 누누이 말해왔는데, 여러분도 아시다시피 6월 1일부터 닛폰제분과 자본과 업무를 제휴하게 되었습니다. 이 기회에 '고집과 도전정신'을 더 크게 강조하려고 합니다. 닛폰제분 같은 대기업이 왜 와타미푸드서비스처럼 작은 회사를 파트너로 선택했을까요? 외식산업에 대한 우리의 고집과 도전정신을 사카모토 차장님이 높이 평가했기 때문입니다. 사카모토 차장님은 우리의 정열을 인정하셨습니다. 정열이야말로 경쟁이 심한 외식산업 속에서 살아남고, 발전해갈 수 있는 유일한 원동력입니다. '고집'과 '도전정신'은 열정 없이는 가지기 힘듭니다. 이 말을 하려고 이른 시간에 수면시간을 쪼개면서까지 여러분을 이 자리에 부른 것입니다…….'

와타나베는 오른손 주먹을 휘두르며 한층 목소리를 높였다.

"어제 간부들에게 말했으니 여러분에게도 전달된 사항이겠지만 신주쿠 중앙로에 '도헨보쿠' 2호점이 8월 말에 오픈합니다. 말이 2호점이지 닛폰제분과 제휴 후 처음 내는 가게니까 1호점이자 모델점이라고도 할 수 있겠지요. 드디어 우리 와타미푸드서비스가 부도심이라고 불리는 신주쿠 중심가에 진출하게 되었습니다. 그러나 크게 도약하기 위해서는 반드시 성공시키지 않으면 안 됩니다. 우리는 닛폰제분의 기대를 배신해서는 안 됩니다. 우리의 정열을 인정해준 사카모토 차장님의 기대를 저버리는 일이 생긴다면 저는 죽어도 편히 눈을 감을 수가 없을 겁니다…….'

와타나베는 너무 흥분해서 거의 절규하듯이 연설했다.

"저는 여러분의 정열을 믿어 의심치 않습니다. 저와 아내, 구로사와, 가네코, 이렇게 넷이서 출발한 회사가 고작 3년 만에 닛폰제분과 제휴할 수 있게 된 행운을 신께 감사드리지 않을 수가 없습니다. 힘든 순간도 많았지만 여러분은 절 믿고 따라와 주었습니다. 지금 제 마음은 여러분에 대한 감사의 기분으로 가득합니다. 정열을 불태우며 오늘부터 새로운 목적을 향해서 도전합시다…….'

와타나베는 조금 부끄러워져서 손수건으로 이마의 땀을 닦으면서 마무리했다.

좁은 사무소에 17명이나 들어앉아 있자니 사람들의 체온으로 실내가 사우나처럼 후끈후끈했다. 전원이 땀에 푹 젖었다.

"여러분, 아침회의에 출석해주셔서 감사합니다."

박수가 그치자 와타나베는 구로사와, 가네코, 고, 가사이, 후지이, 이렇게 5명을 불러 세웠다.

"아직 상호를 결정하진 않았지만 아마도 '도헨보쿠 신주쿠점'이 될 거야. 점장은 가사이에게 맡길 거고. 후지이는 가사이의 후임으로 간나이의 '도헨보쿠'의 점장이 되어줘. 인테리어 공사에 들어가면 정식으로 발령할게. 구로사와는 '도헨보쿠' 매장 둘을, 가네코는 계속해서 '쓰보하치' 전 매장을 담당해줘."

와타나베는 우물거리면서 구로사와와 가사이에게 물었다.

"어제 오우렛치빌딩을 보고 왔어?"

"응."

"예."

구로사와와 가사이가 동시에 고개를 끄덕였다.

"어떻게 생각해? 난 주위의 어둑어둑한 분위기가 마음에 걸려."

"난 '쓰보하치 신주쿠점'에서 일을 배웠기 때문에 그 주변을 잘 아는데 신주쿠역 동쪽출구는 분위기가 대부분 그래. 입지조건은 나쁘지 않은 편이야. 다만 가사이하고도 이야기했는데 점포 크기가 별로야."

구로사와와 얼굴을 마주 보면서 가사이가 말했다.

"카운터석과 테이블석을 합쳐서 25석 정도 나올 겁니다."

"응."

"25석인가. 최저 6회전은 돌아야 채산이 맞겠군."

"그 문제라면 걱정할 필요 없을 거야. 번화가니까."

"구로사와가 보증한다면 괜찮겠지? 하긴 사카모토 차장님이 적극 추천하는 곳이라 우리 마음이 어떻든 간에 거절할 수도 없어. 거기로 정할 수밖에."

"틀림없이 닛폰제분의 직원들이 단골이 되어 줄 겁니다."

사카이의 얼굴은 붉게 상기되어 있었다.

제휴 1호점의 점장으로 발탁되었으니 긴장하는 것도 당연했다.

고가 와타나베에게 질문했다.

"신주쿠의 가게 자리는 보증금만 5,000만 엔이라던데 닛폰제분이 부담해주는 거야?"

"구체적인 일은 이제부터 정하겠지만 사카모토 차장님은 양사가 리스크를 절반씩 분담하자고 하더군. 닛폰제분이 출자하는 2,000만 이내의 리스크라고 생각하면 마음이 편할 거란 말까지 한 걸로 보아 와타미의 부담은 그다지 크진 않을 거야."

"사카모토 차장님은 사장님에게 반했으니까."

"아까도 말했듯이 날 포함한 와타미 전체의 젊은 혈기와 정열을 높이 평가해준 거야. 사카모토 차장님 덕분에 우리가 능력을 발휘할 수 있었다는 면도 있지만 우리 실력 이상으로 과대평가한 면이 있을지도 몰라. 그렇게 되지 않도록 노력하자."

"그래."

"노력하겠습니다."

구로사와는 고개를 끄덕였고 가사이는 입술을 꼭 깨물었다. 소파에 앉아 있던 와타나베가 몸을 앞으로 내밀어 후지이의 어깨를 두드렸다.

"'1호점'도 잘 부탁한다."

"예."

"내가 위치 선정을 잘못했다고 욕을 해도 할 말은 없어. 하지만 아무리 모델점, 실험점이라지만 매상과 이익을 좀 더 늘릴 필요가 있겠지. 무슨 좋은 방법이 없는지 나도 고민해볼게."

가네코가 참견했다.

"닛폰제분과 제휴를 맺는 계기를 만들어준 가게니까 종합적으로 평가하면 공헌도가 제법 높지 않을까?"

"뭐 그렇긴 하지. 오늘은 이만 파하자."

와타나베는 굳은 표정으로 소파에서 일어났다.

4

먼저 닛폰제분주식회사와 주식회사오우렛치빌딩이 지하 1층 16.36평의 점포임대차계약을 체결한 다음 와타나베와 사카모토가 전대차계약의 조건을 협상했다.

"보증금은 전액 닛폰제분에서 부담하겠습니다. 그 대신 은행금리보다 높게 책정한 보증금의 이자를 전대료_{임차인(賃借人)이 제3자에게 임차물을 임대하고 받는 비용}에 포함시켜서 와타미가 부담하는 것으로 하면 어떻습니까?"

"예, 괜찮습니다."

"경리부와 의견을 조정한 결과 전대료는 매월 789,500엔, 관리비는 72,000엔 선이면 어떨까 하더군요."

"좋습니다."

와타나베는 내심 비싸다고 생각했지만 보증금 5,000만 엔의 부담을 생각하면 당연한 요구라서 수락할 수밖에 없다고 납득했다.

관리비란 빌딩 관리인의 인건비, 공용부분의 전기요금, 급배수펌프의 동력비, 공용수도요금, 공용청소비, 기계정기점검 및 보수비, 조경관리비, 손해보험료, 지역회비, 간판사용료 등의 제반경비를 말한다.

사카모토는 건물주와의 임대차계약서 사본을 와타나베에게 제시하면서 자세하게 설명했다.

"전대차임차인이 임차물을 제3자에게 임대하는 계약기간도 임대차임대인이 임차인에게 목적물을 사용·수익하게 하고 상대방은 이에 대해 대가를 지급하는 것기간과 마찬가지로 1987년 7월 27일부터 1989년 7월 26일까지 2년 동안이다. 계약기간이 만료되기 6개월 전까지 갑(닛폰제분)과 을(와타미푸드서비스), 양측 모두 해약하겠다는 의사표시가 없을 경우 동일한 조건으로 전대차 기간을 2년 더 연장하며 그 이후도 마찬가지다. 을은 갑이 병(오우렛치빌딩)에게 지불한 계약갱신료와 같은 금액을 갱신료로서 갑에게 지불……."

사카모토가 서류에서 눈을 들었다.

"금지사항도 아주 일반적인 내용이지만 일단 읽어보죠. ①본 물건의 전부 혹은 일부를 제3자에게 전대 혹은 사용하게 해서는 안 된다, ②본 물건의 전대권을 제3자에게 양도 혹은 담보로 제공해서는 안 된다."

와타나베는 문득 '쓰보하치 고엔지 기타구치점'의 영업권(보증금)을

'쓰보하치'의 창업사장인 이시이 세이지에게 양도받았을 때, 산신빌딩의 여성 오너인 야마자키 기요가 보증금의 질권설정을 승낙해줬던 과거가 떠올라서 가슴이 뜨거워졌다. 고작 3년 전의 일인데도 아주 머나먼 과거의 일처럼 느껴졌다.

물건은 전대차라서 만약의 사태에 대비해서 보증금에 질권설정을 할 수도 없고, 닛폰제분하고 자본과 업무를 제휴함으로써 그 당시와는 비교가 되지 않을 만큼 신용도가 높아졌다.

닛폰제분 본사의 응접실에서 사카모토와 마주앉아 있는 일 자체가 신기하기 짝이 없었다.

사카모토가 보리차를 한 모금 마시고 컵을 컵받침에 내려놓았다.

"내장공사의 항은 을이 전대차물건에 입거한 후 내장공사에 착수할 때는 미리 설계도 및 사양서 등을 갑에게 제출하고 갑의 승낙을 얻어야 한다. 다만 갑은 합리적인 이유가 없는 한 승낙해야 한다. 요점은 이 정도일까요."

"설계도와 사양서는 이미 사카모토 차장님께 보여드렸는데요……."

"아무 문제없었습니다. 오늘내일 중에 점포전대차계약서를 2통 작성해둘 테니 날인과 서명을 부탁합니다."

양사가 전대차계약서에 날인한 것은 1987년 7월 25일이었다.

5

와타나베도 사카모토도 시간만 나면 내장공사의 진척 상황을 둘러

보러 갔다. 8월 28일의 개업일까지 열흘 쯤 남은, 늦더위가 기승을 부리는 어느 날 오후에 두 사람은 공사 현장에서 맞닥트렸다. 미리 약속한 적도 없는데 이런 일이 여러 번 있었다. 두 사람 다 넥타이는 두르고 있지만 와이셔츠 차림이었다.

"개업식 행사로 개업하고 1주일 동안은 '도헨보쿠야키'를 무료 제공하기로 했습니다. 개업 1주일 전부터 신주쿠 동쪽출구와 가게 앞에서 사람들에게 쿠폰을 배포할 생각입니다."

"예? 그렇게나요?"

사카모토는 질린 얼굴로 와타나베를 올려다보았다.

"'도헨보쿠'의 오코노미야키를 한 번 먹어본 손님은 그 후로 두 번이고 세 번이고 가게를 찾아올 겁니다."

"오코노미야키를 공짜로 제공하면 출혈이 심하지 않나요? 그렇게까지 하지 않아도 이 위치라면 집객을 걱정할 필요는 없다고 보는데요."

"'도헨보쿠야키' 이외의 오코노미야키나 피자야키를 드시는 손님도 있을 테고, '도헨보쿠야키'만 드시는 손님도 음료수는 마실 테니까 그리 크게 적자가 나진 않을 겁니다."

"저는 반대입니다. 과잉 서비스예요. 다시 생각해 보지 그래요?"

"이미 결정한 일입니다. 구로사와 다른 직원들의 의견도 들어봤는데 반대하는 사람은 없었습니다."

"와타나베 사장님이 말을 꺼내면 아무도 반대할 수 없잖아요."

"그렇지 않습니다. 전 그렇게 독선적인 사람이 아니에요."

"음료수를 서비스하는 정도라면 몰라도 주메뉴인 오코노미야키를 무료로 제공하는 것은 아무래도…….”

“사전에 사카모토 차장님의 의견을 여쭤보지 않아서 죄송하지만 이 일에 관해서는 제게 맡겨주십시오. 판촉을 위한 수단입니다.”

와타나베는 웃으면서 말하고 지갑 속에서 어떤 물건을 꺼냈다.

“이걸 좀 봐주세요.”

와타나베가 사카모토에게 내민 종이는 지폐 크기의 쿠폰이었다.

‘도헨보쿠야키 무료 쿠폰. 개업기념으로 8월 28일부터 1주일간 무료로 서비스합니다’라고 인쇄되어 있었다.

‘도헨보쿠야키’는 가장 기본적인 오코노미야키였다. 달걀, 돼지고기, 오징어, 문어가 들어가고 가격은 689엔으로 가장 쌌다.

“1,000장이면 68만 엔이잖아요. 아깝다는 생각이 들지만 와타나베 사장님 나름대로 생각이 있겠지요.”

사카모토는 마지못해서 인정했다.

개업 3일 전부터 신주쿠역 동쪽출구와 오우렛치빌딩 앞에서 무료쿠폰을 나눠줬다. 와타나베, 구로사와, 가사이도 솔선수범해서 배포에 나섰다.

“개업 기념으로 1주일간 일본에서 제일 맛있는 오코노미야키를 무료로 드립니다.”

와타미의 직원들은 목청을 높여가며 쿠폰을 나눠주었다.

쿠폰을 받은 통행인 대부분은 순간적으로 미심쩍어했지만 히죽이 웃으면서 지갑 안에 갈무리했다. 구겨서 버리는 사람은 한 사람도 없었다. 반응이 좋다고 와타나베가 생각한 것도 당연했다.

6

8월 28일부터 1주일 동안 '도헨보쿠 신주쿠점'에 장사진이 이어졌다.

하루 9회전이 연일 계속되었으니 직원들이 얼마나 바쁜지 충분히 상상이 되고도 남았다.

와타나베는 유니폼 차림으로 계산대에 서서 계산을 담당했다.

구로사와와 가사이는 알바생들을 지휘하며 좁은 가게 안을 돌아다녔다. 사카모토도 매일 얼굴을 내밀었지만 와타나베와 두세 마디를 나누는 것이 고작이었다.

"굉장하군요. 계단 위쪽까지 손님들이 줄을 서고 있어요."

"다 무료쿠폰의 성과겠지요."

"문제는 1주일 후로군요."

"문제없습니다. 9회전은 조금 심하지만 6회전만 해도 수지타산이 맞거든요."

"상당수가 쿠폰 손님이라고도 해도 이 무더위 속에서 뜨거운 오코노미야키로 손님을 모을 수 있다니 시작치고는 아주 순조롭군요."

"너무 순조로워서 무서울 정도입니다."

개업기념 행사의 마지막 날인 9월 3일은 비 때문에 손님들 발길이 뜸했지만 그래도 7회전을 한 데다 쿠폰 손님은 거의 없었다.

개업 8일째인 9월 4일은 다시 9회전으로 회복되었다.

구로사와도 가사이도 몸이 피곤해서 죽을 지경이었지만 표정만큼은 정열로 가득 차 있었다. 알바생들은 2교대제로 일하기 때문에 아무래도 두 사람보다는 피로가 덜 했다.

폐점시간인 밤 11시 반, 서로의 노고를 치하하는 뜻으로 맥주를 한 잔하면서 와타나베가 구로사와에게 말했다.

"주말인 5일과 6일에 여름휴가를 잡아놓았는데 취소할까?"

"나도 가사이도 8월에 휴가를 다녀왔어. 사장, 가게는 우리에게 맡겨줘."

"하지만 이렇게 바쁘니까 휴가를 내기 미안하잖아."

가사이가 오른손을 흔들었다.

"그건 아니죠. 도대체가 사장님이 매일 계산대를 지키는 것 자체가 문제라고요. 사장의 임무를 방치한 것이나 다름없잖아요. 여름휴가는 꼭 다녀오세요."

"고나 가네코하고는 수시로 전화를 주고받았으니까 사장의 임무를 방치한 건 아니야. 하긴 계속 신주쿠점에만 붙어 있을 수도 없는 노릇이지."

"가루이자와輕井沢의 펜션을 예약했다며?"

"내가 구로사와에게 말했던가?"

"그래. 가끔은 부인에게 서비스를 해주라고."

"그래. 너희들에게는 미안하지만 1박 2일의 여름휴가는 가는 걸로 할게."

와타나베와 히로코는 예정대로 5일 오후에 자가용인 크라운을 타고 가루이자와로 향했다.

조수석의 히로코는 안쓰러울 정도는 아니었지만 슬슬 부푼 배가 눈에 띄었다.

"휴가를 떠나는 것은 골든위크 때 친정에 간 후로 처음이네요."

"응. 당신도 나도 정신없이 일만 했지."

"와타미의 직원들은 모두 그래요."

"맞아. 특히 구로사와와 가사이가 고생을 많이 했어. '도헨보쿠 신주쿠점'은 무사히 개업했지만 영업기반을 확실하게 다져놓아야 하니까. 대충대충 장사할 생각은 하지 말라고 입이 닳도록 말하고 있고, 저 두 사람이라면 걱정할 것 없다고 생각하지만……. 내가 이틀간 휴가를 내는 것이 망설여질 만큼 엄청난 수의 손님들이 몰려들고 있으니까."

"무료쿠폰을 뿌린 것은 도가 지나쳤어요."

"당신도 찬성했잖아."

"그랬죠. 하지만 결과적으로 어떨지는……".

"플러스가 되는 측면이 훨씬 크다고 생각해. 오늘, 내일 매상이 얼마나 될지 기대돼."

"당신 사가와택배의 SD 시절에는 설마 5년 후에 이렇게 될 줄 꿈에도 몰랐죠?"

"당신과 재회한 것을 포함해서 운이 내 편을 들어주었지."

와타나베는 옛 생각에 웃음이 새어 나왔다.

"왜 웃어요?"

"SD 시절에 출퇴근할 때 끌고 다녔던 고물차 생각이 났어."

"아! 그 차요."

"1년이나 용케 버텨주었지. 나도 크라운을 몰 수 있는 신분이 되었으니 엄청난 출세야."

가루이자와의 펜션에서 먹은 저녁이 맛없어서 와타나베가 투덜거렸다.

"와타미 쓰보하치점의 요리를 여기 요리사에게 먹여주고 싶군."

"요금을 생각하면 불평할 수도 없잖아요."

"너무 돈을 아꼈나. 그리고 가루이자와로 온 것은 실패인 것 같아."

"그렇지 않아요. 난 가루이자와에 오고 싶었어요."

"온천, 다다미 방, 유카타 그리고 회를 먹지 않으면 여행 왔다는 기분이 안 들어. 구로사와의 말처럼 아내에게 서비스했다고 생각해야겠구만."

"그래요. 아기가 태어나면 한동안 여행은 꿈도 못 꾸는걸요."

"온천에 한 번 더 들어갔다가 그만 잘까."

"아직 9시밖에 안 됐어요."

"졸려 죽겠는걸."

와타나베도 히로코도 죽은 듯이 골아떨어졌다. 다음날 수박 겉 핥기 식으로 관광한 것을 생각하면 일부러 가루이자와까지 잠자러 온 것이나 다름없었다.

두 사람은 오전 중에 오니오시다시원鬼押出し園, 시라이토白糸 폭포 등을 돌아보고 오후에 귀갓길에 올랐다.

7

9월 6일 밤 9시 지나서 와타나베는 '도헨보쿠 신주쿠점'에 얼굴을 내밀었다. 가게 안은 만석으로 손님들이 계단에 줄지어 기다리고 있었다.

"오늘 하루는 푹 쉬지 그랬어."

계산대에 서있던 구로사와가 말렸지만 와타나베는 유니폼으로 갈아입고 구로사와와 교대했다.

"토요일은 어땠어?"

"9회전 했어. 오늘도 틀림없이 9회전이야."

"이 상태로 가면 와타미 창설 이래 최고 매상을 올리는 지점이 될지도 모르겠군."

"나도 그렇게 생각해. 토요일 오후 2시쯤에 사카모토 차장님이 왔었어."

"많이 좋아하지?"

"좋아한다기보다는 놀라더군. 이 정도일 줄은 생각도 못했던 모양이야."

"하긴 그렇겠지. 나도 깜짝 놀랐는걸."

그날 밤 손님들 시중에 쫓기느라 와타나베와 구로사와가 나눈 대화는 그것뿐이었다. 가사이나 알바생들과도 간신히 인사만 했을 뿐 이야기를 주고받을 여유가 없었다.

새벽에 귀가한 와타나베는 히로코에게 신이 나서 말했다.

"어제도 오늘도 9회전이었어. 그 가게는 크게 성공할 것 같아. 사카모토 차장님도 깜짝 놀랐다지만 나도 정말 놀랐어. 일요일 늦게까지 웨이팅 손님들이 계단까지 줄을 서 있으니 정말 대단하지 않아? 9회전이라니 꿈에도 생각하지 못했어. 구로사와하고도 말했지만 와타미에서 최고 번성점이 되지 않을까? 정말 대단한 가게야."

와타나베는 흥분해서 대단하다는 말을 연발했다.

"여보, 그게 다 사카모토 차장님 덕분인 것 같네요."

"맞는 말이야. 난 솔직히 오우렛치빌딩이 썩 내키지 않았지만 사카모토 차장님은 처음부터 성공을 장담했지. 하지만 이렇게까지 대박을 칠 줄은 사카모토 차장님 역시 상상도 못했을 걸?"

"하지만 모든 것은 결과잖아요."

"그래. '도헨보쿠 신주쿠점'의 월매상은 기껏해야 450만 엔쯤 될 줄 알았는데 이대로라면 500만 엔은 가뿐하게 넘지 않을까?"

"9회전이 계속 되진 않겠지만 대성공이라고 생각해도 되겠죠?"

"물론이지. 뭐니뭐니 해도 일본에서 제일 맛있는 오코노미야키인 걸. 한 번 와본 손님은 계속해서 가게를 찾아줄 거야. 당신도 한 번 견학삼아 들러봐. 웨이팅 손님들의 줄은 장관이 따로 없어. 태교에도 도움이 될 거야."

"그렇겠네요. 내일이라도 퇴근길에 들러봐야겠어요."

히로코가 '도헨보쿠 신주쿠점'을 견학하러 들른 것은 9월 8일이었다. 와타나베의 말처럼 손님들의 행렬은 장관이었다. 번성점의 활기는 태교에 좋을지도 모르겠다고 히로코도 생각했다.

'신주쿠점'의 9월 매상은 약 600만 엔이었다.

10월에 들어서도 인기가 수그러드는 일은 없어서 '신주쿠점'은 무사히 번성점으로 자리를 잡았다.

8

　'신주쿠점'이 성공한 여세를 몰아 오코노미야키 전문점 '도헨보쿠'의 다점포 전개를 꾀하고 싶다는 것이 와타나베의 절실한 생각이었다. 또한 이것은 닛폰제분의 강렬한 요망이기도 했다.

　가게 자리를 보기 위해서 롯폰기나 하라주쿠를 돌아다니고, 선배나 친구의 소개로 점포를 보러 가는 등 와타나베는 정력적으로 움직였다.

　요코하마 이세자키초의 번화가에 있는 자리가 상당히 마음이 들었다. 그런 때 닛폰제분의 사카모토가 전화로 도큐백화점東急デパート 기치죠지점吉祥寺店을 봐달라는 부탁을 해왔다. 9월 하순이었다.

　"지하 1층의 식품매장에 닛폰제분에서 직접 운영하는 스파게티 가게가 있는데 엄청난 적자를 내고 있습니다. 이걸 어떻게 손보고 싶다고 전부터 생각했는데, '도헨보쿠'로 바꾸면 성공할 것 같다는 기분이 들어서 말이죠……."

　"관심이야 물론 많지요. 저도 고급 패스트푸드에 도전해보고 싶었거든요."

　와타나베는 사카모토의 말을 듣자마자 적극적으로 나섰다.

　"'신주쿠점'을 낼 때와는 많이 다르군요."

　"실은 10월 하순에 요코하마 다카시마야高島屋에서 오코노미야키 특별판매전을 열게 되었습니다. 이 결과를 지켜본 다음에 결정을 내리면 되겠지요. 백화점 식품매장에서도 고급스런 오코노미야키가 많이 팔릴 것으로 예상합니다."

"호오, 요코하마 다카시마야요?"

"예, 대학시절 친구가 거기 근무하거든요. 그 친구를 통해서 찔러보 았더니 금방 OK가 떨어졌어요. 닛케이유통신문의 복사본을 보여줬더 니 저쪽에서 재미있을 것 같다고 하더군요."

"결과가 기대되는군요. 기간은 어느 정도인가요?"

"1주일입니다."

와타나베가 메이지대학 하마회의 간사장으로 있을 때, 섭외부장을 맡았던 이치마루 사토루는 졸업 후 요코하마 다카시마야에 취직했다. 게다가 이치마루가 식품부문의 주류매장을 담당하고 있었기 때문에 이야기가 빨리 통과되었다.

"바쁘겠지만 가능한 한 빨리 현장을 봐주었으면 합니다."

"예, 오늘내일 안에 보고 오겠습니다."

와타나베는 그날 당장 도큐 백화점 기치죠지점으로 달려갔다.

식품매장은 혼잡했지만 스파게티 가게는 한산했다. 4인용 테이블이 3개뿐인 작은 가게였다. 오후 4시가 지난 시간대도 고려할 필요가 있 겠지만, 스파게티는 간식으로 먹기는 과하고 저녁식사로는 가볍기 때 문에 점심 장사만으로 채산을 맞추기는 어려워 보였다.

오코노미야키라면 어떨까? 1장에 380~400엔이라면 여성손님에게 인기가 많지 않을까? 남녀고용기회균등법이 작년 4월부터 시행되어, 여성의 사회진출이 본격화됨에 따라 전문점을 지향하는 것은 시대적 요구였다. 오코노미야키 전문점은 여성 고객에게 인기가 많을 것이 틀림없었다. 이른바 트렌드와 잘 맞아떨어진다.

와타나베는 미트소스 스파게티를 먹으면서 그런 생각을 했다. 스파게티의 맛도 어디에서나 먹을 수 있는 평범한 수준으로 특색이 없었다. 이래서야 망하지 않는 것이 이상했다.

닛폰제분이니까 버티고 있는 것이지 와타미푸드서비스라면 한 옛날에 철수하고도 남았다.

도큐백화점은 기치죠지역과 가까워서 입지조건도 나쁘지 않고 식품매장이 항상 사람들로 붐비고 있다는 것을 생각하면 마이너스 요인은 없다고 와타나베는 결론을 내렸다.

그리고 10시의 개점시간부터 6시의 폐점시간까지 연일 5명의 구이 아가씨가 3명씩 교대로 '도헨보쿠야키'를 쉴 새 없이 구워야 했던 요코하마 타카시마야의 결과가 와타나베의 자신감을 뒷받침했다. 1장에 400엔의 오코노미야키는 날개 돋친 듯이 팔렸다.

10월부터 본사 사무소에서 근무하게 된 고와 가사이가 기치죠지점의 동선, 인테리어 등의 가게를 꾸미는 데 참가했고, 와타나베의 마음에도 흡족한 '도헨보쿠 기치죠지점'이 11월 6일에 오픈하게 되었다.

도큐백화점의 업무위탁방식에 따라 인테리어 등의 개업자금은 약 700만 엔으로, 통상의 약 5분의 1밖에 들지 않았다는 점에서 와타나베는 고수익을 올리는 점포가 되리라는 예감에 사로잡혔다.

업무위탁방식을 고수하면서 '도헨보쿠'의 브랜드를 사용할 수 있었다. 바람대로 이루어져서 와타나베는 사카모토에게 기쁜 듯이 이야기했다.

9

'도헨보쿠 기치죠지점'의 오픈을 2주일 정도 남겨둔 상황에서 와타나베는 사카모토의 전화를 받았다.

"여보세요, 와타나베 사장님. 사카모토입니다."

"예, 와타나베입니다."

"기치죠지의 인테리어 공사는 순조롭게 진행되고 있습니까?"

"덕분에 모든 것이 순조롭습니다."

"오랜만에 뵙고 싶군요. 혹시 점심 약속이 있습니까?"

"아뇨, 없습니다."

"그럼 점심을 같이 먹죠. 조금 늦게 먹어도 괜찮습니까?"

"괜찮습니다."

"제 사정에 맞춰서 미안하지만 오후 1시 반에 간나이의 '도헨보쿠'에서 뵙지요."

"제가 가겠습니다."

"가끔은 제가 그쪽으로 가겠습니다. '신주쿠점'이나 '기치죠지점'을 신경 쓰느라 한동안 요코하마에 가보질 못했으니까요."

평소처럼 정중했지만 어딘지 모르게 딱딱하게 느껴지는 사카모토의 말투에 와타나베는 긴장했다.

와타나베는 10시 반에 점장인 후지이에게 전화를 걸어서 안쪽 테이블을 비워두도록 명령했다.

"손님입니까?"

"응, 사카모토 차장님이 보자고 하는군."

"따로 준비해둘 것이 있습니까?"

"아냐, 딱히 없어."

"1시 반이면 한산할지도 모르는데 괜찮을까요?"

"오히려 그 편이 좋아. 긴히 할 이야기가 있는 모양이니까."

'바람잡이'의 일을 떠올리고 와타나베는 씨익 웃었다.

와타나베는 '히로시마식 오코노미야키'를 사카모토는 '도헨보쿠 야키소바'를 주문하고 맥주 한 병을 둘이서 나눠마셨다.

오코노미야키를 먹으면서 담소를 나누던 두 사람의 표정이 식후의 커피를 마시면서부터는 점점 굳어졌다.

"'신주쿠점'의 성공으로 닛폰제분 내부에서 와타미푸드서비스에 대한 평가가 높아졌습니다. 그래서 욕심이 나는 모양입니다. 외식산업에 적극적으로 나서서 와타미푸드서비스의 다점포 전개를 꾀해야 한다는 적극파가 상부에도 늘어났습니다. 예를 들어 다점포 전개를 추진하면 투자액이 상당히 늘어나리라 봅니다."

사카모토가 커피 잔을 입으로 가져갔다. 덩달아서 와타나베의 오른손도 커피 잔으로 뻗어갔다.

사카모토가 커피 잔을 받침접시에 내려놓고 와타나베를 똑바로 직시했다.

"매장이 하나나 둘이라면 이런 이야기가 나오지 않겠지만 단순한 관련회사인 상태에서 다점포 전개에 나서면 투융자하기 어렵습니다. 그래서 와타미푸드서비스에 대한 닛폰제분의 보유주 비율을 40퍼센트에서 61퍼센트로 높이고 싶다는 것이 절 포함한 닛폰제분의 의향입니다."

"무슨 말씀이신지 잘 알겠습니다. 다시 말해서 와타미를 닛폰제분의 자회사로 만들고 싶다는 거군요."

와타나베는 사카모토를 예리한 눈빛으로 응시했다.

사카모토가 눈을 내리깔았다.

"형식상, 형태상은 그렇게 됩니다. 자회사가 되면 점포보증금만 해도 설비투자금으로서 융자나 투자하기 쉬워집니다. 경영권은 어디까지나 와타나베 사장님께 있는 거고 닛폰제분은 창업자인 당신을 홀대할 만한 회사가 아닙니다. 닛폰제분을 믿어주시지 않겠습니까?"

와타나베는 목이 바짝 마르는 것을 느끼고 컵을 들어 벌컥벌컥 마셨다.

"물론 저는 사카모토 차장님을 믿습니다. 상호 신뢰관계는 반석처럼 단단하다고 확신하지만 과반수 이상의 주식을 닛폰제분에 넘기는 것은 역시 꺼림칙합니다. 하지만 오늘의 제안을 신중하게 고민해보겠습니다."

"일전에도 말했다시피 저는 와타나베 사장님의 외식산업에 대해서 정열에 걸었습니다. 닛폰제분의 외식산업부문을 사장님에게 맡기고 싶다는 생각마저 합니다. 그런 커다란……."

사카모토는 양손을 활짝 펼치고 말을 이어나갔다.

"견지에 서서 와타미푸드서비스를 성장시키고 싶지 않겠습니까? 닛폰제분의 산하에 들어간다든가 항복하는 것이라고 비하하지 말고, 닛폰제분의 외식부문을 사장님 손으로 크게 키운다고 생각해주시면 좋겠습니다."

"이번 주 말까지 생각할 시간을 주십시오."

"물론입니다. 와타나베 사장님의 판단에 달린 문제입니다. 사장님의 경영결단을 기대하지만 닛폰제분이라는 회사를 신뢰하고 이번 제안을 수락한다면 와타미푸드서비스의 장래는 약속된 것이나 다름없다고 생각합니다."

"몇 가지 질문을 드려도 괜찮을까요?"

"물론입니다."

와타나베가 자세를 바르게 고치고 사카모토도 표정을 굳혔다.

"닛폰제분의 출자가 결정된 시점에서 임원 파견을 요청했을 때는 일소에 부쳐졌지요. 51퍼센트가 되어도 임원을 파견할 생각은 없는 겁니까? 아니면 정세가 변하고 시점이 어긋나면 생각도 바뀌는 겁니까?"

사카모토의 표정이 누그러졌다.

"다른 사람들이 어찌 생각할지는 모르겠지만 그렇게 바로 바뀌지는 않을 겁니다. 적어도 저는 변하지 않습니다. 와타나베 씨의 경영능력을 닛폰제분은 전폭적으로 신뢰하고 있으니까 전적으로 맡게 되리라 생각합니다."

"잘 알겠습니다. 그러면 금요일까지 답변을 드리겠습니다."

와타나베는 자리에서 일어나 머리를 깊숙이 숙였다.

10

와타나베는 고민하고 또 고민했다. 구로사와나 가네코, 고와 상담할 수 있는 문제가 아니었다. 사카모토도 말했듯이 사장이 경영결단을 내릴 문제였다.

자본의 논리라고 할까? 와타미푸드서비스가 주식의 과반수를 닛폰제분에 넘기면 경영권이 위태로워지지 않을까? 경영기반은 강화되겠지만 자회사가 되면 그것은 당연한 귀결이라고 할 수 있었다.

와타미푸드서비스는 3년 반에 걸쳐서 내가 목숨을 걸고 키워온 회사가 아닌가?

형태상 자회사가 되어도 닛폰제분에 뺏길 일은 만에 하나라도 없을 것이라 믿는다. 경영능력에 대해서도 나름대로 자신이 있고 직원들도 날 따를 것이라고 확신할 수 있었다.

그러나 닛폰제분의 의향을 순순히 받아들일 수는 없다. 사고는 원점으로 돌아갔다.

확실히 다점포 전개를 추진한다면 자금의 수요는 증가할 수밖에 없었다. 자회사화를 거부해도 관련회사로 있는 이상 닛폰제분이 자금을 빼내갈 수는 없었다.

그렇다고 벤처캐피털에 자금 원조를 받으면 그 대가로 70퍼센트의 주식을 제공하지 않으면 안 된다는 것 또한 엄연한 사실이었다. 따라서 이것은 애초에 선택지가 될 수 없었다.

51 대 49. 겨우 1퍼센트의 차이지만 과반수를 빼앗긴다는 중압감이 이렇게 무겁다는 것을 현실적으로 직면하고 처음으로 의식했다.

새벽에 잠을 이루지 못하고 이리저리 뒤척이는 와타나베를 보고 히로코가 말을 걸었다.

"여보, 무슨 일이에요?"

"당신, 아직 안 잤어?"

"TV를 보고 있을 때도 이상했어요."

"별일 아니야."

"하지만 한숨만 내쉬고 있잖아요. 회사에서 무슨 일 있었어요?"

"아니야."

"사카모토 씨를 만나서 뭔가……."

"아무것도 아니라니까!"

와타나베는 신경질이 나서 고함을 빽 지르다가 금방 홀몸이 아닌 히로코가 염려되어 목소리를 부드럽게 가다듬었다.

"고함을 질러서 미안해. 회사는 순조롭게 돌아가고 있어. 당신이 걱정할 만한 일은 아무것도 없으니까 안심해."

와타미푸드가 닛폰제분의 자회사가 되면 회사는 탄탄해지고 도산할 걱정도 없었다. 직원들을 위해서도 그것이 옳은 선택일지도 모른다.

그런 생각이 들자 겨우 수마가 밀려와서 와타나베는 잠을 잘 수 있었다.

하지만 와타나베는 깊이 잠들지 못한 탓에 다음날 아침은 수면무족으로 눈이 무거웠다.

29일의 목요일 오후, 와타나베는 사카모토와 함께 시모기타자와下北JR의 점포를 보러 갔다. 열흘 전에 해둔 약속이라, 와타나베는 사카모토와 만나서도 출자비율의 변경문제에 대해서는 일언반구도 하지 않앗다. 아직 판단을 내리지 못했기 때문에 가게 자리에 대한 평가만 했을 뿐이었다.

게이오 이노카시라선京王井の頭線 시모키타자와역의 홈에서 와타나베가 말했다.

"아무리 부동산 수요가 급증했다지만 너무 황당합니다. 고작 20평인데 보증금 5,000만 엔에 월세가 90만 엔이라니 말도 안 되잖아요."

"이 인플레가 언제까지 갈지 모르겠군요. '블랙 먼데이'로 뉴욕의 주가가 대폭락했지만 도쿄는 그다지 영향을 받지 않았습니다. 이런 상승세가 이대로 계속될 리는 없겠지만 주가도 이상하고 부동산가격도 이상합니다."

열흘 전인 1987년 10월 19일 월요일, 뉴욕시장의 주가하락폭은 508포인트, 대충 22.6퍼센트라는 대폭락을 기록하는 바람에 '암흑의 월요일'이라는 이름이 붙여졌다.

"차장님, 오늘 본 시모키타자와의 물건은 포기합시다. 초조는 금물입니다."

"그래요. 시모기타자와에는 다른 물건도 많을 테고 4호점을 꼭 시모키타자와에 낼 필요도 없지요."

시부야역에서 헤어질 때 사카모토가 말을 꺼냈다.

"내일 아침 전화를 기다리겠습니다. 결론은 나왔습니까."

"아니요. 타임 리밋까지는 아직 시간이 남았으니까요."

와타나베는 이를 드러내며 웃어 보였지만 아직까지 결론을 내리지 못하는 자신의 우유부단함이 답답하기만 했다.

11

10월 30일의 아침 9시, 와타나베는 닛폰제분 개발부 차장인 사카모토에게 무거운 기분으로 전화를 걸었다.

"죄송합니다. 예의 건 말인데, 아직 결론을 내리지 못했습니다."

"좋은 대답을 들을 줄 알고 기대했는데 유감이네요. 그렇게 고민이 됩니까?"

"예, 무지막지하게 고민하고 있습니다."

"구로사와 씨나 고 씨의 의견은 어떻습니까?"

"그 친구들에게는 아직 말하지 않았습니다. 경영판단은 제가 내릴 수밖에 없으니까요."

"그야 그렇지만 혼자 고민하는 것보다도 동지들과 함께 고민하는 것도 좋은 방법이지요."

"생각해보겠습니다. 제멋대로라는 것은 잘 알지만 앞으로 1주일만 더 시간을 주셨으면 합니다."

"좋습니다. 그러면 11월 5일까지 기다리죠. '기치죠지점'이 오픈하는 날 좋은 대답을 들려주십시오."

"감사합니다. 5일에 뵐 때는 반드시 대답을 드리겠습니다."

와타나베는 간부들에게 이야기할까 말까 망설이다가 11월 2일 월요일 아침 10시에 구로사와와 가네코를 사무소로 불러 고를 포함한 넷이서 긴급임원회의를 열었다.

"사카모토 차장님이 열흘 전에 '도헨보쿠'의 다점포 전개에 대비하여 닛폰제분에 와타미푸드서비스의 주식 51퍼센트를 취득하게 해달라고 제안했어. 즉 자회사로 삼는 대신 상당한 자금을 투자해주겠다는 뜻이야. '신주쿠점'이 그랬던 것처럼 점포의 보증금이나 설비투자 비용은 앞으로 늘어나기만 하겠지. 세 사람의 의견은 어때?"

"51퍼센트는 절대적인 조건이야? 출자비율이 40퍼센트라도 닛폰제분 그룹의 일원이라는 점에는 변함이 없잖아."

구로사와의 질문에 와타나베가 대답했다.

"단순한 관련회사와 자회사라면 사고방식이 변하는 것은 어쩔 수 없지 않을까? 매장이 두세 곳이면 40퍼센트라도 문제가 없지만 '신주쿠점'의 대성공으로 닛폰제분도 욕심이 나기 시작한 거야. 와타미푸드서비스를 자회사로 삼고 싶다는 말은 그만큼 의욕적이라는 의사표시라고 생각해. 요 열흘간 계속 고민했지만 와타미가 닛폰제분의 산하로 들어가면 경영기반은 보다 탄탄해지고 안전해질 테니까 앞으로 고생할 일은 없을 거야."

가네코가 녹차를 한 모금 마시고 와타나베에게 물었다.

"다시 말해서 큰 나무 그늘로 들어간다는 뜻인가. NO라고 하면 닛폰제분이 어떻게 나올까? 제휴를 백지화하거나 자본을 빼낼 가능성도 있나?"

"그런 일은 없을 거야. 사카모토 차장님과 우리의 상호 신뢰관계는 그렇게 가볍지 않아."

고가 솔직한 표정으로 와타나베를 바라보았다.

"닛폰제분은 51퍼센트를 고집할 것 같은 기분이 들지만……. 결국 사장의 판단 여부에 달렸지만 사카모토 차장님은 몰라도 닛폰제분의 상충부가 세게 나올 때 51퍼센트를 감수할 수밖에 없는 경우도 예상된다. 사카모토 차장님이 회사랑 우리 사이에 끼여서 고생하는 모습이 눈에 선해. 가령 51퍼센트를 받아들인 후 만에 하나라도 우리가 닛폰제분에서 추방되는 일이 생기면 우리는 사장과 단결해서 새 회사를 세우고 처음부터 다시 시작하면 되잖아? 물론 여기까지 최악의 시나리오를 상상하는 것도 지나친 기우, 쓸데없는 걱정이라고 생각해. 즉 내가 하고 싶은 말은 일이 어떻게 굴러가든 우리는 최후의 순간까지 와타나베 사장과 함께할 거라는 거야. 판단은 사장에게 맡길 수밖에 없지만 51퍼센트를 받아들이는 쪽을 선택한다고 해도 난 충분히 이해해."

"난 51퍼센트를 받아들여서는 안 된다고 생각해. 물론 사장이 판단할 문제지만 주식의 과반수를 가져간다는 것은 의미가 크다고 봐."

구로사와가 강력한 어조로 말한 후 녹차를 벌컥벌컥 마셨다.

"너희들 뜻은 잘 알았어. 조금 더 고민해보겠지만 2~3일 안에 결론을 내릴게."

이 시점에서는 사카모토의 제안을 받아들이는 쪽으로 마음이 기울어져 있었다.

12

11월 4일 오전 10시가 넘었을 때 '쓰보하치'의 창업사장 이시이가 와타나베에게 전화가 걸려왔다.

"미키 씨, 결국 당했어. 놈들이 날 배신했어."

"사장을 해임시킬 거라는 소문이 사실이었습니까?"

이시이 세이지가 스미토모은행 계열의 중견상사 이토만에서 추방된 사건은 매스컴에서 대대적으로 다루어졌다.

"우는 소리는 하기 싫지만 이건 주도면밀하게 계획된 탈취극이야. 자본의 논리지. 내가 너무 물러터진 사람이었어."

"뭐라고 말씀드려야 할지 모르겠습니다. 그저 분하고 원통할 뿐입니다."

"뭐 먹고사는데 지장이 있는 것은 아니니까 당분간은 유유자적하게 지낼 거야. 하하하하하!"

이시이는 억지로 기운을 짜내서 큰소리로 웃었지만 마음속으로는 통곡하고 있을 것이 틀림없었다.

와타나베는 말문이 막혔다. 무슨 말로 위로를 해야 할지 전혀 알 수가 없었다.

"여보세요……."

와타나베는 이시이가 부르는 소리에 "예" 하고 나지막히 대답했다.

"이 참에 한 마디 경고해두겠는데 미키 씨도 닛폰제분에 와타미를 빼앗기지 않도록 조심해라."

와타나베는 찔렸지만 대꾸했다.

"이토만과 닛폰제분을 도매금으로 취급하지 마십시오."

"자본의 논리는 냉철한 거야. 사풍이나 사격하고는 관계가 없어."

"……."

"그럼 나중에 밥이나 같이 먹지."

전화를 끊은 다음 와타나베는 잠시 넋이 나가 있었다.

사장님!

고가 부르는 소리에 와타나베는 정신이 들었다.

"이시이 사장님의 해임설이 떠돌고 있던데 역시 사실이었어?"

이시이의 전화를 처음 받은 도다 미사코의 걱정하는 듯한 눈이 와타나베를 올려다보았다.

와타나베는 부드러운 눈으로 우물쭈물 두 사람을 돌아보고 나서 표정을 어둡게 했다.

"입지전적인 사람을 화려한 무대에서 억지로 끌어내리다니 이토만도 잔인한 짓을 하는군."

"이시이 사장님 같은 사람이 '쓰보하치' 본부에서 떡하니 버티고 있어야 하는데……. 현재의 이자카야 스타일을 확립한 사람이 돌팔매질을 받으면서 쫓겨나다니 난 도저히 이해가 안 돼."

고도 여러 번 고개를 끄덕였다.

"동감이야. 이토만과 닛폰제분을 도매금 취급하지 말라고 화를 내는 사장님에게 이시이 사장님이 뭐라고 해?"

"닛폰제분에 와타미를 빼앗기지 않도록 조심하라고. 자본의 논리는 냉철한 것이라고 하셨어."

"그렇구나. 이시이 사장님이라면 감정에 사로잡혀서 함부로 말씀하시진 않았을 거야."

"응, 나도 가슴이 뜨끔했어. 내가 이시이 사장님의 전철을 밟는 것은 상상도 하기 싫지만 이시이 사장님의 추방극은 충격적이야. 맥이 풀리는군."

와타나베는 침울한 목소리로 말하며 한숨을 쉬었다.

13

11월 6일 오전 9시, 와타나베는 닛폰제분 본사의 사카모토를 찾아갔다.

와타나베는 응접실에서 사카모토를 기다리는 3분가량의 짧은 시간 동안 다리의 떨림이 멈추지 않았다.

노크 소리에 총이라도 맞은 것처럼 벌떡 일어났다.

"오래 기다리셨습니다. 안녕하세요."

"안녕하십니까."

"앉으시죠."

"감사합니다."

사카모토가 권하는 대로 와타나베는 굳은 얼굴로 소파에 앉았다.

"어떻게 하기로 했습니까? 2주일이 아주 길게 느껴졌습니다."

사카모토가 살짝 비꼬면서 용건을 꺼냈다.

와타나베는 테이블에 손을 짚고 머리를 푹 숙였다.

"죄송합니다. 자회사 건은 거절하겠습니다."

와타나베가 주저하며 고개를 들자 사카모토는 찌푸린 얼굴로 엉뚱한 방향을 보고 있었다.

"2주일이나 기다리게 하더니 NO라고요? 어이가 없군요."

"원하시는 대답을 드리지 못해서 정말 죄송합니다."

"'도헨보쿠'의 다점포 전개는 포기하는 겁니까?"

"50 대 50은 안 되겠습니까?"

"……."

"비상근임원의 파견을 다시 요청하고 싶은데……. 대등한 관계로 바뀌는 셈이니 양해해주시리라 생각합니다. 상무위탁방식에 따른 점포 전개는 가능하지 않을까요?"

"그것은 와타미푸드서비스의 최종적인 타협안입니까?

"51퍼센트는 도저히 받아들일 수가 없습니다. 뻔뻔한 생각일지도 모르지만 50퍼센트라도 닛폰제분이 필두주주가 되니까 자회사라고 주장할 수 없는 것도 아니지요."

사카모토는 팔짱을 끼고 천정을 노려보다가 녹차를 마시고 눈을 내리깔면서 말했다.

"50 대 50이면 자회사라고 할 수 없지요. 와타나베 사장님이 정 싫다고 하면 어쩔 수가 없지만 위쪽에서 어떻게 생각할지 모르겠군요."

"……."

"어쨌거나 일단 말은 해보지요. 닛폰제분의 그룹에 들어오는 것이 그렇게 싫습니까?"

"천만에요. 저는 그룹의 일원이라고 인식하고 있습니다. 40퍼센트나 출자해주셨으니 당연한 일이지요. 그것이 50퍼센트가 되면 더 밀접한 관계가 되지 않겠습니까?"

"50 대 50으로 상층부를 설득해보겠습니다."

"이해해주셔서 정말 감사합니다."

와타나베는 최근 2주일간 신경성 위염이 생길 것 같은 나날을 보냈기 때문에 얼마나 안도했는지 모른다.

"슬슬 나갈까요."

시계를 보면서 사카모토가 말했다.

와타나베도 시계에 눈을 떨구었다. 9시 25분이 지나 있었다.

이날 오전 10시에 '도헨보쿠 기치죠지 도큐점'이 오픈했다.

딱히 개업식을 여는 것은 아니었지만 와타나베와 사카모토는 개업 첫날에 얼굴을 내밀기로 되어 있었다.

14

쥬오선中央線 전차 안에서 사카모토가 말했다.

"시모키타자와의 점포를 세 군데나 봤는데 역시 맨 처음에 본 곳으로 할까요? 남쪽출구 앞이라 입지조건이 세 군데 중에서는 제일 좋은 편이잖아요."

"그래요? 보증금, 월세 모두 황당하게 비싼 물건뿐이지만 결국 거기로 할 수밖에 없나요."

두 사람은 비어 있는 전차 좌석에 나란히 앉아 있었다.

"'신주쿠점' 같은 번성점이 되지 못하면 수지타산이 안 맞을 텐데요."

"그렇겠지요. 시모키타자와는 젊은이들의 거리니까 오코노미야키는 인기가 많을 것 같지만 '신주쿠점' 수준까지 가기는 아주 어려울지도 모릅니다.”

“8회전, 9회전이 이상할 정도로 잘 돌아가는 거죠.”

“예.”

“최소한 적자만 안 나면 문제없다고 생각합니다.”

“최악의 사태가 나더라도 적자가 나는 일은 없지 않을까요?

“예.”

“'시모키타자와점'은 이전에 사카모토 차장님이 제안하셨던 방식으로 가도 될까요?”

“물론이죠. 여기까지는 이사회도 이미 허락했습니다. 문제는 이제부터입니다.”

사카모토는 미간을 찌푸리며 입을 다물었다. 와타미푸드서비스에 자금력이 없기 때문에 보증금은 물론 내장공사비 등을 닛폰제분이 부담하고 금리를 포함해서 월세를 높이 책정하는 방식을 사카모토가 제안한 것은 한 달 전의 일이었다.

'도헨보쿠 기치죠지 도큐점'은 좁지만 밝고 분위기가 있는 가게였다. 개업 첫날의 손님도 많이 찾아왔다.

“비용이 거의 들지 않았으니 아마 고수익점이 되지 않을까요?”

가게 앞의 서서 대화를 나누던 중에 와타나베가 만면에 웃음을 띠고 말하자 사카모토 역시 웃으면서 대답했다.

“그렇게 되면 좋겠군요. 기대해도 좋을 것 같습니다.”

다음은 11월 6일자의 와타나베의 일기다.

'도헨보쿠 기치죠지 도큐점'이 오픈했다. 백화점의 식품매장에 가게를 내는 것은 처음이지만 고와 가사이가 협력하여 동선, 인테리어 등을 거의 뜻대로 꾸민 가게라 크게 만족스러웠다. '이건 성공하겠다!'는 예감이 들었다.

오늘 발매된 사진 잡지에서 이시이 사장님이 '쓰보하치 시부야점'에서 손님들의 구두를 정리하는 사진을 봤다. 슬프고 안타깝다. 감정을 주체하기 힘들다.

현재의 이자카야 체재는 이시이 사장님이 확립한 것이다. 시대를 주름잡은 원조격인 인물을 갑자기 해임시킬 만한 필연적인 이유가 있다는 생각은 전혀 안 든다.

일세를 풍미한 '레몬사와'도 그렇고, 홋카이도에서 사료로만 쓰이던 '임연수어'를 이자카야의 히트 상품으로 내놓아 가치를 높인 것도 그렇고, 이자카야에 '고아가리小上がり'를 도입한 것도 그렇고. 이시이 사장님이 생각해낸 참신한 아이디어들은 어떤 시대에서도 계속 빛날 것이다.

우리 와타미푸드서비스로서도 결코 잊을 수 없는 은인이다.

'자본의 논리……'. 이 말을 이시이 사장님께 듣지 않았더라면 닛폰제분의 51퍼센트 요구를 받아들였을지도 모른다. 사카모토 차장님께는 정말로 미안하게 생각하지만 나는 이시이 사장님의 말씀을 하늘의 계시로 삼고 싶다.

'고아가리'란 호리고타츠堀炬燵-테이블 아래로 발을 내릴 수 있는 좌석식의 좌석을 가리키는 업계용어다.

15

닛폰제분은 와타미푸드서비스의 출자비율 변경에 관한 와타나베의 제안에 대해서 12월이 되어서도 아무런 답변을 하지 않았다

때마침 전국적으로 슈퍼마켓 체인점을 경영하고 있는 나가사키야長崎屋가 와타미푸드서비스와 제휴하고 싶다는 연락을 해왔다. 와타나베는 12월 중순에 히가시니혼바시東日本橋에 있는 나가사키야 본사에서 마쓰다 다카시松田隆 전무와 면담하고 나가사키야의 의향을 들었다. 이것을 사카모토에게 보고할 겸 닛폰제분의 대답을 들으려고 생각했다.

와타나베는 12월 16일 아침 10시에 닛폰제분 본사의 사카모토를 방문했다.

"닛폰화재의 소개로 얼마 전에 나가사키야의 마쓰다 전무님과 만났습니다. 나카사키야에서도 '윌'을 내고 싶다는 제안을 해왔습니다."

'윌(Will)'이란 '도헨보쿠 기치죠지점'의 형태가 '도헨보쿠'의 미래형이라는 인식에서 사용하고 있는 용어였다.

와타나베는 녹차를 한 모금 마신 다음 말을 이어갔다.

"마쓰다 전무님은 와타미푸드서비스에 출자하고 싶다고 말씀하셨습니다. 제 추측으로는 나카사키야 전체의 의향이라고 생각되지만 일단 닛폰제분과 의견을 조정한 다음에 답변을 드리겠다고 했습니다. 사카

모토 차장님은 어떻게 생각하십니까?"

"흥미로우면서도 좋은 이야기라고 생각하지만 먼저 '도헨보쿠'의 '시모키타자와'를 탄탄하게 만드는 것이 선결문제겠지요. 적어도 출자 이야기는 받아들이면 안 됩니다. 출자와 '월'이 세트가 된다면 이야기를 수락해서는 안 된다고 생각합니다."

"알겠습니다. 출자에 대해서는 닛폰제분과의 관계도 있어서 어렵다고 마쓰다 전무님께 거절하겠습니다. 그렇게 되면 나가사키야의 매장에 '월'을 내는 이야기도 취소될 수 있겠군요."

와타나베는 다시 찻잔으로 손을 뻗었다. 그리고 자세를 바로 고치고 사카모토를 똑바로 응시했다.

"50 대 50의 건은 어떻습니까? 이해를 해주셨는지 어떤지······.

"51퍼센트가 안 된다면 한동안은 지금 이대로 돌아가는 상황을 두고 보자는 것이 위쪽의 의향입니다. '시모키타자와'가 성공할지 어떨지, 거기에 달렸다고 봐야지요."

"감사합니다. 닛폰제분의 출자비율 40퍼센트는 변함이 없다는 거군요."

"······."

사카모토는 애매모호하게 고개를 끄덕였지만 와타나베는 승낙한 것으로 해석하고 속으로 '다행이다'라고 중얼거렸다.

사카모토가 화제를 바꾸었다.

"'월'은 어떻습니까?"

"덕분에 순조롭습니다. '신주쿠점'도 변함없이 성황을 이루고 있으니까 무슨 일이 있어도 시모키타자와를 궤도에 올리고 싶습니다."

'도헨보쿠 시모키타자와점'은 내장공사도 90퍼센트 이상 진행되어 12월 22일에 개업하기로 되었다.

제12장
가족의 유대감

1

1987년 12월 17일 오후 와타나베는 간나이의 사무소에서 점장들이 제출한 영업일지를 살펴보는 등 서류작업을 처리하려고 애썼지만, 마음이 싱숭생숭해서 도무지 업무에 집중할 수가 없었다. 계속 시계만 힐끔거렸다.

전화가 울릴 때마다 고와 도다 미사코를 밀어젖히고 와타나베가 수화기를 들었다.

학수고대하고 있던 전화가 온 것은 오후 5시 반이 지났을 무렵이다. 계모인 도미코였다.

"예, 와타미푸드서비스의 와타나베입니다."

"미키, 축하한다."

"아, 어머니."

"아들이란다. 오후 5시 25분에 태어났어. 2,940그램이래. 모자 모두 건강하니까 안심하렴. 아들, 아들 노래를 하던 네 아버지도 기뻐서 어쩔 줄을 몰라."

도미코의 목소리는 침착했다. 반대로 와타나베의 목소리는 흥분으로 가득했다.

"고맙습니다. 당장 병원으로 갈게요."

"사장님, 축하합니다."

고가 축하를 해주었다.

미사코도 일어났다.

"축하드려요. 아들인가요?"

와타나베는 눈시울이 뜨거워졌다.

"응, 모자가 모두 건강하대. 잠깐 병원에 다녀올게. 사무소를 부탁해."

와타나베는 손등으로 눈물을 닦으면서 사무소를 나섰다.

이날 아침 와타나베는 차로 히로코를 요코하마시 나카구의 게이유병원에 데려다줬다. 히로코는 예정일보다 7일 늦게 진통이 시작되었다.

병실에서 건강한 사내아기와 대면했을 때 와타나베가 느낀 기쁨은 말로 표현하기 힘들 정도였다.

큰 소리로 만세삼창을 하고 싶을 정도였다.

그러나 반대로 와타나베는 뜨거운 감정이 솟구치는 것을 억누를 수가 없었다. 눈물이 뺨을 타고 흘러내렸다. 히로코에게 좀처럼 아기 소식이 없어서 한때는 자식을 포기하고 있었던 만큼 눈물이 터지는 것을 참을 길이 없었다.

"히로코……, 고, 고마워. 건강한 아이를 낳아주어서……."

좀 더 위로의 말을 건네고 싶었지만 목소리가 나오지 않았다.

"여보……."

히로코도 눈물을 글썽였다. 와타나베는 히로코가 뻗은 오른손을 양손으로 붙잡고 꽉 움켜쥐었다.

"후쿠시마의 친정에도 연락했어요?"

"잊고 있었어. 얼른 전화하고 올게."

와타나베는 병원의 공중전화로 히로코의 친정에 전화를 걸었다.

장인인 다나카 하치로가 전화를 받았다.

"히로코가 건강한 사내아이를 출산했습니다. 히로코도 아기도 건강해요."

"그래? 다행이구먼! 집사람은 외출 중이지만 정말 기뻐할 거야. 은근히 기다리고 있었거든."

"장모님께도 잘 전해주세요."

"가능한 한 빨리 첫손자의 얼굴을 보러 가겠네."

"감사합니다."

전화를 끊은 와타나베는 감정을 억누르지 못하고 또 다시 어깨를 떨면서 눈물을 흘렸다. 왜 이렇게 눈물이 나는 것일까. 이 기쁨, 이 감동은 필설로는 다 표현하기 힘들었다.

와타나베는 화장실에서 얼굴을 씻고 병실로 돌아갔다.

친할머니인 이토가 히데키와 나란히 침대 옆의 의자에 앉아 있었다.

"미키, 축하한다. 난 정말 행복한 사람이야. 살아있을 때 미키의 자식을 안아볼 수 있을 줄은 생각도 못 했단다."

이토의 눈가가 살짝 젖어 있었다.

히데키도 기뻐 어쩔 줄을 몰랐다.

"히로코, 고생 많았다. 우리 집안의 첫 친손자가 아들이라니 기쁘기 한량없구나."

"건강하기만 하면 아들이든 딸이든 상관없어요."

말과는 달리 와타나베도 아들이 태어나서 기뻤다. 또 다시 뜨거운 감정이 북받쳤다. 와타나베는 오른손으로 눈을 박박 문질렀다.

"난산이었던 모양이라 히로코가 정말 고생 많이 했어요."

"상상했던 것보다 막상 낳아보면 별것 아니란다. 보렴, 히로코도 얼굴이 쌩쌩하잖니."

이토는 젖은 눈가에 손수건을 대었다.

"어머니, 이걸로 증손자가 3명이예요. 와타나베 일가 4대가 이 병원에 모여 있다니 생각해 보면 정말 굉장한 일이잖아요?"

"나에게는 손자도 증손자도 없어. 내가 미키의 엄마 노릇을 했으니까 이 아기가 손자나 마찬가지야."

"증손자가 있다는 소리는 듣기 싫으세요? 하긴 아흔세 살이신데 이렇게 정정하시니 어머니는 참 복 받으신 분이에요."

"맞아. 오래 살다 보니 이렇게 좋은 날도 있구나."

히데키와 이토의 대화를 들으면서 와타나베는 마음이 뿌듯해졌다.

"이 아기는 아버지를 닮았구나. 미키가 아기일 때랑 똑같아. 코도 오똑하고 귀도 커다래."

이토가 몸을 구부려 침대 위의 아기를 자세히 들여다보면서 흡족해했다.

2

그날 밤 와타나베는 장남이 탄생한 기쁨을 일기에 적었다.

사랑하는 히로코, 건강한 아들을 낳아주어서 고맙다. 온 마음을 다 바쳐서 몇 번이고, 몇 번이고 고맙다고 말하고 싶다.

이렇게 행복한 기분에 잠길 수 있는 것도 날 이 세상에 낳아준 아버지와 어머니 덕분이다. 아버지, 너무 감사합니다.

자신의 목숨을 희생하여 날 낳아준 어머니, 감사합니다. 어머니 대신 날 키워주신 이토 할머니에게도 감사하다는 말을 전하고 싶다.

당당하게 가슴을 펴고 내가 아버지라고 주장할 수 있는 것도 우리 와타미푸드서비스의 직원들이 나를 지탱해준 덕분이다. 직원들에게 한없는 감사를 보낸다.

아들의 이름은 '사내라면 장수가 되어야한다'는 신념에 근거하여 장수 장(將)자에 잇달은 야(也)자를 써서 '쇼야(將也)'라고 하자. '와타나베 쇼야', 어감도 나쁘지 않다.

쇼야는 용기와 희망과 긍지를 가지고, 위대한 인생을 강하게 걸어가길 바란다.

아버지와 아들의 약속을 다음과 같이 적어둔다.

아버지와 아들의 약속

1. 약속을 지킬 것. 거짓말을 하지 말 것.

2 험담이나 불평을 하지 말 것.

3. 웃는 얼굴로 씩씩하게 인사할 것.

4. 타인을 배려하는 선한 사람이 될 것.

5. 옳다고 여기고 정한 일은 포기하지 말고 끝까지 해낼 것.

다음날인 18일 오후 3시 반에 와타나베는 히로코가 입원한 병원에 들러 쇼야와 두 번째 대면을 했다.

"남자답게 고집이 세게 생겼어."

"그런가요? 당신을 닮아서 선량한 얼굴을 하고 있어요."

"이름은 쇼야라고 정했어. 사내라면 장수가 되어야 한다고 생각하거든."

"쇼야, 쇼야……. 좋은 이름이라고 생각해요. 나도 찬성이에요."

"아버지와 아들의 약속을 적어보았는데 퇴원하면 잊지 말고 큰 종이에 붓으로 써줘."

히로코는 정식으로 서예를 배웠다. 삐뚤빼뚤한 와타나베의 글씨와는 하늘과 땅만큼 차이가 있었다.

'아버지와 아들의 약속'을 적은 종이를 보고 있자니 히로코는 웃음이 새어 나왔다.

"뭐가 우스워?"

"그야 어제 마음 다르고 오늘 마음 다르다더니, 어제 어린애처럼 엉엉 울던 당신이 오늘은 팔불출 아버지처럼 구니까 그렇죠."

"응. 어제는 너무 감격해서 눈물을 펑펑 쏟았지만 오늘의 난 달라.

히로코의 남편으로서 쇼야의 아버지로서 그리고 와타미푸드서비스의 사장으로서 힘을 내야지. 기뻐서 우는 것은 하루로 충분해."

와타나베는 쑥스러운 마음을 감추기 위해서 팔짱을 끼고 얼굴을 찡그리면서 거드름을 피웠다.

3

24일 오전 11시에 히로코와 쇼야가 퇴원했다. 와타나베는 자가용인 크라운에 히데키와 도미코를 태우고 병원으로 향했다.

뒷좌석에 쇼야를 안은 히로코와 도미코가 타고 조수석에는 히데키가 앉았다.

와타나베는 가족들을 야마토시의 아파트까지 데려다준 다음 떨어지지 않는 발걸음을 재촉해서 간나이의 사무소로 돌아갔다.

그날 밤 와타나베가 7시에 귀가해보니 이토도 와 있었다.

"할머니, 여기까지 혼자 오신 거예요?"

"전차를 타고 올 수도 있었지만 택시 타고 왔단다. 쇼야를 목욕시킬 수 있을 만한 사람이 나밖에 없잖니."

"저도 할 수 있어요."

"미키는 아직 무리야. 내가 가르쳐줄 테니까 히로코랑 둘이서 잘 보고 배워둬라. 미키를 목욕시킨 사람도 나니까."

실제로 쇼야를 씻기는 이토의 손놀림은 능숙했다. 히로코와 미키, 도미코까지 합세하는 바람에 쇼야의 목욕 시간은 시끌벅적했다.

플라스틱 목욕통 안에 들어간 쇼야는 어른들의 말소리에 깜짝 놀랐는지 자그마한 온몸을 꼬물거렸지만, 물에 삼겨있을 때는 기분이 좋아 보이는 표정을 할 때가 많았다.

"소리가 들리나 보네. 우리 목소리를 듣고 반응하고 있어. 할머니, 눈은 보일까요?"

미키의 질문에 이토가 대답했다.

"내가 듣기로는 갓 태어난 아기는 근시나 다름없다던데."

"그렇다면 얼굴을 가까이 대어볼까요."

와타나베가 목욕통에 잠길 정도로 얼굴을 바짝 들이대자 쇼야의 눈동자가 살짝 움직였다.

"정말이네. 쇼야가 웃었어."

와타나베의 높은 목소리와 모두의 웃음소리에 놀랐는지 쇼야가 손발을 버둥거리며 물장구를 쳤다. 와타나베가 이토의 코치를 받으면서 쇼야에게 말을 걸었다.

"증조할머니, 할아버지, 할머니, 아빠, 엄마 모두 널 사랑한단다. 쇼야, 넌 정말 행복한 아기야."

"미키가 가장 행복하겠지."

"예, 할머니 말씀이 맞아요."

"할머니, 저도 행복해요."

히로코가 흡족한 마음으로 와타나베를 올려다보았다. 와타나베도 웃으면서 고개를 끄덕였다.

목욕을 마치고 히로코가 배꼽을 치료하고 있을 때 쇼야가 갑자기 울음을 터트렸다.

"미안해. 아팠니? 엄마가 잘못했어."

히로코가 눈물을 뚝뚝 흘렸다.

와타나베는 붙잡고 있던 쇼야의 양손을 떨리는 손으로 감싸 쥐고는 어쩔 줄을 몰라 하며 안절부절못했다.

"살짝 따끔할 정도니까 난리 피울 것 없다. 첫 아이라 서툴고 모르는 것투성이라 겁이 나겠지만 걱정할 것 없어. 울음소리도 씩씩한 것이 아주 건강한 아기잖니."

이토의 부드러운 훈계에 와타나베는 살짝 쓴웃음을 지으면서 목을 움츠렸다.

4

다음 날도 저녁 7시에 귀가한 와타나베는 히로코와 둘이서 쇼야를 씻겼다.

그날 밤 쇼야의 배꼽이 떨어졌다.

"이제 안심해도 되겠네."

"예, 그런데 회사는 괜찮아요?"

"다른 직원들에게는 미안하지만 퇴근시간만 기다려지는걸. 쇼야의 얼굴을 보면 기운이 솟구치니까."

"내일 후쿠시마의 친정어머니가 오실 거니까 자기는 회사일에 더 신경 쓰셔도 돼요. 요코하마의 어머님도 언제든지 도와주시겠다고 했어요."

"장인어른은 못 오시나?"

"아버지는 오셨다 바로 가시고 어머니는 1주일 정도 여기 묵으신대요."

"하긴 후쿠시마의 장인, 장모님께도 쇼야는 첫손자니까."

"그래서 어머니가 후쿠시마에서 출산하라고 여러 번 전화하셨잖아요. 당신은 시골 병원은 마음이 놓이질 않는다고 친정에서 낳는 걸 허락하지 않았지만."

"내가 그랬던가? 쇼야, 아빠랑 같이 있는 편이 좋지?"

와타나베는 검지로 쇼야의 뺨을 살포시 찔렀다.

목욕탕의 쇼야는 만족스러운 듯이 조용히 있었다.

5

해가 바뀐 후에도 이토는 자주 와타나베의 집에 얼굴을 내밀었지만 2월에 감기를 앓고 나서는 급격하게 쇠약해지기 시작했다. 폐렴까지 발전하지는 않았지만 꼿꼿하던 등이 굽고 얼굴에서 생기가 사라졌다.

아무래도 혼자 지내기 힘들어져서 3월 상순부터 히데키가 모시고 살게 되었다. 체력의 저하가 특히 두드러졌다.

그리고 5월 초에는 요코하마시 나카구에 있는 에키사이카이披済会병원에 입원했다. 주치의가 진단 결과를 히데키에게 고했다.

"폐암 말기라 각오하시는 편이 좋겠습니다. 고령이신지라 암의 진행 속도가 느렸겠지만 발병한 지 3년은 된 것 같습니다."

"수술할 필요는 없는 건지요."

"암세포가 온몸에 퍼져서 수술해도 소용이 없습니다. 체력적으로도 버티기 힘드실 거고요."

히데키는 아내인 도미코와 아들인 와타나베에게는 이토의 병명을 밝혔다. 그러나 본인인 이토에게는 "몸이 전체적으로 쇠약해졌기 때문에 한동안 병원에서 지낼 필요가 있다"고 얼버무렸다.

병실은 2인실이었지만 이토의 곁에서 간병을 도맡아주는 영감님이 존재했다.

이름은 아라이 가쿠타로荒井覺太郎. 이토보다 훨씬 젊어 보였는데 '미수米壽-여든여덟 살'를 맞이한 지 얼마 되지 않았다고 했다. 이토에게는 무용 제자였지만 마지막 애인이라고 말할 수 있을 정도로 두 사람은 사이가 좋았다.

6

이토를 병문안하러 갔던 5월 하순의 어느 날 밤 와타나베가 히로코에게 말했다.

"이토 할머니에게 남자친구라고 해야 하나? 애인이 있을 줄은 몰랐어. 이것저것 물어보니까 기뻐서 자랑하시더라고. 몇 년 전부터 사귀셨는데 같이 있는 것만으로 행복하시다나 뭐라나."

"흐뭇한 이야기네요. 할머니가 아라이 씨를 심적으로 많이 의지하셨나 봐요. 그래서 지금까지 저리도 정정하셨던 거겠죠."

"응. 아라이 씨는 이토 할머니의 손발이 되어 하나부터 열까지 전부 시중을 들어주고 있으셔. 마치 그것이 삶의 보람이라도 되는 것 마냥."

"……."

"온천에 가고 싶다고 아라이 씨에게 조르시던데 어쩌면 좋을까?"

"병원의 허가를 받을 수 있다면 들어드려요. 이토 할머니는 당신에게도 소중한 분이니까 당신이 마지막으로 효도를 하면 어때요?"

"맞는 말이야. 쇼야도 기뻐하겠지."

"그래요. 온천이라면 나도 같이 가고 싶어요."

"기왕이면 아버지와 어머니도 모시고 아타미熱海의 긴죠칸이라도 갈까?"

긴죠칸은 아타미에서도 역사와 전통을 자랑하는 여관이었다.

"긴죠칸?"

"응. 금(金)자, 성(城)자, 관(館)자를 써서 긴죠칸. 일류 여관이야. 아버지가 TV광고제작회사를 경영해서 한창 벌이가 좋았을 무렵 돌아가신 친어머니와 할머니, 우리 남매를 데리고 가주셨어. 딱 한 번, 초등학교 3학년 때 정월이었다고 기억하지만."

"찬성! 긴죠칸에 가요. 할머니의 애인도 모시고."

"물론이지. 아라이 영감님을 모시고 가지 않으면 할머니도 안 가실 거야."

쇼야는 두 사람의 대화에 참가하려는 작정인지 무언가 옹알거렸지만, 당연히 말은 하지 못했다.

7

그날 밤 와타나베는 당장 아버지 히데키에게 전화를 해서 아타미의 온천에 가자는 제안을 했다.

"흐음, 온천? 하지만 할머니는 혼자서는 걷지도 못하실 만큼 쇠약해지셨으니 힘들지 않을까? 무엇보다 병원이 허가해줄지 어떨지…….."

"아버지는 반대세요?"

"찬성할 수 없구나. 모두에게 폐를 끼칠 뿐이야."

"다 함께 번갈아가면서 이토 할머니의 시중을 들면 어떻게 될 겁니다. 아라이 영감님도 같이 모시고 가려고요. 제가 마지막으로 할머니께 효도할 기회를 주세요. 병원의 허가도 제가 얻어낼게요."

"히로코는 뭐라고 하든?"

"물론 찬성하죠. 기왕이면 부모님께도 효도하려고요. 아버지 도움도 많이 받았으니까……. 긴죠칸을 예약하려고 해요."

"긴죠칸……. 거길 기억하고 있었니?"

"그럼요. 어머니와 갔던 마지막 가족여행을 잊을 리가 없잖아요."

친모 미치코의 얼굴을 떠올린 와타나베의 목소리가 잠겼다.

"난 찬성하기 힘들지만 병원의 허가를 받을 수 있다면 생각해보마. 상식적으로 무리라고 생각하지만."

"제가 알아서 할게요."

와타나베는 주치의와 상담하여 이토의 외출허가를 얻어냈다.

마흔대여섯 살 정도일까. 이토의 주치의는 온화해 보이는 사람이었다.

"온천이라고요? 솔직히 말해서 의사인 제 입장에서는 찬성하기 힘듭니다."

"할머니에게 남은 날이 얼마 없다고 아버지에게 들었습니다. 그래서 꼭 온천에 모시고 가고 싶습니다. 본인도 강력하게 원하고 있으니까 허가해주실 수 없습니까?"

"제대로 걷지도 못하는 상태입니다. 내일 당장 어떻게 되실지 모르는 환자와 온천이라니요."

"제발 부탁드립니다. 하룻밤이면 충분합니다. 제가 책임을 지고 병원으로 다시 모시고 오겠습니다."

"……."

"선생님, 부탁드립니다. 저에게 마지막으로 할머니께 효도할 기회를 주십시오."

주치의는 팔짱을 끼고 잠시 고민했다.

"온천에 간다는 것은 못 들은 걸로 하지요. 하룻밤의 외박을 허가하겠습니다."

와타나베의 열의에 감화되었는지 주치의는 외박허가서에 사인해주었다.

8

6월 5일 일요일 정오를 지나서 와타나베는 택시로 이토와 아라이를 데리러 병원으로 갔다.

"할머니, 걱정했던 것에 비해서 건강해 보이는데요. 온천에 간다고 신이 나신 모양이죠?"

야윈 이토를 보고 가슴이 아팠지만 와타나베가 애써 웃으면서 말하자 이토는 눈물을 흘리며 기뻐했다.

"미키 덕분에 온천에 갈 수 있구나. 히데키는 내가 온천에 가고 싶다고 하니까 우거지상을 했는데 말이야. 미키는 정말 착한 아이야."

"아버지는 할머니의 몸을 걱정하는 거예요."

"팔다리의 기운이 좀 딸려서 그렇지 난 아직 멀쩡해."

이토의 목소리에는 기운이 하나도 없었지만 말투는 매끄러웠다.

"이토 씨는 행복한 사람일세. 이렇게까지 마음을 써주는 손자는 좀처럼 없어. 나도 손자가 많지만 용돈을 뜯으러 오는 게 고작이라니까."

"할머니가 절 기르신 것이나 다름없는걸요. 그 은혜의 만분의 일이라도 갚아야죠."

"이토 씨에게 미키 씨 이야기를 많이 들었네. 1년이나 사가와택배의 SD로 일했다지?"

"할머니는 매일 새벽 일찍 일어나서 도시락을 두 개나 싸주셨어요."

"아직 서른도 안 됐는데 큰 회사의 사장님이 되었다고 들었네. 이토 씨는 항상 미키 씨 자랑하느라 바빠. 아들인 자네 아버지는 별로 칭찬하는 일이 없는데."

"아버지는 회사를 한 번 도산하신 적이 있지만, 오늘날의 제가 있는 것은 다 아버지 덕분입니다. 할머니가 아버지에게는 점수가 짠 것 같지만 저에게는 둘도 없는 아버지시죠.”

와타나베는 아라이와 둘이 힘을 합쳐 이토를 택시에 태워서 신요코하마역新横浜駅로 향했다.

히로코, 쇼야, 히데키, 도미코 이렇게 네 명과 역에서 합류하여 신칸센 ‘고다마’에 탑승한 것은 1시 되기 조금 전이었다.

계단에서는 아라이가 짐을 들고 와타나베가 이토를 업었다. 처음으로 이토를 업어본 와타나베는 너무나 가벼워서 충격을 받았다. 쇼야와 별 차이가 없다고 느꼈을 정도였다.

쇼야는 생후 여섯 달이 지나자 사람의 얼굴을 알아보게 되었지만 그다지 낯가림이 없었다.

역의 홈에서 낯선 아라이의 얼굴을 보고 울음을 터트렸지만 ‘고다마’에 탑승한 후에는 기분이 좋아진 것 같았다.

와타나베가 이토를 창가석에 앉히자 그 옆에 아라이가 자리를 잡았다.

아라이를 사이에 두고 도미코가 앉고 3인용 의자를 뒤로 돌려서 이토의 맞은편에 히데키, 중앙에 와타나베, 통로 쪽에 쇼야를 안은 히로코.

이토가 자꾸 손을 뻗어와 원하는 대로 쇼야를 무릎에 앉혀주려고 했지만 히데키가 반대했다.

“할머니는 이제 아기를 안을 힘이 없어.”

“그렇지 않아. 쇼야, 이리 오렴.”

“아라이 씨, 잠시 자리 좀 바꿔주시겠어요?”

“그러지.”

히로코가 이토의 옆자리로 이동하여 이토가 안을 수 있게 양손으로 쇼야를 받쳤지만 30초도 이어지지 않았다. '고다마'가 움직이는 바람에 이토와 히로코의 힘으로 지탱하기 힘들어졌던 것이다.

와타나베가 쇼야를 안았다.

"이번에는 할아버지에게 안아달라고 하자."

쇼야가 와타나베에게서 히데키의 무릎 위로 옮겨졌다.

번갈아가며 쇼야를 안아보는 사이에 '고다마'가 아타미역에 도착했다. 오는데 30분밖에 안 걸렸으니 정말 순식간이었다.

계단에서 택시 승차장까지, 이번에도 이토는 와타나베의 등에 업혀서 이동했다.

9

가족 모두가 유카타 차림으로 먹은 긴죠칸의 호화로운 저녁식사가 이토에게는 최후의 만찬이 되었다.

요리를 배불리 먹지는 못했지만, 이토는 모든 요리를 한 입씩 천천히 음미하면서 "맛있다"는 말을 연발했다.

"천국이 따로 없구나. 이렇게 행복한 한때를 보냈으니 언제 저승사자가 찾아와도 여한이 없어."

"그런 불길한 말은 하지 마세요. 이토 씨는 100살까지 살아야죠……. 우리 무용반 전원의 에너지 같은 분이니까."

아라이가 부드럽게 이토를 달랬다.

매일 병원에 드나드는 탓에 이토의 임종이 가까워지고 있다는 사실을 누구보다 절실하게 인식하고 있는 사람은 아라이였다.

아라이는 이날 밤 이토가 잠들 때까지 간병했다.

다음 날 아침에 눈을 뜨자마자 이토가 대욕장에 가고 싶다고 말을 꺼내는 바람에 도미코와 히로코가 분투할 수밖에 없었다.

아침식사 시간, 목욕을 마친 이토의 얼굴에서는 말기 암환자로는 보이지 않을 만큼 생기가 넘치는 것을 느낄 수 있었다.

"온천에 들어갔다 나오니 갑자기 젊어진 것 같아. 기분이 최고야. 미키가 나 때문에 돈을 많이 썼겠구나. 그래도 덕분에 기운이 철철 넘쳐."

"할머니가 기뻐하신다면 그걸로 충분해요."

"미키에게는 면목이 없구나. 난 온천은 무리라 생각하고 반대했는데 할머니가 이렇게 기뻐하실 줄은 몰랐다."

도미코가 히데키의 얼굴을 들여다보았다.

"여보, 미키 덕분에 우리까지 이런 호사를 누려보네요."

"나도 이토 씨와 온천여행을 올 수 있을 줄 꿈에도 몰랐어. 무엇보다 이렇게 생생한 이토 씨를 보니 나도 절로 기운이 나네."

"이토 할머니가 온천에 오고 싶다고 하시는 바람에 우리 가족 모두 행복한 기분을 만끽할 수 있었어요. 저는 부모님께 효도하고 아내와 아들에게 서비스할 수 있어서 크게 만족합니다. 할머니, 병은 마음에서 온다지요? 하지만 지금의 할머니를 보니 금방 퇴원하실 수 있을 것 같아요."

"맞아. 나도 그런 기분이 든단다."

기분이 좋은 탓인지 오랜만에 식욕을 보이는 이토의 모습을 보고 다들 모두 안심했다.

10

7월 4일의 저녁 와타나베가 병문안을 가보니 이토가 많이 쇠약해졌다.

"난 이제 얼마 안 남았어. 숨을 거둘 때는 미키가 곁을 지켜주었으면 좋겠구나."

이토는 숨을 헐떡이면서 이런 말을 했다.

"할머니, 왜 그렇게 약한 소리를 하세요. 아라이 씨도 늘 곁에 있고 저도 매일 꼬박꼬박 문병을 올 테니까 기운을 내세요."

와타나베는 이토의 오른손을 양손으로 세게 감싸 쥐었다.

"미키, 고맙다. 늘 속으로 네가 잘 되기를 빌었단다. 미키는 내 보물이야."

"다행이다. 조금 기운이 나시나 보네요."

와타나베가 웃어보였지만 아라이의 변함없이 표정은 심각하기만 했다.

11

7월 6일 오후 1시에 와타나베는 사무소에서 병원으로 향했다. 어쩐지 이상한 예감이 들었다.

와타나베가 병실에 들어선 것은 오후 1시 반 경이었는데, 주치의와 네 명의 간호사가 이토의 침대를 에워싸고 있었다.

늘 병실을 지키고 있던 아라이의 모습이 안 보였다. 아라이는 오후가 되자 남몰래 병원을 빠져나간 것이었다. 아무래도 이토의 임종을 지켜볼 용기가 없는 것 같았다.

"더 이상 할 수 있는 것이 없습니다."

주치의는 이 한 마디를 남길 뿐이었다.

와타나베는 이토의 오른손을 꽉 쥐었다.

"할머니, 할머니!"

말을 걸어도 이토는 반응하지 않았다.

숨이 막혀 괴로운지 이토는 입을 반쯤 벌리고 바르작거렸지만 손을 들 기운도 없었다.

호흡이 서서히 느려지더니 숨소리가 들리지 않는다고 느꼈을 때 이토는 눈을 감았다.

"선생님! 눈을 감았습니다."

의사가 이토의 맥을 짚어 보고 고개를 좌우로 흔들었다. 그리고 볼펜 모양의 전등으로 동공을 확인한 다음 임종을 선언했다.

"돌아가셨습니다."

오후 2시 19분. 잠이 든 것처럼 떠났다.

"할머니, 심하게 괴로워하지 않고 가셔서 다행이야."

와타나베의 부리부리한 눈에서 눈물이 흘러넘쳤다.

숨을 거둔 이토의 평온한 얼굴을 보며 와타나베는 속으로 말을 걸었다.

'할머니, 오랫동안 감사했어요. 어머니가 신장염으로 입원한 이후 어머니 대신 절 길러주신 할머니. 약속대로 미키가 마지막 가시는 길

을 지켰어요.'

갑자기 어머니의 임종 장면이 머릿속을 스쳐갔다.

그때는 소리 높여 엉엉 울었다. 한없이 울었다. 목이 쉬고 갈라질 때까지 몇 날 며칠을 울었다. 이토의 죽음도 미치코의 죽음도, 슬프다는 점에서는 똑같았지만 서른여섯에 요절한 어머니에 비하면 아흔세 살까지 장수한 이토는 복 받은 사람이었다. 게다가 만년에 아라이 씨처럼 좋은 파트너와도 만났다.

히데키, 도미코, 히로코가 병원으로 달려온 것은 유체가 병원 영안실에 옮겨진 후였다.

"어땠니? 많이 고통스러우셨니?"

"아니요. 편히 가셨어요."

"미키가 임종을 지켜달라는 것이 어머니의 소원이었어. 매일같이 미키, 미키라고 노래를 부르셨지."

"그저께 저녁에, 숨을 거둘 때는 곁에 있어달라고 하셨어요."

"그래, 아들인 나보다 손자인 미키를 아끼셨으니까."

"그렇지도 않아요. 그냥 저랑 할머니랑 공단아파트에서 같이 산 기간이 길어서……."

미키도 히데키도 울면서 대화를 나눴다. 도미코도 히로코도 오열했다.

요코하마시 미나미구의 시티홀 미나미에서 거행된 7일의 경야, 8일의 장례식에는 아라이를 포함해서 이토의 무용 친구들, 메이지대학 하마회 그리고 와타미푸드서비스의 직원들이 대거 참석했다.

이토가 사람들을 잘 돌봐주는 호인이었던 탓인지 모두가 아흔세 살의 죽음을 안타까워하면서 눈물을 흘렸다.

"100살까지 살길 바랐어. 바로 어제까지만 해도 오래오래 살 줄 알았는데."

아라이가 불쑥 내뱉은 말이 와타나베의 가슴을 저몄다.

(하권에 계속)

청년사장 소설 외식업 (上)

초판 1쇄 인쇄 2014년 8월 20일
초판 1쇄 발행 2014년 8월 25일

저자 : 다카스기 료
번역 : 서은정

펴낸이 : 이동섭
편집 : 이민규
디자인 : 고미용, 이은영
영업·마케팅 : 송정환
e-BOOK : 홍인표
관리 : 이윤미

㈜에이케이커뮤니케이션즈
등록 1996년 7월 9일(제302-1996-00026호)
주소 : 121-842 서울시 마포구 서교동 461-29 2층
TEL : 02-702-7963~5 FAX : 02-702-7988
http://www.amusementkorea.co.kr

ISBN 978-89-6407-719-1 04830
ISBN 978-89-6407-718-4 04830(세트)

이 도서의 국립중앙도서관 출판예정도서목록(CIP)은
서지정보유통지원시스템 홈페이지(http://seoji.nl.go.kr)와
국가자료공동목록시스템(http://www.nl.go.kr/kolisnet)에서 이용하실 수 있습니다.
(CIP제어번호: CIP2014022004)

*잘못된 책은 구입한 곳에서 무료로 바꿔드립니다.